失花
실 ·· 화

실 : 화 失花 1

초판 1쇄 찍은 날 | 2015년 12월 14일
초판 1쇄 펴낸 날 | 2015년 12월 22일

지은이 | 이현이
펴낸이 | 서경석

편 집 책 임 | 조윤희
편   집 | 이은주
          주은영
디 자 인 | 신현아

펴 낸 곳 | 도서출판 청어람
등록번호 | 제387-1999-000006호
등록일자 | 1999. 5. 31
어람번호 | 제5-431호

주소 | 경기도 부천시 원미구 부일로 483번길 40 서경B/D 3F
      (우) 14640
전화 | 032-656-4452 팩스 | 032-656-4453
http://www.chungeoram.com
E—mail | chungeorambook@daum.net

ⓒ 이현이, 2015

ISBN 979-11-04-90544-5   04810
ISBN 979-11-04-90543-8   (SET)

失花
실 · 화

1

이현이 장편소설

Chungeoram romance novel

도서출판 청어람

목차

‥

제일장.

꽃구름을 타고 온 여인

물망초의 꽃말을 가지고 태어난 아이를 두고 사람들은 말했다. '궁녀로 살기에는 아깝구나.'

청초하고도 신비로운 빛을 지닌 한 아이가 수성궁에 발을 디디던 날, 아이는 자신의 앞에 놓인 가혹한 운명을 알아챌 수 없었다. 혹여나 알았다고 하더라도 그것은 운명. 거부할 수 없었기에 차라리 모르는 편이 나았을지도 모른다. 열다섯 살 아이가 짊어지기에는 너무도 서글펐으므로……

멀리 바라보니 푸른 연기는 가늘고
아름다운 사람은 비단 짜기를 멈추네.

바람을 대하니 홀로 근심스럽도다.
날아가 선녀의 산에 떨어지리라.

- 고소설 〈운영전〉 중에서

"벌써 5시야. 또 늦으면 벌점인데……."

째깍째깍.

멈추지 않는 시곗바늘이 야속했다. 소옥은 불안하고 조급한
마음에 다리를 덜덜 떨었다. 그 옆에 앉아 있던 운영도 울상이 되
어서 시계만 바라봤다. 할 수 있는 게 없어서 입술만 잘근잘근 깨
물었다. 그녀들이 하얗게 질린 얼굴로 초조한 기색을 감추지 못
하는 이유는 간단했다. 이미 벌써 끝나야 할 학부 수업이 30분이
나 지체되고 있었다.

소옥은 교수님을 원망 어린 시선으로 쳐다보면서 소리 없이 절
규했다. 끊임없이 했던 말을 또 하고 사족을 덧붙이다 보니 원래
수업 시간을 훌쩍 넘기는 일이 다반사였다. 2달 뒤에 정년퇴임을
앞둔 노교수는 좀처럼 제시간에 수업을 끝내는 법이 없다. 그는
이번 학기 내내 이런 식으로 자신이 학교를 떠나는 아쉬움을 채
우고 있었다.

"자, 이야기가 길어졌는데 결론은 하나입니다. 시라는 것은 본
래 개인의 서정 세계 곧, 마음을 읊는 것입니다. 다음 시간에는
본인의 서정 세계를 함축한 짧은 시구를 창작해서 제출하는 것
으로 합시다. 이상."

"예스."

"감사합니다!"

마침내 수업이 끝났고 학생들이 우르르 몰려 나갔다. 이미 복도에 다리를 한쪽 내놓은 채 대기 상태였던 소옥과 운영도 튕겨 나가듯 문 앞으로 돌진했다.

"늦었지?"

"말이라고. 젠장! 어, 저기 택시 온다!"

소옥과 운영은 다급하게 택시 정류장으로 뛰어갔다. 운영이 다섯 걸음 걸을 때 스무 걸음을 걷는 소옥은 벌써 저만치 먼저 뛰어가서 택시를 잡았다. 걸음이 느린 운영도 안간힘을 쓰고 달렸다. 무거운 전공 서적을 끌어안은 채 뜀박질하는 것은 힘에 부쳤다. 숨이 턱턱 막혔지만 그럼에도 달려야 했다. 5시 반까지 도착하기 위해서는 지금 택시를 타도 역부족이었으니까. 약속된 시간을 어기면 발생할 수많은 상황이 머릿속에 스쳐 지났다.

잠시 숨을 몰아쉴 여유도 없이 택시로 뛰어가던 그때였다. 주변을 돌아보지 못하고 돌진한 탓에 발이 돌부리에 걸렸다. 때마침 모퉁이에서 돌아 나오던 한 남자와 그대로 쾅 부딪치면서 당황한 운영은 저도 모르게 제 아랫입술을 힘주어 깨물었다. 눈앞의 남자가 그녀의 팔을 재빨리 붙잡은 덕분에 볼썽사납게 넘어지지 않았지만, 안고 있었던 책은 전부 바닥으로 투두둑 떨어졌다. 낯선 남자와 지나치게 가까운 거리에서 마주하고 있다는 사실이 당혹스러워서 운영은 시선을 바닥으로 흩뜨렸다. 바닥에 떨어진 책을 주워 담지도, 남자를 뿌리치지도 못한 채 멀뚱히 서서.

"미안합니다."

멍한 정신을 단번에 또렷하게 만드는 좋은 목소리였다. 상황이 좋지 않았지만, 그래도 짧은 묵례는 해도 되겠지…… 하는 생각으로 겨우 고개를 들었을 때 여자는 그대로 얼었다. 보조개가 폭파일 정도로 예쁘게 웃는 남자가 눈앞에 있었다. 잠시 숨이 멈추고 동공이 흔들린다. 이제야 이 순간이 바로 보였다. 자신이 남자의 팔에 붙들려 그의 가슴팍에 안길 뻔했음을 말이다.

"괜찮으세요?"

다시 한 번 더 무사함을 확인하는 남자의 걱정스러운 목소리가 귓가에 퍼지는 순간 괜스레 목구멍이 간질간질했다. '괜찮다'고 답하고 싶었으나 목소리가 나오지 않았다. 그저 남자의 손이 닿아 있는 팔 언저리가 뜨끈해지는 것이 이상하여 잡힌 팔을 뿌리치듯 빼냈다. 그러면서도 제 행동의 의미가 남자를 불쾌하게 하진 않을까 내심 염려되었다. 혹시 잔뜩 인상을 찌푸리고 있으면 뭐라고 사과를 해야 하나? 생각했던 것은 부질없었다. 남자가 쓴 뿔테 안경 너머의 지적인 눈동자와 부드러운 미소에 시선이 닿는 순간 운영은 자연히 습관처럼 눈을 내리깔았다.

"제가 안 잡아 드렸으면…… 어! 피, 피가 나는데요."

'피라니? 내가?'

뭐라고 되물을 사이도 없이 남자는 일사불란하게 가방에서 휴지를 꺼냈다. 그러곤 운영의 손에 쥐어준 뒤 그녀의 손으로 입술을 꾹 누르게 했다. 그 모든 것이 순식간이었다. 짧은 순간 휴지를 적시는 붉은 피보다도 더욱 붉어진 것은 여자의 귀였다. 손가락이 스쳤던 그 시점부터 눈동자의 흔들림도 멈추지 않았다.

"누르고 있어요."

남자는 환한 웃음을 지으면서 운영의 입가를 손가락으로 가리켰다. 눈이 멍하니 떠졌고 휴지를 쥔 손이 덜덜 떨렸다. 모시는 그분 이외의 낯선 남자와 손이 닿은 것은 홍운영의 스물셋 인생에서 처음이었다. 그리고 하필이면 그 상대가 '한눈에 반하다'라는 말을 실감하게 할 정도로 화사한 남자였다.

"홍운영! 뭐해? 여기야, 여기!"

소옥의 다급한 외침이 날카로웠다. 몸이 재빠른 그녀는 이미 택시 조수석에 탄 상태였다. 한 번 두 번 눈을 깜박인 뒤 겨우 정신을 다잡았을 때 바닥에 떨어진 책에 시선이 닿았다. 운영은 얼른 바닥에 주저앉아서 떨어진 책에 손을 뻗었다. 하지만 그녀의 움직임은 눈웃음이 예쁜 남자보다 늦었다. 그는 재빠른 동작으로 운영의 책을 주워 담았다. 그를 따라서 몸을 일으킨 여자는 친절함이 몸에 배인 듯한 남자를 물끄러미 바라봤다. 책에 묻은 흙을 툴툴 털어내는 무심한 동작일 뿐인데 이상하리만큼 시선이 붙들린다.

"자요. 급한 거 같은데……."

운영은 자신의 앞으로 내밀어진 책을 바라보면서도 쉽게 손을 뻗지 못했다. 뒷짐을 쥔 채 감추고 있었지만 아까부터 시작된 손의 떨림이 멈추지 않고 있었다. 손에 들려 있던 피 묻은 조각이 너무 쉽게 바닥으로 떨어져 내렸다. 남자의 눈이 휴지 조각의 가벼운 움직임에 따라붙는 순간이 어쩐지 창피해서 눈을 질끈 감아버렸다.

"홍운영! 너 자꾸 미적거릴래? 그냥 나 혼자 간다!"

"어, 어! 가, 갈게."

소옥의 재촉과 함께 운영은 하는 수 없이 책에 손을 뻗었다. 최대한 조심한다고 했는데도 결국 남자와 또 손끝이 스쳐 버렸다. 운영은 흠칫 놀라면서 뒤로 물러섰다. 시선을 부딪지 않기 위해서 고개를 옆으로 틀었고 건네받은 책을 끌어안는 팔에는 잔뜩 힘이 들어갔다.

"고맙습니다."

겨우 한마디를 던지듯이 내뱉은 뒤 그대로 달음박질쳤다.

"저기요!"

등 뒤의 남자가 불러 세우는 소리가 들렸지만, 운영은 뒤를 돌아볼 수 없었다. 이 순간이 처음이자 마지막이 될 저 남자는 모를 것이다. '고맙다'라는 아주 쉬운 말을 내뱉기 위해 입술의 틈을 벌렸던 작은 순간이 여자에게는 얼마나 어려웠는지 말이다. 그대로 택시에 타자마자 운영은 의자에 깊숙이 몸을 묻고 길게 숨을 뱉어냈다.

"아저씨, 수성궁이요."

"수성궁? 항아님들이신가?"

"네. 그러니까 빨리, 빨리요!"

백미러 너머로 그 남자가 그 자리에 그대로 서 있는 모습이 비쳤다. 운영은 열감이 가시지 않는 입술을 손등으로 문지르면서 고개를 옆으로 틀었다. 차가 움직이는 순간 아예 눈을 감아버렸다. 그리고 생각났다. 갑자기 부딪힌 남자를 홀린 듯이 쳐다봤던 그 이유를 말이다. 그것은 오늘 하루가 어떤 꿈과 함께 시작되었기 때문이다.

"너 오늘도 그 꿈 꿨지?"

"어떻게 알았어?"

"내가 모르는 게 어디 있냐. 너 그 꿈 꾸고 나면 아침밥 거르잖아. 그래서 어떻게 됐어? 담 넘었어?"

"아니."

"꿈인데도 야속하다. 한 번쯤은 담장을 넘어야 할 것 아니야? 어쩜 그렇게 아슬아슬한 순간에 맨날 잠이 깨니?"

"너 때문이야."

"나?"

"그래. 네가 갑자기 잠꼬대하면서 욕하는 바람에 놀라서 깼다고. 딱 30초만 참아주지. 그랬으면 얼굴 모르는 그 남자 손을 붙잡고 훌쩍 저 돌담을 미련 없이 뛰어넘었을 텐데."

그곳이 가까워진다. 이제 저 모퉁이만 돌아나가면 분명히 보일 터였다. 웅장한 돌담을 지나자 호위병들의 모습이 눈에 들어왔다. 택시에서 내리는 순간 수성궁이라는 커다란 현판이 눈에 들어왔다. 수도 없이 눈에 담았던 그 익숙한 서체는 새삼스레 갑자기 숨이 '턱!' 막히는 기분을 들게 했다.

'아까 그 사람이 꿈속의 남자였다면……'

흔들리는 시선은 흙이 묻은 운동화로 향했다. 잘 묶인 운동화 끈을 바라보고 있자니 가방끈을 붙잡는 손에 힘이 들어갔다. 걸음을 돌려서 도망치면, 그대로 타고 왔던 택시에 운 좋게도 다시 몸을 실을 수 있다면…… 이대로…… 영원히 도망칠 수도 있지 않을까?

"5시 25분이야. 입궐 시간 5분 남았다고!"

조급한 외침에도 답이 없다. 결국, 소옥은 운영의 팔을 잡아끌고 바쁘게 걸음을 옮겨야 했다. 딸려오는 여자가 전혀 힘을 주지 않는 통에 소옥은 인상이 구겨졌다.

"정신 좀 차려라! 얘가 진짜 왜 이래!"

팔을 잡고 흔들어도 흐릿한 표정이 달라지지 않았다.

"홍운영! 너 일부러 이래? 넋을 주워 담아! 물론 나도…… 최 마녀 얼굴만 떠올려도…… 으으!"

소옥은 잠시 말을 멈추고 몸을 떨었다. 최 마녀로 명명된 그 여자가 눈을 가늘게 뜨고 바라보는 시선이 느껴지는 순간 소름이 돋았다.

"그래, 차라리 나도 정신을 놓고 싶긴 한데, 그래도 안 돼! 정신을 단디 차리라니까!"

"있어."

"뭐?"

"정신 차리고 있다고."

초점이 풀린 눈으로 심드렁하게 답한 여자는 휘적거리는 걸음을 옮기기 시작했다. 겨우 두 세 걸음 옮기고 나니 삼엄한 경계태세의 경비병들이 줄지어 서있는 출입 게이트가 보였다. 이제 저 문만 통과하면 끝이었다. 그런데 예상치 못한 문제가 운영을 남감하게 만들었다.

"어?"

습관처럼 목 언저리에 손을 가져다 댔지만 반드시 있어야 할 그것이 손에 잡히지 않았다. 현대식 출입구인 게이트를 통과하기 위해서는 궁궐 ID카드가 필요했다. 분명히 목에 차고 있었는데 어째서인지 카드는 없어지고 끈만 목에 걸려 있었다. ID카드를 잃어버렸다는 것은 곧…… 최 상궁은 물론 홍 내관에게도 삼일 밤낮으로 깨질 일이었다. 운영은 '제발, 제발'을 제 입으로 주문처럼 외웠다. 허둥대는 손길로 가방, 주머니를 전부 뒤졌지만 아무것도 없었다. 허전한 손만큼 머릿속이 새하얗게 비워지는 순간이었다.

"진짜 없어? 제발 거짓말이라고 해! 제발!"

"어떡해. 진짜 없어……."

"으윽. 홍운영. 내가 못 살아!"

소옥은 머리를 쥐어뜯었다. 입구에 붙어 있는 커다란 괘종시계의 초침이 야속하리만큼 빨리 움직였다. 이윽고 뎅 뎅 뎅! 심장 속까지 울리는 시계 소리가 울려 퍼지는 순간 운영은 소옥의 등을 떠다밀었다.

"너라도 먼저 가. 나는 좀 더 찾아보고 갈게."

"어떻게 그래!"

"괜찮아. 너는 빨리…… 가! 지난번에도 지각해서 벌점 받았는데, 오늘 또 받으면 안 되잖아."

서로 '가라', '못 간다'면서 쓸데없는 소모전을 벌이고 있는 와중에도 시간은 흘렀다. 정다운 우정을 칭찬해 줄 이는 아무도 없었고 쓸데없는 짓이라는 듯한 눈빛을 짓는 경비병만이 그녀들을 안타깝게 바라봤다. 그러는 와중에도 5시 반을 알리는 종소리는 그치지 않았고 그 존재감을 드러내면서 유난히도 크게 울려 퍼졌다. 그녀들이 이러지도 저러지도 못하면서 출입구 앞을 서성이던 그때였다. 입구에서 벌어지는 크고 작은 소란이 경비병을 통해서 홍 내관에게 전해지는 데 걸리는 시간은 고작 30초 내외였다.

"이봐, 거기!"

역시나…… 익숙한 구두 굽 소리에 자연히 얼굴에서 핏기가 걷히고 눈이 굴려진다.

"홍운영. 최소옥."

멀리서부터 다가오는 실루엣의 그림자 길이가 점점 짧아지더니 단 몇 걸음 만에 그녀들의 앞에 커다란 그림자가 드리워졌다. 이가 부딪치는 두려움을 선사하는 존재는 궁궐 출입 및 보안을 책임지는 홍 내관이었다.

"무슨 일이야?"

"그게 저……."

여차저차 사정 이야기를 들은 홍 내관의 표정이 굳어졌다. 예상되는 어떤 일 때문에 운영은 눈을 질끈 감았다가 떴다. 소옥을 붙잡은 팔에 꽉 힘이 들어갔다.

"곧장 움직이도록 해라."

"예?"

소옥이 발딱 고개를 들었다. 잔뜩 소리치면서 벌점을 운운하는 불벼락이 떨어질 줄 알았건만 홍 내관은 생각보다 고요했다. 그는 주변을 돌아본 뒤 도리어 운영에게 자신의 ID카드를 건넸다. 그걸 받아들면서도 운영은 눈만 끔벅거렸다.

"수선 피우지 말고 조용히 비해당으로 가라는 뜻이다."

"어째서……."

"저녁 연회에 늦지 않도록 준비를 해야 할 것이야. 오늘은 대군께서 특별히 아끼시는 벗들을 초청한 자리니라. 이번 일에 대한 책임은…… 나중에 묻도록 하겠다."

홍 내관의 뾰족한 시선과 벌레를 몰아내는 듯한 손의 휘적임은 궁녀들의 빈정을 상하게 하는 특기였다. 하지만 지금 이 순간에는 저 손짓이 그렇게 고마울 수가 없었다.

"저 인간이 웬일이야?"

"어쨌든 다행이다."

바쁘게 걸음을 옮긴 끝에 다다른 곳에서는 궁녀들이 시끌시끌하게 떠들어대는 소리가 청아하게 울려 퍼졌다. 운영은 힘없이 늘어지는 걸음을 겨우 옮겨서 비해당 안으로 들어섰다. 그녀와 소옥을 알아본 궁녀들이 반갑게 인사를 건넸다. 털썩 자리에 앉은 소옥은 아슬아슬하게 입궐에 성공했다는 무용담을 전하기 시작했다.

소옥이 괄괄한 목소리를 높이는 와중에도 운영은 하얗게 질린 얼굴로 멍하니 서 있을 뿐이었다. 상아빛의 저고리와 옅은 풀빛의 치마를 똑같이 차려입은 쪽진 머리의 여자들이 눈앞에 한가득이다. 이곳의 의미를 실감하게 하는 실루엣이 도처에 깔려 있었기에 운영은 순간 멀미가 나는 것처럼 속이 울렁거렸다.

"옷 안 갈아입니?"

"어, 입어야지."

운영은 그제야 가방을 내려놓고 짐을 정리했다. 품에 안았던 책을 책상 위에 올려둔 뒤에도 쉽게 그 자리를 떠나지 못했다. 물끄러미 바라보는 시간이 길어졌고 운영은 저도 모르게 책 표지를 천천히 손으로 쓸어내렸다. 그 작은 행동만으로도 떠오르는 생각의 잔상이 너무도 분명해서 또 입술이 뜨거워진다. 저고리의 고름을 묶는 둥 마는 둥 기계적으로 움직이는 손놀림에는 성의가 없었다. 이를 이상하게 쳐다보던 금련이 눈을 크게 치떴다.

"운영아!"

"응?"

"너 옷고름! 웬 리본이야!"

한쪽으로 얌전하게 묶여야 할 한복 매듭은 운동화 끈처럼 리본으로 매어져 있었다. 자신이 생각해도 어이없는 실수에 운영은 실없이 웃었다. 허둥대는 통에 잔 실수가 이어지고 있었다.

"늦을 뻔해서 혼이 빠졌구나. 정신 차리세요, 항아님!"

금련은 다정하게 웃으면서 운영의 볼을 살짝 꼬집었다. 그러곤 엉망으로 묶인 저고리 고름을 다시 고쳐 매주었다. 입술을 꼭 깨문 채 심드렁한 표정을 짓고 있는 거울 속 여인은 풀린 눈에 억지로 힘을 주었다. 길게 풀어헤쳤던 머리도 단번에 쓸어서 단정히 묶어 올렸다. 익숙한 모습이 눈에 담기는 순간 조금 더 눈빛이 흐려졌다. 더 이상 거울 속 여인은 풋풋한 여대생이 아니었다. 그것은 완전한 궁녀의 모습이었다.

"항아님들! 별궁으로 모이시랍니다."

몸이 이끄는 대로 걸음을 옮겼더니 연회 준비로 분주한 사람들의 움직임이 시야에 들어왔다. 운영은 이미 모여 있던 궁녀들 사이로 조용히 섞여들었다. 모두 같은 차림새이지만 유달리 뽀얀 얼굴의 여자는 금세 눈에 띄기 마련이었다. 궐에 들어온 지 얼마 되지 않는 신입 호위병들은 입을 벌리면서 벙긋거렸다. 아름다운 미색에 남성의 시선이 고이는 것은 당연한 이치였고 운영은 그것에 특별한 의미를 부여하지 않았다. 정확히는 관심이 없다. 그녀가 집중하고 있는 생각은 오직 하나, 잃어버린 ID카드의 행방이었다. 그리고 애써 되새기지 않기 위해 무시하는 생각은 눈웃음이 예쁜 남자의 희멀건 얼굴이었다.

"그분들이 오신대."

"그분들이라면?"

"대군마마와 함께 왕립 학교에 다니셨던 그분들말이야!"

"꺄아!"

"쉿! 조용히 해. 다 들린다고!"

퀭해졌던 소옥의 눈이 빛을 찾고 다시 반짝였다. 사실 이곳에 모여 있는 모든 여인네들이 소란스러웠다. 어딘지 모르게 다들 붕 떠올라서 구름 위를 걷는 것처럼 잔망스러운 마음들이 이리저리 흩날리고 있었다.

"대군마마 오셨습니다."

그 한마디가 주문이 되어 모두의 입이 다물어졌다. 모든 소음이 가라앉은 자리를 대신한 것은 궁궐 사람들의 일사불란한 움직임이었다. 말끔한 양복 차림의 안형대군 이현을 필두로 하여여러 명의 남자가 함께 들어왔다. 엄숙하고 경건한 분위기 속에서 수성궁 안의 모든 사람이 예의를 갖추었다. 그것은 오직 한사람, 이곳 수성궁의 주인을 위함이었다. 호들갑을 떨던 궁녀들의 얼굴에서는 거짓말처럼 모든 웃음기가 걷혀 있었다. 그녀들은언제 그렇게 경망스럽게 떠들었느냐는 듯 단정하고 정갈한 몸가짐으로 자신들의 주인을 맞이했다.

"접객 준비는?"

"지시하신 대로 준비를 끝냈습니다."

"다들 앉지."

현의 지시에 따라 연회가 시작되었고 비해당의 궁녀들은 모두물러났다. 이현을 포함한 네 명의 남자가 둥근 테이블에 모여 앉았다. 그들 가운데에서 가장 먼저 말을 꺼낸 것은 똑 부러지는목소리에도 묘하게 파마머리가 잘 어울리는 남자였다. 그는 올해의 언론기자상을 받은 박평훈 기자였다.

"벌써 5년인가?"

"그렇지. 유영이 유학 가고 나서 이렇게 모두 모인 건……."

"이 자식…… 오랜만에 봤는데도 왜 그대로야? 짜증 나려고해. 좀 늙어!"

그 옆에는 현행 법무부 장관의 아들이자 최연소로 사법고시에합격한 성삼혁 검사였다. 그는 유영이라고 불리는 자의 어깨를 붙잡아 흔들면서 소년처럼 웃었다. 국무총리 김종대의 아들 김유영은 잔잔한 미소를 지을 뿐이었다.

"뭐해, 유영아. 잔 받아. 왕자님이 주시는 술인데."

"무릎 꿇고 받아야 하나?"

"아마도? 참, 잔 든 손을 눈썹 위로 올리는 게 맞지?"

"안 하던 짓 한다. 자꾸 농담처럼 지껄이면 진짜로 왕실 능멸 죄를 묻는 수가 있어. 헛소리 말고 잔들 채워."

유영의 앞에 앉은 한 남자는 유독 제집처럼 편안한 움직임이었다. 그는 흰색 셔츠의 소맷단추를 풀어서 둥둥 걷어 올렸다. 느슨하게 풀어헤친 넥타이와 여유 있는 미소는 특유의 유연함을 보여준다. 부드러운 미남형의 얼굴임에도 그 눈매만큼은 날카로워서 보는 이를 압도한다. 수성궁의 궁녀들이 넋을 놓고 바라본다는 그 사람은 이곳의 주인, 안형대군 이현이었다. 타고난 금 탯줄 덕분에 크게 애쓰지 않아도 저절로 사람들의 고개를 숙이게 하는 아우라는 위압적이기보다는 아름다움을 자아내고 있었다.

"유영의 귀국을 축하하며!"

서기 2015년 대한민국은 스페인, 덴마크, 영국과 마찬가지로 입헌군주제를 따르고 있다. 시대의 성군이셨던 남해대왕은 슬하에 세 명의 대군을 두었다. 그들 중에서도 안형대군은 가장 출중한 외모를 지녔으며 문무가 두루 뛰어났다. 그는 일찍이 왕좌를 포기한 대군의 삶에 지극히 충실한 한량이었는데 아버지인 남해대왕은 그를 매우 총애하였다. 늦둥이 막내아들이 애틋했던 남해대왕은 터가 좋은 인왕산의 산맥에 자리 잡은 궁궐을 안형대군에게 하사했는데 그곳의 이름을 〈수성궁〉이라 하였다. 그것은 어린 나이에 사가에서의 삶을 시작한 왕자에 대한 위로였다. 수성궁은 안형대군에게 더할 나위 없는 지상낙원이었다. 문학적인 조예가 깊었던 그는 이곳에서 당대의 저명한 문학가들과 함께 풍월을 읊는 것을 즐겼다. 특히 가야금 솜씨가 일품이었고 그의 서체를 닮고자 하는 서예가들은 줄을 지어 섰다.

"보여?"

"잠시만, 어. 보인다. 보여!"

"아, 좀 비켜 봐!"

궁녀들은 미닫이 문틈을 살짝 벌려서 현의 일행들을 몰래 훔쳐봤다. 까치발을 들고, 서로 머리를 찍어 누르면서 한 번이라도 더 눈에 담겠다는 그 모습이 애처로울 지경이었다.

"우와! 김유영 교수님? 얼굴에서 빛이 나. 세상에, 우리 대군마마보다 더한 인물은 본 적이 없었는데……."

"아니야! 그래도 우리 대군마마 얼굴선이 훨씬 곱지. 요새 운동 엄청 하시는 거 알지? 아, 저 팔에 한 번 안겨 봤으면!"

"다 집어치우라고 해! 그림의 떡이라고. 젠장! 비해당 궁녀만 아니었더라도…… 에휴, 개도 안 물어갈 이놈의 팔자야."

"은섬아! 입 좀 닫아라. 귓속말도 못 하는 게 목소리는 엄청 크지!"

금련이 다급하게 은섬의 입을 틀어막던 그때였다. 타이밍도 절묘하게 벌컥 문이 열렸다. 놀란 궁녀들의 시선이 허공에 붕 떴다. 홍 내관은 굳은 표정으로 궁녀들을 하나하나 돌아봤다. 바닥에 쪼그려 앉아 있던 이들도 주춤주춤 몸을 일으켰다. 그 엄격한 시선에 저절로 심장이 쪼그라드는 것 같았다.

"홍운영."

"예?"

멍하니 서 있던 운영이 얼른 고개를 들었다. 그녀는 궁녀들이 소란한 와중에도 한마디 보태지 않았지만 유독 제일 흐리멍덩한 시선을 감추지 못하고 있었다. 홍 내관은 이를 못마땅하게 바라보면서도 애써 내색하지 않았다. 혼자 있을 때 한번 제대로 잡으리라 다짐하는 속내를 숨긴 채 근엄한 표정을 지었다.

"대군께서 전하께 보내실 축전을 쓰신다고 한다. 네가 그 준비를 돕도록 하여라."

"속히 준비하겠습니다."

운영은 감옥살이를 시작한 아버지를 대신하여 집안의 가장이 되었다. 나이 어린 두 동생은 겨우 다섯 살, 일곱 살이었고 우울증을 앓고 있는 어머니는 세상을 살아갈 이유를 놓아버렸다. 꿈 많고 철없던 소녀는 사촌 오빠인 홍 내관의 권유로 수성궁의 문턱을 넘었고 비해당의 궁녀가 되었다.

본래 조선 시대의 궁녀들은 왕의 여자로서 궁궐 출입이 자유롭지 않았으나 1894년 갑오개혁을 기점으로 신분제 및 일부다처제가 타파됨에 따라 그와 관련한 조항은 모두 삭제되었다. 2015년 입헌군주제 아래에서 궁녀들은 모두 하나의 국가직으로서 결혼이 자유로웠으나 수성궁 소속의 비해당 궁녀들만은 예외였다. 이들은 만 30세까지 궁을 떠날 수 없었으며 궁에 머무는 동안에는 다른 남자와의 혼인 및 교재를 허락지 않았다.

옛 조선의 법도와 금기를 수용하는 비해당의 시작에는 남해대왕이 있었다. 그는 1945년 7월 17일 조선 왕조 건국일을 기념하여 비해당을 설립하였다. 표면적으로는 왕실의 인재 육성 사업을 신조로 하였으나 그 실제적은 속내는 따로 있었다. 비해당의 설립은 입헌군주제의 기틀을 마련한 남해대왕이 상처 입은 왕가의 자존심을 회복시키기 위해 시도한 마지막 숙원사업이었다.

절대 군주제에서 입헌 군주제로 국가 조직이 재편된 이후 쇠잔해진 조선 왕조의 역사성 및 전통성을 이어가기 위한 마지막 노력인 셈이었다. 하지만 그 시작은 쉽지 않았다. 여성을 억압하는 구태의 답습, 전근대적이며 시대착오적인 발상이라는 비난 속에서 비해당은 제대로 된 교육 시스템을 갖추지 못한 채 미봉책의 형태로 출발한 것이 문제였다. 결국, 여론의 설득력을 얻지 못한 1기 비해당 궁녀 조직은 제대로 된 성과도 없이 혈세 낭비라는 비난 속에서 중도에 와해되었다. 하지만 비해당의 존재 가치를 증명하기 위한 왕실의 노력은 멈추지 않았다.

이에 앞장선 것은 남해대왕의 뒤를 이어서 보위에 오른 한종이었다. 그는 비해당의 발전적인 개편을 위한 총 책임자로 문예에 뛰어난 안형대군을 지목했다. 비해당 궁녀의 소속이 왕실 직속에서 수성궁 산하로 바뀌게 된 것도 그 무렵이었다. 오랜 시간 공을 들여서 비해당 프로젝트를 완성한 안형대군은 특이하게도 2기 비해당 궁녀 모집 시 나이 조건을 내걸었다. 그것은 열다섯 살의 어린 소녀들만을 대상으로 한다는 것. 그 가운데에서도 경제적인 어려움으로 인해 뜻을 펼칠 수 없는 재원이 뽑혔다. 까다로운 절차에 따라 뽑힌 궁녀들은 1기 조직에 비해서 더욱 많은 혜택과 체계적인 교육을 받을 수 있었다.

'열다섯에 배움에 뜻을 두고 서른에 뜻을 세운다'.

그것은 2기 비해당 조직 출범의 슬로건이자 안형대군이 흠모하는 공자의 말이기도 했다. 덕분에 비해당 궁녀들은 왕실의 지원으로 대학에 진학하여 학문을 닦을 수 있었고, 예약을 연마하여 궁궐의 다채로운 문화 행사를 담당했다. 그 가족들에게는 매달 생활비가 지급되었고 연금 혜택도 주어졌다.

이 모든 사업 계획을 완성한 안형대군의 노력 덕분에 비해당 궁녀들은 마음껏 학업에 대한 뜻을 펼칠 수 있었고 자신들의 재주를 사회로 환원하는 데 기여할 수 있었다. 그녀들이 비해당을 떠나는 서른 살 이후에는 규장각, 국립중앙도서관에 배속되어 조선왕조시대의 문서를 복원하거나 고증하는 일을 담당할 수 있었으며 대학의 교수로 초빙될 기회도 열려 있었다.

즉, 15년의 세월을 버텨내면 노후보장이 가능한 삶, 그 완전한 결말은 소녀의 천진함과 청춘의 젊음을 오롯이 바치고 나서야 얻어낼 수 있는 지독하게 매력적인 전리품이었다.

"운영이옵니다."

서예 도구를 챙겨서 연회장으로 돌아온 운영이 현의 앞에 섰다. 공손하게 예의를 갖춘 뒤 서예 도구를 펼치는 그 단아한 모습에 주위의 시선이 모였다. 가늘고 흰 손이 움직이는 곳마다 현의 시선이 따라붙었다. 그 은근한 눈빛을 눈치채지 못한 운영은 고개를 한 번 들지도 않은 채 제 할 일에만 충실했다. 사실, 그녀의 머릿속에 든 생각은 하나뿐이었다. 어서 빨리 모든 일정을 끝내고 이불을 끌어안은 채 잠들고 싶다는 것. 쉽게 잠들지 못할 밤이었기에 더욱 큰 소망이었다.

"준비가 끝났습니다, 대군."

곱게 펼친 화선지를 다시 한 번 더 손으로 쓸었다. 제 할 일을 마친 후 뒤로 물러나던 운영은 무심코 고개를 들었다. 이윽고 맞은편에 앉아 있던 낯선 눈동자를 마주하는 순간 하마터면 '헉!' 하는 외마디 외침이 입 밖으로 토해질 뻔했다. 얼른 고개를 숙였지만, 그녀의 심장박동이 제멋대로 빨라지고 있었다. 또다시 입술이 뜨거워지고 목 언저리가 화끈거렸다. 마주친 시선만으로도 그녀를 몰아붙이는 당황스러움을 선사하는 존재는 학교에서 마주쳤던 그 사람이었다. 자신을 향했던 남자의 시선이 거두어지고 그가 붓을 집어 드는 것을 지켜보는 상황이 초조했다. 어딘가 떨리는 마음을 의지하고 싶은데 기댈 곳이 없어서 맞잡은 두 손에 꽉 힘을 줄 뿐이었다.

"김유영은 영국에 있는 동안 붓이나 잡아봤겠어?"

"아무래도 무리지 싶은데. 다 된 축전에 김유영 뿌리는 격이야. 얘는 그냥 빼!"

친구들의 장난에 남자가 작게 웃었다. 운영은 떨리는 입매를 감추기 위해서 좀 더 꽉 이를 깨물었다. 한 번 본 적 있어서 더욱 가슴을 뛰게 하는 그의 부드러운 입가에 시선이 닿는 순간 운영은 숨을 크게 들이쉬면서 마른침을 삼켰다. 연회에 모인 사람들의 이야기가 하나도 귀에 들어오지 않았다.

'김유영…….'

자리에 모인 이들이 수도 없이 부르는 이름이 있었다. 김유영. 그 이름 석 자가 여자의 머릿속에 각인되는 것은 짧은 순간이었다. 절대로 잊지 않겠다는 듯이 되새기는 스스로가 어이없어서 운영은 되뇌던 생각을 멈추었다. 그런데도 이미 깊숙하게 외워진 그의 이름 석 자가 입 안에서 맴돈다. 몽롱한 눈빛을 들어 올리니 홍 내관이 옆으로 고갯짓했다. 멍한 정신이었지만 몸에 밴 습관이 있기에 그 몸짓의 의미를 쉽게 알아챘다. 그것은 현의 서예를 위한 먹을 가는 일. 운영은 작게 한숨을 내쉬었다. 하필이면 현의 옆 자리가 그 남자다. 공교롭게도 현과 유영의 사이에 자리한 여자의 입꼬리가 긴장감으로 굳어졌다. 먹을 가는 손도 가늘게 떨리기 시작했다. 그동안 수도 없이 갈아왔던 먹이건만 오늘은 다르다. 그 이유를 모르지 않는다. 그런데도 그 모든 이유를 제공한 남자는 평온한 표정으로 서예에 몰두하고 있었다.

'나를…… 모르는구나.'

이해할 수 없는 서운함이었다.

'모르는 게 당연하지.'

마치 아무것도 모른다는 듯한 그의 고요함과 여유를 마주하면서 운영은 괜스레 가슴이 싸르르해졌다.

'기억하는 내가…… 이상한 거고.'

아주 조심스레 그를 올려다보던 눈을 다시 내리깔았다. 평범해 보였지만 절대 평범하지 않은 아우라를 지닌 그는 총리의 아들이었다. 그 대단한 남자를 오늘 낮에 마주했다는 그 사실조차 꿈결 같아서, 저 혼자만 기억하고 반가워했던 마음이 속절없이 부끄러웠다. 서예에 몰두한 이들에 의해서 고요함이 이어지던 그때였다.

"어!"

유영의 붓에서 먹물 한 점이 튀어 올랐다. 그리고 그 까만 먹물이 떨어진 곳은 운영의 새하얀 집게손가락 위였다. 유달리 흰 손인 탓에 까만 먹물의 얼룩이 좀 더 눈에 띄었고 그것이 살결에 퍼져 나가는 것이 적나라하게 눈에 담겼다. 운영은 침을 꿀꺽 삼키면서 천천히 제 손을 거두어 들였다. 놀라지 않은 척 덤덤한 표정을 지었지만 손가락이 하얗게 질리는 것은 어찌할 도리가 없다.

"죄송합니다. 제가 실례를 범했습니다, 항아님."

유영이 황급히 그녀에게 손수건을 건넸다. 마치 오늘 낮의 일을 떠올리게 하는 예쁜 미소로. 운영이 동그랗게 커진 눈으로 남자를 올려다보던 그때였다. 엄한 표정으로 유영을 막아선 홍 내관이 그의 손길을 제지했다. 운영은 그것이 몹시도 다행이라고 생각했다. 하마터면 대군이 보는 앞에서 남자가 건넨 그 손수건을 무심결에 받아들 뻔했으니까. 그 생각만으로도 목구멍이 갑갑해졌다.

"운영은 그만 나가보아라."

운영은 대군과 그의 일행을 향한 짧은 묵례와 함께 돌아섰다. 그녀가 일으킨 바람을 따라서 연한 옥빛의 치마가 나풀거렸다.

단아한 몸동작이었지만 푹 숙인 고개 아래, 검은 눈동자는 잔뜩 흔들리고 있었다. 그뿐인가, 기계처럼 옮겨지는 발걸음도 자신의 것이 아닌 듯 어색했다.

겨우 문을 밀어 닫은 뒤 잠시 기대어 서 있던 그때였다. 닫힌 문 너머로 홍 내관의 목소리가 들려왔다. 그것은 유영을 향한 것이었는데, 비해당 궁녀는 다른 남자들과의 신체적 접촉이 불가능하다는 얘기였다. 수도 없이 들어온 말인데도 오늘따라 듣기 싫어서 귀를 틀어막았다.

"어땠어?"

"가까이에서 보니까 더 멋지지?"

"박평훈 기자 눈웃음이 그렇게 예쁘다며?"

비해당으로 돌아온 운영을 다른 궁녀들이 둘러쌌다. 대군의 일행들을 가까이에서 본 소감을 듣기 위해서였지만 운영은 아무 말도 할 수 없었다. 감기에 걸린 것처럼 몸이 나른하고 머리가 몽롱했다.

"무슨 일 있었어?"

"아니야. 나 좀 잘게."

모두의 궁금증을 뒤로한 채 느릿느릿한 걸음을 옮겨서 이불 속으로 기어 들어갔다. 이유도 없이 붉어진 얼굴을 감추기 위해서 이불을 머리끝까지 뒤집어쓴 채 아무도 듣지 못할 소리로 웅얼거렸다.

"항아님…… 이라고……."

항아님. 이곳에 들어온 이후로 그녀의 정체성을 확인시키는 단어였다. 지금껏 족히 천여 번은 들었고, 앞으로도 그 이상을 들을 것이며, 별거 아닌 한마디였는데…… 김유영, 그 남자의 입에서 흘러나온 '항아님' 그 세 음절은 어쩐지 여자를 좀 더 쓸쓸하게 만들었다. 미처 닦아내지 못한 먹물 자국이 손가락에 남아 있었다. 슥슥 문질러도 지워지지 않아서 그냥 가만히 두고 보고 있자니 맥이 빨라지고 생각이 어수선해졌다.

잠이 오기는커녕 정신이 점점 더 맑아지고 있었기에 조금 더 힘주어 눈을 감았다. 궁녀들은 여전히 소란하게 수다를 떨고 있었고, 간간이 김유영 그자의 이름이 섞여들 때마다 운영은 저 혼자 흠칫 놀라곤 했다. 그러고 보니 잠들지 못하는 이유가 분명히 있었다. 이불을 잔뜩 끌어안은 채 천천히 기억을 되뇐다. 잠시 부딪혔고, 떨어진 책을 주워준 것뿐이다.

한 번 보고 말았을 남자를 공교롭게도 한 번 더 보았으나 그자가 기억조차 못 했으니 마주했던 시간은 없었던 일로 치부해도 상관없다. 그러니, 먹물이 한 방울 튀었던 그 야릇한 순간도 하찮은 시간의 장면이 되는 것이 당연하다. 아주 소소하고 사소하게. 그렇게 별다른 의미를 부여하지 않으면 되는 일인데, 또 숨이 급하게 차오른다. 그 뻐근함이 못마땅하여 인상이 찌푸려지는 순간에도 또 속이 울렁거린다.

눈앞으로 내밀어졌던 남자의 하얀 손…… 그것 때문에. 이불 속에서 웅크린 여인은 두 손으로 귀를 막은 채 눈을 감는다. 보이는 것도 들리는 것도 없는 잠깐의 고요 속에서 한숨처럼 뱉어지는 혼잣말은…….

"유영."

남몰래 읊조리자니 괜히 먹먹해지는 낯선 이의 이름이었다.

"닿을…… 뻔했어."

베옷에 가죽 띠 두른 선비시여!
옥 같은 얼굴은 신선과 같으십니다.
날마다 주렴을 향해 틈으로 바라보옵는데
어찌하여 월하의 인연은 없는 것일까요.
얼굴을 타고 흐르는 눈물은 물줄기가 되고
거문고를 타 보지만 원한의 소리만 맺힙니다.
가 없는 가슴속의 원한을
머리를 든 채 하늘에만 하소연합니다.

- 고소설 〈운영전〉 중에서

"최소옥! 정신 차려. 어머, 얘 서서 자."

금련의 외침에 겨우 실눈을 뜬 소옥은 늘어져라 하품을 하더니 눈곱을 떼어냈다. 뺨을 두드려도 몽롱한 기운이 가시지 않는 지금 시각은 6시 반, 비해당 궁녀들의 아침 조회 시간이었다. 궁녀들은 이른 아침이라고는 생각지 못할 만큼 말끔한 차림새였지만 모두들 잠이 서린 눈을 부비적거렸다. 하루의 시작을 여는 조회를 위한 준비를 시간 내에 마치기 위해서는 한 시간 남짓의 시간이 소요되었다. 때문에 궁녀들의 실제적인 기상 시간은 5시 전후였다.

"주목!"

비해당 궁녀들을 총괄하는 최 상궁은 단 한 번의 손짓으로 그녀들을 불러 모았다. 궁녀들을 찬찬히 살피는 최 상궁의 눈초리가 매서웠다. 러브레터를 몰래 훔쳐보는 B 사감과 같은 차가운 미소는 최 상궁의 전매특허. 눈빛만으로도 사람을 잡는다는 것을 새삼 실감하게 하는 최 상궁의 카리스마 덕분에 천방지축 아가씨들은 그나마 궁녀라는 이름에 걸맞은 전아함을 유지할 수 있었다. 매서운 눈빛 사이사이로 서 있는 궁녀들은 저마다의 이유로 가슴이 콕콕 찔렸다. 그 가운데에서도 유독 긴장한 낯빛의 궁녀는 비취였다. 학부의 오전 수업이 있는 탓에 일찌감치 사복으로 환복한 차림이었던 그녀는 괜히 먼지를 터는 척하면서 치맛자락을 아래로 끌어내렸다. 허리춤이 골반에 걸쳐진 탓에 쉽게 내려가지 않는 치맛단을 억지로 끌어내리면서 끙끙거리던 그때였다. 어느 틈에 다가온 검은 그림자가 비취의 앞에 드리워졌다.

"치마."

별거 아닌 짧은 두 음절인데도 솜털이 솟아올랐다.

"마마님. 이것은 무릎을 넘어가지 않는……."

최 상궁은 찌릿한 눈빛으로 비취의 애타는 목소리를 쉽게 잘라냈다. 그러곤 망설이지 않고 비취의 허리에 손을 가져다 댔다. 애써서 잡아당긴 길이만큼 그대로 원상 복귀시키는 동작이 순식간이었다. 동그란 무릎이 훤히 드러나는 짧은 치마의 모양새가 낯설지 않았기에 최 상궁의 얼굴은 더욱 찌푸려졌다.

"분명히 내 이것을 본 적이 있는 있는데……."

가늘어진 눈매가 꽃무늬 치마를 향하는 순간 올 것이 왔음을 직감한 비취의 얼굴은 하얗게 질렸다.

"이 치마를 내 눈앞에서 입게 되는 날에는 어찌 된다고 했느냐?"

"……."

"곱게 말을 하는 것이 이로울 터인데 어찌 입을 다물어!"

"제, 제 손으로 잘라 버리기로 했습니다."

그것은 사가에서부터 몰래 들여온 짧은 치마를 들키던 날에 맺은 약조였다. 그 약조 덕분에 비취는 아끼는 치마가 눈앞에서 찢어발겨지는 험한 꼴을 면할 수 있었다. 그게 벌써 석 달 전이었기에, 이쯤 되면 잊었으리라 생각하고 조심스레 꺼내 입은 비취였다. 그런데 역시나 최 상궁은 소름 끼치는 기억력의 소유자였다.

"그걸 아는데도 이런 볼썽사나운 모양새를 보인단 말이냐!"

고개를 푹 숙인 비취의 눈에서 눈물이 고여 들었다. 잘못한 것은 알지만 서러운 마음이 드는 것은 어찌할 도리가 없다. 대학생인 비해당 궁녀들에게 수성궁은 등, 하교 차림에 대하여 한복이 아닌 자유로운 사복 차림을 인정하고 있었지만 나름의 규율은 분명히 존재했다. 가슴이 훤히 노출되거나 팔뚝이 드러나는 민소매, 무릎 위로 5㎝ 이상 올라가는 짧은 치마, 다리 선이 적나라하게 드러나는 쫄바지 차림은 허용되지 않았다. 애석하게도 비취는 이 모든 규정 위반 옷차림을 좋아했는데, 특히 미니스커트 마니아 이른바 '짧치소녀'였다.

"뭘 잘했다고…… 금세 눈물인 게야."

다정한 목소리 때문에 더욱 서러워진 비취의 어깨가 들썩였다. 최 상궁은 느릿하게 한숨은 뱉어냈다. 사실, 규율을 어겼다는 그 자체보다도 제 입으로 내뱉은 약조를 지키지 않는 비취의 신실하지 못한 태도에 더욱 화가 났다. 물론, 제 마음대로 자유롭게 개성을 드러내지 못하는 궁녀들의 처지가 딱하다. 그런데도 표정을 굳히고 안쓰러운 마음을 숨긴다. 한 번 두 번 풀어주면 철없는 여인들이 금세 허물어지고 말 것을 알기에 더욱 단단하게 조여야 했다.

"이대로 군말 없이 갈아입으면 용서할 것이다."

당장에라도 가위를 가져다 댈 줄 알았는데 의외였다. 어쩐지 타협이 될 것도 같은 생각에 비취는 용기를 가장한 객기를 부렸다. 그녀는 덜덜 떨리는 손가락 하나를 펴 보이면서 눈을 찡긋거렸다.

"하루만이라? 지금 내게 그것을 청하는 것이냐?"

최 상궁은 단번에 알아들었다. 때문에 어떤 기대감을 감추지 못하는 비취가 연신 고개를 끄덕였다. 물이 고인 눈가가 애교스럽게 휘어지는 것이 귀여워서 순간 터질 뻔한 웃음을 꾹 눌러 참았다. 슬며시 웃던 낯빛이 사나워진 순간에 날카롭게 내뱉어진 말은…….

"가위!"

그 찰나의 틈에 어디서 누가 가져온 것인지 정말 눈앞으로 가위가 드리워졌다. 최 상궁이 가위를 찰칵거리는 순간에서야 정신이 든 비취는 두 손을 모아 쥐면서 폴짝거렸다.

"마마님!"

"가거라."

"예?"

"5분이다."

그 시간 내에 제대로 갈아입고 오라는 뜻이었다. 이만하면 최선을 다해서 한 수 물러준 것인데도 머뭇거리는 비취 때문에 최상궁은 계속 가위를 찰칵거리면서 눈을 부릅떴다.

"틈을 보여줬는데도 살아서 나갈 방도를 모르는구나. 5분 뒤에도 네 모습이 지금과 같다면, 여기 있는 모두 앞에서 네가 아끼는 것을 찢어 발겨서 손걸레로 삼을 것이다! 그리되는 것을 원하느냐?"

"가, 가요. 갑니다."

울상이 된 비취가 뛰어나가는 순간에도 콧노래를 흥얼거리고 있는 궁녀는 소옥이었다. 비취와 달리 오늘 아침 학부 수업이 없는 그녀의 차림새는 단정한 한복이었다. 자신은 딱히 흠 잡힐 데가 없는 모양새라고 생각했기에 소옥은 비취가 혼나는 모습을 재미나게 구경하던 차였다. 하지만 등잔 밑이 어두운 법.

"최소옥!"

날이 선 눈빛과 쩌렁쩌렁한 목소리의 의미를 이해할 수 없어서 고개를 갸웃거리던 소옥은 금련의 눈짓으로 겨우 감을 찾았다.

"그 입술! 입술!"

참다못한 최 상궁이 손가락질하는 순간 소옥은 얼른 제 손으로 입을 가렸다. 이제야 생각났다. 그녀는 어젯밤, 새로 산 립스틱의 색깔을 자랑하면서 몹시 즐거웠다. 그리고 입술에 바른 채 그대로 잠들었던 터였다. 늦잠을 잔 탓에 제대로 세수도 못한 채 환복만 했던 오늘 아침의 상황을 깨달은 뒤에는 이미 늦었다.

"간밤에 쥐새끼라도 먹은 것이야! 화장을 얌전하게 하라고 그렇게 일렀는데도!"

"쥐, 쥐새끼…… 크크큭."

다른 궁녀들이 키득거리자 소옥이 가늘게 눈을 흘겼다. 그 옆에서 조용히 따라 웃던 운영이 하필이면 최 상궁과 눈이 턱 마주쳤다. 운영은 '헉!' 하는 숨소리와 함께 얼른 고개를 숙였다.

"조용."

차갑고 낮은 목소리였다. 크게 소리를 지르지 않아도 충분히 전달되는 엄숙한 경고였다. 그것을 알아들은 궁녀들의 얼굴에서도 자연히 웃음기가 사라졌다.

"자, 다음으로……."

최 상궁의 입에서 다음 전달 사항이 이어지는 순간 운영은 멈칫했다. 그녀는 아직 ID카드의 행방을 모르고 있었다. 홍 내관이 나중에 보자면서 겁을 줬지만, 그는 임시 아이디 카드를 발급해 주면서 찌릿 쏘아봤을 뿐 그 이상의 별다른 말은 없었다. 이른바 친인척 프리미엄의 후광으로 그녀는 위기를 넘겼지만 최 상궁에게 걸리면 상황은 달라질 것이다. 최 상궁을 올려다보는 운영의 눈빛에 근심이 가득했다. 하지만 이어진 얘기는 뜻밖이었다.

"오늘부터 너희는 단체 수련실 생활을 종료한다. 비해당에 새롭게 배속된 별당 가운데 서궁과 남궁에서 각각 다섯 명씩 동거하게 될 것이다."

"대군의 명이십니까?"

"그렇다. 모두가 모여 있으면 학업에 방해될 터이니 그리 하라 명하셨다. 운영, 소옥, 금련, 은섬, 비취는 서궁으로 가거라."

"왜 하필 서궁이야?"

비취가 볼멘소리로 중얼거렸다. 서궁으로 가게 된 다른 궁녀들도 저마다 입을 꾹 닫은 채 뚱한 표정을 지었다. 조회가 끝난 뒤 수업이 있는 궁녀들을 제외한 나머지는 모두 방 정리에 열을 올렸다. 혹시라도 최 상궁에게 발각되면 안 될 순정 만화책, 19금 도서 등을 이불 속, 옷가지 아래에 숨겨서 옮기는 손길들이 재빨랐다. 그 속에서 유독 느린 움직임을 보이는 것은 운영이었다. 그녀는 딱히 숨길 것이 없음에도 유독 심드렁한 표정이었다.

'하필이면…… 서궁이람.'

서궁은 수성궁 안에서도 유배지나 다름없는 곳이었다. 고즈넉한 물소리와 산새 소리가 가득하여 학문을 닦기에는 더할 나위 없는 공간이었지만 이십대 꽃 청춘의 젊음을 가로막는 적막함이 가득했다.

오전 시간 내내 서궁에 짐을 푼 궁녀들은 어느 정도 짐 정리를 마치자마자 조잘거리기 시작했다.

"하아…… 여기, 진짜 싫다고. 수성궁 안에서도 완전 구석이잖아."

"아무래도 너무 쉽게 생각했어……. 왜 우리 집에서는 내가 궁녀가 된다고 했을 때 좀 더 뜯어말리지 않았을까."

"시간이 안 간다고! 이제 겨우 스물셋인데…… 앞으로 남은 7년을 어찌 보내. 이 아까운 이십대를 강제 수절로 보내다니 말이돼? 요즘 세상에 가당키나 하냐고!"

"스무 살 넘고 나니까 드는 생각인데, 내 안의 여자가 죽어가는 것만 같아."

모여 앉은 참새들처럼 쨱쨱거리면서 저마다의 신세 한탄에 열을 올렸다. 신세 한탄을 하기 시작하면 누구에게도 뒤지지 않을 운영이었지만 그녀는 입을 열지 않았다. 모든 게 귀찮았다. 그녀는 아예 한쪽 구석으로 자리를 옮겨서 소란한 무리와 거리를 두었다.

차분한 표정의 여자는 귀를 닫고 펜을 잡은 손을 움직이는 것에만 몰두했다. 평상시에도 그녀는 머릿속이 어지러우면 무언가 끄적거리기를 좋아했다. 그도 그럴 것이 당대 최고의 문학가들과 어울리는 안형대군을 보필하면서 자연스럽게 책과 글을 가까이하게 된 운영은 문예에도 뛰어난 소질을 보였다. 묵언 수행하는 스님처럼 입을 닫고 있는 여자가 내심 신경 쓰였던 소옥이 그녀의 옆자리로 옮겨 앉았다. 그녀의 입술은 여전히 진한 붉은빛이었는데 그것은 립스틱 때문이 아니라 최 상궁이 직접 휴지로 립스틱을 박박 닦아내 준 덕분에 잔뜩 부르튼 탓이었다.

"뭘 그렇게 써? 연애편지?"

"연애편지는 무슨…… 과제. 너도 해야 하잖아."

"아, 맞다! 〈현대시의 미학〉 그거 또 자필로 하라고 했지? 하여튼 노인네 숙제 내는 방법도 고전적이야. 아무튼…… 이번에도 또 늦게 끝내주기만 해! 비해당 궁녀의 이름으로 용서하지 않겠어! 는 개뿔이나…… 내가 뭐라고! 내가 뭐라고…….."

소옥은 바닥을 뒹굴거리면서 절규했다. 한복이 잔뜩 구겨지는 그 경박스러운 모양새를 최 상궁이 보지 못한 것이 다행이었다. 운영은 그녀의 버둥거림 때문에 잠시 잠깐이나마 옅은 미소를 지었다. 하지만 그것도 오래가지 못했다. 입가에 머금었던 미소가 걷힌 자리에는 쓸쓸함이 내려앉았다. 시라는 것이 본래 개인의 서정 세계를 읊는 것이라는 말을 떠올리면서 운영은 가만히 눈을 감았다. 어두운 심연에 잠들어 있는 진심을 끌어 올린다.

'궁녀가 아니라…….'

손끝을 타고 흐르는 이야기들이 연필을 지나 종이에 옮겨지는 그 순간순간마다 운영은 먹먹해졌다. 금세 활자를 눈에 담는 시야가 뿌옇게 흐려진다. 그게 마음에 들지 않아서 아예 창밖으로 시선을 던졌다. 뜨끈해진 눈의 열기를 식히는 바람이 서늘해서 눈이 시릴 정도였다. 보름의 달밤이 아름다웠지만 서궁의 고요와 적막함이 그녀를 휘감는다. 달을 보며 눈을 감는다.

'그냥…….'

그리고 기도했다.

'여자이고 싶어.'

"비취, 꽃술 제거 다 했어?"

"어, 여기 있어. 소옥아. 너 진짜 잘해야 해. 혼자 할 수 있겠어?"

"물론이지. 화전 만든 세월이 8년이야. 나만 믿어!"

'그걸 아니까 못 믿겠다는 거지.'

꾹 닫힌 입술을 대신해서 코로 더운 숨이 뿜어져 나왔다. 친구의 자존심을 생각해서 하고 싶은 말을 삼키는 비취의 표정이 심란했다. 그건 운영도 마찬가지였다.

"그런데 소옥아. 네가 한 반죽, 좀 질다. 아직 시간 있으니까 그냥 다시……."

운영이 채 말을 맺기도 전에 소옥은 다부지게 고개를 가로저었다.

"안 돼! 시간 없어. 반드시 백자란보다 먼저 끝내야 한다고! 조금 더 센 불에 구우면 되니까 걱정 마시라!"

그녀는 무언가에 쫓기듯 다급한 숨소리를 내면서 눈을 빛냈다. 언뜻 보기에도 질척한 반죽이 고집스럽게도 프라이팬 위로 올려지는 순간 비취의 표정이 비에 젖은 꽃잎처럼 구겨졌다. 새벽이슬에 옷깃을 적셔가며 직접 따온 진달래꽃이었다. 식용으로 쓰인다 해도, 자연의 이치대로 살았다면 여전히 생명을 지녔을 꽃이었다. 비취는 본래 바닥에 떨어진 꽃으로 화전을 만들자고 제안했었는데 오늘의 조리 담당인 소옥이 질색을 했다. 재료의 신선도를 따져야 한다면서. 그 신선한 재료가 정작 제대로 빛깔도 내지 못한 채 기름에 절어가고 있는 게 애석한 노릇이었다. 그뿐인가? 이왕이면 꽃이 그 아름다움의 경탄을 받을 수 있도록 꽃잎 하나하나 떨어지지 않게 손질하느라 부단히 애를 쓴 비취였다. 그런데 그 온갖 보람도 없이 화전은 소옥의 무자비한 손놀림으로 인해 처절하게 망가지고 있었다.

'미안하다. 진달래야. 너의 희생을, 이 따위로 보잘것없이 만들어서……. 내가, 대신 사과할게.'

비취는 바닥에 떨어진 꽃송이 하나를 손에 쥔 채 잠시 눈을 감았다. 그리고 다시 눈을 떴을 때 큰 한숨이 뻗어 나왔다.

'아, 저 요리 역신.'

분홍빛의 꽃은 질척한 반죽 위에서 힘을 잃고 덕지덕지 엉겨 붙어 있었고 불이 너무 센 탓에 반죽의 가장자리는 타닥타닥 소리를 내면서 타들어가고 있었다. 악명 높은 요리 역신의 손이 지나는 곳마다 엉망진창이었는데도, 소옥은 싱글거리면서 숫자 다섯을 세고 있었다. 반죽을 뒤집는 그 시점에만 지극히 충실한 답답함에 운영은 차라리 보지 말자고 눈을 감았다. 결국, 참다못한 비취는 소옥의 손에 들려 있던 뒤집개를 뺏어 들었다.

"아, 왜! 아직 셋밖에 안 셌어!"

"안 돼! 더 셀 필요도 없어."

"왜 이래! 시간 내에 끝내야 백자란을 이긴다고. 이번에는 포상 휴가 꼭 갈 거라니까!"

소옥의 칭얼거림에 비취는 더욱 눈을 부릅뜨면서 소매를 걷어올렸다.

"좀 봐! 이게 화전이니? 화전이야! 기름으로 떡칠이 된 호떡이지!"

볼품없는 모양새의 요리를 흘겨보는 눈이 제법 앙칼졌다. 이미 진달래꽃은 그것이 꽃인지도 모를 정도로 까맣게 타서 형체가 사라져 있었다.

"좀…… 누렇긴 해도…… 에이, 그게 뭐라고! 입에 들어가면 맛은 똑같다니까."

"와, 이 언니 진짜 양심 팔았네. 그냥 누런 게 아니라 다 탔잖아! 이걸 어떻게 눈뜨고 먹으라고 주니?"

"뭐가 그렇게 까다로워. 어차피 먹고 배부르면 끝인데!"

"과연…… 최 상궁도 그럴까?"

최 상궁, 미처 생각지 못한 그녀의 실루엣이 떠오르는 순간 소옥의 동공이 확장되었다. 비취는 그것 보라는 듯 입술을 휘면서 소옥의 어깨를 짚었다. 슬쩍 힘을 실으면서 두 눈을 주시하는 것도 잊지 않았다.

"장담하는데…… 네가 이 누렁이 떡을 내놓는 순간, 그 여자가 널 지르밟을 거야. 가시는 걸음걸음. 아주 사뿐히…… 죽어도 아니 눈물 흘리도록 말이지."

부서지는 숨결이 주는 경고에 오도독 소름이 돋았다. 최 상궁에게 탄 음식을 건넨다는 것은…… 게다가 그것이 심사를 위한 요리 과제라는 것은, 오래 살기 싫다는 다른 표현이기도 했다.

소옥은 시계를 야속하게 쏘아보면서 크게 한숨을 내쉬었다. 분명히 시간 내에 요리를 완성했을 자란의 신경 사나운 웃음소리만 떠올려도…… 그 가늘어진 눈만 상상해도, 짜증이 나서 미간이 좁혀졌다.

"좋겠다. 백자란은 포상 휴가도 가고."

비취는 화전을 손가락으로 쿡쿡 쑤시면서 소옥의 속도 쑤셨다.

"그 계집애 떡이 맛있긴 해. 아, 이따가 찹쌀 남은 거로 인절미도 만들어 달라고 해야겠다. 와, 이거 대박. 손에 검댕 묻어나는 거 봐. 와, 역시 우리 역신은 클래스가 달라! 어쩜, 찹쌀 반죽으로 숯을 만드셨네."

비취가 손가락을 옷소매에 문지르면서 얄밉게 웃었다. 그 낯빛을 콱 쥐어박을까 고민하던 순간, 대결 종료를 알리는 종소리가 쓸데없이 맑은 소리로 울렸다. 그러곤 1분의 지체함도 없이 소주방 나인 해밀이가 모습을 드러냈다. 심사를 위해서, 완성된 요리를 받아가기 위함이었다. 완성 접시가 없음을 눈치챈 해밀은 멀뚱히 서서 운영과 비취를 번갈아 쳐다봤다. 어찌 된 일이냐는 듯한 표정의 여자는 이미 남궁에 다녀온 듯 하얀 접시를 손에 들고 있었다. 언뜻 보기에도 뽀얀 자태의 화전이었다. 유독 진한 보랏빛의 제비꽃이 선명하게 자리해 있는 모습은 소옥의 패배를 분명히 하고 있었다. 이미 상황을 파악한 해밀은 심란한 표정으로 까맣게 탄 화전을 집어 들었다.

"와, 정말 화전을 매번 다양하게도 망치는구나. 작년에는 덜

익었던가?"

"누가 봐도 날반죽인데, 다 익었다고 우겨서 심란했잖아. 홍 내관이 입에 넣자마자 토했어. 입에 넣어준 것도 가상하지. 가만 보면 홍 내관이 착해."

"쳇. 재작년에는 잘 익었었다고! 그땐 완벽한 완성작이었어!"

소옥은 툭 불거진 불로 툴툴거렸다.

"아니지."

비취는 오늘 소옥의 약을 올리기로 작정한 듯 집게손가락을 얄밉게도 흔들었다.

"그땐, 꽃술을 안 떼서 독을 먹일 뻔했잖아. 최 상궁 마마님이 불만 있으면 말로 하라고 했어. 조용히 죽이지 말고."

"하하, 맞아. 그랬지. 그때 요리 역신이라는 별명도 같이 생긴 거지? 소옥이가 만든 거 먹으면 역병 들 것 같다고."

옆에서 잠자코 듣고 있던 운영이 배를 붙잡고 끅끅거렸다. 비취는 거의 울기 직전의 표정으로 이를 깨물었다. 때문에 제대로 뿔이 난 소옥은 본분을 잊고 노닥거리는 해밀을 내쫓기 위해서 아주 치사한 수를 꺼냈다.

"이것 보세요. 나인님. 지난번에 진상품으로 들어온 토종닭, 그거 알아서 도망간 게 아니라 네가 몰래 뒷산에 방생한 거, 그대로 숙수님한테 조잘조잘한다. 죄가 까발려지기 싫으면 조용히 갈길 가시죠? 앙?"

"아, 진짜 치사하네! 그게 뭐 나빠! 어차피 대군도 살생은 싫어하신다고."

"너 그거 때문에 새벽마다 얼마나 시끄러운 줄 알아! 네가 밥 주면서 애완용으로 기르는 것도 다 이른다!"

"밥을 줘? 애완용?"

헤실거리던 비취의 낯빛이 일순간 굳었다.

"그, 그게…… 사, 산에서 적응을 참 잘하더라."

순간의 역습을 당한 해밀은 난처한 표정으로 손사래를 쳤다. 그녀의 애타는 시선이 향한 곳은 얼굴이 하얀 여인이었다. 하지만, 해밀의 공범자인 운영은 아무것도 모른다는 듯 헛기침과 함께 슬쩍 옆으로 비켜났다. 하지만 눈치 빠르기로는 소옥 못지않은 비취였기에 몇 걸음 못 가서 턱 팔이 붙잡혔다.

"홍운영이 공범이었구만! 어쩐지, 다들 짜증내도 저 혼자서 닭한테 손 흔들더라니, 으이그!"

어느 날 불쑥 느닷없이 시작된 수탉의 울음소리에 참 많은 사연이 얽혀 있었다. 유독 잠귀가 밝은 탓에 작은 소리에도 쉽게 잠을 깨는 비취는 그 장닭의 출현 이후 새벽마다 발작적으로 잠에서 깨어났다. 어찌나 크고 우렁차게 울어대는지 도대체 뭐가 필요해서 그러는 거냐고 말을 시키고 싶을 정도였다. 뭘 먹고 삶을 연명하는 건지 아픈 기색도 없이 토실토실한 그 장닭이 진상품에서 애완용 닭으로 기적적인 신분 상승을 했으리라곤 생각지도 못한 일이었다.

"그래, 뭐. 애완용…… 다 좋은데! 왜, 왜! 하필 서궁 뒷산이야!"

"맞아! 백자란이 있는 남궁으로 보내! 당장 오늘 새벽부터 거기서 악을 쓰면서 울라고 해!"

"아, 알았어. 그쪽으로 유인하면 되잖아! 제발…… 서 상궁님 한테 이르지 마. 내 닭, 이제 부르면 오고, 제법 귀엽단 말이야."

'내 닭'을 논하는 해밀의 애처로운 표정 앞에서 비취는 놀라운 사실 하나를 깨달았다.

"너, 1인 1 닭 하잖아. 그것도 삼 일에 한 번씩."

"그, 그건 또 살기 위한 단백질 섭취…… 아, 진짜! 아무튼, 빈 접시라도 줘! 빨리!"

해밀은 눈을 가늘게 뜨면서 뜨거워진 볼에 손부채질을 했다. 화전 한 접시 받으러 왔을 뿐인데 졸지에 비밀이 까발려져서 궁지에 몰린 꼴이었다. 결국 해밀의 재촉으로 빈 접시를 제출한 소옥은 맥이 풀려서 바닥에 털썩 주저앉았다. 망친 화전을 제 입안에 욱여넣으면서 신경질적으로 씹어 삼키는 모양새가 조금 딱하기도 했다.

"먹지 마. 탄 거 몸에 안 좋아."

"맛만 있는데……."

비취는 키득거리면서 뾰로통한 소옥의 볼을 살짝 꼬집었다.

"그러게 왜 욕심을 부려. 어차피, 삼짇날 대결은 아무도 백자란을 못 이겨. 한두 번 겪니. 해마다 지면서도 왜 매번 오기야. 차라리 그냥 천천히 만들었으면, 우리끼리 두고 먹을 간식거리라도 됐을 텐데…… 이게 뭐야!"

"이번엔 내가 더 빨랐단 말이야! 이길 수 있었어. 금련이가 일부러 제비꽃도 시들시들한 거 딸 거라고 했는데……."

"어이구 이 속이 시커먼 항아님아! 난 또 왜, 금련이가 느닷없이 백자란하고 같은 조를 한다고 나섰나 했다. 네가 못된 속을 가지고 있으니까 떡이 까맣게 탔지! 져도 싸. 잘 졌네."

비취는 소옥의 손등을 찰싹 때리면서 눈을 찡긋거렸다.

"흉가, 이번엔 보란 듯이 가고 싶었다고…… 맨날 자랑질 하는 거 꼴 보기 싫어서."

"삼짇날 포상 휴가? 세상에. 그게 무슨 객기니. 난 처음부터 욕심 없었어."

"거짓말."

"정말이야! 그 욕심이 있었으면 운영이랑 내가 왜 너를 조장으로 오냐 오냐 받치고 있겠냐! 백자란 뒤에 붙어도 벌써 붙었지."

서로를 잘 알기에 할 수 있는 직설적인 힐난이었다. 소옥은 모든 불만을 담아서 질척한 반죽을 노려봤다.

"화전놀이, 그냥 연례행사일 뿐이잖아. 너 솔직히 정말 이길 수 있을 거라 생각했어? 오메기떡 큰손 할머니 밑에서 자란 모태 떡보 백자란이야. 걔를 이기겠다고? 그게 아니지. 너도 질 거 알면서 상대가 백자란이니까 괜히 집착하는 거야. 소모적인 싸움이라고. 이 미련퉁이야!"

소옥은 입술을 샐쭉 하면서 눈을 옆으로 흘겼다. 그녀의 시선 끝으로 조금 더 신경 사나운 실루엣이 잡혔는데 그것은 운영이었다. 소란한 와중에도 그녀는 마치 남의 일이라는 듯 말없이 웅크리고 앉아서 무언가를 조물딱거리고 있을 뿐 소옥이 있는 쪽에 시선조차 두지 않았다.

"홍운영. 어차피 우리 망했어. 혼자 뭐하는데!"

새침한 표정으로 쏘아붙이는 소옥의 앞으로 운영이 다가섰다. 싱글거리는 그녀의 손에는 무언가 조심스럽게 쌓여 있는 흰색 보자기가 있었다. 운영과 눈빛을 교환한 비취는 그것이 무엇인지 눈치챈 듯 키득거리면서 고개를 끄덕였다. 소옥은 그녀들의 눈빛이 마땅치 않아서 더욱 눈을 가늘게 떴다.

"뭔데? 홍운영. 왜, 그런 눈으로 봐!"

"축하하려고."

"어?"

"8전 8패. 대기록의 순간이잖아."

소옥의 눈이 짜증으로 잔뜩 커졌던 시점, 그녀의 입이 채 열리기도 전에 머리 위로 꽃비가 뿌려졌다. 운영의 손을 벗어나서 흩뿌려진 그것은 분홍빛의 진달래꽃이었다. 어느 틈에 비취도 합세해서 그녀는 아예 바구니 채 꽃잎을 끼얹었다. 때마침 불어오는 바람 때문에 사방으로 퍼진 꽃송이가 무척이나 아름답게 흩날렸다. 때문에 그 속에 파묻혀서 허우적거리는 여인의 앙칼진 외침조차 봄날의 즐거움을 노래하는 새의 지저귐을 떠올리게 했다.

"야, 이 계집애들아! 그만해! 그만하라고!"

"축하합니다! 축하합니다. 항아님의 전패를 축하합니다. 우후후후!"

"최 상궁 마마한테 다 이른다. 먹는 것 갖고 장난친다고!"

"꽃이 왜 먹는 거야. 보는 거지."

"아, 진짜…… 말장난 그만! 나 화내. 재채기 나온단 말이야.

푸에취!"

소옥은 눈을 감은 채 크게 재채기를 하다가 찹쌀가루가 담긴 그릇을 밟고 넘어졌다. 그대로 뒤집어엎어진 가루가 소옥의 머리 위로 쏟아졌다. 놀라서 풀썩이는 움직임 때문에 가루가 입과 코로 들어오는 순간, 소옥의 눈도 하얀 설인의 눈빛을 닮아 번뜩였다.

"너네…… 오늘, 진짜…… 마녀를 소환, 커헉. 콜록콜록."

"흥! 뛰어, 뛰어."

"저거, 정리해야 되는데……."

"정리는 무슨! 우리가 세 걸음 뛸 때 열 걸음 뛰시는 요리 역신이야. 잡히면 저 가루 옴팡 뒤집어쓴다고! 헉, 벌써 저기 온다. 빨리!"

비취와 운영은 볼썽사나운 여인네를 뒤로한 채 내달렸다. 하지만 딱 10초 뒤, 기세 좋게 뛰어가던 비취의 목소리가 쩍쩍 갈라졌다.

"놔라! 네 이년! 역신 주제에 어디…… 감히, 어서 놓지 못할까!"

"어허, 아직도 주제를 모르고, 그 입 다물라! 다물라!"

절대 '을'이 주고받는 대화치고는 답지 않아서 운영은 킥킥거렸다. 그녀가 눈을 휘면서 웃을 때마다 속눈썹에서 떨어지는 흰색 가루가 먼지를 내듯이 흩날렸다. 일찌감치 먼저 붙잡힌 그녀는 크게 저항하지 않은 탓에 찹쌀가루 한 주먹으로 끝났지만 비취는 맹렬히 저항하고 있었다.

"제발, 역신…… 찹쌀가루만은…… 으윽."

하얀 백발의 여자는 인질의 목에 제대로 걸린 헤드록에 더욱 꽉 힘을 주었다. 한쪽 손으로는 아주 꼼꼼하게도 가루를 끼얹으면서.

"역신이 아니라! 여신. 여신님!"

"여, 여신. 숨…… 못 쉬겠…… 어."

비취가 숨넘어가는 시늉을 하면서 바닥을 두드리자 소옥은 얼른 팔에 힘을 풀었다.

"아파? 미안. 장난이었는데……."

화가 나긴 했어도 절반은 장난이었다. 그래도 제법 거친 동작이 심했는지 비취의 목에 붉은 자국이 생겼다.

"괜…… 찮아."

겨우 제 숨을 되찾은 비취는 차악 눈을 내리깔면서 크게 호흡을 했다. 그녀의 급한 숨결을 따라서 코끝에 묻은 가루가 허공으로 흩어졌다. 걱정스러운 듯 흔들리는 소옥의 눈빛을 포착한 비취는 일부러 보란 듯 연신 기침을 콜록 이면서 목을 매만졌다. 속으로는 복수를 위한 앙큼한 생각을 하면서.

"정말 괜찮아?"

"응. 괜찮다…… 마다……."

말을 맺기도 전에 재빠르게 몸을 일으킨 비취는 야릇하게 웃으면서 크게 몸을 돌렸다. 그러곤 제 치마를 펼럭여서 옷에 뭉쳐 있던 흰색 가루를 전부 소옥에게 흩뿌렸다.

"아, 잇! 진짜!"

"쌤통이다. 역신아! 푸하하하, 여신은 개뿔이나. 아이고, 지나가던 닭이 웃겠소."

"정신 못 차리고 또 까불…… 어. 어?"

꽃신을 집어 던지려던 소옥의 손에서 힘없이 신이 떨어졌을 때는 비취가 악을 쓰면서 사라진 뒤였다. 놀란 소옥의 눈이 크게 떠졌을 시점에는 비취가 이미 얕은 개울에 빠진 뒤였다. 그녀가 크게 웃어젖히면서 바닥을 두드렸을 때는 쫄딱 젖은 비취가 식식거리면서 제 옷의 물기를 짜내는 시점이었다. 다급하게 뛰어온 운영이 멍하니 입을 벌린 채 하얗게 질린 순간은 소옥과 비취가 댕기의 끈을 붙잡은 뒤 축 늘어진 충격적인 장면이 펼쳐진 후였다.

"스물이 넘은 것들이, 이제 대학도 졸업할 나이에, 도대체 나이를 어디로 먹는 게야!"

앙칼진 목소리가 눈앞에 있는 여인의 존재감을 사실로 만들었다. 어디서 나타났는지 모를 최 상궁에게 딱 걸린 그녀들은 운영에게 피하라는 듯 눈을 찡긋거렸다. 순간 겁에 질린 탓에 본능적으로 돌아섰던 운영은 채 반걸음도 움직일 수 없었다.

"서."

그 짧은 한 음절에 발이 묶였다.

"와."

말 잘 듣는 애완견처럼 고분고분, 댕기가 붙잡힌 이들 옆에 서는 순간, 운영은 느닷없이 웃음이 터졌다. 상황에 맞지 않은 운영의 웃음에 눈을 치뜬 소옥은 슬쩍 최 상궁의 눈치를 살피다가 저와 같은 눈빛의 비취와 시선이 교차됐다. 순간, 그제야 흰 가루를 뒤집어 쓴 채 철없이 놀았던 자신들의 모양새가 우스워서 큭큭거렸다. 웃지 않는 여인이 기적처럼 터뜨린 웃음은 신묘한 힘이 있었다. 번지고 번져서 최 상궁에게 닿았을 때 그녀의 얼굴은 노기가 아니라 환한 미소가 만연해 있었다.

"어찌, 화…… 안 내십니까?"

"낼 것이다."

"어, 언제 내실 겁니까?"

"그걸 알면?"

"마음이 준비를 좀 하겠습니다."

"그 화. 준비 됐으면 지금 내주랴?"

소옥은 얼른 도리질을 치면서 장난스레 웃었다. 그러곤 한 번 봐달라는 듯 눈을 찡긋거리면서 머리를 들이밀었다. 쓰다듬을 원하는 고양이와 같은 모양새에 최 상궁은 참지 못하고 작은 웃음을 터뜨렸다.

"어? 지금 웃으셨습니까?"

기분 좋게 울리는 목소리의 울림에 운영의 눈도 덩달아 커졌다.

"와, 마마님! 그 웃음소리 정말 오랜만입니다."

"봄날이 무섭긴 하구나……. 다스리지 못할 웃음도 터지는 것이……."

아련하게 물결지는 최 상궁의 눈빛은 선이 고운 여인, 운영에게로 닿았다. 시선이 맞닿는 순간 운영은 제 모양새가 조금 부끄러운 듯 입술을 잘근거리면서 흘러내린 머리를 귀 뒤로 쓸어 넘겼다. 고운 한복이 엉망이 된 모양새는 그냥 넘어가는 것이 도리어 이상한 상황이었다. 악을 쓰고 무릎을 꿇려 울음을 터뜨리게 해도 부족한데 최 상궁은 아무것도 하지 않았다. 사실, 작정을 하고 이들을 혼내려고 서궁을 찾은 터였다. 화전놀이 행사를 기념한 대결에서 아예 빈 접시를 제출한 소옥과 그 일행에게 나태함과 불성실함을 내세워서 집중 추궁을 하고자 했었다. 그런데 이 아이들이 천지를 모르고 뛰놀고 있었다. 그 생경한 광경에 취한 듯 발이 묶이고 홀린 듯이 바라보면서 눈앞이 뿌옇게 흐려진 이유는…… 보고 싶던 어떤 모습들을 환영처럼 볼 수 있었던 탓이다.

눈앞에 어른거리는 실루엣은 스물셋이 아닌 열다섯, 그 옛날의 소녀의 모양새를 하고 있었다. 긴 치맛자락을 부여잡고 뜀박질하는 모습도, 혼이 날 것을 뻔히 알면서도 흙을 묻히고 소란하게 떠드는 것도, 그래서 굴욕적으로 댕기를 붙잡힌 채 끌려가는 일은 항아님의 모습으로도 천진했던 그 옛날을 추억하게 했다. 그뿐인가? 운영이 친구들 속에서 함박웃음을 터뜨리는 모습은…… 꿈결 속에서도 그리운 장면이었다. 그 순간을 혼자 보고 있는 것이 죄스러울 정도로. 최 상궁은 여전히 깔깔거리면서 서로의 모양새를 손가락질하는 철없는 여인들 몰래 천천히 눈을 내리감았다.

'오늘만…… 같게 하소서.'

"오늘만이다."

"예?"

"너희에게 한없이 물렁한 모습으로 모든 것을 눈 감아 줄 수 있는 날, 바로 오늘이란 뜻이다."

오늘은, 음력 3월 3일, 4월 하고도 스물 하루의 날이었다. 꽃을 뿌리고 던지면서 까르륵 뛰어다녔던 삼짇날의 모든 것이 궁녀들의 가슴도 들뜨게 만들었다. 잃었던 동심을 찾은 듯 꽃잎을 뿌리면서 놀았던 그날이 기억났으니까. '동기'의 이름으로 처음으로 서로를 눈에 담았던 겨울날 말이다. 그날은 달력에 특별한 의미로 기록된 휴일도 아니었고 따뜻한 봄날도 아니었지만 운영은 낯선 친구들과 함께 화전놀이를 했었다. 봄꽃을 대신하여 하얀 눈을 던지고, 처음 만났다는 사실조차 잊은 듯이 붉어진 손을 감싸쥐면서 체온을 나누었다.

가족을 두고 왔다는 서러움도 잊고 까르륵거리면서 생각이 맞닿는 부분들을 찾아냈다. 추운 몸을 녹이는 뜨끈한 팥죽을 먹으면서 겨우 허기진 속을 달랜 뒤에 먹은 것이 화전이었다. 대추차에 곁들어진 그것은 최 상궁이 직접 만든 것이었다. 피지 못한 진달래꽃을 대신하여, 레몬밤의 녹색 잎이 전부였던 밋밋한 화전이었지만 그조차도 신기하여 보고 또 보았던 기억이 비해당 궁녀모두에게 남아 있었다. 그것이 앞으로, 매섭게 자신들을 다그쳐야 하는 어떤 이가 마지막으로 해줄 수 있는 최상의 위로였음도모른 채 서로가 입은 한복의 맵시를 칭찬하고 비단의 고운 촉감에 감탄하며 꽃신이 닳을세라 차마 신지도 못한 채 가슴에 품은하루였다.

항아님…… 그 세 음절이 낯설어서 서로 얼굴을 붉히며 피식거리다가, 느닷없이 누군가 터뜨린 울음이 신호탄이 되어 발작처럼 울었던 밤은 이유도 모른 채 팥죽을 먹은 동짓날이다. 하필이면 밤의 길이가 가장 길어서 야속했던 그날은…… 열다섯, 순진무구한 아이들이 노란 댕기를 곱게 늘어뜨렸던 첫날이었다. 그게 비해당 궁녀들의 입사식이었다.

"마마님도 기억하십니까? 동짓날 밤?"

"어찌 잊을까. 그날은…… 깜박하고 잊기엔 너무도 많은 기억이 서린 날이지 않느냐."

"그날, 저희 때문에 하루 종일 소주방에 계셨다지요?"

"아, 맞아! 저도 그 얘기 홍 내관한테 들었습니다. 화전을 직접 부치시다가 여기 저기 데인 상처도 있으시다고……."

상처가 보고 싶다는 듯 장난스럽게 눈을 굴리는 소옥 때문에 최 상궁은 슬쩍 붉어진 얼굴을 가리면서 헛기침을 했다.

"하여간에 그치는 안 해도 될 얘기를……."

운영은 빙긋이 웃으면서 최 상궁의 팔을 붙잡았다. 옷소매 아래로 가려진 팔목 언저리, 그곳에 어린 소녀들을 위해 처음으로 화전을 만들었던 젊은 궁인의 진심이 새겨져 있음을 잘 안다. 최 상궁은 운영의 코끝에 묻은 가루를 털어내면서 상냥하게 웃었다. 댕기를 붙잡혔던 두 여인도 자유로운 몸이 되어서 서로의 몸에 묻은 가루를 팡팡 일부러 때리듯 털어냈다. 한참 가루를 흩날리던 비취는 상냥한 최 상궁의 눈이 살짝 뱁새를 닮아가는 시점을 눈치채곤 얼른 화제를 틀었다.

"참, 그 얘기도…… 사실입니까?"

"무엇이 말이냐?"

"원조 요리 역신은 최 상궁 마마라는 얘기."

순간 단아한 이목구비가 꿈틀거렸다. 궁녀들의 반짝이는 눈동자에도 결코 반응하지 말자고 다짐하는 순간이었는데, 짜증이 서린 혀가 먼저 치고 나갔다.

"홍 내관, 그 인간이 또! 그 촉새 같은 주둥이를 놀리더냐!"

"어머나! 마마님. 화내시는 거 보니까 진짜였구나? 설마 했는데…… 영광스러운 족보가 있는 별명이었네요. 우와, 역신. 소옥아! 너, 좋겠다."

"저, 닭발이 진짜! 콱!"

"어허!"

최 상궁의 호통 한 번에 독이 올랐던 소옥의 눈매도 힘을 잃고 축 쳐졌다. 이를 힐끗거리던 비취는 손가락으로 작은 하트를 만들어서 소옥을 향해 '후-' 불었다. 그 작은 애교에 소옥은 어쩔 수 없이 또 웃어버렸다. 사실, 비취의 약 올림은 화를 돋우지 않는다. 톰과 제리처럼 서로 붙어서 아웅다웅하는 틱틱거림도 우정이 있기에 가능한 일이었다. 함께 걷는 걸음이 몹시 들뜨는 것도 그 때문이다. 사실, 어느 누구도 내색하지 않았지만 조금씩 상기된 볼을 가진 이유는 그림자 때문이었다. 햇살 아래 나란한 네 개의 그림자가 다정하게 붙어서 걸음을 옮기고 있었다. 그 실루엣에 조금 더 가슴이 먹먹해지는 것은 최 상궁이었다.

'언제, 이렇게…….'

가슴 아래께에 닿았던 작은 소녀들이 어느덧 같은 눈높이로 자라서 비슷한 길이의 그림자를 올망졸망하게 보이는 순간, 최 상궁은 조용히 벅차올랐다. 처음으로 소녀들을 맞이했던 그날 잠들지 못한 것은 최 상궁도 마찬가지였다. 7급 공무원 수석 합격자인 그녀는 문화재청의 지원을 받는 비해당에 특별 배속되었다. 상급 궁인의 신분이었기에 수하를 통솔하는 권한과 지위를 위임받았지만, 궁궐이라는 공간이 마땅치 않았다. 아무래도 귀하신 분, 그것도 왕족과 매 초를 사이에 두고 부딪치는 일은 '일'이라고 해도 버거웠기에. 게다가 하필이면 왕자가 떠맡은 비해당 프로젝트의 책임자로 내정되었다.

그 이후로 일주일을 한숨과 함께 살았고 딱히 프로젝트에 대한 애정도 없이 건성으로 임했다. 하지만, 입사 동기인 홍 내관의 사촌이 궁인의 한 사람으로 포함되어 있다는 얘기를 들은 이후 조금씩 흥미가 생겼다. 처음으로 훑어보기 시작한 궁인의 기록, 개인 프로필을 살피면서 비해당의 존재 가치와 그 의미에 대해서 깨달았다. 그리고 마침내 맞이한 입사식은 가슴이 쿵쾅거리는 탓에 홍 내관 몰래 청심환까지 먹었었다. 그렇게 맞이한 아이들의 이름을 어렵사리 외우고, 그 가족 이력과 아픈 사연을 되뇌면서 이상한 소원이 생겨났다. 귀찮고 싫어했던 첫 마음이 무색할 정도로 간절하게 빌었다. 내 너희를 갖은 힘을 다해 품을 것이니 부디, 잘 자라서 아름답게 영글라고. 그리하여 원하는 곳에서 가장 예쁜 모양으로 뿌리 내려서 피어나라고. 그날, 비로소 영광을 얻은 너희를 향해 마음을 다하여 꽃을 뿌릴 터이니, 너희는 그저 뒤돌아보지 말고 앞에 놓인 꽃길만을 거닐라고. 살면서 처음으로 타인의 행복을 염원하며 소원했던 동지의 그밤, 꽃신을 신고 잠든 아이가 비춰였고, 울먹이는 아이를 껴안은 채 잠든 게 소옥이었다. 그리고 말없이 달을 보며 두 손을 모아 쥐던 아이가 운영이었다. 그렇게 여리고 약했던 아이들이 지나가는 시간을 증명하듯 무럭무럭 자라나는 모습을 보면서 최 상궁은 매 순간 감동했고 그만큼 불안했다. 생각이 자라고 자유에 대한 갈망이 커질수록 자신들을 옭아매고 있는 사슬이 조금씩 조여질 것임을 잘 알고 있기에.

"그날, 왜 하필 화전이었습니까? 오늘 같은 삼짇날도 아니었는데……."

"삼짇날의 의미를 아느냐?"

"봄이 왔다는 뜻에서 흥겨움을 표하는 것이라 들었습니다."

"그런 연유지. 그래서 사람들은 새봄을 즐기기 위해 화전놀이를 하고 꽃밭을 거닐면서 봄을 맞이했다. 긴 겨울을 이겨낸 뒤에 얻는 소소한 행복에 기뻐하면서. 하나, 동짓날의 화전놀이는……그와 반대지."

한층 높아졌던 최 상궁의 목소리도 평상시의 높낮이로 돌아왔다. 헤실거리던 여인네들의 얼굴에서 미소를 거두어가는 잔잔한 목소리였다.

"너희의 겨울이, 더 길고 춥다는 것을 알기 때문이었다. 세속의 이들과 감히 비할 수 없을 만큼……."

최 상궁은 흩날리는 꽃비 속으로 손을 뻗으면서 애잔한 눈시울을 잠시 감았다.

"그래서, 그것이 가여워도…… 봄을 뺏을 수밖에 없는 젊인 궁인의 얄팍한 위로였지. 마음의 빚을 덜고자 하는 자기 위로."

그녀가 쓰고 떫은 미소를 하늘로 올리는 순간, 눈꼬리에 맺힌 물기가 살짝 반짝였다. 그 눈물을 훔쳐 본 소옥도 시큰거리는 코를 문질렀다. 마녀라고 힐난하면서 싫다는 듯 투정을 부리고 코드가 맞지 않는다고 툴툴거려도 언제나 그 순간뿐이다. 혼나고 눈물을 쏘옥 뽑고 그래서 야속했던 그 짧은 시간의 툴툴거림이 끝나면 여지없이 들어차는 게 최 상궁에 대한 애정이었다. 그것은 소옥 못지않게 자주 혼나는 비취를 비롯하여 모든 비해당 궁녀들이 마찬가지였다. 그래서 최 상궁이 악인을 자부하는 모습은 오히려 더 속이 상한다.

"억지로 끌어온 것이다. 화전놀이하는 봄을…… 너희가 수성궁의 문턱을 넘었던 첫날에 아주 교활하게도 내가 그리 했지. 봄을 보여 줬으니, 입 안에 고인 단맛에 취하고 옆에서 웃는 벗들에게 의지해서 버티라는 뜻이었다. 정작 봄이 더디 온다고 하여 울지 말 것이며, 지겹다고 꽃신을 벗어 던지지도 말고, 댕기를 풀어내면서 도망치지 말아 달라는…… 작은 사슬을 너희의 발에 보이지 않게 묶어둔 것이지. 비해당 총 책임자로서, 단 한 명의 궁녀도 놓치지 않겠다는…… 그리하여 내 명성에 금이 가게 하지 않겠다는 사악한 의지였다. 최미연…… 나란 인간의 얄은 속내를 그리 허울 좋게 포장한 것이다. 마녀, 너희가 사람을 제대로 본 것이지. 그래, 그게 나였고 지금의 나다."

비취는 그 자조 섞인 웃음을 부정하겠다는 듯 고개를 세차게 가로저었다. 그 순간에 튀어 오른 물방울이 최 상궁의 볼에 닿는 순간, 그녀는 목이 막혀서 입을 뗄 수 없었다. 삼짇날의 봄볕에 는 강남 갔던 제비도 돌아온다고 한다. 오죽이나 볕이 좋으면 떠 났던 새조차 불러들일까. 봄은 그렇게 가만히 시간만 보내도 자 연히 벌과 나비가 깃드는 계절인 탓에, 여인의 계절이요. 삼짇날 은 여인의 날이라고 한다. 성숙한 나이가 되어 완연한 봄을 맞은 궁녀들에게 더할 나위 없는 하루가 바로 오늘이었다. 그래서 오 늘 하루쯤은…… 옛 세시 풍속을 재현한다는 허울 좋은 명분 아 래 진정으로 음주 가무가 동반된 화전놀이를 행한다 하여도 티 가 되는 날이 아니다. 현은 이에 대해서 진지하게 의견을 피력했 지만 최 상궁은 총 책임자로서 궁녀들에게 이를 허하지 않았다. 술기운에 풀린 입과 흐려진 눈빛이 전하는 진실의 무게가 두렵기 때문에.

"마녀는…… 그렇게 봄이, 무서워서. 고작, 휴가를 미끼로 화 전이나 부치게 하는 얕은 수가 전부다. 참 못났지. 발악이라는 말 이 딱이구나. 그런다고…… 오지 않을…… 봄도, 아니거늘……."

최 상궁의 희미한 미소가 햇살 속에서 부서지는 순간 소옥은 자신의 옆 자리에 선 그녀의 손을 꼬옥 붙잡았다. 마치 무언가를 다 안다는 듯, 그래서 괜찮다는 듯한 절박한 체온이 전해지는 순 간이었다. 최 상궁은 코끝이 시큰거렸지만 손톱으로 엄지손가락 을 찍어 누르면서 버텼다. 그것은 동짓날 밤, 달을 보며 기도하던 어린 여자 아이에게서 몰래 배운 것, 눈물을 참는 법. 그 습관이 몸에 밴 여인은 속내를 들키는 표정 하나 실수로 흘리지 않고 단정한 이목구비를 유지했다. 하지만 채 숨기지 못한 붉어진 눈시울은 봄을 누르는 여인의 조용한 사투였다.

그렇게 아등바등 참아낸 눈물이 겨우 잦아들어서 눈빛이 평온해졌을 때 운영과 최 상궁 일행은 별궁 앞에 다다랐다. 현에게서 휴가 포상을 받은 자란과 그 조원들이 폴짝 폴짝 뛰어다니는 모습이 소옥의 시야에 가득 들어찼지만 그녀는 딱히 부러운 표정이 아니었다. 그보다 더한 선물을 받았으니까. 오늘밤 원조 요리 역신 최 마녀는 소옥에게 직접 화전 기술을 전수해 주겠다고 약조한 터였다. 그리고 또 하나의 덤, 오늘 하루는 달이 뜬 뒤에도 밤새 노닥질을 해도 된다는 것. 무려 최 상궁이 직접 쏘는 치킨도 예약되어 있었다. 물론 술이 아닌, 탄산음료와 함께.

"허억! 마마님, 저기!"

"대, 대군이십니다."

"어서 빨리 몸을 숨기거라. 얼른!"

최 상궁은 얼른 궁녀들의 등을 떠밀었다. 별궁 입구에서 갑자기 모습을 드러낸 현 때문에 궁녀들은 얼른 돌담 아래 웅크리고 앉았다. 대군에게 예를 갖추어 인사를 하는 도리를 지키기에는 궁녀들의 꼴이 더욱 무례했다. 물론 현은 딱히 추궁을 하거나 인상을 찌푸리지 않을 테지만 정작 요주의 인물은 홍 내관, 그자였다. 궁녀들과 함께 섞여 있던 탓에 최 상궁의 옷도 엉망이었으며 코끝은 잔뜩 붉어져 있었다. 분명히 어디서 한잔하고 왔냐고 놀리면서 빙글거릴 것이 뻔했기에 최 상궁은 아예 마주치지 않는

쪽을 택했다. 비취는 돌담의 틈 사이로 저 건너편을 지켜보면서 상황을 생중계하기 시작했다.

"대군께서 홍 내관과 캐치볼을 하시는데요? 오우, 홍 내관······ 공 던지는 폼이 제법이에요. 와, 지금 그림입니다. 나비가 나으리 어깨에 앉았어요. 흰색······ 어, 노란 나비도!"

"저러다 벌에 쏘여야 정신 차리지. 도대체 어떤 계집하고 어울리는 건지, 요 며칠 독한 향내가 진동을 하더구나. 어휴, 옆에 있기만 해도 어찌나 냄새가 고약한지. 머리가 지끈거려서 원······."

어느새 돌담 틈 하나를 차지한 최 상궁이 홍 내관을 노려보면서 혀를 찼다. 헤죽거리는 모양새를 보고 있으니 괜히 또 심사가 뒤틀린다. 언제나 저 얼굴로 사람의 약을 올리고 듣기 싫은 말을 툭툭 던지면서 치근거린다. 게다가 요즘 몸에 쏘아 붓고 다니는 듯한 향내는 몹시 신경을 거스른다. 그가 심드렁한 표정으로 곁을 스쳐 지나기만 해도 코끝이 예민하게 킁킁거려지고 손끝이 찌릿한 것이 아주 불쾌한 감각이었다. 비취는 뭔가 생각났다는 듯 손가락을 튕겼다.

"아, 저 홍 내관한테서 나는 그 향내 알 것 같습니다. 그거, 남자 친구······ 들이, 자주 쓰는 향수인데. 무슨 페로몬? 그런 냄새라고 하던데요."

냄새의 정체가 여자 홀리는 향유라는 사실에 최 상궁은 인상을 찌푸리면서도 내심 안심했다. 저 멀리 있어도 가까이 있는 것처럼 느껴지는 그의 존재감에 감각이 예민해지는 이유를 보기 좋게 합리화할 수 있으니까. 꼬시려고 뿌린 향내에 반응한 것은 생리적인 본능이지 어떤 순수한 감정 가치를 부여할 이유는 없었다.

"홀리시면 안 됩니다."

소옥은 느닷없이 심각한 표정으로 눈을 반짝이면서 주먹을 쥐어 보였다.

"홍 내관한테 홀리지 마십시오!"

"소옥아! 홍현민이야. 홍현민! 그 무슨 큰일 날 소리니!"

진심으로 표정을 구긴 것은 최 상궁이 아니라 운영이었다. 정작 최 상궁은 속으로 생각했다. 그리, 큰일 날 소리인가? 그 앙큼한 속내를 모르는 소옥은 최 상궁의 소맷단을 붙잡아 흔들면서 다시 한 번 더 확고하게 제 말을 맺었다.

"꼭! 반드시! 홍현민보다 잘난 이를 만나서, 청첩장을 뿌리십시오. 보란듯이! 그래서 맨날 못생겼다고 놀리는 그 얄미운 코를 콱 찍어 누르시란 말입니다."

최 상궁은 느닷없이 홍 내관의 희죽거리는 얼굴이 떠올라서 괜히 소름이 돋았다. 저 얄미운 자에게 청첩장을 던지는 순간의 짜릿함에 몸이 떨린다.

"그, 그래. 그래야지. 안 그래도…… 선을 볼까 한다."

최 상궁은 입꼬리를 틀어 올리면서 소름이 돋은 팔을 쓸어내렸다.

"예? 정말이십니까! 어머나, 정말 시집가시는 겁니까?"

"으흑! 시집. 크, 큰일 났…… 네."

"뭐래. 윤비취. 마마님 시집가는 게 왜 큰일이야."

"그게 아니라! 이, 이쪽으로 오십니다. 분명히 이쪽입니다."

"누, 누가 말이냐!"

"호, 홍 내관과 대군께서…… 커헉. 콜록콜록."

"어디? 어디!"

비취는 갑자기 솟아오르는 소옥의 머리를 찍어 누르면서 몸을 웅크렸다. 현과 홍 내관의 말소리가 가까워짐에 따라 최 상궁과 운영도 서로의 입을 막으면서 숨을 삼켰다. 바스락 낙엽이 스치는 소리와 함께 일순간 불어오는 바람에 페로몬, 그 문제의 향내가 여인네들을 휘감았다. 그 때문인지, 바람의 흔적을 좇아서 킁킁거리는 코의 움직임이 강아지들 같았기에 소옥은 입술을 꽉 깨물었다. 최 상궁의 찌릿한 눈빛에도 터지는 웃음이 다스려지지 않아서 끅끅거리다 보니 배가 아플 지경이었다. 어느덧 가까이 다가오던 발소리가 멈춘 시점에서 홍 내관의 목소리가 또렷이 들렸다.

"찾았습니다. 여기, 공."

"아, 다행이네. 담, 안 넘어가서."

현의 목소리가 벽을 타고 흘러드는 순간, 담 너머의 여인은 크게 숨을 삼켰다. 목구멍이 아플 정도로 꽉 찬 호흡이 꿀떡 넘어가는 순간 운영은 가슴이 뻐근할 지경이었다.

"어? 잠시만요. 대군."

"응?"

"머리에 진달래 꽃잎이…… 이제 됐습니다. 이상하네. 진달래 꽃나무는 서궁 뒤에 있는 게 전부라서 여기까지 꽃잎이 실려 올리가 없는데……."

"봄이잖아. 봄…… 좀 전에 바람 크게 불던데, 그 탓에 어디서

든 흘러왔겠지."

"그렇다면 다행인데…… 꽃 수술이 떨어져 있는 게 분명히 누가 손을 댄 흔적입니다. 혹시 주변에 다른 이가 있을지도 모르겠습니다. 산을 타고 잠입한 자라든지……."

쓸데없이 예리한 홍 내관 때문에 담 너머의 모든 여인들이 곤혹스러웠다. 소옥은 고개를 올리고 싶은 이상한 본능과 싸우느라 힘겨웠고 비취는 손바닥 안으로 소리 없는 웃음을 토해내느라 명치가 쿡쿡 쑤실 지경이었다. 운영은 자꾸 시간을 지체하는 사촌 오라비를 향해서 부들거리는 주먹을 소리 없이 휘둘렀다.

"아, 됐어! 어차피 수성궁 안이야. 문제가 생기면 이 안에서 잡힌다고. 참, 그보다 최 상궁은 아직이야?"

"최 상궁이요?"

두 남자에게 동시에 거론된 그 여자, 최 상궁의 낯빛은 하얗게 질려 있었다. 순간 머리를 들어 올려야 하나, 고민하던 그때였다. 운영은 그녀를 향해서 검지를 흔들어 보였다. 지금껏 다리에 쥐가 나도록 참았는데 이제 와서 흉한 몰골을 현에게 보일 수는 없었다.

"최 박사님이 진달래주 담근 거 삼질날에 개봉할 거라고 했잖아. 가져다주기로 했는데, 왜 여태 감감 무소식이지?"

뒤늦은 깨달음에 최 상궁은 자신의 불충함을 탓하며 허벅지를 꼬집었다.

"그러게요. 아까, 남궁의 궁인들이 왔을 때도 모습을 안 보이고…… 이 여자가 요새 빠져 가지고…… 아주 큰일이야."

"큰일은 너다!"

"예?"

"최 상궁 선 본대."

"……."

"최 박사님이 직접 하신 얘기니까…… 뜬소문은 아니야."

"……."

"이러다 잘되면……."

"차이겠죠. 차일 겁니다. 반드시! 그 얼굴을 본다면…… 어휴. 안 될 일이지!"

"남의 앞날을 저주하면서 무슨 기합이 그렇게 들어가. 이거 아주 못됐네."

"상대방 남자의 앞날을 걱정하고 있으니 저주가 아니라 축원이죠."

"와, 이 인간 봐라. 최 상궁 도대체 어디 있지? 최 상궁! 내 말 들려? 도대체 어디 있는 거야!"

최 상궁은 당장이라도 '여기 있습니다. 대군!'이라고 외치고 싶은 아우성을 참아냈다. 이를 갈면서 고개를 끄덕이는 여자의 손 아래에서 작은 돌멩이가 굴려졌다. 대군만 곁에 있지 않았더라면 수십 번은 족히 돌팔매질을 했으리라. 소옥은 뭔가 뜻이 많이 담긴 심란한 눈빛으로 최 상궁의 등을 두드렸다.

'맞. 선. 성. 공!'

신기하게도 그것을 알아들은 최 상궁이 결연한 표정으로 주먹을 쥐어 보였다. 그 옆에서 큭큭거리던 비취도 입술을 잘근거리면서 같이 주먹을 내밀었다. 소옥은 가만히 있는 운영이 마땅치 않아서 그녀의 팔을 툭 쳤다. 빨리 너도 의리의 주먹을 내밀라는 듯한 눈빛에 운영은 건성으로 주먹을 내주었다. 그러면서도 빼앗기지 않는 시선의 종착역, 그녀의 눈길이 닿은 곳은 현이었다.

돌담 틈으로 겨우 보이는 그 모습, 그래서 아주 오랜만에 편하게 볼 수 있는 그 얼굴……. 현의 맑은 이목구비를 눈에 가득 담으면서 뻐근한 명치를 손으로 문질렀다. 그래도 다스려지지 않는 무언가를 참아내겠다는 듯 엄지손가락을 제 손톱으로 찍어 눌렀다. 참아내고자 하는 그것은 다리가 저린 것도, 숨을 제대로 쉬지 못하는 것도, 더러워진 옷차림의 불쾌함…… 그 무엇도 아니었다. 살갗이 파일 정도를 애를 써서 참아내는 그것은 봉인했던 기억. 친구들과 뛰놀았던 유년의 추억, 그 천진함만이 떠올랐다면, 그래서 잠시 웃는 것으로 끝이었다면 좋았을 텐데 너무 멀리 갔다. 그 젊은 날의 찬란한 빛줄기가 신호탄이 되어 더 깊숙하게 파묻혀 있던 어둠의 기억 속 상자가 함께 열려 버렸으니까. 그 중심에 있는 자가 바로 현, 그와 맞닿은 모든 기억의 파편들이 너울지듯 머릿속을 떠도는 순간, 속이 울렁거리면서 발작처럼 터지려는 그것은 울음이었다. 절대로 입 밖으로 토해내지 않겠다는 듯 이를 사리문 여자는 차라리 눈을 감아버렸다.

'이미…… 지난 일.'

심란한 마음을 그렇게 편히 접고자 하는 여인의 속눈썹으로 금세 물기가 차올랐다. 떨어지지 못하고 속눈썹 끝에 아슬하게 맺힌 물방울은 여인의 날, 여인을 꿈꾸어도 그리될 수 없는 가녀린 여자의 시린 마음을 닮아서 애처롭게도 흔들렸다.

> 십오월계녀 – 열다섯 아리따운 아가씨
> 수인무어별 – 남 부끄러워 말 못 하고 헤어졌고야
> 거래엄중문 – 돌아와 중문을 닫고서는
> 음향이화월 – 배꽃 사이 달을 보며 눈물 흘리네
>   - 임제 〈무어별〉

"두구두구두구두구."

"따단 따단……."

"제발! 제발!"

궁녀들의 실감 나는 효과음 속에서 유독 긴장한 한 사람은 운영이었다. 긴장된 표정의 그녀는 덜덜 떨리는 손끝을 짚어가면서 사다리를 탔다. 그 결과는…….

"청포!"

"예스!"

운영은 얼굴을 찌푸리면서 사다리 표를 밀어냈다. 결코 원치 않았던 결과였다. 오늘 수성궁은 단오 행사가 예정되어 있었다. 지금이야 단옷날은 특별한 의미가 없지만 예로부터 우리 선조들은 단옷날에는 남녀노소 할 것 없이 모두 새 옷으로 갈아입고 즐겁게 놀았다. 여자들은 그네를 뛰면서 놀았고 특히 궁중 여인들은 청포 삶은 물에 머리를 감고 약수터 같은 데에서 물맞이를 하였다. 문제는 비해당의 궁녀들이 이 모든 전통 풍습을 재현해야 한다는 것이었다. 물론 오늘 날짜는 음력 5월 5일이 아니었다. 수성궁은 언제나 단오 재현 행사를 한 달 먼저 당겨 지낸다. 행사 담당자인 궁녀들의 학사 일정을 고려한 탓이다. 실제 단오인 음력 5월 5일은 학부생인 궁녀들이 책을 손에서 놓지 못할 정도로 학업에 매진해야 하는 기간이었다. 이른바 기말고사 기간. 비해당 궁녀들의 1차적인 목적은 학문적 수련에 있었기 때문에 수성궁은 궁중 의례를 제외한 단순 재현 행사와 관련해서는 꽤 유동적으로 일정을 조정하고 있었다. 그것은 물론 현과 최 상궁의 작은 배려였다.

"또 타봐요! 누나, 누나!"

"고무신 예뻐요! 그거 어디서 사요?"

"항아리님! 우리 사진 찍어주세요."

"항아리님이 아니라! 항아님이라고 몇 번을 말하니! 얘들아! 선생님 말 좀 들어!"

여기저기 대꾸할 사이도 없이 몰아붙이는 조잘거림에 머리가 지끈거렸다. 좋은 구경거리를 만난 아이들의 환호성이 멈추지 않는 탓에 궁녀들은 몇 시간째 그네에서 내려오지 못하고 있었다. 머리가 어지럽고 토악질이 나올 것만 같았다. 참다못한 금련이 악을 쓰면서 그넷줄을 뒤흔들었다.

"나 좀 내려줘! 제발! 이럴 거면 차라리 청포 물에 머리를 감고 말지! 삼일 밤낮이라도 그 짓은 할 수 있겠네!"

금련의 날카로운 외침은 사실 소주방에 있던 비취가 들으면 큰일 날 소리였다.

"우웩. 우우욱."

녹색 빛깔의 청포 물을 끓이던 비취가 그 특유의 풀냄새에 인상을 찌푸렸다. 바깥에서 떠들어대는 시끄러운 소리에 더 인상이 구겨졌다. 수성궁의 뒤뜰에는 벌써 청포 행사에 참가하기 위해 모인 유치원생들이 재잘대고 있었다. 전장에 나온 병사들처럼 소옥과 운영의 표정이 비장했다. 그도 그럴 것이 아이들이 참여하는 문화행사는 유독 예기치 못한 사고가 잦았다. 운영은 입으로 '아, 에, 이, 오, 우'를 벙긋거리면서 입 근육을 풀었다. 이른바 영업용 미소와 함께 환하게 웃으면서 두 팔 벌려 아이들을 마주했다. 청포 물이 마련되자 유치원생 아이들이 우르르 몰려왔다.

"자, 우리 친구들. 한 줄로 서세요."

궁녀들은 아이들이 청포 물에 머리를 감을 수 있도록 머리에 물을 부어 주었다. 아이를 좋아하는 운영은 생글생글 웃으면서 행사를 진행했다. 그때 머리를 곱게 땋은 꼬마 숙녀가 운영의 소맷단을 잡아끌었다.

"항아리 언니."

"응. 왜?"

"창포물에 머리 감으면 나도, 언니처럼 예뻐져요?"

"그럼. 언니보다 훨씬 더 예쁜 숙녀가 될 거야. 우리 같이 해볼까?"

아이는 천진하게 웃으면서 청포 물을 제 손으로 머리 위에 끼었었다. 꼬마는 유치원에 좋아하는 남자아이가 있다는 사실도 덤으로 알려줬다. 꼬마 아이들과 함께하는 시간은 즐거웠지만, 그것은 분명히 노동이었다. 3시간째 쭈그려 앉아서 청포 물에 손을 담그고 있으려니 아무리 피부에 좋다는 청포 물에도 손이 퉁퉁 불어서 따가웠다. 안 그래도 온몸이 노곤하고 피곤하던 참이었는데 운영의 신경을 더욱 사납게 하는 것이 있었다. 장난기가 많아 보이는 남자아이 둘이 청포 물을 담아 놓은 작은 통 앞에서 옥신각신하고 있었다.

"애들아. 이쪽으로 와. 거기서 놀면 안 돼!"

운영이 주의를 시켰지만 미운 일곱 살은 요지부동이었다. 꼬마 아이 하나가 물통을 집어 들고 질주를 하기 시작했다. 결국, 그녀가 아이를 직접 제지하기 위해 그 앞을 막아섰다. 하지만 아이는 달려오는 걸음을 멈추지 못한 채 그대로 넘어지면서 청포 물을 운영에게 전부 쏟아 부었다. 순식간에 벌어진 일이었다. 운영은 멍하니 입을 벌린 채 놀라서 커진 눈만 끔벅였다.

"홍운영! 다 젖었어."

"어떡해……."

"어머, 죄송합니다! 죄송해요. 수찬이 이리 못 와!"

유치원 교사가 아이를 데려와서 사과했다. 선생님의 꾸중에 겁에 질린 아이는 도리어 울음을 터뜨리면서 바닥에 주저앉았다.

"항아님. 옷이 다 젖어서 어쩌죠?"

"괜찮습니다. 수찬이라고? 웃차. 인제 그만 일어나자. 예쁜 옷이 다 더러워졌네."

아이를 일으켜 세워서 흙을 툭툭 털어주는 그녀의 눈빛이 다정했다. 젖은 옷은 짜증이 났지만 별거 아닌 일이었다. 운영은 기어들어가는 목소리로 '미안해요'를 웅얼거리는 아이의 머리를 쓰다듬었다. 사가에 두고 온 어린 동생들의 철모르던 유년시절이 떠오른 참이었다. 그녀가 수성궁으로 떠나던 날…… 코흘리개 동생들은 그녀의 소맷단을 붙잡은 채 '미안해……'라면서 울먹였으니까.

"에취!"

"너 감기 오겠다."

"괜찮아. 봄인데."

"그래서 더 무서운 거야. 계절이 계절답지 못하잖아."

꽃이 만발하는 봄날이었지만 여전히 아침저녁으로 찬바람이 불었다. 사실, 말로는 괜찮다고 했지만, 저절로 이가 부딪치는 것은 어쩔 수 없었다. 쫄딱 젖은 옷 사이로 바람이 파고들자 체온이 더욱 떨어지는 느낌이었다. 결국, 참다못한 운영은 최 상궁의 허락을 받고 서궁으로 옷을 갈아입으러 갔다. 팔다리에 착 달라붙은 옷을 보고 있자니 생각지도 못한 소란에 헛웃음이 나왔다. 청포 행사를 벗어날 수 있었으니 어찌 보면 잘된 일이었다. '딱! 10분을 준다'던 호령을 들었음에도 운영은 최대한 미적거리면서 시간을 끌고 있었다. 눈치를 살피면서 슬쩍 서궁으로 돌아가는 길목을 되돌아 나왔다. 발길이 닿은 곳은 별궁이었다. 그곳에는 운영이 입궐하면서 심어 놓은 작은 보랏빛의 라일락 나무가 있었다. 바스락거리는 나뭇잎 소리조차 크게 느껴지는 적막 속에서 운영은 혼자 라일락 나무 앞에 섰다.

"잘…… 지냈어?"

나무의 기둥을 쓸어내리는 순간 손끝이 아릿해졌다. 건조한 촉감이 느껴지는 순간, 이 꽃을 보지 않겠다고 다짐했을 때의 그 서러운 마음이 전부 밀려 나온다. 눈이 시릴 만큼 아름다운 보랏빛 라일락의 꽃말은…… 첫사랑. 운영은 꽃나무에 조금 더 가까이 다가서기 위해서 발꿈치를 들어올렸다. 이제는 피지 말라고 조용히 빌었던 그 기도는 어디로 흘러간 것인지 가지마다 꽃송이가 빼곡했다. 톡톡 꽃망울을 건드리는 순간 금세 진한 향이 번져 나간다. 그 향취가 얼마나 진한지 온몸으로 꽃비가 뿌려져서 적셔드는 기분이 들 정도였다. 어쩌면 그녀의 저고리가 이미 젖어 있음에서 비롯되는 착각일지도 몰랐다. 급하게 차오르는 숨 때문에 뻐근해진 명치를 꾹꾹 찍어 눌렀다.

'무뎌졌다고 생각했는데……'

라일락, 그것도 하필이면 보랏빛의 아름다운 꽃은 요상한 마법을 부린다. 잊고 덮었던 모든 기억들을 들춰내서 보란 듯이 눈앞에 펼쳐낸다. 지울수록 분명해질 것이라고, 영원히 잊을 수 없다고 지독하리만큼 지저귀는 목소리가 귓속을 맴돈다. 그것을 부정하고 싶은 작은 마음 때문에 오늘도 그녀의 손은 못되고 아픈 짓을 한다. 잘 피어난 꽃송이를 손 아래 가득 움켜잡으면서 숨을 멈추었다. 참았던 숨을 다시 내쉬었을 때 바닥으로 찢어진 꽃잎들이 흩어져 내렸다. 그 처연한 모양새를 바라보면서 눈시울이 뜨거워졌기에 운영은 눈을 감아버렸다. 모아 쥔 손끝으로 간절히 기도한다. 이제 그만 꽃을 피워 달라고.

천천히 감은 눈을 떴을 때 그녀는 혼자가 아니었다. 눈앞에 분명히 존재하는 그 남자의 실루엣 때문에 운영의 눈이 조금 더 커졌다. 당황한 순간 먼저 튀어나오는 것은 습관. 얼른 고개를 숙여 예를 갖추었다. 발 아래로 흩어져 있는 꽃잎에 현의 시선이 닿았을 때 긴장한 그녀가 얼른 먼저 말을 붙였다.

"이제 오십니까."

그가 뭐라 말할 것으로 생각했으나 이상하리만큼 아무 말이 없었다. 눈을 데굴거리던 운영은 조심스럽게 고개를 들어서 현을 마주 봤다. 그의 눈빛이 이상했다. 뭔가 한 곳에 꽂힌 듯한 진한 눈빛의 종착역이 자신의 손이라는 것을 깨달았을 때 운영은 얼굴빛이 하얗게 질렸다.

"지금……."

"저는, 최 상궁 마마님께 가져다 드릴 게 있어서……."

그대로 지나칠 수 있는 순간이었는데 팔이 붙잡혔다. 젖은 옷 너머로 느껴지는 뜨거운 남자의 손, 그 열기가 견디기 힘들어서 운영은 제 치맛단을 꽉 붙들었다. 떠오르는 생각은 하나뿐. 이곳을 벗어나야 한다는 것.

"이만 가보겠습니다."

그녀의 바람과 달리 붙잡는 손에 더욱 힘이 실렸다.

"옷이 왜?"

답변할 여유도 없었다. 그저 급하게 몸을 틀었고 벗어나고자 했다. 그 바람에 발이 엉켜서 걸음이 제멋대로 꼬이지 않았다면 마주하기 힘든 상황을 피할 수도 있었을 텐데…….

"어, 어!"

외마디 외침과 함께 치마가 발끝에 밟히면서 그대로 찌익 찢어졌다. 치마가 찢어지는 그 소리가 그렇게 야속하게 들릴 수가 없었다. 운영은 현이 낚아챌 사이도 없이 바닥에 그대로 무릎을 '쿵!' 찍어 박았다. 순식간에 모래 바닥에 쓸린 그녀의 손바닥과 무릎에서 몽글몽글 피가 쏟아졌다.

피를 본 순간 목덜미가 쭈뼛했던 것은 운영이 아니라 현이었다. 찢어진 치마 사이로 여인의 새하얀 다리가 드러났다. 선이 고운 종아리를 타고 흐르는 붉은 피의 느릿한 움직임을 바라보고 있을 뿐인데 눈이 뜨겁고 목이 탄다. 찢어진 팔꿈치에서 투두둑 떨어진 핏방울이 치마 위로 스며들었던 그 찰나의 순간 남자의 입에서 뜨거운 숨이 길게 뻗어 나왔다. 목덜미로 땀이 흐른다. 봄볕의 햇살이 따사롭기는커녕 뜨거워서 데일 것처럼 느껴졌다.

"뭐가 그렇게 급해서……."

제대로 앞도 살피지 못한 채 도망치듯 걸음을 옮긴 이유는 하나다. 수치스러움. 꽃을 대하던 자신의 못된 마음을 그에게 고스란히 들켰을지도 모른다는 생각에 아픈 것은 찢어진 살갗이 아니라 부서지는 마음이었다.

"걸을 수 있겠어?"

눈앞으로 뻗어진 커다란 손을 외면하면서 운영은 제 목소리에 힘을 실었다.

"혼자 일어날 수 있습니다."

현은 조금 어두운 눈빛으로 그녀를 바라봤다. 맞닿은 시선 끝에서 운영이 먼저 고개를 내리는 순간 그는 망설이지 않고 운영의 팔을 붙잡아 이끌었다. 그녀의 젖은 몸 위로 남자의 카디건이 덮어지는 것도 순식간이었다. 그의 향취가 밴 옷 조각이 제 몸에 닿는 것이 버겁게 느껴졌다. 운영은 옆으로 고개를 틀면서 옷을 끌어내렸지만 어깨 아래로 손을 내릴 수 없었다. 그가 운영의 손등을 꽉 붙잡고 있었다.

"그냥 입어."

"대군의 옷입니다."

"그게 뭐라고?"

"그리 쉽게 말하시는 모든 일들이 저는 어렵습니다."

운영의 단단한 시선 끝에서 현은 마지못해 손을 떼었다.

"좋아. 그럼, 그렇게 계속 벗고 있어."

"벗다니요?"

"옷이 젖어서 다 보인다고. 가슴."

"아……."

여인이 잠시 말을 잃은 동안 현은 싱긋 웃으면서 손을 뻗었다. 흠칫 놀라는 몸짓에도 아랑곳하지 않고 흘러내린 카디건을 다시 끌어당겨서 그녀의 어깨 위에 제대로 걸쳤다. 그의 손이 의도치 않게 목 언저리에 닿는 순간, 운영은 발끝에 잔뜩 힘을 주었다. 아마 보지 않아도 분명히 하얗게 질렸으리라. 살짝 드러난 귀 끝은 여자의 입술을 닮은 붉은빛이었다. 내뱉지 못한 채 입에 고이는 말은 오직 하나, '제발'.

"하필이면…… 그때……."

운영은 피가 맺힌 살갗 위에 소독약을 쏟아 부었다. 쓰라린 살
갗의 아릿함보다도 더 인상을 찌푸리게 하는 것은 꽃향기가 잔뜩
밴 제 손의 향취였다. 여러 번 씻었는데도 계속 남아 있는 향의
잔상 때문에 속이 울렁거렸다. 서궁의 툇마루에 서자, 세상의 모
든 빛을 다 가진 듯한 한 남자가 눈에 담긴다. 바람에 흩날리는
꽃비 속에서 차를 마시는 그의 모습은 신선의 자태가 따로 없었
다. 여자의 실루엣을 발견한 남자가 천진하게 웃으면서 손짓했
다. 그 손길에 이끌려 걸음을 옮기면서 운영은 입 안이 말라가는
메마름에 힘겨웠다. 느닷없는 갈증은 그의 옆에 가까이 다가선
그 순간에 조금 더 심해졌지만, 운영은 내색하지 않은 채 단정한
미소를 지었다.

"상처는? 제법 크게 찢어진 것 같던데?"

그의 눈이 아픈 곳을 찾겠다는 듯 여기저기 움직였다. 운영은
손을 뒤집어서 얼른 상처를 감추었다.

"괜찮습니다."

현의 얼굴이 살짝 찌푸려졌다. 습관처럼 뱉어지는 말이 듣기
싫은 순간이었다. 그는 아예 소맷단 아래로 감추어진 여자의 손
에 시선을 고정하면서 말을 이었다.

"별궁은 어찌 찾았는데?"

"지나던 길이었습니다. 단오 행사가 지겨워서 잠시 최 상궁의
눈을 피하고자 했습니다."

허울 좋은 말을 지어내는 그 순간에 여자는 조금 쓸쓸해졌다.

"그뿐입니다."

묻지 않은 말도 함께 덧붙이면서 해사한 미소를 지어내는 것은 그리 어렵지 않았다. 그것은 이 순간의 긴장감을 이겨내기 위한 작은 노력이었으니까. 하얀 이를 감춘 채 살며시 올라가는 입꼬리는 동양화 속의 여인네처럼 단아하고 곱다. 이상한 것은 저 미소를 마주할 때마다 눈앞의 여자가 뿌옇게 흐려지기 시작한다는 것이다. 그 기묘한 착각이 한 번 두 번 반복될 때마다 어떤 불안감이 치솟는다.

"운영아."

"예, 대군."

눈을 내리깔고 전하는 곧은 목소리였다. 그게, 어쩐지 마음에 들지 않는다. 지금 이 순간, 제대로 여인의 눈을 마주 보고 싶다는 작은 생각은 어쩐지 절박하고 간절했다. 현은 무언가에 이끌리듯 그녀에게 손을 뻗었고 운영은 잠시 숨을 삼켰다. 그의 손이 여인의 차가운 볼을 스쳐 지나서 젖은 머리칼에 닿았다. 천천히 머리칼을 쓸어내리는 손길이 느껴지는 순간 운영은 그대로 눈꺼풀을 내려서 동공을 감추었다. 말 없는 고요, 멈추는 시간 너머로 바람이 분다. 감은 눈 너머로 조금 더 예민해진 몸의 감각 탓에 신경이 곤두섰다. 그의 호흡이 가까워지는 것이 느껴졌다. 이 대로 눈을 떠서 그의 두 눈을 마주 보고 싶은 잠깐의 열망도 모두 참아낸 채 기다렸다. 가만히 시간이 흐르기를……. 그래서 부디, 아무 일도 일어나지 않기를……. 간절히 비는…… 마음이,

시리다.

"홍운영! 옷 갈아입는다고 가서는 어찌 함흥차사야!"

미묘한 기운의 긴장감을 깨뜨리는 것은 뜻밖에도 최 상궁이었다.

"운영아! 홍운영은 안에 있느냐!"

날카로운 목소리에 운영은 벌떡 몸을 일으켰다. 현은 허공에 붕 뜬 손을 천천히 거두어들였다. 마침내 가까이 다가선 목소리의 주인이 본격적으로 호통을 치기 시작했다.

"지금 뭐하고 있는 것이야! 도대체 정신을 어디에 두고 있는 게냐! 이 바쁜 와중에 무슨 신선놀음이야!"

"최 상궁."

운영을 혼내느라 미처 대군의 존재를 알지 못했던 최 상궁은 그제야 현을 향해 예를 갖추었다. 멋쩍은 듯이 웃으면서 금세 날카로운 목소리를 점잖게 가다듬었다.

"어찌 이곳에 계십니까, 대군."

"내가 차 한 잔을 부탁했으니 너무 혼내지 마."

현의 부드러운 목소리에 최 상궁은 단아한 웃음을 지었다. 분명히 웃고 있는데도 날이 선 눈빛은 여전히 운영을 향하고 있었다. 그 표정의 간극이 살벌했다. 풀이 죽은 운영은 종종걸음으로 최 상궁을 따라나섰다.

"빨리 오지 못하겠느냐!"

"예, 갑니다. 마마님."

운영은 다급하게 최 상궁을 따라나서는 와중에도 현을 돌아보는 것을 잊지 않았다. 분명히 있으리라 기대한 곳으로 고개를 돌리는 순간 그와 눈이 마주쳤다. 현은 씨익 웃으면서 손을 흔들어 보였다. 그에 답하여 운영은 천천히 고개를 숙였다.

싱글거리던 얼굴이 언제 웃었냐는 듯이 표정을 잃은 것은 여자의 뒷모습이 시야에서 사라진 순간이었다. 아무도 없는 빈 풍경을 비집고 들어오는 어떤 영상 때문에 입 안이 버석해졌다. 뒤뜰에서 운영을 마주했던 그 시간을 되새기는 것이 그다지 유쾌하지 않았다. 그녀의 손 아래로 떨어져 내린 것은 라일락꽃만이 아니었다. 메마른 바닥에 흩어져있던 얼룩이 눈물 자국이었음을 분명히 하는 것은 여자의 붉어진 눈이었다.

"도대체 무슨 생각을 하는 건지……."

마디마디가 떨리는 손가락이 그의 초조함과 불안함을 보여주고 있었다. 한꺼번에 햇살이 밀려 와서 눈살이 찌푸려졌다. 원망 섞인 시선을 하늘로 던졌을 때 그의 눈동자로 구름이 밀려들었다.

"이름이 무엇이냐."

"구름 운에 꽃부리 영을 쓰는 운영입니다. 홍운영."

어린아이답지 않게 단정한 말씨를 쓰는 작은 소녀가 수성궁의 문턱을 넘던 날은 유달리도 눈이 많이 내렸던 찬 겨울이었다. 시린 손을 꼭 붙잡은 채 덜덜 떨면서도 흐느끼는 또래 아이의 등을 두드리던 모습은 지금도 생생하다. 그의 허리선을 가까스로 넘을락 말락 했던 작은 소녀였는데 언제 이렇게 커버린 것인지 그의 어깨 아래, 딱 좋은 눈높이를 가졌다. 시간의 언덕을 뛰어오른 소녀는 이제 자신이 여인이라 말한다. 무르익은 수컷의 욕망은 탐스럽게 피어난 꽃다운 여인을 가지라고 사악하게 속삭이고 있었다. 악마의 목소리에 취해서 여린 꽃의 줄기를 움켜쥘 때면 언제나처럼 그를 괴롭히는 야속한 단어 하나가 그의 손목을 움켜잡았다.

"자격……."

그 말을 입에 담을 때마다 숨이 막힌다. 앞으로 남은 세월 7년, 그것은 운영이 수성궁에 발을 디뎠던 그날에 맺어진 약속이었다. 그 한계선을 떠올릴 때마다 어떤 물음 하나가 그의 목을 죄어오고 있었다.

'저 아이가 그날을 기다리고 있다면…….'

현은 천천히 팔을 뻗어 올렸다. 흘러가는 구름이 손바닥 너머로 스쳐 지난다. 잡힐 듯 잡히지 않는 그 움직임을 좇고 있자니 괜한 짜증이 돋아서 주먹을 움켜쥐었다. 힘주어 틀어쥔 것이 무색하리만큼 너무 쉽게 손가락 사이로 빠져나간다. 시간이, 공기가, 구름이, 아름다운 소녀가…… 그게 싫어서 다시 한 번 더 손 위로 구름이 담기는 순간을 기다린다. 그 순간에 현의 눈은 분명히 연모의 빛으로 반짝였고 그래서 조금은 더 쓸쓸했다.

"못된 짓을 하더구나."

말없이 느릿느릿 옮겨지던 걸음이 그대로 멈춰졌다.

"꽃이…… 아프도록."

꽃, 그 심란한 단어가 단조로운 목소리로 뱉어지는 순간, 운영은 낯빛이 변했다. 순간의 동요를 숨기지 못하는 운영을 향해서 최 상궁은 옅은 미소를 지어 보였다.

"그런다고 사라질 마음이면 이 세상에, 사랑 때문에 죽는 이가 한 명도 없겠구나."

꾸지람이 아니라 달래는 목소리였다. 언제나 운영에게만큼은 물렁하고 따뜻한 시선이 닿는다. 그래서 최 상궁은 운영이 모든 것을 의지할 수 있는 유일한 존재였다. 소옥이 들으면 섭섭해한다 하여도 어찌할 수 없는 많은 부분을 최 상궁이 함께 나누고 있었다. 그녀의 온화한 눈을 바라보고 있으면 여지없이 감정의 껍데기가 벗겨지고 알맹이가 드러나고 만다. 그걸 잘 알지만, 오늘 만큼은 속된 마음을 들키는 게 싫어서 운영은 시선을 비틀었다. 최 상궁은 그 마음조차 안다는 듯 다정하게 그녀의 이름을 부른다.

"운영아."

눈물을 참기 위해 주먹을 꼭 쥔 채 부들거리는 모양새는 열다섯 살의 어린 소녀와 똑 닮아 있었다. 몸만 자랐을 뿐 최 상궁의 눈에 비친 운영은 여전히 외롭고 쓸쓸한 어린 소녀처럼 보였다. 울음을 참는 것에는 익숙하지만 아픔을 치유하는 방법을 모르는 여린 아이. 그래서 바라보고 있으면 더욱 속을 헤집는 아픈 아이가 홍운영이다. 그녀는 지난 삼짇날에 터뜨렸던 웃음이 무색하리만큼 또다시 입술을 굳게 닫았고 표정을 잃었다. 그 복잡한 낯빛의 변화를 모르지 않기에 최 상궁은 운영의 다친 마음을 제대로 다독이고 싶었다.

"금서, 읽지 말라고 하여 시키는 대로 고분고분 책을 덮었던 들, 어찌 궁금하지 않겠느냐. 채 읽지 못한 그 이야기에 궁금증이 돋아서 손이 가고 눈이 머물 테지. 그래도 무서워서 책을 펼치지 못하는 그 마음은 애가 타고 급해질 테지."

최 상궁은 다정스레 운영의 어깨를 토닥였다.

"그러니, 조급한 마음은 갖지 말거라. 그 누구도 너를 탓할 이가 없으니."

여린 아이를 다독이는 온화한 눈빛 너머에 슬픔이 서려 있었다.

"기억하느냐? 대군께서 길례를 올리시던 날."

운영의 아픈 사랑의 시작점을 되새기면서 최 상궁은 목이 잠겨들었다. 운영은 입술을 꽉 깨물면서 터지는 흐느낌을 삼켜냈다.

"별궁 앞으로 가는 너를 붙잡아서, 무릎을 꿇리고 잔뜩 호통을 쳤었지."

그날에 했던 모든 말과, 들었던 모든 말들이 여전히 생생하다. 그래서 이 순간에 서로를 마주한 채 그날을 되새기는 것은 운영도, 최 상궁도 함께 아픈 일이었다.

"그때 했던 모든 말들이 후회스럽구나. 차라리 너를 그냥 두고 보는 게 좋을 뻔했는데…… 그날의 내가 너를 이리도 아프게 만들었구나."

"마마님. 저는……."

"그날, 처음이자 마지막으로 네 뺨을 때렸어. 그 손이 아직도 아프구나."

눈물을 참지 못하여 주저앉았을 때는 이미 볼이 얼룩진 뒤였다. 그녀의 앞에 몸을 숙이고 앉은 최 상궁의 눈시울도 붉어져 있었다. 또래 아이보다 순수하게 자라는 어린 소녀가 왕자를 마음에 품었다. 티 없이 맑은 마음을 간직한 어린아이에게 라일락 꽃나무의 꽃말을 알려준 것은 최 상궁이었다. 그 소녀가 자라고 자라서 어렴풋이 여인의 모양새를 내기 시작했을 무렵, 수성궁의 의미를, 이곳의 세상이 움직이는 진실을 알려준 것도 최 상궁이었다. 운영의 기억과 맞닿아 있는 그 하루, 이틀이 최 상궁에게 지울 수 없는 넝마가 되어 속을 짓누른다.

"이제는 그곳을 찾지 말거라."
"왜 그래야 합니까?"
"오늘이 대군의 길례날임을 몰라서 하는 말이냐?"
"그게 무슨 상관입니까. 저는 꽃을 보기 위해서 그곳을 찾을 뿐입니다."
"멍청한 소리를 하는구나. 그 허울 좋은 핑계가 이제는 통하지 않는다."
"제가, 대군을 보는 마음이…… 그리도 잘못입니까."
"목소리를 낮춰. 오늘은 소해궁의 사람들이 사방에 깔린 것을 모르느냐."
"저는 모르겠습니다. 제가 왜 마마님께 이리도 혼이 나야 하는 건지, 왜…… 대군께서 사랑하지도 않는 여인과 혼인을 하시는지…… 제가 왜 이제 별궁을 찾지 말아야 하는 건지…… 그래서 홍 내관님이 악을 쓰고 소리쳤던 그림자의 여인이라는 게 어떤 의미인지…… 하나도 이해가 되지 않습니다.'

"어찌 이리도 답답한지."

"대군께서도 저를 보고 계십니다."

"닥치지 못해! 귀엽고 여린 마음이라 그냥 두고 보자 하였더니 도가 지나쳐. 이리될 줄 알았으면…… 홍 내관이 너에게 회초리를 들었던 그날, 너를 감싸는 것이 아니었다. 차라리 모든 것을 말해주는 것이 좋을 뻔했구나. 네 마음이 접히지 않고 잔망스럽게 자라도록 방치한 내 잘못이야."

"마마님……."

"잘 듣거라."

"…….."

"오늘부로 수성궁의 안주인은 소해궁 정 씨다. 네가 대군의 총애를 받는다면 왕자의 여인이란 칭호를 얻게 될 것이다. 조선시대가 아니니 첩지가 내려지는 것도 아니고 호적에 이름이 오르는 것도 아니지. 하나 분명한 것은 많은 재물을 누릴 수 있다는 것이다. 다만, 정실의 눈이 닿지 않는 곳에서 조용히, 외롭게 가진 것을 누려야 하지. 직업을 얻는 것도, 가족을 마음대로 보는 것도, 자식을 낳아서 품 안에서 기르는 것도 전부 하지 말아야 하는 일. 대군의 옆자리에 떳떳하게 서서 그 흔한 식당 밥 하나 먹을 수도 없겠지. 왕족이 쉬쉬하고 있는 그 악습이 들키는 날에는 대군께서 많은 것을 잃으실 테니까. 왕자의 세컨드가 연명하는 자금줄이 곧 혈세라는 사실이 밝혀지면 대군은 물론 너 역시도 씻지 못할 오명 속에서 살게 될 것이다. 후처라는 낙인이 붙어서 외롭게 버려지고 침잠하는 삶…… 그것이 그림자의 여인이다."

"어찌, 그런……."

"우는 것을 보니 제법 두려운 것이냐. 그것이 네가 모르는 이곳의 진실이다. 그러니, 살고자 한다면…… 네 마음을 영원히 들키지 말거라."

"……."

"소해궁은 물론……."

"……."

"너의 왕자에게도."

"암행이 붙지 않는다 하여 궁녀로서의 품행을 어지럽히고 규율을 어긴다면 용서치 않을 것이다. 알겠느냐?"

"예. 마마님."

한 목소리로 내뱉는 외침이 무척이나 컸다. 최 상궁은 그 소리에 짐짓 놀랐지만, 헛기침을 하면서 아무렇지 않은 척했다. 조회에 임하는 모든 이들이 들떠 있었다. 비해당 궁녀들은 일 년에 두 번 사가에 다녀올 수 있었는데 오늘이 바로 그날이었다. 이날

만큼은 암행이 따라붙지 않는 완전한 자유였다. 편안한 티셔츠와 청바지를 입은 운영의 눈이 벌겋게 붉어져 있었다. 보고 싶었던 어머니와 동생들을 품에 꼭 안아볼 생각에 어젯밤을 뜬눈으로 지새운 탓이었다.

"잘 다녀오너라."

"선물 사오겠습니다."

"선물은 고사하고 사고나 치지 않았으면 좋겠구나."

"너구리 몰고 올게요."

비취는 최 상궁의 귀에 속삭이며 키득거렸다.

"순한맛으로 사 오거라. 검정 봉지에 잘 숨겨서."

비취는 잘 알아들었다는 뜻으로 배꼽 인사를 하면서 고개를 숙였다. 최 상궁은 작은 미소로 화답하며 손을 흔들었다. 삼짇날, 가장 물렁했던 최 상궁의 여린 속내를 들여다볼 수 있었던 비취는 그날 이후 최 상궁을 볼 때마다 명치가 쑤셨다. 그 증세는 어떤 심리적인 부채감에서 비롯되는 신경증이었다. 그것은 최 상궁이 가장 두려워하는 봄의 모습, 규율을 어기고 일탈을 꿈꾸는 궁녀의 파괴된 모습이 자신에게 있다는 것이었다. 그래서 미안한 마음조차 들키지 않기 위해 비취는 일부러 더욱 한껏 웃으면서 별궁을 뛰어나갔다.

"으흠. 바깥 냄새! 문 하나 넘었을 뿐인데 공기가 다른 것 같아."

소옥은 수성궁의 문턱을 넘으면서 두 팔을 벌렸다. 마치 세상을 다 가진 듯한 그 표정은 해방감이었다.

"소옥이 넌 바로 집으로 갈 거야?"

"아니! 우리 영화 보러 가자. 영화!"

"운영이도 갈 거지?"

"어? 나…… 나는……."

"내가 가면 얘도 가는 거지. 가자, 가!"

소옥은 운영의 대답을 무시한 채 제 흥에 들떠서 잔뜩 목소리를 높였다. 사실 운영은 사가에서 조용히 생각을 정리하고 싶었다. 요즘 들어 자꾸 잡생각이 많아지는 것 때문에 그녀는 속이 시끄러웠다. 결국, 혼자 있고 싶다는 소박한 마음을 어필하지 못한 채 운영은 다른 궁녀들의 손에 이끌려 시내로 향하는 버스에 몸을 실었다. 편한 사복 차림으로 서로를 마주 보면서 조잘거리는 그녀들을 눈에 담으면서 운영은 저 혼자 미소 지었다. 차창 너머로 새어 들어오는 햇살에 눈이 찌푸려졌지만 좀 더 마음껏 세상을 눈에 담고 싶었다. 그렇게 눈이 시릴 때까지 주변을 바라보던 운영은 창문에 기대어 잠시 두 눈을 감았다.

'봄이구나.'

딱 좋은 노란빛의 태양, 짝을 찾아 떠도는 새의 지저귐, 간헐적으로 불어오는 바람 속에 섞인 잡다한 꽃의 냄새 덕분에 저절로 미소가 지어졌다. 누릴 수 있는 여유가 너무도 짧아서 아쉬운 것만 빼면 나들이하기에 참 좋은 날이었다.

"뭐 먹을까?"

"최 마녀가 싫어하는 거 전부 다!"

최 상궁의 성대모사와 함께 그녀가 허락하지 않을 음식들을 주문하는 소옥의 모양새가 우스워서 운영은 키득거렸다. 사실 한 껏 마음을 낸다고 해봤자 그녀들의 점심은 소박하기 그지없었다. 그동안 궁에서 먹을 수 없었던 피자와 햄버거가 전부였으니까. 배가 불러서 더는 못 먹는다고 배를 두드릴 무렵이었다.

"얘들아, 우린 먼저 갈게."

금련의 말에 소옥은 눈을 찡긋하면서 고개를 끄덕였다. 사실, 비취와 금련은 암행꾼을 피해 몰래 연애 중이었다. 언제 들킬지 모르는 살얼음판이었지만 연인을 만나러 가는 그녀들의 표정은 더할 나위 없이 행복해 보였다. 반면에 돌아선 뒷모습을 향해 손 을 흔드는 운영과 소옥의 표정은 복잡했다.

"좋아 보여."

"그러네."

"나도 연애나 할까? 차라리 암행꾼하고 눈이 맞아버리는 거 야! 등잔 밑이 어둡다고들 하잖아. 아무한테도 안 들키지 않을 까?"

"어허! 이보세요, 항아님! 큰일날 소리 하시네. 영화 시간 다 됐어. 가자."

운영은 축 늘어진 소옥의 팔짱을 낀 채 극장으로 향했다. 그녀 만큼이나 운영의 마음도 어수선했다. 극장에 앉아 있는 시간을 핑계로 좀 더 헝클어진 마음을 정리할 수 있기를 바라면서 걸음 을 옮겼다. 하지만 그 소박한 생각조차도 쉽지 않았다. 도착해서 자리에 앉자마자 소옥의 투덜거림은 또 재가동되었으니 말이다.

"전부 쌍쌍이야. 제길, 데이트할 데가 영화관밖에 없나. 쳇!"

"우리도 쌍쌍이잖아."

"쌍쌍의 질과 수준이 다르니까 문제지."

오징어 다리를 잘근잘근 씹어 삼키는 소옥의 표정이 살벌했다. 건너편 커플석의 연인이 어둑어둑한 틈을 타서 엉겨붙어 있었다. '쪼옥' 소리와 함께 옅은 신음 소리가 가늘게 울려 퍼지는 순간 소옥은 눈을 번뜩였다. 발끈해서 자리에서 일어났지만, 운영이 그녀를 꽉 붙잡았다.

"왜! 이거 놔. 공중도덕이 아니잖아."

"공중도덕은 핑계지."

"핑계라고?"

"저 사람들을 탓할 자격이라는 건…… 사실 지금 내가 무지 눈꼴셔서 부럽다. 그거잖아. 안 그래?"

"아니야!"

"아니어도 참아. 소란 피우면 안 되는 거 몰라? 이참에 비해당에서 쫓겨나서 마음껏 연애라도 할 생각이야? 차라리 그럴래?"

할 말 없어지게 만드는 물음에 소옥은 입을 꾹 닫았다. 그 대신 댓발 내밀어진 입은 짜증이 치밀어 오르는 마음만큼 더욱 튀어나왔다.

"참아."

"하도 참아서 사리 나오게 생겼어."

"나중에 전시해 줄게."

"야!"

"어, 영화 시작한다."

그녀들이 고른 영화는 한창 인기가 좋다던 로맨틱 코미디였다. 웃음이 가득한 장면이 끊이지 않았지만, 운영은 한 박자씩 늦게 웃었고, 이따금 장면을 놓치기도 했다. 때문에 기억나는 장면들은 맥락 없이 드문드문 이어졌다. 그렇게 보는 둥 마는 둥 하던 영화가 의미 없이 끝이 난 아쉬움을 뒤로 한 채 운영과 소옥은 지하철역으로 걸음을 옮겼다.

"넌 버스 탈 거야?"

"응. 163번 타면 금방이잖아."

"아! 이제 집에 간다. 우리 꼬맹이들이 잠채 해놓고 기다린대."

소옥은 운영의 팔을 잡아 휘휘 돌리면서 싱글거렸다. 오랜만에 동생들을 보러 간다는 생각에 그녀의 목소리가 평소보다 들떠 있었다. 그건 운영도 마찬가지였다. '집'이라는 단어만 떠올려도 마음 한구석이 싸르르해졌다. 운영과 헤어지는 게 아쉬웠던지 소옥은 계속 말을 이었다.

"참, 너…… 요새 봄 타는 거 같아."

"내가?"

"응. 자꾸 나른한 표정 짓고, 정신 놓고…… 잔다고 누워서도 계속 뒤척이잖아. 안 그래도 말 없는 애가 더 입이 붙었다고 다들 걱정해."

"그랬어? 나 괜찮은데……."

운영은 말끝을 흐리면서 제 속을 감추었다. 희미한 웃음 너머로 튀어나오려던 제 안의 시끄러움을 겨우 눌렀다. 그것은 절친한 벗에게도 감히 나눌 수 없는 마음이었기에.

지하철역으로 내려가면서 계속 손을 흔들던 소옥이 시야에서 사라지고 난 뒤에도 운영은 잠시 그 자리에 멈춰서 있었다.

"봄을 탄다고?"

소옥에게서 전해들은 자신의 상태에 실없는 웃음이 나왔다.

"차라리 그런 거라면…… 좋겠네."

한숨으로도 달랠 수 없는 조금은 묵직한 마음으로 터덜터덜 걸음을 옮겼다. 4차선 도로를 빼곡하게 메운 차들이 불빛을 반짝였고 거리에 쏟아져 나온 사람들이 바쁘게 움직였다. 언제나 고즈넉한 수성궁에서는 느낄 수 없는 역동적인 세상의 모습이었기에 그녀의 눈은 바쁘게 움직였다. 티격태격하면서도 웃음이 끊이지 않는 단란한 가족의 정겨운 말소리, 눈에 넣어도 아프지 않다는 듯 서로를 갈망하는 아름다운 연인, 서류 가방을 손에 든 채 당당한 걸음으로 커다란 건물 안으로 들어서는 모두의 삶이 그녀의 세계와는 아주 먼 곳에서 반짝거리고 있었다.

그녀가 갈망하는 모든 것들이 눈앞에 있는데도 손을 뻗으면 전부 허상처럼 사라진다. 마치 네 몫이 아니라는 듯이 야속하리만큼 산산이 흩어진다. 신께서 자비를 베풀어 딱 한 번 시계태엽을 감아낼 기적을 선물한다면 그녀는 수성궁의 문턱을 넘던 그날로 시간을 되돌릴 것이다. 그리할 수만 있다면 모든 것이 달라졌으리라. 분명히 그리했으리라. 그 생각만으로 가슴이 욱신거려서 잠시 눈을 감았는데 고여든지도 몰랐던 눈물이 볼을 타고 흘렀다.

"아, 이게 뭐야…… 진짜…… 청승맞게."

남이 볼까 봐 얼른 눈물을 훔쳤다. 시큰거리는 눈가를 문지르던 씩씩한 손놀림이 멈춘 것은 예상치 못한 어떤 이의 존재 때문이었다. 맞은편 정류소에 서 있는 수많은 사람 가운데 유독 한 남자의 실루엣이 좀 더 선명하게 눈에 담기던 그 순간 운영은 한꺼번에 숨을 들이쉬었다. 멀리서도 한눈에 알아볼 수 있는 그 사람은 김유영이었다. 운영은 남자를 힐끗거리는 시선을 거두어들이면서 가슴을 두드렸다.

'왜 또, 저 사람이…… 언제부터지?'

생각이 혼란하여 버스가 도착한다는 알림조차 흘려들었다. 흘러내린 가방끈을 고쳐 매는 척 고개를 떨구고 위아래로 자신의 행색을 살폈다. 무의식적인 움직임이었지만 몹시도 당황스러운 행동이었다. 숨길 수 없는 심장의 소리가 귓속을 타고 흐르는 순간 입술이 뜨거워졌다. 곧이어 163번 버스가 도착했지만, 운영은 그대로 그 자리에 멈춰 서 있었다. 시간이, 마음이, 걸음이 느려지는 순간이었다.

"아가씨, 안 타요?"

"예?"

"출발할 거니까 빨리 타요! 안 타면 그냥 가고!"

"아뇨! 타요, 타!"

기사 아저씨의 재촉에 운영은 떠밀리듯이 버스에 올라탔다. 그러면서도 보이지 않는 남자의 시선이 의식된 탓에 손이 떨렸다. 야속하게도 제 주인의 흔들림을 감당 못 한 지갑이 바닥에 떨어지면서 차르륵 동전이 흘러내렸다. 떨어진 동전을 바쁘게 주워 담으면서 뜨거운 입술을 꼭 깨물었다. 바닥에 나뒹구는 모든 것이 자신의 마음인 것만 같아서 얼른 치워 버리고 싶었다. 김유영을 인지한 이후로 붉어진 얼굴은 가라앉을 틈이 없었으니까. 겨우 카드를 찍고 자리에 앉은 운영은 조심스레 그가 서 있던 쪽으로 고개를 돌렸다. 이제는 그가 사라졌으리라 생각하면서 방심하던 그 순간 숨이 '확!' 하고 들이쉬어졌다. 아예 남자와 정통으로 눈이 마주쳤다. 혹시 알아보는가 싶었는데 역시 아니었다. 별다른 표정 없이 버스 안을 바라보는 남자의 시선 끝에서 운영은 조금 섭섭해졌다. 반가움도 놀람도 없이 그저 덤덤한 남자의 눈빛에 반응하는 스스로가 우습고 묘하게 자존심도 상한다. 그런데도 자신은 다른 이도 아닌 저 남자가 자신의 눈물을 지켜봐 줬다는 생각에 이상하리만큼 위로를 받았다. 물에 젖은 속눈썹이 파르르 떨렸고 입술은 좀 전보다 붉게 달아올랐다. 그보다 더 견딜 수 없는 것은 두근대는 울림이 버거울 정도로 계속되고 있다는 것이었다. 이해할 수 없는 낯선 기분 속에서 가만히 눈을 감는다.

'뭐가 이렇게 쉬워. 다시, 심장 뛰는 게…….'

"누나!"

사가에 도착하니 동생들은 버선발로 마중을 나왔다.

"누나. 왜 이렇게 늦었어? 10분 뒤에 도착한다더니?"

"어, 차가 좀 막혔어. 아우, 배고파. 우리 뭐 맛있는 거 시켜 먹을까?"

되는대로 지어내면서 말을 돌렸다. 사실 제대로 된 목적지에서 내리지 못한 채 정류소 2개를 지나쳐서 다시 돌아온 터였다.

"엄마, 이리 나와 보세요! 언니 왔어."

'치킨'을 외치면서 까르륵 웃는 동생들 뒤로 흐릿한 미소를 짓고 있는 엄마의 모습이 보였다. 허름한 옷 아래 가려진 몸이 언뜻 보아도 야위어 있었다.

"어서 와, 우리 딸."

운영은 그대로 달려가서 엄마의 가녀린 몸을 끌어안았다. 손에 닿는 그 촉감 덕분에 모든 게 실감이 났다. 가족과 함께 있다는 것이 말이다.

"엄마."

내뱉는 말에 울음이 섞였다.

"힘들었지."

다정한 손길이 머리에 닿는 순간 모든 감정이 끓어올라서 코끝이 찡해졌다. 어느새 동생들도 달려와서 운영의 팔, 다리를 붙잡고 늘어졌다.

"보고 싶었어."

"나도, 나도!"

그들의 작은 손과 천진한 얼굴 때문에 왈칵 울음이 터지기 직전이었다. 운영은 얼른 눈을 깜빡이면서 장난스럽게 웃었다.

"어이구, 우리 똥강아지들. 어디 보자! 얼마나 컸나."

"에이, 누나는 우리가 나이가 몇인데 아직도 똥강아지래! 봐, 키도 내가 더 크지?"

그러고 보니 몇 달 만에 보는 남동생은 머리 하나는 더 자란 느낌이었다. 아무리 키가 자라고 어른의 모습을 닮아가도 운영의 눈에는 철부지 어린애였다. 그녀는 까치발을 든 채 남동생의 머리를 잔뜩 헝클었다. 이 천진한 얼굴들이 그리웠다. 그리고 미치도록…… 원망한 적도 많았다. 가족이라는 것은 운영의 삶을 짓누르는 짐과 같은 존재이기도 했지만, 부정할 수 없는 삶의 이유이기도 했다. 그래서 참고 견디며 악을 쓰고 버텼다.

한시도 떨어지지 않고 조잘거리던 동생들이 잠이 든 모습을 바라보던 운영은 조용히 몸을 일으켰다.

"어디 가?"

잠든 줄 알았던 여동생이 운영의 옷소매를 꽉 붙들었다.

"궁에 가는 거야?"

"아니야. 물 좀 마시려고. 더 자."

"내일도 집에 있는 거지?"

어린아이의 불안감이 고스란히 느껴져서 운영은 눈시울이 뜨거워졌다. 티 내지 않고 웃으면서 등을 토닥였다.

"그럼, 걱정하지 말고 자. 내일도 모레도 옆에 있을 거야."

겨우 안심한 동생은 눈에 붙은 졸음을 이기지 못하고 새근새근 잠에 빠져들었다. 그제야 운영은 옷소매를 붙잡고 있던 동생의 손을 떼어냈다. 얼마나 꽉 붙잡고 있었는지 잔뜩 주름이 잡혀 있었다. 물 마시기를 포기한 운영은 탁자 위에 올려둔 작은 액자를 집어 들었다. 그 속에서 환하게 웃고 있는 한 남자를 바라보면서 조용히 말을 건넸다.

"아빠, 나 왔어."

아버지는 입헌군주제를 폐지하는 모임 〈정음〉의 비밀 전령사였다. 입헌군주제를 택한 나라에서 그것을 뒤집는다는 것은 체제를 무너뜨리는 일, 그것을 논의하는 것만으로도 곧 반역과 다름이 없었다. 운영은 가족을 제대로 돌보지 않은 채 법이 하지 말라는 어두운 일을 하는 아비를 원망했었다. 그럼에도 사랑하는 마음은 지워지지 않아서 아비의 무사함을 간절히 바랐고 그가 하는 일이 무탈히 끝나기만을 기도했다.

"또 나가? 이번에는 언제 들어올 건데?"

"……."

"무슨 일인데 맨날 도망치듯이 말도 없이 그렇게 혼자만 가."

"……."

"왜? 또 말 못 해줘? 어린 너는 이해할 수 없는 일이다. 그러니 엄마랑 동생들 잘 챙겨라. 또 그렇게 말할 거지?"

"운영아, 곧 끝이 머지않았어. 내일이면 모든 게 다……."

"내일? 그걸 어떻게 믿어. 그렇게 버틴 세월이 벌써 몇 년인데. 그거 알아? 내 가정환경조사서에 아빠 직업이 매년 바뀌는 거. 이제는 한 달에 아빠가 집에 들어오는 날이, 고작 다섯 손가락 안에 다 들어오는 거. 그래서! 엄마가 병을 얻었고 우리 꼬맹이들은 아빠보다 이웃집 아저씨를 더 좋아한다는 거. 아빠가 던져놓고 가는 출처도 모를 검은 돈뭉치는 이제 쓰기가 겁난다는 것도. 하나도 모르지? 모르겠지. 아빠는…… 가족이 아니라 그 이상한 일에 미쳐 있으니까."

"너한테 어떤 변명도 할 수 없는 거 알아. 내일이면…… 정말로, 모든 것을 네게 다 알려줄게. 약속하마."

"됐어. 난 있지, 이제 아빠가 조금씩 미워지는 거 같아. 이러다가 영원히 싫어질지도 몰라. 어느 날 갑자기 아빠가 이 세상에 없다고 해도 별로 슬프지 않을 것 같아."

"운영아."

"내가 요즘 그래. 점점 더 못된 아이가 되고 있어."

"청포도 사올게. 그러니까 화 풀어. 응? 예쁜 우리 딸."

'내일'은 중간고사가 끝나는 날이었고 천진한 소녀는 그 기쁨에 취해서 하루 종일 웃고 떠들었다. 모르는 번호로 수도 없이 걸려오는 전화를 무시하면서 까르륵거리는 와중에도 아버지에게 어떤 일이 벌어지고 있는지 알아차릴 수 없었다. 그것이 생사를 가르는 경계에서 쫓기던 어떤 이의 마지막 통화였다는 것을 말이다.

운영이 평소보다 조금 더 늦게 집에 도착했던 그날, 아버지는 〈정음〉의 뒤를 쫓는 자들에 의해 발각이 되었고 그 즉시 체포되었다. 검은 양복을 입은 남자들에게 아버지가 붙잡히던 그날, 모든 것이 끝났다. 핸드폰에 남겨진 번호가 학교 앞 공중전화번호였다는 것도, 집 앞에서 나뒹구는 청포도를 사온 이가 아버지였다는 것도, 그날이 아버지를 품에 안을 수 있었던 마지막 날이었다는 것도…… '내일'의 의미를 하찮게 여긴 어떤 소녀가 모든 것을 놓친 뒤에 얻게 된 빚이었다.

"미안해…… 미워한다고 해서."

그리움, 원망, 외로움이 서린 뜨거운 눈물이 방울방울 액자 위로 떨어져 내렸다.

"이제는 기억이 안 나. 아빠가 어떤 모습으로 웃었는지 자꾸 흐려져. 그러니까 제발…… 한 번만 내 꿈에 나와줘. 응? 아빠. 제발…… 내가 사랑한다고 말 못 했잖아."

얼룩진 물기 사이로 아버지는 환한 웃음을 짓고 있었다. 운영은 떨리는 손으로 천천히 아빠의 얼굴을 쓸어내렸다. 한두 방울로 시작된 작은 울음이 큰 오열로 바뀌는 것은 순식간이었다.

✳

현의 손 아래에서 무언가가 잔뜩 우그러졌다. 그것은 현의 장인 정양호와 형인 숙향대군이 함께 찍은 사진들이었다. 이른바 신경 쓰이는 그 둘의 조합은 언제나 느긋하고 여유로운 현의 잔잔한 일상을 박살내기에 충분했다. 구겨진 사진 조각이 휴지통으로 던져졌다.

"그래서 언제야?"

"내일. 벌써 필드에 소문 깔렸어."

뒷목이 뻣뻣해졌다. 목을 죄는 넥타이를 풀어서 신경질스럽게 내던졌다.

"피비린내 맡는 게 뭐가 그리 재밌다고 끊지를 못하는지…… 하필이면 상대가 정양호인 건 또 뭐냐고!"

왕족의 사냥은 조선 시대부터 이어져 온 관습이었지만 이제는 시절이 변했다. 동물 보호 단체의 빗발치는 항의에 따라 야생 동물 보호를 위하여 왕족의 사냥은 전면적으로 금지되고 있었다. 이에 대해 현은 형님인 숙향에게 충분히 설명했지만 이미 삐딱선을 탄 숙향은 그의 말을 곧이곧대로 듣지 않고 있었다. 일부러 더 엇나가고 싶어하는 짓만 골라 한다. 게다가 현과는 앙숙과도 같은 그의 장인 정양호와 함께라니. 그의 형님은 동생의 신경을 자극하는 일에 재미를 붙인 모양이었다.

"숙향대군 말이야. 작정하고 너를 긁는 일에 재미 붙인 것 같아."

"애석하게도 동감이야."

현은 열이 올라서 피곤한 두 눈을 문질렀다. 머리가 지끈거려서 속이 메스꺼울 지경이었다. 고질병인 신경성 두통이 또 시작되었다. 그가 머리를 감싸 쥐고 힘들어하자 홍 내관은 익숙하다는 듯 물을 건넸다. 일부러 잘 보이는 곳에 올려 두었던 두통약을 물과 함께 삼킨 뒤에도 욱신거림이 가라앉지 않았다.

"네 선에 해결하는 것도 이제는 한계야. 숙향대군이 이 이상의 선을 넘는다면 총리께서 더는 두고 보시진 않을 거야."

"그럴 테지……."

"무엇보다 단순한 사냥이 아니라 정양호와 손을 잡기 위한 회동이라면……."

"생각하기 싫은데."

"상황이 심각해질 거야."

"하아……."

뜨거운 숨이 길게 뻗어 나왔다. 현은 한참을 멍하니 빈 잔을 힘없이 쥐고 있었다. 잔을 쥐고 있지 않는 오른손이 테이블 위로 까닥여졌다. 그것은 그가 어느 하나에 몹시 집중하고 있음을 뜻했고 그 나머지는 전부 잊혀지고 있음을 보여준다. 덕분에 잔을 쥐고 있던 손에서는 점점 힘이 빠져서 그것이 아슬아슬하게 떨어지기 직전이었다.

"현아?"

평훈이 놀란 눈을 부릅떴지만 홍 내관은 피식 웃었다. 마침내 잔이 현의 손을 벗어나 흘러내리는 순간 홍 내관은 놀란 기색도 없이 떨어지는 잔을 제 손으로 받아냈다. 그러곤 아무 일도 없다는 듯 다시 테이블 위에 올렸다. 툭 치면 탁 하고 반응하는 완벽한 콤비 플레이였다. 평훈이 이들의 호흡에 잠시 경탄하는 와중에도 현의 복잡한 머릿속 생각은 멈추지 않았다. 한참을 툭툭 까닥거려지던 손가락이 멈춘 뒤 곧장 현은 전화기를 집어 들었다.

"뭐하려고?"

"급한 불부터 꺼야지."

가장 급한 불은 '사냥'이었다. 안 그래도 미운 오리 취급을 받는 숙향의 이미지가 더는 바닥으로 떨어지지 않게 만들어야 했다. 그러기 위해서는 사냥 행사부터 취소하는 게 먼저였다.

"내부 고발자 노릇을 하시겠다?"

"형님 테두리 안에 내가 없으니까 내부 고발은 아니고, 밀고라 해두지."

"계란, 밀가루…… 난리가 날 텐데?"

"사진 말이야. 유포되지 않게 잘 막아줘."

"그렇게. 너는?"

"나?"

"너는 괜찮냐고. 분명히 엄청 미움 살 텐데."

"이미 미운털이 박힌 마당에 그런 건 상관없어. 나를 미워하는 것쯤은 아무것도 아니지. 그걸로 끝날 수 있다면 다행이고."

다음 날, 현의 뜻대로 숙향의 비밀 사냥은 엉망이 되었다. 소식을 듣고 사냥터에 몰려온 동물 보호 단체 관계자들의 무차별 달걀 폭격이 이어졌다. 현과 평훈의 예상대로 험한 꼴을 제대로 당한 숙향이 치를 떨면서 분노했다는 소식이 들려 왔지만, 현은 안도했다. 그로서는 어쩔 수 없는 최선의 선택이었다. 남이 욕하기 전에 내가 먼저 욕하는 것. 그것은 현이 사랑하는 형인 숙향을 지키는 방법이었다. 물론, 숙향은 이를 인정하지 않았지만…….. 박평훈이 다른 기자들은 냄새를 맡지 못하게 조치한 덕분에 달걀물을 뒤집어쓴 숙향의 사진은 포털 사이트에 떠돌지 않았다. 현덕분에 숙향은 또 한 번 뭇매를 맞을 위기를 벗어났지만, 그는 하나도 고마운 눈치가 아니었다. 도리어 두고 보자면서 이를 갈았으니까.

"자, 다들 모였지?"

사가에서의 짧은 휴가를 마치고 돌아온 궁녀들이 한자리에 모여 앉았다. 비단 빨래 행사 장소를 정하기 위함이었다. 수성궁은 조선 왕조의 전통을 이어가기 위한 문화 행사를 많이 했는데 그중에서도 가장 큰 행사가 비단 빨래였고 비해당의 궁녀들은 이를 제일 싫어했다.

"빌어먹을! 전자동 세탁기가 판을 치는 세상에 시냇물 빨래라니, 이게 웬 말이야!"

비취는 치맛단을 신경질스럽게 펄럭이면서 불만을 표했다. '빌어먹을'이라는 그 단어가 최 상궁의 귀에 들어가지 않은 것이 다행이었다. 궁녀로서의 품행을 어지럽히는 행동이 들키는 날에는 반성문 100장도 모자라서 이번 달 급여가 감봉되는 고초를 맛봐야 했다. 집안의 생계를 책임지고 있는 그녀들에게 감봉은 그야말로 최악의 징벌이었다.

"너무 나쁘게 생각하지 마. 솔직히 자부심을 느껴도 되지 않아? 우린 왕실의 전통을 잇고 있는 거룩한 존재라고! 대군께서 항상 그리 말씀하시잖아."

투덜이 비취를 다독이는 것은 매사에 긍정적인 은섬이었다.

"아, 몰라! 다 귀찮아."

비취는 입을 댓 발 내민 채 중얼거리면서 은섬의 다리를 베고 누웠다. 이들 하나하나를 눈에 담으면서 운영은 조용히 웃었다. 같은 나이지만 자라온 배경과 성격은 너무도 달랐다. 저마다의 색깔을 가지고 있는 그녀들이 한데 모여 있는 공간이 비해당이었다. 매일 붙어 있는 탓에 사소하게 부딪치는 일도 많았지만 그럼에도 저들이 있기에 운영은 이곳 생활을 버틸 수 있었다.

"이번에는 어디로 가? 난 탕춘대만 아니면 돼."

"소격서동 어때?"

하늘에 제사를 지내는 소격서는 수성궁에서 가까운 삼청동에 있었다. 예부터 삼청동은 신선이 산다는 세 궁전을 뜻한다고 했다.

"하긴, 우리 신세에 소격서동만 한 곳도 없네."

소옥이 눈을 찡긋거렸다. 웬일인지 자란이 자신의 뜻에 흔쾌히 동의했기 때문이었다. 지기 싫어하고 주목받기 좋아하는 자란은 알 게 모르게 항상 소옥과 신경전 아닌 신경전을 벌이곤 했었다. 모두 저마다의 의견을 내놓는 자리였지만 운영은 입을 열지 않았다. 머릿속이 어지럽다 보니 조잘거리면서 말을 섞는 것조차 귀찮았다.

"쟤 말이야. 요새 이상해."

"응?"

"얼굴이 잿빛이야. 홍운영이 처음 궁에 왔을 때는 진짜 예뻤잖아. 안형대군께서 운영이를 마음에 두는 것도 당연⋯⋯."

순간 자란의 눈이 번뜩였다.

"쉿!"

금련은 다급하게 비취의 입을 틀어막았다. 사실 비해당의 궁녀들 사이에는 공공연한 비밀이 하나 있었는데 그것은 바로 현이 운영을 마음에 두고 있다는 사실이었다. 이를 당연시하는 궁녀들도 있었지만 못마땅하게 여기고 시기하는 이가 존재했는데 그것이 자란이었다. 운영의 옆얼굴을 흘겨보는 자란의 입매가 비틀어졌다. 처음 궁에 들어온 그날부터 지금까지 자란은 단 한 순간도 운영을 이겨본 적이 없었다. 사실, 그녀는 남몰래 대군에 대한 마음을 품고 있었고 대군의 후처가 되는 삶을 바라고 있었다. 문제는 현의 관심사가 오직 운영이라는 사실이었고, 이를 당연시하는 수성궁의 분위기였다. 요즘 들어 더욱 짜증이 돋는 이유는 운영이 대학 졸업을 한 이후 대군의 사람이 될 것이라고 수군거리는 궁녀들의 조잘거림이었다. 그 위기감이 자란의 불꽃같은 투기를 부채질하고 있었다. 정작 운영은 특별히 사람들의 주의를 끌만한 행동을 하고 싶지 않아 했다. 그녀는 구름처럼 조용히 떠돌다가 시간이 되면 흔적도 없이 이곳에서 사라지고 싶다고 입버릇처럼 말했으니까.

"홍 양!"

"응?"

"얼굴에 시름이 가득한데, 어디 아파?"

"내가? 아, 아니야. 안 아픈데."

"그러지 말고! 나 좀 봐봐."

금련은 한사코 싫다는 운영의 앞에 기어코 타로 카드를 펼쳤다. 이것 역시 압수 물품이었지만 금련은 요리조리 잘 숨겨 가면서 자신의 유일한 오락거리를 지키고 있었다. 금련에게는 점치기가, 비취에게는 19금 소설이, 소옥에게는 빨간 립스틱과 색색의 매니큐어가 소소한 일상의 즐거움이었다. 애석하게도 그것들은 전부 다 들키면 지옥문을 열게 되는 열쇠들이었다.

"자, 이제 골라!"

운영은 마지못해 카드 석 장을 집어 들었다. 금련과 운영을 둘러싼 다른 궁녀들은 금련의 다물어진 입에 시선을 고정했다. 별다른 흥미를 갖지 않고 시작한 일이었지만, 막상 결과를 보려 하니 떨리는 것은 운영도 마찬가지였다. 심각한 표정으로 카드를 주시하던 금련이 마침내 입을 여는 순간 운영은 바닥을 짚은 손에 꽉 힘을 주었다.

"운명."

"어?"

"내일 네가 만나는 남자는 운명이라고. 거부할 수 없는 바람이 되어 한 여자를 집어삼킬 귀인이 네 곁에 올 거야."

"대박! 어떡해. 어떡해. 누굴까? 우리 홍 양의 남자는?"

궁궐에 갇혀 지내는 여인들은 물색없게도 점괘 하나에 호들갑을 떨었다.

"그 오글거리는 점괘가 맞겠어? 요즘 세상에 누가 그런 걸 믿니."

"백자란. 초 치지 마! 차라리 부러우면 그렇다고 말을 하지?"

소옥의 앙칼진 물음에 자란은 눈을 흘겼다.

"그거야말로 사실은 네 마음 아냐? 부러워 죽겠다는 표정은 내가 아니라 너야. 거울 줄까? 직접 볼래?"

"야! 너 가. 가라고!"

"싫어."

"서궁 소속도 아니면서 왜 여기 퍼질러 누워 있는데!"

자란은 일부러 다리를 쭉 펴고 누우면서 소옥의 약을 올렸다.

"서궁의 방장으로서 명하는데 빨리 사라져라. 냉큼!"

"그것도 감투라고 재는 거야?"

비아냥대는 목소리에 제대로 자극받은 소옥이 으르렁거리면서 몸을 일으켰다. 위협적인 몸짓에도 자란은 아랑곳하지 않았다.

"왜? 한 대 치려고?"

"못 할 것 같아?"

"치려면 쳐."

"까불지 말고 조용히 남궁으로 가라."

"그러니까, 네가 뭔데 명령이세요?"

"너 진짜 맞는다."

"그러니까 치라고! 왜? 겁나? 옛날에는 툭하면 주먹부터 나갔잖아. 아, 너도 이제 늙었니?

빙글거리는 자란을 보고 있자니 눈에서 열이 확 치솟았다. 십대의 유년 시절부터 반복되는 비슷한 패턴의 싸움이었다. 지겨운 말싸움을 이끄는 것은 주로 빈정거리는 말투의 자란이었지만 그 끝에서 참지 못하는 것은 소옥이었다. 다혈질의 소옥이 참다못해서 자란의 머리를 잡아당기자, 자란은 아픔을 호소하면서도 소옥에게 손가락 하나 닿게 하지 않았다. 철저하게 피해자 행세를 하면서 소옥에게 죄를 덮어씌우는 것이 자란의 방식임을 깨달은 소옥은 다시는 자란의 수에 놀아나지 않겠다고 다짐했었다. 신경전을 벌이는 두 여자 사이에서 은섬은 고개를 가로저었다.

'놀아나면 안 돼. 참아.'

그 눈빛의 의미를 모르지 않는 소옥은 자란의 얕은수를 되새겼다. 결국, 꽉 쥐었던 주먹에서 힘을 풀었다. 그 대신 깊고 크게 숨을 몰아쉬었다. 두 여자가 육탄전 대신에 눈싸움하면서 날을 세우는 동안 운영의 눈동자에는 큰 물결이 지어졌다. 그녀는 주변의 소란함이 들리지 않는 듯 멍한 표정이었다.

"홍? 너도 이제 비밀연애?"

싸움 구경에는 관심이 없는 비취가 운영의 팔을 흔들면서 호들갑을 떨었다. 흔들리는 몸 때문에 몹시 신경이 사나웠음에도, 운영은 한마디 말도 보태지 못했다. 그저 속으로 조용히 '바람'이라는 말을 되새길 뿐.

궁녀들이 타로 점치기에 열을 올리고 있던 그때였다. 누군가 다급하게 창을 두드리는 소리가 들려 왔다. 최 상궁의 등장을 알리는 초아의 알림이었다.

"아직 10분 남았잖아. 오늘따라 왜 이리 동작이 빠르실까!"

최 상궁의 이른 점호 덕분에 소옥은 눈앞에서 꼴 보기 싫은 자란을 쉽게 치워낼 수 있었다. 본래 소속에서 이탈했던 자란에게 절대적으로 불리한 상황이었다. 그녀는 최 상궁과 맞닥뜨리지 않기 위해서 흉한 모양새로 뛰어나가다가 문턱에 발이 걸려서 꽈당 넘어졌다. 소옥은 크게 웃지도 못한 채 끅끅거리면서 얼른 제 옷고름을 고쳐 맸다.

"치워. 빨리. 빨리!"

금련은 순식간에 카드를 제 치마 위로 쓸어 담았다. 그러곤 양손에 움켜쥔 뒤 타다닥 카드를 정리하는 데 소요되는 시간은 5초에 불과했다. 단정하게 쪽 찐 머리의 아가씨가 보여주는 손놀림은 카지노 딜러가 따로 없었다.

"뭐해, 이부자리 깔아. 얼른!"

여기저기서 다급한 외침이 이어지고 이불, 베개가 날아다니기 시작했다. 모두가 황망히 허둥대는 와중에도 운영은 멍하니 앉아서 눈만 깜박였다. 금련이 다급하게 뛰어나가는 순간 카드 한 장이 풀썩 바람을 타고 내려와 바닥으로 툭 떨어졌다. 흐릿한 눈에서 초점이 돌아왔다. 운영은 가만히 그것을 집어 들었다. 자신이 뽑았던 바로 그 타로다. 점괘로 인한 잠깐의 소란함이 지나간 뒤 최 상궁의 엄숙한 점호 시간이 이어졌고, 금련은 자신의 타로가 들어 있는 베개에 머리를 꾹 찍어 누른 채 아슬아슬한 점호 시간을 무사히 보낼 수 있었다.

"소등합니다."

"좋은 밤 되세요!"

초아가 나가면서 드르륵 미닫이문이 닫히는 소리가 들렸다. 잠든 척 감았던 눈이 떠졌다. 운영은 아예 몸을 일으켜서 벽에 등을 기댔다. 재미로 본 점괘 하나에 온 신경이 쏠려서 마음이 붕붕 떠올랐다. 카드 한 장을 속에 꼭 쥔 채 가만히 눈을 감는 여자의 입꼬리가 수줍게 휘어졌다.

'바람…… 불려나.'

이화에 월백하고 은한이 삼경인 제
일지춘심을 자규야 알냐마는
다정도 병인 양하여 잠 못 드러 하노라.
- 이조년 〈다정가〉

"하품 좀 그만해라."

"나오는 걸 어쩌니."

심드렁한 표정의 소옥은 운영의 팔을 꼭 붙든 채 나른한 숨을 쏟아냈다. 점심시간 이후의 수업, 이번 주의 마지막 수업인 〈현대시의 미학〉 수업을 앞두고 있었다. 그것은 곧 남은 3일은 꼬박 궁에 갇혀 있어야 한다는 소리였다. 생각만으로도 노곤해질 수밖에 없는 이유였다. 수성궁에서 벗어날 수 있는 유일한 시간은 그녀들이 학교에 나와 있는 시간뿐이었다. 그 시간 동안에도 그들은 어딘가에 따라붙었을지 모르는 암행꾼들의 눈을 피해 자유를 누려야 했다. 이는 혹시라도 그녀들이 다른 남자들과 불미스러운 일을 만들 것을 염려한 조처였다. 언뜻 보기에는 화려한 꽃과 같은 비해당 궁녀의 삶은 사실상 감시와 규율로 점철되어 있었다. 그래서 발작처럼 일탈 욕구를 불러일으키는 것도 당연한 일이었다.

"그렇게 늘어져 있으면 있던 기운도 다 빠져나가겠다."

"햇빛 봐. 책상이 따끈따끈해. 이대로 누워서 잠이나 잤으면 좋겠다고."

소옥은 책상 위에 납작 엎드려서 중얼거렸다. 축 늘어진 모양새가 그야말로 '싫다. 아무것도 하기 싫다'는 보이지 않는 격렬함을 표현하고 있었다. 그 옆에 앉은 운영은 펼쳐진 노트 한쪽 구석에 소옥의 옆모습을 그리고 있었다.

"예쁘게 그려."

"노력해 볼게."

"그러고 보니 홍 양! 너는 다른 건 다 잘하면서 그림은 또 엄청 못 그리더라?"

"빈틈 하나쯤은 있어야 남들이 시기를 안 하는 거야. 이 얼굴에, 이 머리에, 그림까지 잘 그려봐. 재수 없지."

"재수는 방금 없었어. 참, 너 오늘 운명의 남자 만나는 날이잖아."

순간 펜을 놀리던 손이 멈칫했다. 하지만 다시 아무렇지 않은 척 펜을 붙잡은 손에 힘을 주었다.

"그걸 믿으셨어요? 참 순진도 하셔라. 우리 항아님께서는."

"다 듣겠어! 항아님이라고 하지 말라니까!"

조잘거리는 소옥의 입술 위로는 새빨간 립스틱이 발라져 있었다. 지난번 조회 시간에 걸린 이후로 문제의 얌전하지 못한 립스틱은 전부 빼앗겼다. 그런다고 물러날 최소옥이 아니었다. 그녀는 오늘 암행꾼의 눈을 피해서 새로운 것으로, 그것도 좀 더 새빨간 녀석으로 장만했다.

"그나저나 주5일제 수업을 신청했어야 했어. 토요일에 하는 교양 과목도 어거지로 신청해 놓을걸."

"어차피 궁에서 허락하지도 않는 일인데 뭐."

"흥. 넌 참 포기가 빨라."

"그뿐이야? 말도 엄청 잘 듣지."

"아는구나? 너 비해당 오고 나서 벌점 스티커 받은 거 한 손에 꼽지? 하지 말라는 거 절대 안 하고…… 참고 또 참고…… 어떻게 그렇게 살아? 참 신기해."

"말을 잘 들어야 상을 받을 수 있으니까."

"상? 어떤 상?"

소옥은 좀 더 가까이 얼굴을 들이밀면서 눈을 반짝였다.

'탈출.'

"육첩반상."

하고 싶은 말은 끝내 속으로 삼킨 채 시답잖은 농담을 내뱉었다. 운영은 소옥이 따라 웃길 바라면서 한껏 입꼬리를 틀어올렸다. 하지만 잔뜩 좁혀진 소옥의 미간은 더욱 구겨졌다.

"뭐래? 나 지금 어느 타이밍에 웃어야 하는데?"

"그러게. 재미없네. 전부 다……."

어쩐지 손에 힘이 빠져서 모든 것이 귀찮아졌다. 펜을 의미 없이 휘휘 돌리면서 운영은 작은 한숨을 내쉬었다. 이대로 휴강이나 해버렸으면 싶을 만큼 나른하고 무기력한 기분이었다. 그때 앞문으로 자란이 들어 왔다. 주위를 두리번거리던 그녀는 운영과 소옥을 발견하고는 새치름한 표정을 지었다. 그러곤 아주 멀찍이 혼자 떨어져 앉았다.

"또 따로 앉네. 같이 앉으면 좋을 텐데."

"너 싫다고 악을 쓰는 애한테 뭐하러 친한 척이야."

소옥은 자란을 흘겨보면서 이를 갈았다.

그녀가 자란에 대한 적개심을 노골적으로 드러내기 시작한 것은 5년 전이었다. 그날은 운영이 수성궁의 문화 행사를 알리는 홍보 포스터를 찍는 날이었다. 운영과 함께 메인 포스터 모델의

후보로 올랐던 자란은 자신이 밀려난 것에 대해 앙심을 가졌다. 촬영 날 아침, 그녀는 운영에게 피부에 좋은 주스라면서 마실 것을 건넸는데 그것이 화근이었다. 복숭아 즙이 섞여 있는 음료를 의심 없이 받았던 운영은 그대로 몸이 부어오르면서 호흡 곤란에 시달렸다. 결국, 그날의 촬영은 자란이 대신했고 운영은 온종일 구토와 발진에 시달렸다. 그날의 사건에 대해서 자란은 운영이 복숭아 알레르기가 있었다는 사실을 몰랐다면서 울고불고 난리를 쳤지만 소옥은 믿지 않았다.

"그거 살인미수야. 좋게 넘어가 줄 일이 아니었어."

"실수였다잖아."

"그걸 믿는 네가 더 답답해."

"믿고 싶은 거야. 그래야 내가 저 애를 미워하지 않을 수 있으니까. 상대방이 나를 미워한다고 해서 나 역시도 같은 마음의 적의를 품는 거, 그게 난 좀 더 어렵거든."

"현자 나셨네요."

소옥은 눈으로는 여전히 자란을 노려보면서 운영의 손등을 찰싹 때렸다. 답답하고 착해빠진 친구에 대한 불만의 표현이었다.

"아휴, 교수님은 왜 또 늦으시니. 이 노친네는 제때 오시는 법이 없어요."

"15분 지나면 휴강이잖아. 안 오시는 걸 기다리는 게 더 즐거운 일인데요, 항아님."

"아, 그런가? 2분 남았어. 제발! 휴강! 제발!"

소옥은 시계를 보면서 눈을 부릅떴다. 그 순간 모두의 기대감을 충족시킬 수 있는 한 사람,김 교수의 조교가 강의실 문을 열고 들어 왔다.

"자, 주목! 전달 사항이 있습니다. 김 교수님이 퇴임을 앞두시고 말년의 투지를 불태우시던 와중에 허리디스크가 악화되셔서 수업에 못 나오시게 되었습니다."

강의실이 술렁거렸다. 소옥도 늘어졌던 몸을 일으켜서 눈을 데굴데굴 굴렸다.

"그래서 급하게 한 분을 초빙했는데, 나머지 학기 수업은 그분께서 맡아서 해주시기로 했습니다."

모두가 소란한 와중에도 운영은 심드렁한 표정으로 턱을 괴었다. 강의실 문이 끼릭 소리를 내면서 열리던 순간에도 그녀는 무덤덤하게 창밖을 바라봤다. 수업이야 아무나 하면 그만이지…… 빨리 끝나기만 했으면 좋겠다는 생각이었다. 그랬는데…….

"김유영 교수님이십니다."

그 말이 촉매제가 되어 시시하고 지루했던 일상의 변화가 시작되었다. 소개를 받은 남자가 강단 앞에 섰고, 계단식 책상에 앉아 있는 학생들을 바라보는 순간 모두의 시선이 한곳에 쏠렸다. 얼굴에 홍조를 띤 여학생들이 수군거리기 시작한 것도 그 무렵이었다. 운영은 턱을 괴고 있던 팔에서 힘이 쭉 빠졌고 덩달아 동공이 확장되었다. 여인의 흔들리는 시선이 닿은 그곳에 그가 있었다. 유영……. 그 사람이었다.

'하필이면…… 오늘…… 왜, 저 남자야…….'

눈앞에 펼쳐진 환영 같은 남자의 실루엣에 운영은 계속 눈을 깜박였다. 깜박여도 사라지지 않아서 눈을 질끈 감았다가 천천히 다시 떴다. 그런데도 분명히 존재하는 김유영이었다. 그를 인지하는 순간 운영은 갑자기 가슴 안으로 바람이 화악 밀려드는 듯한 묘한 짜릿함을 느꼈다. 마주한 상황이 버거워서 운영은 여기저기 시선을 흩뿌렸지만, 마땅히 바라볼 곳도 없이 삭막한 강의실이었다. 그런 강의실에서 저 혼자 빛을 받는 듯한 젊은 교수는 그야말로 빛이 났다.

"만나서 반갑습니다. 김유영입니다. 세 달 남짓한 짧은 시간이지만 김인환 교수님 수업을 대신 맡아서 할 수 있는 것만으로도 영광이라 생각합니다. 풋내기 어린 교수 놈이 얼마나 하는지 눈을 부릅뜨셔도 좋습니다. 기대 이상일 테니까."

그가 건넨 농담에 여학생들의 환호성이 터졌고 남학생들은 마지못해 박수를 쳤다. 편안한 니트가 잘 어울리는 젊은 교수는 특유의 여유로움을 보여주는 미소와 함께 수업을 시작했다. 안경 너머의 시선이 드문드문 운영을 향했지만, 그녀는 고개를 들지 않은 채 계속 아무것도 적히지 않은 흰 페이지만을 보고 있었다.

"우선, 제가 가장 좋아하는 시 한 편을 소개하고자 합니다. 제가 국문학을 전공한 것도, 학위를 받은 이유도 전부 이분…… 백석 시인 덕분입니다."

햇빛이 잘 드는 창가 쪽 책상 위에 걸터앉은 그는 긴 다리의 한쪽을 자신의 다리에 걸친 자세로 싱긋 웃었다. 그 웃음이 여러 처자의 마음을 홀라당 빼앗고 있음을 정작 본인은 모르는 듯했다.

"오늘은 그분의 시 가운데에서도……."

창밖에 시선을 둔 남자가 시를 읊기 시작했다. 남자의 부드러운 목소리로 전해지는 시편은 〈나와 나타샤와 흰 당나귀〉였다.

"가난한 내가 아름다운 나타샤를 사랑해서 오늘 밤은 푹푹 눈이 나린다. 나타샤를 사랑은 하고 눈은 푹푹 날리고 나는 혼자 쓸쓸히 앉아……."

그의 목소리를 따라서 운영은 조심스레 고개를 들었다. 그리고 멍하니 입이 벌어졌다. 햇살을 가득 짊어진 채 창밖을 바라보면서, 세상에서 가장 여유로운 미소를 짓고 있는 남자의 모습은 그 자체가 하나의 화보처럼 느껴지게 했다. 가능하다면 그 모습을 사진으로 남겨두고 싶다는 작은 열망과 함께 운영은 그를 빤히 바라보는 시선을 거두지 못하고 있었다. 이대로라면 그에게 분명히 들키리라고 생각하면서도 남자에게 홀려 버린 두 눈은 빛을 머금은 채 반짝였다. 그와 맞닿았던 첫날처럼.

"눈은 푹푹 나리고……."

한참 시를 읊던 유영의 목소리가 잦아들었다. 일순간 고개를 돌린 그와 눈이 마주치는 순간 운영은 찬바람을 맞은 것처럼 몸이 떨렸다. 유영은 그녀를 향한 시선을 거두지 않은 채 안경을 벗으면서 맑은 두 눈을 드러냈다. 그 영롱한 빛을 마주하면서 떨림이 번져갔다. 손끝에서부터 입술까지…… 천천히, 빈틈없이.

"아름다운 나탸사는……."

다디단 목소리에 소름이 돋아서, 펜을 쥔 손에는 자연히 힘이 들어갔다.

"나를 사랑하고……."

숨이 멈춘다. 그의 입에서 던져진 '사랑'이라는 한마디가, 시의 구절일 뿐인 그 의미 없는 한마디가 귓속에 맴돌았다. 사랑이라는 단어를 입에 담는 순간 남자는 어떤 표정을 지을까? 그것이 몹시도 궁금했지만 고개를 들 수가 없었다. 붉어진 얼굴을 그대로 들킬 테니까.

"어데서 흰 당나귀도 오늘 밤이 좋아서 응앙응앙 울을 것이다."

시가 끝났고, 몸의 떨림도 가라앉으면서 운영은 하늘로 오르는 제 마음을 끌어당겼다. 이제 그의 시선이 거두어졌으리라 생각하면서 다시 고개를 들었는데 아니었다. 여인의 기대와 달리 너무도 쉽게 마주친 남자의 시선은 다정하면서도 뜨거웠다.

"오늘부터 당신은 내 영원한 마누라야. 죽기 전에 우리 사이에 이별은 없어요."

눈을 보고 하는 말, 그 노골적인 시선의 끝에서 시공간이 멈춘 기분이었다.

"백석이 그의 연인 자야에게 했던 사랑의 말이었습니다. 스물여섯의 교사 백석은 당시 기생이었던 자야에게 한눈에 반했다고 합니다. 그때 자야의 나이는 스물두 살이었죠."

수업을 이어가는 잔잔한 목소리의 울림은, 그가 전하는 이야기를 더욱 애절하게 만들었다.

"하지만 이들의 사랑은 오래 갈 수 없었습니다. 기생이었던 그 신분이 걸림돌이 되어 부모의 반대를 이길 수 없었죠. 백석은 그녀에게 도피를 제안하지만, 자야는 이를 거절했습니다. 전도유

망한 젊은 시인의 앞길을 막을 수 없어서. 결국 전쟁이 터졌던 그 날을 기점으로 두 연인은 영원히 헤어집니다. 알다시피 백석은 북쪽에서 생을 마감했습니다. 한편, 자야는 기생 일을 통해서 재물을 쌓았고 백석이 공부했던 영문학을 탐독했습니다. 아주 오랜 시간이 흐른 뒤, 1997년 법정스님께서는 '길상화'라는 법명을 가진 한 여인이 기증한 요정 '대원각'의 자리에 사찰을 세우게 됩니다. 그곳이 바로 성북동의 길상사. 홀로된 자야가 사는 동안 백석, 그를 다시 만나 한 번 더 시를 읊을 수 있다는 간절함으로 남은 생을 보냈던 곳입니다."

귓속을 타고 흐르는 목소리에 혼을 빼앗기는 듯 멍해졌다. 이 시간이 멈추지 않고 흐르고 있음을 보여주는 유일한 것은 움직이는 시계 초침, 그리고 아주 예쁘게 흩날리는 남자의 머리칼이었다. 그걸 바라보고 있으면, 어쩐지 눈시울이 뜨끈해지는 이상한 체온의 변화가 이 순간이 현실임을 상기시켰다. 겨우 정신을 차렸을 때, 운영은 바로 오늘이 운명의 남자를 만나는 날이라던 그 잔망스러운 점괘를 떠올렸다. 열린 창문으로 불어오는 거친 바람에 나부끼는 흰색 커튼의 가벼운 움직임은 어쩐지 보기 싫어서 눈을 감아버렸다.

'응앙응앙…… 울을 것이다…….'

그 구절이 음률이 되어 입에 고이는 순간, 운영은 괜스레 울고 싶어졌다. 뜻 모를…… 마음으로.

가난한 내가
아름다운 나타샤를 사랑해서
오늘밤은 푹푹 눈이 나린다

나타샤를 사랑은 하고
눈은 푹푹 날리고
나는 혼자 쓸쓸히 앉어 소주를 마신다
나타샤와 나는
눈이 푹푹 쌓이는 밤 흰 당나귀를 타고
산골로 가자 출출이 우는 깊은 산골로 가 마가리에 살자

눈은 푹푹 나리고
나는 나타샤를 생각하고
나타샤가 아니 올 리 없다
언제 벌써 내 속에 고조곤히 와 이야기한다
산골로 가는 것은 세상한테 지는 것이 아니다
세상 같은 건 더러워 버리는 것이다

눈은 푹푹 나리고
아름다운 나타샤는 나를 사랑하고
어데서 흰 당나귀도 오늘밤이 좋아서 응앙응앙 울을 것이다

- 백석 〈나와 나타샤와 흰 당나귀〉

"홍. 너 먼저 내려가."

"너는?"

"과사에서 오래. 졸업사정표에 문제가 있대. 그거 확인하고 갈 테니까 밖에서 기다려."

대답을 하는 둥 마는 둥 고개를 끄덕이면서 손으로는 짐을 챙겼다. 시간의 흐름을 잊었던 김유영 교수의 첫 수업이 끝났다. 장학생 홍운영이 대학에 들어와서 처음으로 딴짓과 헛소리, 뜬구름을 잡으면서 스스로 수업을 망친 역사적인 첫날이었다. 노트를 챙기던 손이 멈추고 얼굴이 화악 붉어졌다. 필기를 위해서 펼쳤던 흰 종이에는 그녀의 사투가 담긴 의미 없는 끄적거림과 보기 흉한 점, 선들이 가득했다. 허둥댐과 흔들림이 가득 담긴 종이가 보기 싫어서 재빨리 노트를 덮고 가방에 쑤셔 넣었다. 그러곤 뒤도 돌아보지 않고 뛰어 나갔다. 남자의 잔상이 남아 있는 강의실에 혼자 남아 있고 싶지 않았다.

"숨 좀 쉬자. 제발…… 뭘 했다고 이래."

진정되지 않는 호흡을 가다듬기 위해 숨을 천천히 들이쉬고 내쉬었다. 그런 제 모양새가 우스워서 실없는 웃음이 나왔다. 차라리 소옥이라도 옆에 있으면 시끄럽게 떠들어대는 소리에 잠시 딴생각이라도 할 텐데 하필이면 지금 이 순간에 혼자였다. 잠시 정신을 차렸나 싶었는데, 허공에 흩날리는 꽃잎을 좇는 초점이 또다시 흐려졌다. 지금 이 순간 분명한 생각은 실감이 나지 않는다는 것. 김유영……. 그 사람과 앞으로 매주 두 번씩 마주하게 된다는 사실이. 그래서 그게 좋은지, 불안한지, 두려운지…… 뒤섞인 감정을 정의할 수 없었다. 다만 여자를 좀 더 뒤흔드는 말은 '운명' 그리고 '바람'이었다. 그 잔망스러운 점괘의 결과를 믿고 싶다 생각하는 스스로가 너무 가여워서 운영은 입술을 꽉 깨물었다.

'운명이라고? 그게 아니잖아. 사실은, 너무…… 약해진 거지.'

"운영아! 다행이다. 아직 있었네."

다급한 목소리를 따라서 고개를 돌렸을 때 마주한 사람은 조교였다. 그녀는 바쁘게 뛰어 왔는지 가쁜 숨을 몰아쉬었다. 느닷없는 등장에 어리둥절한 표정을 짓는 운영에게 조교는 시집 한 권을 건넸다.

"자, 이거."

"시집이잖아요?"

"응. 김유영 교수님께서 전하라고 하셨어."

"교수님이요?"

"김인환 교수님께서 너 주라고 하셨다던데? 지난번 창작시 과제가 마음에 든다고 하셨대. 퇴임 앞두고 연구실 정리하시면서 제자들한테 책 한 권씩 선물하시고 있거든. 넌 운이 좋은 거야. 교수님이 제일 아끼시던 시집이거든."

운영은 제 손에 들린 시집을 물끄러미 바라봤다. 그것은 유영의 입을 통해서 건네졌던 〈나와 나타샤와 흰 당나귀〉가 수록된 백석의 시집이었다. 조교가 돌아가고 난 뒤 혼자 남겨진 운영은 한참 동안 책을 쓰다듬었다. 여전히 귓가에는 시를 읊조리는 남자의 목소리가 음률처럼 맴돌고 있었다. 작은 한숨과 함께 휘리릭 책장을 펼쳤다. 그런데 그냥 시집이 아니었다. 페이지 너머로 딱딱한 무언가가 만져져서 제대로 펼쳐 보니 그 안에는 일전에 잃어버렸던 수성궁 출입 ID카드가 들어 있었다.

"어떻게 이게⋯⋯."

불현듯 떠오르는 어떤 날의 잔상에 기대어 남자의 웃음이 되새겨진다. 숨을 고른 뒤 시집을 훑어 넘겼다. 떨리는 손끝에 기대어 종잇장이 넘어가는 순간 가슴 속이 묵직해졌다. 시집의 첫 장에 적힌 글귀는 분명히 노교수의 필체였고 거기에는 '유영에게 전하는 신의'라고 적혀 있었다. 그것은 시집의 원주인을 생각하게 하는 말이었다. 순간의 호의라고 생각하면 그만인데 조금 다른 기대를 하는 스스로에게 말했다. 미쳤다고. 그 순간에 같은 생각을 하고 있는 한 남자가 저 먼 곳 위에서 자신을 훔쳐보고 있음을 그녀는 모르리라.

"와, 김유영. 아끼던 시집까지 주고 뭐하는 짓이래."

그것은 아리따운 여자에게 매료된 수컷의 본능이었다. 유영은 담배를 태워서 입에 물었다. 뽀얀 연기 너머로 사라지는 여자의 뒷모습을 좇으면서 든 생각은 아쉬움이었다. 수성궁에서 마주했을 때와는 또 다른 느낌이었다. 한복을 입지 않은 그녀는 여느 이십대 여대생과 다름없이 풋풋하고 싱그러웠다. 아름답게 빛나는 여자의 검은 머리칼이 바람에 흩날리는 모습을 눈에 담으면서 그는 자신의 손이 그녀의 머리에 닿는 순간을 상상했다. 시적인 발상이라고 하기에는 속되고 잔망스러워서 실없이 웃었다. 그의 책상 위에는 원래 운영의 몫으로 정해졌던 2015 신춘문예 단편집이 놓여 있었다. 노교수는 모를 것이다. 중간 다리 역할을 제대로 하지 못한 김유영의 발칙함을 말이다.

"수업을 어떻게 했는지…… 기억도 안 나잖아. 꼴사납게……."

그는 자신의 첫 수업을 간단하게 자평했다. 강의실로 이어져 있는 복도를 걸어 나가면서 조금씩 걸음이 빨라졌었다. 그것은 존경하던 교수의 수업을 이어받았다는 기대감과 뿌듯함이기도 했지만, 그보다는 좀 더 가볍고 원초적인 마음이 빚어낸 조급함이었다. 잔뜩 마음을 먹고 강의실 문을 열었지만, 계산대로 생각이 움직여주지 않았다. 사실, 학생들에게 시를 읽어주겠다는 생각은 없었다. 좋아하는 시인의 시를 학생들이 직접 읊어보게 해야겠다는 계획은 보기 좋게 사라졌다. 그것은 한 여자를 마주한 순간에 빚어진 충동이었다. 어깨 아래로 흔들리는 긴 머리와 맑은 눈동자, 떨리는 입술, 붉어진 볼을 매만지는 손동작 하나하나가 신선했고 반가웠다. 그 순간의 몽롱한 이미지를 설명하는 유일한 그 말, 나타샤.

"나타샤라…… 맨정신에, 잘도 허튼소리를……. 재떨이가……."

담배를 비벼 끌 재떨이를 찾던 유영의 손이 하얀 종이 위에 닿았다. 제 손 아래에서 살짝 구겨진 종이의 주름을 툭툭 쳐서 펼쳐내는 순간 '홍운영' 이름 석 자가 또렷이 눈에 들어 왔다. 운영이 지난 시간 김인환 교수에게 제출했다던 그 시편은 유영이 넘겨받았다. 페이퍼를 평가하던 첫날만 해도 시를 쓴 여학생이 그녀, 홍운영이라는 생각은 미처 할 수 없었다. 그저 재주가 있는 학생 하나를 건졌다는 생각이었는데 뭔가 다른 의미가 눈 안으로 들어오기 시작했다.

> 멀리 바라보니 푸른 연기는 가늘고
> 아름다운 사람은 비단 짜기를 멈추네
> 바람을 때하니 홀로 근심스럽도다
> 날아가 선녀의 산에 떨어지리라

시를 읽어 내려가는 남자의 눈이 좀 전과 달리 좀 더 검게 가라앉았다. 여전히 입에 물려 있는 담배의 매캐한 연기가 목 안으로 스며드는 순간 인상이 찌푸려진다. 그것은 시의 어느 구절을 읽었을 때와 맞닿은 시점이었다. 선녀의 산. 그것은 운영이 제출한 페이퍼에 휘갈겨진 활자들 가운데서도 유독 시선이 머무는 단어였다. 그 옛날 삼청의 선녀는 글을 잘못 읽어서 인간 세상에 유배되었다고 한다. 그 선녀가 운영, 자신이라면…… 수성궁의 무게를 견디지 못함을 쉽게 읽어낼 수 있다.

"비해당이라……."

그 특이한 삶의 선택이 어린 소녀 가장의 희생에서 비롯된다는 것을 모르지 않는다. 결핍된 세상, 그 속에서 힘없는 아이가 살기 위해 선택한 유일한 방법이었으리라. 그리고 그 대가로 많은 것을 빼앗겼을 테지. 유영은 결락감으로 가득한 여자의 인생을, 그리고 그 결말을 쉽게 그려낼 수 있었다. 채워지지 않는 갈증 속에서 몸과 마음이 메마르고 나면 삶이 원망스럽다. 원망의 끝에서 구원받지 못하면 생의 의지를 상실하고 그 다음 선택지는 추락. 흰 종이 위로 벼랑 아래 떨어지는 여자의 모습이 그려지는 순간 희한하리만큼 불쾌해졌다. 오다가다 만난 낯선 여자에게 주는 감정치고는 사치라고 생각하면서도 불쾌한 영상은 머릿속을 맴돌았고 식도를 타고 쓴물이 올라왔다. 오늘따라 담배가 무지 쓰게 느껴져서 절반도 태울 수 없었다. 목이 답답해서 넥타이를 풀어헤친 그는 의자 깊숙이 몸을 묻은 채 목을 뒤로 젖혔다.

"홍운영."

우연히 알게 된 여자의 이름 세 글자가 머리에 새겨진 이후 유영은 줄곧 여자의 뒤를 쫓았다. 그것은 딱히 의도한 것도 아니었는데 정해진 일처럼 차근차근 우연이 겹쳐졌다. 그녀를 처음 본 곳이 바로 이 학교였다. 서로 같은 길목을 걷다가 몸이 부딪치는 것은 열에 아홉이 겪을 만한 90%의 아주 흔한 우연이었다. 그 여자가 두고 간 작은 물건을 집어들 확률은 80%, 물건의 주인이 살고 있는 곳이 남자의 오랜 친구가 사는 집일 확률은 50%, 그 여자의 하얀 손끝에 먹물을 튀기는 우스운 짓을 벌일 확률은 45%, 몰래 귀에 담은 그 여자의 이름을 기억할 확률은 30%, 궁금하다 싶은 찰나에 버스정류에서 마주 볼 확률은 20%, 다시는 볼 수 없으리라 믿었는데 눈앞에 다가와 앉을 확률은 10%, 그 여자가 자신을 기억할 확률은 5%, 그리고…… 그녀가 궁녀일 확률은…….

"1%."

남자는 오늘 그런 여자를 다시 만났다. 그건 운명이라고 믿어
도 되지 않을까? 입안에서 맴도는 그 생경한 단어를 입 밖으로
내보내는 것조차 민망해져서 유영은 피식거렸다.

"미친 거지."

그날도 스스로에게 같은 말을 반복했었다. 버스 정류장에서
여자를 마주했던 그날…… 누군가 장난을 쳐놓은 것처럼 자신의
눈앞에 있는 운영을 발견했던 그때 남자는 제대로 숨을 쉬고 있
지 않았다. 시간이 멈춘 듯한 기분이라던, 흔해 빠진 노래 가사
를 새삼 존경했다. 그 이상의 표현은 없었으니까. 그녀가 자신의
존재를 눈치채지 못했을 때부터 그는 운영을 보고 있었다. 웃으
면 더욱 화사하게 피어날 이목구비였는데도 여자의 눈은 예쁘게
휘어지지 않았다. 바쁘게 오가는 사람들을 멀거니 바라보면서
표정을 잃은 얼굴은 마치 어미를 잃은 어린양처럼 애처롭고 가엽
게 느껴졌다.

도대체 무슨 생각을 할까? 왜 궁을 나와서 떠도는 걸까? 모든
것이 알고 싶다고 생각하던 찰나의 순간 마침내 떨어지는 눈물,
그것을 보고 말았다. 여차하면 여자가 타고 갈 버스에 올라타서
도대체 무슨 일이냐고 어깨를 흔들 뻔했다. 그 멍청한 짓을 저지
를 뻔했던 아찔한 시간의 틈 속에서 다행히 그녀가 탄 버스가 먼
저 떠났다. 뭔가 개운한 구석이 없어서 속이 떫었지만 그저 그뿐
이라 여겼다. 스치는 인연은 결국 사라질 테니까. 그런데 오늘 교

실에 앉아 있는 여자와 시선이 교차하는 순간 처음 든 생각은 놀람, 두 번째는 반가움, 그리고 세 번째는 기대감이었다.

"발을 빼려면 지금인데…… 더 홀리기 전에."

나른한 기지개와 함께 자리에서 몸을 일으킨 유영은 이미 여자가 사라지고 없는 텅 빈 벤치 위를 물끄러미 바라봤다. 역시, 홍운영이라는 여자를 알고 싶다는 속된 마음이 분명해지는 순간, 마침내 인정해야 했다. 여자에게 닿아 있는 인연의 끈, 그 끝자락의 결말이 보고 싶다고 말이다.

"후우……."

"왜 그렇게 한숨이야?"

"어? 아, 아냐…… 아무것도."

"교수님 말이야."

"응? 왜? 뭐가!"

운영은 얼른 시집을 제 가방 안에 쑤셔 넣었다.

"뭘 그렇게 놀라. 김유영 교수님. 우리 대군마마 친구분…… 맞지? 와, 그분이 우리 수업을 맡게 되다니…… 뭐 이런 우연이 다 있어?"

"우연이라고?"

"그렇잖아. 몰래 훔쳐봤던 대군의 친구가 오늘은 내 교수로 왔는데, 그게 우연이 아니고 뭐겠어?"

'우연. 그게 좋겠네. 그거라면……'

그 이후로도 소옥은 유영에 대해서 이러쿵저러쿵 떠들어댔지만, 운영은 의미 없이 고개만 끄덕였다. 사실, 제대로 들리는 얘기는 하나도 없었다. 운영은 창틀에 앉아서 시를 읊조리던 남자를 넋 놓고 바라보던, 그 동화 같은 시간의 장면 속으로 끊임없이 자신을 되돌리고 있었다. 그것은 현실에서 도피하고자 하는 간절한 일탈이었다. 그런데도 눈앞에 꽉 들어찬 풍경은 야속할 정도로 선명했다. 수성궁의 돌담이 그 압도적인 위용을 드러내는 순간 운영은 눈을 질끈 감았다가 천천히 다시 떴다. 〈수성궁〉이라는 현판 아래에 서는 순간 끓어올랐던 마음이 신기하리만큼 서서히 가라앉았다. 잃었던 현실 감각을 완전히 되새기게 하는 것은 아이러니하게도 유영이 건네준 수성궁의 ID카드였다.

"어, 출입증 찾았어?"

"응."

"어떻게?"

"우연히."

"우연히?"

되묻는 소옥의 표정은 궁금해 죽겠다는 얼굴이었지만 운영은 입을 꾹 닫았다. '띡!' 소리와 함께 출입증을 게이트에 찍고 퀄 안에 들어서는 순간 무거운 공기의 흐름이 느껴졌다. 흔들리는 두 눈에 힘을 준 채 마음을 조였다. 하지만 생각대로 쉬운 일은 결코 아니었다. 이미 벌어진 마음에는 딴생각이 비집고 들어올 틈이 너무도 많았다. 그래서 운영은 할 수 있는 게 고작 평소보다 걸음을 빨리하는 것뿐이었다. 물론 정신이 흐릿했지만, 몸이 기억하는 길을 따라 옮겨지는 걸음은 칭찬해 줄 만큼 정확해서 실없이 웃었다. 그녀는 머릿속으로 순서를 정했다. 우선 시집을 숨기고, 환복을 하고 머리를 매만진 뒤, 서궁 한쪽 구석에 앉아서…… 가만히 있자. 그저 가만히…… 눈을 감고 생각을 말자.

"홍 양! 같이 가!"

"빨리 와."

"쟤가 오늘 왜 저렇게 걸음이 빨라."

느림보 홍운영이 맞나 싶을 정도로 빠른 걸음에 당황한 소옥은 종종걸음으로 그녀를 뒤따랐다. 비해당에 도착한 뒤에도 운영은 앞마당에서 조잘거리는 궁녀들을 그대로 지나쳤다. 그녀들이 뭐라고 말을 붙였지만, 운영은 가벼운 인사를 위한 손만 성의 없이 휘저을 뿐 별다른 대꾸를 하지 않았다. 사실 그 어느 것도 기억에 없었다. 궐 입구에서부터 이곳까지 스쳐 지난 수많은 사람들의 얼굴이 전부 흐릿했고 그들의 목소리조차 산산이 흩어져서 남은 게 없었다. 그렇게 도망치듯, 무언가에 떠밀리듯 서궁 안으로 들어온 운영은 머릿속의 계산대로 재빨리 옷을 갈아입었고 풀어헤쳤던 머리를 단정하게 틀어 올렸다. 옥빛 치마와 연한 상앗빛의 저고리로 갈아입고 옷고름을 꽉 묶은 뒤에야 긴 호흡의 숨이 토해졌다.

"이제 됐어."

이제 남은 것은 하나, 조용한 구석으로 옮겨지던 걸음이 멈추어졌다. 커다란 거울 앞이었다. 그 속에는 어느 외로운 궁녀 하나가 쓰러질 듯한 모습으로 서 있었다. 연민과 동정의 마음을 담아서 거울 속 여인을 쓰다듬는 순간 눈시울이 아릿해졌다. 여차하면 속수무책으로 무너질 순간이었는데, 차라리 그러고 싶었는데, 애석하게도 소옥을 앞장세운 다른 궁녀들이 모습을 드러냈다. 그리고 소옥은 그녀의 미묘한 변화를 너무도 쉽게 눈치챘다.

"너 눈이 왜 그래? 울었어?"

운영은 눈을 맞춰오는 소옥을 피해서 얼른 고개를 옆으로 돌렸다.

"아냐. 내가 울 일이 뭐 있는데. 눈에 먼지가 좀 들어갔나 봐. 비볐더니 빨개졌어."

되는대로 지어낸 거짓말이었고 소옥은 쉽사리 믿지 않았다.

"정말? 너 이상한데. 뭐 있지?"

"항아님들! 식사 준비하시랍니다."

"오늘 반찬 뭐야? 고기 나오면 좋겠다, 고기!"

다행히 다른 궁녀들이 시끄럽게 떠들어대는 소리에 묻혀서 소옥은 그 이상을 묻지 않았다. 겨우 소란한 무리에서 빠져나온 운영은 닫힌 창문을 열어 젖혔다. 기다렸다는 듯 한꺼번에 밀려들어 오는 서늘한 바람에 기대어 서 있는 동안 눈의 열기도 점차 가라앉았다. 마음도 함께 식으면 좋으련만 그것만큼은 뜻대로 되지 않아서 먹은 것도 없이 속이 얹히는 기분이었다.

"운영이는?"

"방에 있어. 저녁 안 먹는대."

"쟤 뭐 있는 거 같지? 심사가 불편하면 꼭 밥숟가락을 놓는 희한한 버릇이 있잖아."

"맞아. 아까는 불러도 못 듣고 그냥 가더라니까. 혼이 쏘옥 빠진 사람같이 얼굴도 허옇고."

"제일 잘 버티는가 싶었는데…… 우리 홍 양! 뒤늦게 향수병이 오나 봐."

"향수병? 에이, 이제 와서?"

"마음의 시름에 유통기한이 있니? 없으니까 더 미치겠는 거지. 오죽하면 병이라고 하겠어."

자신을 염두에 둔 채 궁녀들이 속닥거리는 소리에도 운영은 입을 꾹 닫았다. '왜 그러냐?' 라는 물음도 귀찮았다. 딱히 답할 말도 없었으니까. 미열이 오르내리는 것처럼 나른한 기분이었다.

'왜 이러니?'

그건 수도 없이 스스로에게 되묻는 물음이었다. 그런데 여전히 답이 없어서 속이 막힌다. 가만히 눈을 감았다. 감긴 눈 너머로 떠오르는 맥락 없이 뚝뚝 끊기는 기억들을 전부 주워 모아도 소용이 없었다. 책상 위에 올려둔 시집을 물끄러미 바라보던 운영은 그것을 그대로 베개 속에 밀어 넣었다. 마치 금련이 타로 카드를 숨기는 것처럼. 그것을 베고 누우면서 생각했다. 역시, 봄이란 녀석은 소리 없이 사라지는 게 제일 좋다고.

'삼청의 선녀 주제에 나타샤라니…… 홍운영, 너는 그러면 안 되지. 안 되는 거잖아.'

"어찌 밖에 나와 계십니까?"

"저 안에 소해궁이 함께 있다는 뜻이지."

순간 운영의 입가가 굳어졌다. 긴장한 낯빛을 감추지 못하는 것은 홍 내관도 마찬가지였다.

"분위기는요?"

"딱히 기다리지도, 그래서 반갑지도 않은 불청객의 침입은…… 언제나와 같지. 적막과 어색함. 그리고 숨막힘."

홍 내관은 자신의 넥타이를 풀어헤치면서 인상을 찌푸렸다. 저 문 너머에서 마주할 여인의 존재감이 상당해서 운영의 몸도 뻣뻣하게 굳어졌다. 긴장된 마음을 다스리기 위해 크게 숨을 들이쉰 뒤 표정을 가다듬었다. 그럼에도 선뜻 발이 떨어지지 않아서 다시 한 번 더 옷매무새를 정돈하고 시간을 끈 뒤에야 운영은 자신의 존재를 알릴 수 있었다. 문을 두드리면서 조용히 빌었다. 부디 아무 일도 없이 오늘 하루가 끝이 나게 해달라고 말이다.

"대군. 소녀, 운영이옵니다."

"들어와."

부르는 목소리를 따라서 옮기는 걸음이 축축 처졌다. 서재로 들어서니 예상한 그림대로 현과 그의 부인 소해궁 정씨가 함께 앉아 있었다. 운영은 눈을 마주하지 않은 채 시선을 발아래로 떨어뜨렸다. 그녀는 공손히 예의를 갖춘 뒤 문 앞에서 대기했다. 마주 보지 않아도 충분히 느껴지는 그것은 자신을 향한 두 가지 시선이었다. 하나는 봄날의 훈풍처럼 몹시도 다정하고 다른 하나는 엉겅퀴의 가시처럼 까슬하다.

'앙큼한 계집이 또 나를 방해하는군.'

소해궁은 운영을 향한 적개심을 숨기지 않은 채 그대로 내보이고 있었다. 속이 들끓는다. 현의 다정한 시선과 따스한 웃음이 어디를 향하는지 수성궁에서 모르는 이가 아무도 없다. 그건 그의 부인인 소해궁도 마찬가지였다. 때문에 운영은 훈풍을 느낄 겨를이 없었다. 혹여 가시에 찔릴까 봐 몸을 사리면서 움츠러들 수밖에. 그럼에도 청초하고 맑은 눈빛은 예쁘게 반짝여서 현은 미소 지었고 소해궁은 배알이 뒤틀렸다.

안 그래도 선이 강한 이목구비를 지닌 그녀의 얼굴이 좀 더 차갑게 굳어졌다. 비틀어 말려 올라간 입술 끝에는 불쾌함이 가득했다. 정략결혼으로 맺어진 왕가의 혼인 풍습 탓에 현과 소해궁의 시작에는 연모의 감정이 없었고 그 이후에도 쉽사리 그 감정은 피어나지 않았다. 소해궁의 아버지는 야당의 대표였다. 그녀는 아버지를 내세워서 정략결혼을 강력하게 추진했다.

반면, 처음부터 내키지 않는 혼담이었지만 왕족으로서 정치적 중립을 지켜야 했던 현은 야당을 끌어안기 위해 마지못해 그 제안을 수락했다. 현에게 결혼이란 곧 사업이었으며 서로 배신하지 않겠다는 약속에 불과했으므로 그는 여느 부부와 같은 다정한 관계를 거부했다. 하지만 소해궁은 아니었다. 그녀는 처음 그를 마주했던 어린 시절부터 현을 사모했으며 남편으로서 그를 믿고 따르고자 했다. 그렇게 한결같은 마음을 관철하고 있는 세월이 무색하리만큼 대쪽 같은 그의 부군은 좀처럼 그녀에게 곁을 주지 않는다. 연모가 원망으로, 그 원망이 지독한 투기로 변하고 있음에도 말이다.

"밤이 늦었습니다."

시선을 주는 것조차 귀찮다는 듯이 눈을 내리깔고 흘리듯이 내던지는 말에 한 여자가 상처 입었다. 하루에도 몇 번씩 마주하는 심드렁한 눈빛과 무심한 시선 속에서 소해궁은 계속 다쳐왔다. 그리고 그 상처에 이제는 굳은살이 박여서 그 아픔도 무뎌졌다. 그 대신 조금 더 뻔뻔해졌고 독해졌다.

"밤이 늦었다 하셨습니까? 대군께서는 다 된 밤에…… 궁녀 아이를 끼고 무엇을 하시려는 겁니까."

"그림을 그린다 하였고…… 분명히 듣지 않았습니까."

그녀의 자극에도 현은 평온함을 유지했다. 여전히 시선은 그녀에게 두지 않은 채로 찻주전자를 집어 들었다. 찻잔 안으로 올곧게 떨어지는 물줄기를 바라보면서 소해궁은 입술을 질끈 깨물었다. 현의 단정함은 '너 따위가 아무리 떠들어 봐야 소용없다'는 듯한 무언의 힐난처럼 느껴졌다.

"진정으로 그뿐입니까."

"그럼, 다 된 밤에 궁녀 아이와 무엇을 더 하겠습니까?"

바보 같은 여자는 끝내 차가운 눈동자를 끄집어냈다.

"말씀해 보시지요."

"굳이 제 입으로 더러운 행위를 내뱉고 싶진 않습니다."

현의 눈에서 어둠이 짙어졌다. 소해궁은 비릿한 웃음으로 그 어둠에 응수했다. 그를 자극하는 것에서 즐거움을 찾지는 않는다. 다만 할 수 있는 것이 고작 이것뿐이라서 어쩔 수 없는 것뿐이다. 그녀는 따분하고 날이 선 시선이라도 좋으니 현이 자신을 마주보고 있는 찰나의 순간에 만족했다. 채울 수 없는 결핍이 여인을 점점 피폐하게 만들고 있었고 그것을 고칠 수 있는 것은 오직 한 남자뿐이다. 문제는 그자가 좀처럼 여인의 뜻대로 움직이지 않는다는 것.

"더러운 행위라. 그것도 종류가 여러 가지인지라……."

현은 테이블 위에 턱을 괸 채 야릇한 웃음을 지었다.

"생각하시는 것을 말씀해 보는 게 어떻겠습니까."

그 어떤 자극도 받지 않았다는 듯 가벼운 손짓으로 찻잔을 돌리면서 빙글거렸다. 여유로운 시선 너머로 소해궁의 표정이 일그러지는 순간의 변화도 놓치지 않았다.

"도대체 무엇을 하면…… 우리 부인께서…… 실망하지 않으실지, 내 몹시도 고민되는 터이니."

노골적인 모욕감은 감당할 수 있었다. 그런데 홍운영이 보는 앞에서 사랑받지 못함을 들킨 수치스러움은 그녀 안의 악마를 깨우는 속삭임이 된다. 소해궁은 화살을 돌려서 운영을 노려봤다. 그들의 신경전을 빚어낸 장본인 운영은 할 수 있는 게 없었다. 그저 묵묵히 바닥에 시선을 흩뿌리면서 이 모든 순간이 조용히 지나기를 간절히 기도했다. 저 부부의 사이가 좋지 못함은 익히 알고 있었지만, 오늘은 좀 더 상황이 심각했다.

"어찌 답이 없으십니까. 내 친절히도 부인의 뜻을 묻고 있는데 말입니다."

부인을 향해 싱글거리는 미소는 언뜻 보기에 나무랄 데가 없었다. 그 눈빛이 적을 대하는 듯 서늘한 것만 뺀다면, 아주 오랜만에 그의 눈동자에 자신이 담겨 있음에 소해궁은 만족했을 터였다. 한 공간에 있는 두 여인을 대하는 태도가 극명히 다름에, 그 간극을 확인하면서 소해궁은 가슴이 쓰렸다. 수도 없이 확인했음에도 텅 빈 마음을 주체할 수 없어서 찻잔을 쥔 소해궁의 손이 부들부들 떨렸다. 대답 없이 입을 꾹 닫고 있는 소해궁을 향해서 비릿한 웃음을 짓던 현은 찻잔을 내려놓음과 동시에 힘주어 운영을 불렀다.

"어찌 그리 멀뚱히 서 있느냐."

현의 부름에 따라 어쩔 수 없이 옮기는 걸음이 무거웠다. 겨우 문제의 부부 앞에 섰을 때 소해궁은 의미심장한 미소를 지었다. 마시지도 않을 뜨거운 차가 담긴 잔을 손에 쥔 채 가득 힘을 주는 몸짓이 살벌했다.

'저 계집만 없으면······.'

소해궁은 혼인 전부터 대군의 마음에 어떤 여인이 자리하고 있음을 알고 있었다. 모든 것을 손에 쥔 왕자님께서 한량처럼 노닌다고 하여도 불만은 없었다. 모두가 부러워하는 안형대군의 정실 부인의 자리가 제 것이라는 사실은 변함이 없었으니까. 긴장감을 느끼게 하는 애인 한둘쯤 있는 것도 상관없다 여겼거늘, 그 상대가 어리고 약한 궁녀 아이라는 것에 대해 한편으론 시시하고 재미가 없었다. 그녀의 상대가 되기에는 너무도 보잘 것이 없었으니까. 그랬는데 아니었다. 홍운영은 그리 쉽지 않은 상대였다. 진정으로 갖고자 하면 제 후처로 들여서 그림자처럼 살게 하면 될 여인 하나를 잠자코 지켜보는 남자의 태도는 묘한 불쾌감을 느끼게 한다. 진중하고 신실한 태도로 저 계집을 대하는 꼴을 마주할 때면 불덩이가 휘감는 듯 열이 솟구친다. 지금이라도 당장 맥이 뛰는 저 계집의 목을 틀어쥐고 싶을 만큼.

"그럼 방해꾼은 이만 피해 드리지요."

뼈가 있는 말과 함께 소해궁은 찻잔을 들고 자리에서 일어섰다. 그러고는 운영을 지나치는 척하면서 그녀의 가슴팍에 그대로 찻물을 쏟아버렸다. 예상치 못한 일이었기에 입 밖으로 말소리도 나가지 않았다. 식지 않은 뜨거운 찻물이 옷 안으로 젖어들면서 운영은 애처로운 손만 휘적였다.

"이게 뭐하는 짓입니까!"

날카로운 외침과 함께 현이 자리에서 벌떡 일어났다. 그의 날이 선 분노에 문 밖에 서 있던 홍 내관은 눈을 질끈 감았다. 또다시 일이 벌어진 것이 분명했으나 대군 내외가 함께 있는 방문을 부름 없이 열어젖히는 것은 할 수 없었다. 그저 문고리를 꽉 붙잡은 채 운영의 무사함을 바랄 뿐이었다. 하지만 그것이 헛된 바람임을 분명히 하는 것은 날카로운 현의 외침이었다.

"내가 묻지 않습니까!"

소해궁의 팔을 붙잡은 현은 그녀를 잡아 죽일 듯이 노려봤다. 단단하고 고요하던 남자는 자신의 약점을 너무 쉽게 노출한다. 흔들리는 시선과 거친 호흡을 마주하면서 소해궁은 자신이 불러낸 악마의 날개를 퍼덕였다.

"실수였습니다. 잠시 속이 메스꺼워서 손에 힘이 빠진 참입니다."

그녀는 잔인하리만큼 아주 예쁘게 웃으면서 붙잡힌 팔을 뿌리쳤다. 그녀의 웃음은 척추에 번개가 내린 것처럼 온몸을 불쾌하도록 전율하게 한다.

"제정신입니까. 진정으로……."

"미쳤다는 소문이라도 내시게요? 그리하면 저를 내쫓으실 명분이 생긴다 합니까?"

지지 않고 받아치는 뻔뻔함에 현은 이가 갈렸다.

"대군의 뜻과 달리 애석하게도 정신이 말짱하여 도리어 미칠 노릇이니 어찌하면 좋겠습니까?"

검은 눈동자가 살기를 띤 붉은 빛으로 일렁이는 것은 순식간이었다. 소해궁은 예상했으면서도 순간 긴장했다. 그가 정말로 화가 나면 한기가 서린 목소리가 낮추어진다. 자비가 사라진 두 눈에서 동공이 확장되면 되돌리기 어려웠다. 지금이 그 순간이었다.

"지겨워."

가라앉은 목소리가 귓속을 파고들어서 심장을 뚫는다.

"정말이지 당신이란 여자는…… 진절머리가 납니다."

소해궁은 처연한 시선을 들어올려 현을 쏘아봤다.

"제가 무얼 그리 잘못했습니까."

말귀가 통하질 않는다. 틀어쥔 주먹이 덜덜 떨렸다. 자신의 부인, 야당 대표의 딸만 아니라면…… 현은 당장에라도 그녀의 목을 잡아 비틀었을 터였다. 그런데 하필이면 저 여자다. 어찌할 도리도 없이 치밀어 오르는 화를 주체할 수 없어서 여기저기 방 안으로 시선을 던지던 그때였다. 스쳐 지난 운영의 처량한 실루엣으로 다시 시선이 고정되었다. 현은 미간을 좁혔다. 괜한 싸움 속에서 방치되어 인상을 찌푸리고 있는 운영이 제대로 눈에 담기는 순간, 현은 더는 이 쓸데없는 소모전을 지속하고 싶지 않았다. 그는 운영의 손목을 잡아끌고 서재 문을 벌컥 열어 젖혔다. 그 망설임 없는 동작에 자극을 받은 소해궁은 힘껏 테이블을 내려쳤다.

"고작 궁녀 아이입니다. 이리 제게 등을 보이셔도 된다고 생각하십니까. 제가 저 계집에게 무릎 꿇고 사과라도 해야 그 손을 놓으실 겁니까! 제가 그리해야겠습니까!"

"내가……."

"……."

"미쳤던 모양입니다."

감정이 담긴 직설적인 표현이었다. 짐짓 놀랐으면서도 소해궁은 아무렇지 않은 척 입꼬리를 끌어 올렸다. 하지만 입술 끝이 가늘게 떨리는 것은 숨기지 못했다. 현은 건조한 눈으로 여자를 빈틈없이 주시했다.

"이 결혼을 통해서 아무것도 얻지 말아야 했습니다. 전부 다 되돌릴 수 있다면 그 시간의 미련했던 나한테 당신이라는 여자와 눈도 마주치지 말라 이를 것입니다. 지겹고 숨 막혀서 살 수가 없으니."

현은 그대로 운영을 잡아끌었다. 불안한 걸음의 목적지는 서재 맞은편에 있는 현의 침실이었다. 현의 얼굴이 잔뜩 굳어져 있음에 홍 내관의 입술도 비틀렸다. 부디 오늘 하루가 무사히 마무리되기를 바랐던 소망은 소해궁이 등장하는 시점부터 품지 말해야 했던 모양이다. 전부 망했다.

"어머나, 세상에!"

"이게 어찌된 일입니까."

얼굴을 붉히는 지밀나인들의 낯 뜨거운 시선에 운영은 당혹감을 감추지 못했고 현은 아랑곳하지 않았다.

"물수건을 챙겨 와. 갈아입을 옷도…… 후우, 아니야. 초아를 불러."

젖은 옷을 입은 운영을 침실로 이끄는 몸짓에 그곳에 자리했던 모두가 같은 표정이었다. 놀란 시선을 허공에 띄운 채 입만 벙긋거렸다. 저들이 무엇을 상상하든 현은 개의치 않았다. 물론 여전히 서재에 남겨져서 실소를 터뜨리고 있는 여인의 존재도 하얗게 지워졌다. 그 여인이 제 안의 분노를 다스리지 못한 채 무방비로 노출되어 있음에도 말이다.

"숨이…… 막힌다…… 하아."

멍하니 떠진 소해궁의 눈에서 핏발이 터졌다. 움켜쥔 주먹에서 시작된 떨림이 전신으로 번져갔다. 현이 결혼 자체를 부정하는 말을 내뱉은 것은 처음이었다. 그것도 홍운영의 손목을 움켜쥔 채 내뱉은 단호함이었다. 때문에 그 충격을 상쇄시키기 어려웠고 인정하고 싶지 않아서 감정이 폭발했다.

"그깟 년이 무엇이라고!"

악을 쓰고 외치면서 찻주전자를 집어던지는 파열음에 지밀나인들은 사색이 되어 발을 동동 굴렀다. 그녀의 눈에서 처연한 슬픔이 흘러내렸지만 이를 닦아주는 이가 한 명도 없었다.

"119, 아니야. 최 박사, 최 박사를 모셔."

허둥대는 현의 얼굴이 허옇게 질려 있었다. 갈라지는 목소리와 붉어진 눈의 흔들림이 몹시도 위태로웠다. 그야말로 이성을 잃었다.

"홍 내관! 뭐하고 있어! 빨리!"

목 부분까지 발갛게 달아오른 여자의 하얀 살결에 시선이 빼앗겨서 그야말로 눈앞이 핑글 돌았기에 현은 이를 사리물었다.

"대군, 저는 괜찮습니다. 주위를 소란하게 하지 마십시오."

"괜찮지 않다고! 내가…… 내가……."

맺지 못하고 허공으로 흩어지는 떨리는 목소리에는 그의 모든 마음이 담겨 있었다. 현은 이대로 돌아가겠다는 운영을 붙잡아서 자신의 침대 위에 앉혔다. 어깨에 올려진 대군의 손을 대놓고 뿌리칠 수는 없었기에 그녀는 방법을 바꾸어 조금씩 몸을 비틀었다. 그때마다 열이 오른 피부가 화끈거렸다. 운영은 저도 모르게 찡그려진 눈매를 금세 풀어서 미소 지었지만 그에게 통할 리 없었다. 어깨를 붙잡은 손에는 더욱 힘이 들어갔다.

"보는 이가 많습니다. 손을 거두어 주십시오."

"그냥 있어."

"제가 있을 곳이 아닙니다."

"홍운영."

"예, 대군……."

"네가 있을 곳은 내가 정해."

묵직한 한마디에 쉽게 응수할 수 없었다. 오가는 말이 없는 찰나의 순간일 뿐인데 금세 시선이 흔들린다. 남자의 가라앉은 눈동자가 주는 의미가 새삼 무겁게 느껴졌다. 그래서 운영은 가볍게 웃었다. 놀라지 않았다는 듯이, 가슴이 뛰지 않았다는 듯이. 아주 태연하게 천천히 입술을 움직였다.

"아, 너무 뻔하다."

운영은 팔을 비비면서 몸을 떨었다. 그 역시 쉬운 마음으로 내뱉은 소리가 아니었다. 그런데도 감동을 하기는커녕 뻔하다고 눈살을 찌푸리는 여자 때문에 현은 한숨이 나왔다.

"뻔하다고?"

"엄청나게 자주 들었습니다."

"누가? 어디서?"

"9시 55분에 하는 드라마. 실장님이 가난뱅이 여주인공한테 자주 하는 말이거든요."

여자의 장난스러운 목소리에 현은 어쩔 수 없이 웃었다. 그녀가 이 상황을 버거워한다는 것쯤은 진작 알고 있었지만, 화가 나고 불안한 마음은 숨긴다고 가려지는 것이 아니었다. 살이 비치는 젖은 옷을 그대로 입고 있는 여자 때문에 또 미간이 좁혀졌다.

'젠장.'

"벗어."

"예?"

"저고리 말이야. 그대로 입고 있으면 감기 걸려. 상처에 천이 붙어도 좋을 거 없고."

"아……."

운영은 특별한 의심 없이 옷고름을 풀었다. 고분고분 말을 잘
듣는 여자 때문에 현은 머리가 지끈거렸다. 스르륵 젖은 옷이 흘
러내리면서 맨살의 어깨가 드러나는 순간 그는 입 안이 바싹 말
랐다. 아프다고 얼굴을 찡그리는 것이 가엽다 생각하면서도 수컷
의 욕정은 멈추지 않는다. 제 침대 위에 앉아서 하얀 살결을 드러
내는 여인의 존재 때문에 몸에서는 열이 치민다. 높게 올려 묶인
치마 위로 드러난 야릇한 틈새에 시선이 쏠리는 순간 그는 주먹
을 틀어쥐었다. 무슨 일이냐는 듯 고개를 갸웃거리는 순진무구
한 표정은 남자를 더욱 충동질한다.

'제길…… 다친 애를 상대로 뭘 생각해. 미쳤네.'

제 스스로의 음탕한 욕망이 마음에 들지 않아서 남자의 구겨
진 얼굴은 펴질 틈이 없었다. 담배 한 대가 간절한데 주머니 속에
서 만져지는 게 없다. 순간 금연을 선언한 스스로의 선택이 저주
스러웠다. 결국, 여자와 마주한 긴장감을 견디지 못한 그는 아예
옆으로 고개를 돌렸다. 그런데 하필이면 시선이 닿은 곳이 커다
란 창문이다. 발을 까닥이면서 벗은 저고리를 꽉 쥐고 있는 여자
의 심란한 실루엣이 고스란히 반사되어 눈에 담긴다. 그저 보고
만 있는데도 허리 아래의 느낌이 찌릿하여 크게 숨을 들이 쉬었
다. 그리고 짜증을 담아 한껏 터뜨린다.

"도대체 홍 내관은 뭘 하고 있기에!"

양반은 못되는 그 남자 홍 내관이 다급하게 뛰어 들어 왔다.

"대군, 최 박사를 모셨습니다. 치료를 해야 하니 잠시 자리를 피해주시지요."

운영과 최 박사를 단둘이 있게 하는 것이 내키지 않았다. 상처 부위는 가슴 언저리였다. 나이가 많은 백발노인이라고 해도 남자는 남자였기에 현은 그 자리에 버티고 서 있었다.

"제가 함께 있을 것입니다."

"······."

"대군?"

"······."

"박사님은 최 상궁의 아버님이십니다. 흉한 모습으로 망설이실 이유가 없습니다만."

머뭇거리던 현은 결국 홍 내관의 찌릿한 시선을 받은 뒤에야 불퉁한 표정으로 물러섰다. 운영이 치료를 받는 동안 접견실로 나와 있게 된 현은 차가운 물을 한꺼번에 들이켰다. 물 한 잔으로 다스려질 속이 아니었기에 도리어 갈증이 일었다.

그 사이 발갛게 열꽃이 핀 피부에 약을 바르던 운영은 저도 모르게 아픔의 신음 소리를 토해냈다. 이를 문 밖에서 듣고 있는 남자의 얼굴은 제대로 펴질 틈도 없이 또 구겨졌다.

"국소 열감이 남아 있지만, 피부 손상이 거의 없습니다. 이대로 물집이 잡히지 않고 가라앉으면 깊은 상처는 남지 않을 것입니다."

최 박사의 설명이 이어지는 동안 현은 의미 없이 고개만 끄덕였다. 그는 문 너머에서 초아가 가져온 새 저고리를 갈아입는 운영을 힐긋거리는 데 온 신경이 팔린 상태였다. 왔다 갔다 방향을 잡지 못하고 서성이는 모든 동작에서 감정이 고스란히 드러났다. 홍 내관은 그게 못내 창피했지만 최 박사는 껄껄거렸다.

"대군께서 많이 놀라셨던 모양이야."

"괜한 유난으로 밤늦게 모셔서 죄송합니다. 뜻하지 않게 어르신의 잠을 깨웠습니다."

여전히 정신이 나가 있는 현을 대신하여 홍 내관이 고개를 숙였다. 최 박사는 인사한 미소와 함께 홍 내관의 등을 두드렸다.

"자네가 고생이 많네."

"대군께서도 좀 아셔야 할 텐데요. 가끔 저리도 감정의 끈을 놓으실 때면 감당이 되지 않습니다."

"하하하. 좋을 때지 않나. 여인을 품고 가슴이 뛴다는 것은 돈으로도 얻지 못할 마음이지. 자네도 잘 알지 않는가. 상대가 저 아이니, 쉽지 않은 마음일 테지. 그러니 더욱 불안할 테고."

오랜 세월 대군의 주치의로 함께 알아온 최 박사였다. 수성궁에서 살아온 세월만큼 현에 대해서 빠삭하게 알고 있는 것은 홍 내관 못지않았다.

"그보다 저 아이가 걱정이네. 듣자하니 오늘 일의 원흉도 소해궁이라지……."

확신이 깃든 물음에 홍 내관은 답하지 않았다.

"살펴 가십시오. 어르신."

아무 일도 없는 것처럼 웃음을 머금은 채 예의를 갖추어 최 박사를 배웅했다. 하지만 돌아선 그 순간에 웃음이 걷히고 눈빛이 가라앉았다. 아무리 다그치고 주의를 주어도 여러 입을 통하여 소문이라는 것은 참으로 쉽게 퍼진다. 홍 내관은 떠도는 소문을 단 한 번도 제 입으로 확인시킨 적이 없다. 그와 동시에 그 소문을 퍼뜨린 시작의 첫머리에 있는 자도 가만히 두고 보지 않는다. 그것은 오늘 일도 예외가 아니었다. 그의 지휘 아래 지밀나인들이 소집되는 것은 순식간이었다. 아마 내일 아침이 되면 모인 이들 가운데 하나가 소리도 없이 이곳을 떠날 터였다.

"괜찮아요? 아까, 약 바를 때 눈물 맺히던데. 아프죠?"

"아니야. 별거 아닌데 너무 소란을 피웠어. 대군은 어디 계시니?"

"별궁 뒤뜰에 계세요."

"이 시간에?"

"홍 내관하고 뭐라고 심각하게 얘기 중이신데, 주변에 아무도 못 오게 하세요."

"서재에서 말씀을 나누셔도 될 텐데……."

"소해궁이 난리를 친 덕분에 서재가 아직도 엉망이거든요. 어찌나 악을 쓰고 날뛰는지 저러다가 저 여자 미치겠구나…… 뭐 그런 생각도 들더라니까요? 어휴, 정말이지 이놈의 궁은 조용할 날이 없네요."

"나인들이 고생이 많겠구나. 괜히 나 때문에……."

"언니가 잘못한 게 뭐 있어요? 솔직히 부부싸움하는 데 괜히 옆에 있다가 피 본 거지. 우리는 절대 '을'이잖아. 더럽고 지겨워도 참아야죠. 월급 꼬박꼬박 나오고 내 가족 먹여 살리는 데가 여기니까. 정년 보장되는 게 어디예요? 대학 나온다고 취직이 잘 되길 하나, 다들 파리 목숨이 간당간당 하는데."

"도대체 그런 말은 어디서 배웠니?"

"그냥 뭐, 살다 보니까 자연히?"

씁쓸한 얘기에 운영은 눈시울이 따끔거렸다. 그것은 비단 쓴 얘기를 들었기 때문만은 아니었다. 그런 말을 하는 초아의 목소리가 너무도 맑고 고와서 조금 더 속이 상했다. 그녀는 초아의 허리를 꽉 끌어안아서 토닥였다.

"언니 왜 이래요? 아, 간지러워."

"그러지 마."

"응?"

"그러지 말라고. 어지러운 세상 얘기 벌써부터 귀에 담지 마."

"들리는데 어떻게요?"

"그래도 듣지 마. 초아 너는…… 너라도 안 그랬으면 좋겠어."

"언니 아파요?"

"아니."

"그런데 왜 울어요?"

"……."

"언니?"

초아는 그 이상 운영을 부르지 않았다. 그녀의 가냘픈 울음소리가 제 옷 너머로 퍼져갔기 때문이었다.

"운영이는?"

"초아와 함께 돌아갔습니다. 호위를 붙여서 보냈으니 걱정하지 않으셔도 됩니다."

현은 침대 위로 쓰러지듯 몸을 넘겼다. 긴장이 풀려서 노곤할 지경인데도 분명히 느껴지는 것은 이곳에 있던 여인의 향취였다.

"오늘은 과하셨습니다."

그것은 홍운영과 관련한 모든 일에 있어서 조급함을 숨기지 못하는 현의 행동에 대한 채근이었다. 안형대군은 천성이 말랑하고 다정한 사람이다. 그럼에도 사리 분별이 명확하고 이익을 꾀할 상황에서는 그 속을 완벽하게도 감춘다. 웃음 뒤에 숨겨진 단단함으로 제 자신을 지킬 줄 알기에 현은 모시기에 딱 좋은, 꽤나 매력적인 남자다. 그런 그가 유독 홍운영과 관련한 모든 일에 너무 쉽게 빗장을 열고 허물어진다. 그리고 그 모습은 부인 소해궁 정씨의 신경을 긁기에 충분했다.

"마음을 감추십시오. 소해궁이 인지한 이상 그녀가 더는 보고 있지 않을 것입니다. 대군께서 아끼시는 마음을 내보일수록 운영에게는 해가 됩니다."

"알아. 나도 안다고…… 여기서 뭘 더 얼마나 참고 감추라는 거야. 참다가 죽게 생겼어."

"대군."

"내가 지키면 되잖아."

"……"

"내가 한다고…… 내가…….."

맺지 못하고 흐려지는 목소리에 피곤함이 서려 있었다. 그는 팔을 들어서 제 눈을 가렸다. 감긴 두 눈 너머로 놀라서 질려 있던 운영의 모습이 환영처럼 떠올랐다. 현은 감았던 눈을 다시 번쩍 뜨면서 크게 숨을 내쉬었다. 분명히 열린 창문 너머로 바람이 불어오고 있는데 꽉 막힌 가슴이 좀처럼 트이지 않는다. 결국, 목구멍의 깔깔함을 이기지 못한 현은 벌떡 몸을 일으킨 뒤 홍 내관을 향해 손을 뻗었다.

"담배."

"있지만 없습니다."

뜻 모를 말에 현은 눈썹을 꿈틀거렸다. 안 그래도 속이 갑갑해서 미칠 지경인데 수염이 시커멓게 돋아난 남자와 말장난을 하고 싶은 마음은 없었다. 담배의 행방을 찾겠다는 듯 위아래를 훑는 시선에 홍 내관은 빙긋이 웃으면서 제 바지 주머니에 들어 있는 담뱃갑을 꽉 움켜잡았다.

"제가 피울 건 있지만 대군께 드릴 건 없습니다."

"장난하지 말고. 얼른!"

"담배 끊으셨잖아요."

"내 꼴을 봐. 담배 생각이 안 나게 생겼어?"

주머니로 손을 뻗는 손길을 피하면서 홍 내관은 싱글거렸다. 그 약 올리는 몸짓에 현은 눈을 부라렸다. 벌떡 몸을 일으켜서 홍 내관을 침대 위로 넘어뜨렸다. 버둥거리는 장신의 남자를 단번에 제압해서 주머니에 손을 뻗자 담뱃갑이 만져졌다. 목표물에 도달하기 직전 홍 내관은 몸을 둥글게 말아서 대군의 손을 피했다.

"까불지 말고 내놔."

"이거 왜 이러십니까! 대군, 오래 사셔야죠."

순간 현이 멈칫하는 것이 느껴졌다. 홍 내관의 바지 주머니를 붙잡았던 손에서도 스르륵 힘이 풀렸다. 그러고 보니 잠시 잊고 있던 것이 있었다.

"대군, 오래 사셔야죠."

그것은 하루에 담배를 한 갑씩 태우는 골초 안형대군을 염려한 소녀가 사탕 봉지를 건네면서 했던 말이었다. 그때 운영의 나이가 열여덟이었다. 그날 이후 현의 손에는 담배가 들려지지 않았고 입에도 대지 않던 사탕 봉지에 자연스레 손이 뻗쳐졌다. 사탕을 우물거리고 있노라면 신기할 만큼 담배 생각이 나지 않는 스스로가 대견할 정도였다. 어머니가 간절히 원해도 이루지 못했던 금연이 단번에 성공했던 것은 그의 삶을 지배하는 유일한 여자, 홍운영만이 할 수 있는 마법이었다. 그런 그에게 홍 내관은 애연가의 멋을 잃은 배신자라면서 툴툴거리곤 했다.

"잊으셨습니까? 여자 하나 때문에 담배에 대한 신의를 저버리신 것은 대군이십니다!"

홍 내관은 눈을 부라렸다. 현의 금단 현상에서 비롯된 짜증을 전부 받아냈던 옛 기억이 떠오른 참이었다. 그리고 또 한 번 하얗게 질렸다. 때 아닌 레슬링 때문에 주머니에 있던 담배가 전부 부서져 있는 것이 원인이었다. 그는 믿을 수 없다는 표정을 지으면서 고개를 저었다.

"요즘 담뱃값이 얼마나 비싼데……."

"잘됐네. 이 기회에 너도 오래 살아. 돈도 굳고 명줄 길어지고 얼마나 좋아. 너는 모시는 자를 잘 만나서 참 좋겠다."

현은 까치집이 지어진 홍 내관의 머리를 헝클이면서 약 올렸다. 막냇동생을 대하는 듯 다정한 손길이었지만 정작 홍 내관은 참을 수 없는 불쾌감에 휩싸였다. 언제나 현을 대신해서 시끄러운 일을 처리하는 홍 내관에게 담배는 팍팍한 일상의 유일한 탈출구였다. 데리고 있던 아이 하나를 내쳐 버린 오늘의 씁쓸함을 겨우 달래고 잠들 수 있었던 유일한 한 개비가 손에서 부서져 내리는 순간 홍 내관은 이를 빠드득 갈면서 현을 쏘아봤다.

"배신자."

"뭐, 인마!"

"내가, 내가…… 오늘 얼마나 힘들었는데! 이제 앞으로 대군이 싼 똥은 대군이 치우십시오!"

"어쭈? 이게 아주 미쳤네."

현은 홍 내관의 머리를 쥐어박으면서 그대로 넘어뜨렸다. 장정 두 사람이 엎치락뒤치락 버둥거리는 바람에 침대의 스프링이 삐걱거리는 소리가 요란했다. 그날 밤 별궁의 불은 꺼지지 않고 새벽녘까지 환하게 켜져 있었다. 닫힌 문 너머로 궁녀들은 도대체 저 두 남자가 무엇을 하는 것인지 궁금해하며 얼굴을 붉혔다. 궁녀들의 수군거림 사이로 홍 내관과 안형대군이 밤새도록 담소를 했다는 후문이 전해졌지만 다음 날 아침 서로를 마주한 그들은 뚱한 표정으로 눈을 흘길 뿐이었다. 뻐근한 목과 허리를 주무르면서.

"그 아이, 나갔다며?"

"그랬대."

"어젯밤에 별궁의 불이 밤새도록 켜져 있었다던데 그 일 때문이었나?"

"모르지 뭐. 오늘 조회 때 보니까 대군도, 홍 내관도 전부 저기압이더라."

지난밤의 소란에 대해 입을 열었던 궁녀 아이 하나가 새벽녘에 수성궁을 떠났다. 초아 또래의 어린 아이는 할머니를 모시고 있는 딱한 처지를 호소했지만 홍 내관은 자비를 베풀지 않았다. 다른 곳에서 시작된 소문이었다면 어려운 처지를 가엽게 여겨 주의를 주고 말 일이었지만 대군의 침소에서 벌어진 일이었기에 엄한 규칙의 적용에는 예외가 없었다. 그럼에도 조용히 퍼지는 소문 사이로 알음알음 전해지는 소해궁의 악행을 모르는 이가 없었다.

"좀 어때?"

"괜찮아?"

운영은 희미하게 웃으면서 고개를 끄덕였다. 현의 말대로 빨리 처치를 한 탓에 물집이 실리지는 않았지만 발갛게 부은 살결은 여전히 쓰라렸다. 운영에게 약을 발라 주던 비취는 갑자기 짜증이 확 치밀었다.

"요사스러운 년!"

직설적인 한마디에 당황한 것은 도리어 운영이었다. 그녀는 비취의 입을 틀어막으면서 주변을 살폈다.

"왜! 이거 놔."

당연하다는 듯이 부리는 이를 노예 취급하는 소해궁의 행실 때문에 수성궁에서 그녀를 좋아하는 이는 아무도 없었다. 그중에서도 둘째기라면 서럽다 할 정도로 유독 비취는 소해궁을 싫어했다.

"어떻게 사람이 돼서 그런 짓을 해? 하늘도 무심해. 그런 년한테는 금 탯줄을 주고…… 우린 썩은 줄에 간당간당 매달려서 이 모양이야."

"조용히 해. 누가 들으면 어쩌려고!"

"까짓것 쫓겨나기밖에 더 하겠냐? 안 그래도 이곳 생활 지긋지긋하던 참이야! 내 손으로 비해당 각서를 몇 번이나 쓰고 지운다고!"

비취는 안 그래도 큰 눈을 더욱 사납게 뜨면서 씩씩거렸다.

"아! 내가 좋은 수가 있어."

옆에서 잠자코 듣고 있던 금련은 뭔가 생각났다는 듯 손가락을 튕겼다. 야릇하게 웃으면서 가까이 다가앉더니 모여 앉은 이들에게만 들릴 만큼 작게 소곤거렸다. 작은 숨결 너머로 들려온 얘기에 운영은 절대 안 된다면서 손사래를 쳤고, 비취는 흥미로운 표정으로 고개를 끄덕였다. 그다음은 속전속결이었다. 그녀들은 운영을 잡아끌어서 소주방으로 향했다. 지금 소해궁은 별궁 뒤뜰 정자 그늘에서 가야금을 연주하고 있었다. 잘 다루지도 못하는 가야금이었고 딱히 흥미도 없었다. 그럼에도 소해궁이 수

고로운 일을 제 손으로 벌이는 이유는 딱 하나, 풍류를 즐기는 현에게 점수를 얻고자 하는 얕은 잔꾀였다.

"해밀아!"

소주방에 당도한 금련은 친하게 지내던 소주방 나인을 불러냈다. 그녀가 뭐라고 속닥거리자 소주방 나인은 키득거리면서 고개를 끄덕였다. 얼마 뒤 소해궁이 좋아하는 보이차가 찻주전자에 담겨 나왔다. 금련과 비취는 망설이지 않고 거기에 침을 퉤! 뱉었다. 작당 모의를 하는 그녀들 앞에서 사색이 된 운영은 연신 주변을 살피면서 발을 동동 굴렀다.

"음식으로 장난치면 안 돼."

"왜? 지옥 갈까 봐 겁나? 여기가 생지옥인데 뭐가 더 무서워?"

"아니 그래도……."

"사람의 탈을 쓴 마녀가 먹을 음식이니까 괜찮아."

"그렇지만……."

"흥! 착한 척은 그만하지?"

비취는 정말 듣기 싫다는 듯 인상을 찌푸렸다. 금련이 운영의 팔을 툭 치면서 눈짓을 했다. 그녀가 전한 무언의 메시지에 오도독 소름이 돋았다.

'너도 빨리 뱉어.'

결국, 눈을 흘기면서 독촉하는 비취 때문에 운영은 할 수 없이 입 안을 오물거려서 침을 끌어 모은 뒤 탁한 액체를 퉤 뱉었다.

"해밀아, 잘 섞어! 티 나지 않게!"

해밀은 터져 나오는 웃음을 삼키면서 고개를 끄덕였다. 문제의 액체를 운반하는 해밀의 뒤를 운영 일행이 뒤따랐다. 금련에게 끌려가면서 운영은 입이 바싹 말랐다. 떠밀려서 일을 저지르긴 했는데 이 일이 들키는 날에는…… 머리가 쭈뼛 서는 느낌에 세차게 도리질을 했다. 찻주전자가 소해궁을 모시는 한 상궁에게 건네지는 순간 마른침을 꿀꺽 삼켰다. 이윽고 작은 찻잔에 문제의 액체가 쪼르륵 떨어지는 순간 운영은 잠시 숨을 멈추었다.

"마셔라, 마셔라! 쭉쭉 쭉쭉."

"야, 조용히 해! 어, 마신다. 마신다."

'아, 못 보겠어.'

호들갑을 떠는 그녀들 옆에서 운영은 차라리 두 눈을 손으로 가렸다. 그럼에도 조금은 궁금해서 살짝 손가락 틈을 벌린 채 불안한 시선으로 힐끗거렸다. 잔뜩 신이 난 비취는 운영의 등을 아프도록 두드리면서 키득거렸다.

"마셨어! 마셨어!"

소해궁이 입안에 머금은 차를 음미하는 듯 한참을 우물거렸다. 그녀는 잠시 인상을 찌푸리는 듯싶더니 이내 환하게 웃었다. 운영은 그제야 참았던 숨을 내쉬었다. 저 멀리서 들려오는 대화에 귀를 쫑긋거리면서 연신 주변을 살폈다.

"운남성의 장인이 만든 보이차라더니, 이전에 마시던 것과 달리 더욱 맛이 깊구나."

"정말 그렇습니다. 한층 풍미가 있는 듯싶습니다."

아무것도 모르는 한 상궁이 보이차를 같이 마시면서 맛을 품평했다.

"평소와 달리 단맛이 도는 듯해. 찻물을 바꾸었느냐?"

"아, 저…… 그것이 이번에 정수기 협찬 업체가 바뀌었습니다."

긴장한 해밀이 대충 얼버무렸다. 소해궁은 고개를 끄덕일 뿐 그 이상의 물음은 하지 않았다. 잔뜩 우아를 떨면서 차를 마시는 꼴에 비취와 금련은 큭큭거리면서 입을 틀어막았다. 무사히 차 운반을 마친 해밀이 싱긋 웃으면서 오케이 사인을 보내는 순간 운영도 참지 못한 웃음을 그제야 토해냈다. 가장 원초적이고 유치한 방법이었지만 수성궁 안에서 절대적인 '을'의 입장인 그녀들이 슈퍼 '갑'에게 할 수 있는 가장 확실한 복수였다. 그리고 그 복수는 꽤나 짜릿했다.

"어때? 속이 후련하지?"

"두 번은 못 하겠어."

"두 번 할 일을 또 만들면…… 저년이 사람이야? 진짜 마녀지."

"맞아. 헉! 시간 봐. 저녁 조회 늦겠다."

"뛰어. 뛰어!"

이날의 일은 수성궁의 문이 닫히던, 아주 오랜 시간이 흐른 뒤의 어느 날…… 이곳에 있던 모든 이에게 애달픈 눈물을 쏟게 하는 추억이 되었다. 물론, 이 순간에 운영을 포함한 어떤 이도 훗날, 그리될 것이라 짐작하지 못했다. 그렇게 방심해서 생각지 못한 어떤 일은 언제나 예기치 못한 상황에서 불쑥 튀어나와 모든 것을 빼앗아 가는데도 말이다.

✱

"나만 왜 이래?"

"유치원생도 너보단 잘할 거야."

궁녀들은 키득거리면서도 바쁘게 손을 놀렸다. 오늘은 초파일을 맞아서 수성궁 식구들이 연등회를 하는 날이었다. 궁 안 곳곳에는 직접 만든 연등들이 불빛을 내고 있었는데 그 모습이 장관이었다.

"진짜 이상해. 나만 왜 이러냐고."

"윤비취가 만든 거니까. 최 상궁 마마가 오죽하면 윤비취 손은 닭발이라고 했을까. 만지기만 하면 전부 초토화가 된다고 해서 붙여진 별명이잖아."

금련의 놀림에 비취는 가늘게 눈을 흘겼다. 그녀는 자신의 연등과 다른 이의 연등을 연신 번갈아 쳐다봤다. 분명히 같은 재료로 만들고 있었지만 뭔가 이상하게 달랐다. 열심히 한다고 했는데도 이 모양이다. 비취는 궁녀 중에서도 손재주가 가장 부족했다. 그래도 그녀의 해금 솜씨를 따라갈 자는 아무도 없었다. 다시 한 번 더 심기일전하려던 순간이었지만 이번에는 손이 말썽이었다. 풀이 묻어서 찐득거리던 손가락이 자기들끼리 제멋대로 붙어버렸다. 그것을 힘주어 떼는 순간 종이컵에 엉성하게 붙어 있던 연꽃잎이 투두둑 떨어져 내렸다. 이래저래 짜증이 난 비취는 결국 만들던 연등을 확 패대기치더니 벌렁 드러누웠다.

"빌어먹을! 젠장. 이따위 거…… 안 해. 얘들 장난도 아니고, 다 집어치우라고 해!"

"빌어먹을? 젠장?"

"그래! 빌어먹…… 으헉!"

등 뒤에서 느껴지는 서늘한 기운에 목소리가 잦아들면서 자연히 소름이 돋았다. 자동으로 몸이 반응한 비취가 자리에서 벌떡 일어났다. 그러면서도 차마 뒤를 돌아보지는 못한 채 그대로 얼었다.

"계속 말을 이어 보거라."

"마마님."

"이따위 거라 하였느냐? 애들 장난에 시간을 쏟게 하여 미안하게 되었구나."

우아한 억양과 조곤조곤한 목소리의 여자가 어떤 표정을 짓고 있을지 보지 않아도 예감이 된다. 역시나 슬그머니 고개를 돌리자 최 상궁이 입술을 비튼 채 엄한 표정으로 그녀를 주시하고 있었다.

"윤비취."

마침내 올곧은 여인의 입술이 다시 열리는 순간 비취는 두려운 마음을 의지하기 위해 치맛단을 꽉 붙잡았다. 이제 곧 불벼락이 칠 터였다. 방법은 하나였다. 납작 엎드리기.

"예, 예…… 마마님. 잘못했습니다. 그게 그러니까 이번이 처음입니다!"

"무엇이 말이냐?"

"그게, 그러니까…… 요, 욕설은……."

푹 숙인 고개 아래로 웅얼거리는 목소리가 드문드문 이어졌다.

때문에 최 상궁의 표정이 더욱 굳어졌지만 바닥에 엎드린 비취는 눈치채지 못했다. 바른 말 고운 말 홍보 대사를 맡고 있는 최 상궁에게 욕설을 내뱉다가 들켰고, 연등까지 집어 던졌으니 말 다 했다. 최소 종아리 10대쯤은 각오해야 할 일이었다. 최 상궁은 입을 열지 않는 대신 매서운 눈매로 비취를 빈틈없이 주시하고 있었다. 그녀가 잠시 말을 멈추고 숨을 고른다는 것은 좋은 징조가 아니었다. 심상치 않은 상황에 다른 궁녀들도 연꽃을 만들던 손을 멈추고 최 상궁과 비취를 번갈아 쳐다봤다. 자기네들도 덩달아 꼬투리 잡힐 것은 없는지 슬쩍 제 옷매무새를 고치는 것도 잊지 않았다.

"다, 다시는 품위 없는 언행을 하지 않겠습니다. 연등 만들기가 너무 어려워서 짜증이 나던 차였습니다. 이번 한 번뿐이니……마마님, 잘못했습니다."

'부처님! 제발 이번 한 번만 넘어가게 해주시옵소서! 제발! 제발요!'

천주교 신자인 비취는 진심으로 간절하게 부처의 자비를 청했다. 그녀의 간절한 소망이 서방정토의 극락세계에 닿은 것일까? 덜덜 떠는 비취를 바라보는 최 상궁의 눈에서 살짝 힘이 풀렸고 입언저리에 웃음이 고였다. 바닥에서 뒹굴고 있는 비취의 넝마 같은 연등과 그녀의 손에 붙은 풀 딱지를 보는 순간 그 사정을 알 만도 하였다. 비취는 유독 어린 시절부터 괄괄하고 사내 아이 같은 성정을 지녀서 귀여운 맛이 있었지만 그만큼 손이 많이 가는 아이였다.

"고개 들거라."

화가 가라앉은 목소리가 뜻밖이었지만 어쨌든 비취는 안도했다. 엎드렸던 몸을 일으키면서 슬쩍 최 상궁의 눈치를 살폈다.

"오늘은 부처님의 자비로움에 감사하는 날이니, 특별히 이번 한 번만 넘어갈 것이다. 알겠느냐?"

"네, 마마님!"

"다음부터는 감봉 3개월은 족히 각오해야 할 것이야. 다른 아이들도 마찬가지다. 오늘 10시에 점등식을 하려고 하니…… 그때까지는 마무리를 짓도록 하거라. 하기 싫은 일을 억지로 하는 것이 아니라 너희의 소원을 밝히기 위함임을 잊지 말고."

"명심하겠습니다."

"그리고 윤비취!"

"예?"

"손에 때가 묻어 있으니 연등이 더러워지는 게 당연하지 않느냐. 손을 깨끗이 씻고 차분하게 다시 만들도록 하여라."

적응 안 되는 자상한 목소리였다. 그저 이 모든 상황이 감사한 비취는 눈을 반짝이면서 연신 고개를 끄덕였다. 최 상궁이 나가고 난 뒤 긴장이 풀려서 벌렁 드러누웠다.

"아휴, 죽는 잘 알았네. 빌어……. 아야!"

또 정신 못 차리고 입을 놀리는 비취의 허벅지를 잔뜩 꼬집은 것은 소옥이었다.

"그러고 보니 별일이야. 마마님이 어찌 그냥 넘어가시지?"

소옥은 창문 너머로 고개를 뺀 채 조잘거렸다. 마당을 가로지르는 최 상궁의 몸놀림이 가벼웠고 그 얼굴에는 웃음이 지어져 있었다. 그저께만 해도 최 상궁은 그 유명한 관용구처럼 삼 일 굶은 시어머니 같이 굴었었다. 온갖 꼬투리를 다 잡아서 궁녀들을 몰고 또 몰았던 참이었다.

"홍 내관하고 화해한 거 아닐까?"

"아, 맞아! 둘이 싸웠었지."

"홍 내관이 사과하는 게 맞아. 맨날 못생겼다고 놀리는데 누가 좋아해? 게다가 그날은 너무했어."

궁녀들에게 가십거리를 제공한 싸움의 발단은 시시했다. 노처녀인 최 상궁이 맞선을 위해서 3일간 휴가를 낸 것이 그 원인이었다. 그녀의 일을 대신 떠맡은 탓에 유독 이를 불쾌하게 여긴 홍 내관이 직무유기를 운운하면서 최 상궁에게 면박을 주었다. 궁녀들 앞에서 대놓고 못생긴 노처녀 히스테리도 부족해서 욕구불만에 몸이 달았냐고 힐난하는 통에 최 상궁은 한계에 달했다. 그녀는 궁녀들 앞에서 홍 내관을 머리로 들이받았다. 그야말로 서로의 신분을 잊은 채 대판 싸웠다. 그날 이후로 그들은 몇날 며칠을 으르렁거리면서 수성궁의 분위기를 싸늘하게 만들었던 차였다. 흔치 않은 싸움 구경은 쏠쏠한 재미가 있었지만 문제는 그 다음이었다. 책임자인 그들의 짜증을 받아내는 것은 오롯이 말단인 궁녀들의 몫이었으니까.

"겨우 시간 내에 끝냈네."

그렇게 소란한 시간이 흐른 뒤 비해당 궁녀들의 소원이 담긴 연등도 제 모양을 갖추어서 완성되었다. 비취의 것도 자꾸 만져

서 손때가 묻은 탓에 꼬질꼬질했지만 제법 연등다운 모습을 내고
있었다. 이제 불을 붙여서 별궁 뒤뜰에 있는 개울물에 띄우는 일
만 남았다.

"운영이는?"

"별궁으로 연등 받으러 갔어."

"그런데 여태 안 와?"

"그러게. 좀 늦네?"

모두가 모인 자리에 없는 한 여자, 운영은 홍 내관과 현의 연등
을 받아오기 위해 별궁에 들린 참이었다.

"대군, 운영이옵니다."

한참을 기다려도 안에서 들려오는 응답이 없었다. 마침 홍 내
관도 없었기에 주저하던 운영은 조심스럽게 서재의 문을 열었다.
협탁 위에 놓인 연등을 챙겨서 바쁘게 나오던 차에 접견실의 문
이 열렸다. 혹시 현이 나오는가 싶어서 순간 긴장했던 운영의 눈
이 다시 휘어졌다. 침실에서 나온 이는 친하게 지내는 별궁의 지
밀나인 연화였다. 그녀의 손에 들린 술상으로 보아 손님이 다녀간
듯했다. 연화는 운영이 반가운 듯 싱글거리면서 말을 붙여왔다.

"항아님, 괜찮으십니까? 지난번 일은……."

운영은 다급하게 연화의 입을 막았다.

"쉿! 조용히 해. 그 일은 다신 입 밖으로 내지 않기로 했잖아."

연화는 얼른 입을 닫은 채 다부지게 고개를 끄덕였다. 신입 나
인 하나가 그 때문에 쫓겨난 탓에 별궁의 모든 이가 작은 농담조
차 하지 않았다.

"항아님이 반가운 마음에 제가 실수를 했습니다. 홍 내관 나으리가 없으니 망정이지, 하마터면 저도 정현이처럼 내처질 뻔했습니다. 휴."

"그 아이 이름이 정현이니?"

"예. 자기 때문에 근위대에 자원한 남자 친구 보는 맛이 쏠쏠하다고 했었는데 그렇게 됐네요. 성정이 나쁘진 않았는데…… 궐에서 사는 법을 몰랐던 거죠. 순간의 실수…… 그게 우리한테는 치명타인데도."

운영은 씁쓸해졌다. 안 그래도 그날 이후 쫓겨난 나인이 있다는 사실에 몹시도 마음이 쓰였다. 자신과 관련한 소란에 괜한 이가 화살을 맞은 것만 같아서 일을 크게 벌인 홍 내관이 원망스러웠다. 하루는 그에게 못됐다고, 인정머리도 없다고 따졌었다. 그랬더니 도리어 ID카드 분실 사건을 빌미로 협박을 당했다. 입 다물지 않으면 최 상궁에게 전부 이른다는 엄포에 운영은 결국 소심하게도 입을 달아야 했다. 제 자신도 못 지키는 판에 누군가를 구원할 힘이 있을 리 만무했으니까.

"소주방에 가는 길이었지?"

"아, 맞다! 저기 항아님, 이것 좀 소주방에 가져다주시겠습니까? 저는 소해궁 마님께서 부르십니다."

운영은 연등을 들었기에 손이 부족했음에도 흔쾌히 쟁반을 받아 들었다. 소해궁이 부른다는 것은 뻔했다. 대군에게 또 누가 다녀갔는지 뒤를 캐기 위함이었다. 이는 현도 이미 알고 있는 사실이었다. 내부의 적이 존재한다는 것. 그것이 홍 내관이 좀 더

엄격하고 차갑게 제 수하들을 다루는 이유였다. 한편 쟁반을 받쳐 들고 걸음을 옮기던 운영은 코끝으로 퍼져 오는 달콤함에 잠시 걸음을 멈추었다. 아까부터 무시하려고 했지만 퍼져가는 단내가 자꾸 코를 자극했다.

"이 냄새인가?"

킁킁 냄새를 맡아 보니 병 입구에서 달큰한 포도 냄새가 났다.

"포도?"

저절로 입안에 침이 돌았다. 포도라면 환장을 하는 운영은 주위를 살핀 뒤 병 입구에 입을 가져다댔다. 처음은 살짝 홀짝이다가 아예 대범하게 병을 기울였다. 한꺼번에 입안으로 흘러드는 액체가 혀를 감는 순간 눈이 번쩍 뜨였다. 살면서 이런 맛은 처음이었다. 그것이 복분자주, 술인 줄도 모른 채. 음료수를 마시듯이 단번에 들이부었다. 겨우 소주방에 도착한 운영은 이미 몽롱해진 상태였다. 쟁반을 받아 든 해밀은 평소와 다른 운영의 상태에 눈을 치떴다.

"너 어디 아프니?"

"아냐. 나 안 아파! 멀쩡해!"

"걸음이 좀…… 눈도 풀리고……."

"흐흐. 졸려서 그래. 나 간다. 안녕!"

평소보다 한 톤 높아진 목소리와 잔뜩 휘어진 눈매가 귀여워서 웃음이 나왔다. 청순하다 못해 청승맞아 보이던 여자였는데 도대체 무슨 좋은 일이 있었는지 오늘은 애교스럽기까지 했다. 보기에 나쁘진 않았지만 뭔가 이상해도 한참 이상했다.

"조심해서 가!"

돌아선 뒷모습에 걱정스러운 시선이 따라붙었지만 운영은 즐거웠다. 헤실헤실 웃으면서 한껏 손을 흔드는 모습에 해밀은 심란해졌다.

"설마 이거 마신 건가? 아니겠지? 다른 이도 아니고…… 홍운영이 그럴 리가 없지. 쟤는 혼날 일은 안 하는데……."

짐작이 가는 바가 있었지만 믿기지 않아서 해밀은 바로 고개를 가로저었다. 그 사이 비해당 궁녀들은 별궁 뒤뜰 개울가에 모였다. 모두 연등에 불을 붙인 뒤 소원을 빌고 있었다. 저마다의 간절한 소망을 띄우는 와중에 운영이 만든 연분홍빛의 연등도 소옥의 손을 빌려서 예쁘게 빛을 발했다. 정작 연등의 주인인 운영은 여전히 비틀거리면서 행선지가 정확하지 않은 걸음을 옮기고 있었다. 양손에 든 연등을 빙빙 돌리는 그녀의 모습은 쥐불놀이하는 아이처럼 흥겨웠다.

"우후! 땅이 막 빙글빙글 도네."

물색없이 천진한 웃음을 지으면서 걸음을 옮기던 그때였다. 어둑한 거리의 돌부리에 발이 걸려서 그대로 넘어지려던 순간이었다.

"어, 어!"

그 아찔한 순간에 다행히 누군가가 그녀를 붙잡았다. 몽롱하게 흐려진 두 눈으로 붙잡힌 팔을 지나쳐서 얼굴을 확인하니 현이었다. 그리고 그 옆에는 홍 내관이 질색하는 표정을 짓고 있었다. 궐내에서, 그것도 비해당의 궁녀가 술에 취한 모습을 보인다는 것은 있을 수 없는 일이었다. 그것도 이현 앞에서. 그것이 얼마나 큰일인지도 모르면서 아무것도 모르는 운영은 여전히 헤헤 웃고 있었다.

"도대체 이 무슨!"

홍 내관이 그녀를 향해 잔뜩 쏘아붙이려던 순간이었는데 그의 입이 멍하니 벌어졌다.

"노는 게 제일 좋아."

"뭐라는 거야?"

"친구들 모여라. 뽀롱뽀롱뽀롱…… 뽀롱뽀롱뽀롱……."

뽀롱뽀롱을 주문처럼 외우면서 실실거리는 여자의 실루엣이 낯설어서 현은 계속 눈을 깜박였다. 분명히 꿈이 아니고 현실인데 정신이 멍했다. 넘어지려는 것을 애써 붙잡은 보람도 없이 운영은 아예 흙바닥에 주저앉아서 자리를 잡았다. 이번에는 율동과 함께 뽀롱뽀롱을 쉴 새 없이 떠들어댔다. 저도 모르게 흘려서 뽀롱뽀롱을 따라 하려던 찰나 현은 정신을 차리고 헛기침을 했다.

"욕이야?"

"아닙니다."

홍 내관은 뾰로통한 표정으로 운영을 쏘아봤다.

"그럼?"

"뽀로로입니다."

"동물이야?"

"그 왜 있지 않습니까. 안경 쓴 펭귄. 유치원 애들 상대하는 일이 많다 보니 그때 저 노래를 배운 모양입니다. 나이 먹은 값도 못하는 저 철없는 것이!"

홍 내관은 자신의 사촌 여동생을 잔뜩 노려보면서 툴툴거렸다. 당장에라도 뽀롱뽀롱을 내뱉는 입을 틀어막고 뒷목을 쳐서 기절이라도 시키고 싶었는데 마음씨 좋은 대군은 호쾌하게 웃고 있었다. 한 여자를 바라보는 시선이 달라도 너무 달랐다.

현은 제 앞에서 처음으로 흐트러진 모습을 그대로 내보이는 여자가 몹시도 사랑스러웠다. 평상시에는 볼 수 없는 잔뜩 휘어진 눈매와 벌어진 입술에서 나오는 귀여운 목소리에 손끝이 저렸다. 홍 내관은 술에 취한 운영도, 그녀를 가만히 보고만 있는 현도 전부 마음에 들지 않아서 인상을 구기고 또 구겼다. 그조차도 운영에게는 재밌어서 문제였다.

"이것 봐요, 홍 내관! 왜 그렇게 짜증이 났대? 웃어요, 웃어! 그러니까 최 상궁하고 맨날 싸우지."

"홍운영!"

조잘거리는 입에서 '최 상궁'이 거론되는 순간 홍 내관은 눈을 부릅떴다. 더는 참지 못한 그가 바닥에 주저앉은 운영의 팔을 거칠게 잡아끌었다. 그 손을 저지한 것은 현이었다.

"하지 마."

"대군."

"그냥 둬. 오랜만이잖아……."

"……."

"저 아이가 내 앞에서 저리 웃는 것은……."

말끝을 흐리는 현의 입가에는 쓸쓸함이 걸렸다. 그는 아예 운영의 앞에 쪼그려 앉은 뒤 그녀와 눈을 맞추었다. 마주친 시선을 피하지 않고 그대로 맑은 눈을 보여주는 여자 때문에 가슴이 뛰었다. 그는 떨리는 손길로 여자의 팔을 앞으로 잡아끌었다. 술에 취한 여자는 힘없이 딸려 오면서 현의 등에 매달렸다. 그 낯선 모양새에 홍 내관은 자신의 눈을 의심했다. 딱히 누군가를 업어 본 적이 없는 현도 어정쩡한 제 자세가 이상한지 피식 웃었다. 그러면서도 팔에 힘을 준 채 그녀를 그대로 업어 올렸다.

"대군!"

홍 내관을 기겁하게 한 그것은 분명히 어부바였다.

"아니 될 일입니다!"

"목소리 하고는…… 조용히 해! 아니 될 일은 네가 만들고 있잖아!"

홍 내관은 답답해서 제 가슴을 두드렸다. 짜증이 나서 미칠 지경이었다.

"조용히 하고 업는 것이나 도와. 내가 서툴러서 그런가? 자꾸 미끄러지네."

눈에 힘을 준 채 주변을 살피던 홍 내관은 현의 등에 업힌 운영을 확 잡아끌었다. 현은 본능적으로 몸을 틀어서 흘러내리는 운영을 붙잡았다.

"뭐하는 거야!"

"내려놓으시지요. 제가 하겠습니다."

"싫. 다. 고. 했. 다."

떼쟁이처럼 투정을 부리는 목소리에 홍 내관은 미간을 좁혔다. 현은 다시 한 번 더 정말 짜증난다는 표정으로 제 의사를 확인했다.

"내 등에 업게 해. 당장!"

"대군……."

복장 터진다는 게 무슨 말인지 이번에 제대로 알았다. 결국, 홍 내관은 운영을 잡아당기던 손에 힘을 풀었다. 그 대신 운영이 미끄러지지 않도록 업힌 여자의 자세를 바로 했다. 그제야 현은 만족스러운 듯 빙긋이 웃더니 타박타박 그녀를 업고 걸었다. 앞서 걷는 대군을 따라나서면서도 홍 내관은 계속 주위를 살폈다. 그의 불안한 시선 끝에 현의 옆얼굴이 담겼다. 달빛을 감상하면서 느긋하게 걸음을 옮기는 남자의 얼굴은 제가 무슨 짓을 하는지도 모르면서 한층 편안해 보였다. 어쩐지 조금 들뜬 듯도 했다. 그런 그의 모습을 물끄러미 바라보면서 홍 내관은 저 혼자 생각했다. 그가 조금은 안쓰럽다고 말이다. 그가 모시는 이는 타고난 고귀한 신분을 내세우지 않는다. 위압적인 행동이나 태도로 아랫사람을 억누르려고도 하지 않는다. 수성궁 내에서도 되도록 제가 할 수 있는 일은 저 혼자 하고, 딱히 아랫사람을 부려서 일을 크게 벌이는 법이 없다. 그럼에도 그는 그저 가만히 있어도 빛이 나고 알아서 사람이 따른다…… 그것은 어떤 이에게는 경이로움을, 어떤 이에게는 밟아 누르고 싶은 투기심을 불러일으킨다. 홍 내관은 여섯 살의 어린 나이에 처음 왕자라는 존재를 만났던 그 이후로 현을 친형처럼 따르고 존경했다. 그리고 진심으로 지키고 싶었다. 그런 그의 마음을 아는지 모르는지 잘난 왕자님은 간혹 홍 내관의 수명을 단축시키는 일을 하곤 했는데 하나는 수행원 없이 밤 산책을 혼자 다니는 것이고, 다른 하나는 바로 홍운영과 관련한 모든 일이었다. 오늘 그 두 가지가 한꺼번에 일어났다.

'내가 제 명에 못 살 것 같아. 아마도 그럴 거야.'

홍 내관은 입술을 샐쭉했다. 그는 오늘 연등을 만들다 말고 갑자기 사라진 현의 행방을 쫓았다. 역시나, 또 혼자서 몰래 밤 산책을 나온 현의 뒤를 밟아서 따라 나온 참이었다. 겨우 그의 곁에 딱 붙어서 미행 아닌 산책을 함께하던 와중에 주정뱅이 궁녀를 만났고, 그 궁녀는 지금 대군의 등에 업혀서 술주정 중이었다. 문제의 그녀는 자신이 누구의 등에 업혀 있는 줄도 모른 채 여전히 조잘거리고 있었다.

"홍현민 씨!"

"왜! 이……."

잔뜩 뿔이 난 목소리가 금세 잦아들었다. 짜증스럽게 벌어졌던 홍 내관의 입이 꾹 다물어졌다. 자신을 힐끗 돌아본 현과 시선이 마주치는 순간이었다.

"현민아!"

그녀가 자신을 우렁차게 부르는 목소리에도 홍 내관은 돌부리를 걷어차면서 모든 것을 참아냈다. 마음 같아서는 '왜! 이 미친 계집애야!'라고 소리치고 싶었다.

"너는 여자 마음을 너무 몰라. 몰라도 너무 모르는 거지."

'너라니…… 저게 진짜 뭘 잘못 먹었…… 구나. 술 취했어. 제 길! 저 망할 것!'

홍 내관은 마음껏 내뱉지 못하는 답답함과 함께 이를 갈았다. 예의와 법도, 신분 질서를 파괴하는 언동에도 현은 아무 말도 하지 않았다. 어디 한 번 끝까지 해보라는 듯이, 그야말로 방치된 운영은 한번 터진 입을 다물지 못한 채 계속 홍 내관의 신경을 자극했다.

"미연 언니도 시집을 가야 할 거 아니야!"

'미연 언니라니. 저게 진짜 어디까지 가려고······.'

"우리 미연 언니가! 그거 맞선 한 번 보려고, 휴가 한 번 냈다고 그렇게 짜증을 내나그래? 남자가 쪼잔하게!

'한 번이 아니니까 그렇지! 네가 뭘 알아!'

하마터면 들고 있던 연등을 저 잔망스러운 계집에게 던질 뻔했다. 적절한 타이밍에 현이 빙긋이 웃으면서 뒤를 돌았다. 때문에 홍 내관의 살기 어린 눈빛은 운영을 지나쳐서 하늘로 향했다.

아직도 어둠이 짙었다. 홍 내관에게는 이 미친 밤이 길어도 너무 길었는데 현에게는 무척이나 짧았다. 요 근래에 인형처럼 말이 없던 여자가 조잘대는 소리는 그 어떤 밀어보다도 달았다. 아마도 목소리의 실체가 있다면 여자의 속삭임이 흘러드는 현의 귀 언저리에는 꿀이 흐를 터였다. 등 뒤에서 홍 내관이 '연등을 띄우고 오겠습니다'라고 분명히, 또박또박 말했지만 현의 귀에는 아무것도 들리지 않았다. 그의 관심 영역에서 벗어난 홍 내관이 개울가로 꺾어 나간 것도 모른 채 현은 그저 서궁으로 향하는 걸음을 옮길 뿐이었다. 아주 천천히 일부러 더디게.

"대군, 대군!"

운영은 연신 실실 웃으면서 그를 부르고 또 불렀다. 그 애교스런 목소리만으로도 몸에 힘이 빠져서 업는 동작이 버거울 지경이었는데 업힌 여자는 제 흥을 주체 못 해서 계속 다리를 휘적거렸다. 그 바람에 그녀의 꽃신이 바닥으로 툭 떨어졌다. 제정신이 아니기에 가능한 모든 것이었고 현은 그녀의 흐트러짐을 볼 수 있는 지금 이 순간이 제법 즐거웠다.

"홍 내관……."

운영의 떨어진 신발을 줍기 위해 뒤를 돌았지만 아무도 없었다. 현은 그제야 홍 내관이 주변에 없음을 깨달았다. 어렴풋이 '개울가'라는 말을 들었던 것도 겨우 생각해 냈다. 하는 수 없이 운영을 업은 상태로 다리를 굽히고 신발에 손을 뻗었다. 한 손으로는 술에 취한 여자를 받쳐야 했기에 중심을 잡는 것이 쉽지 않았다. 운영의 몸이 한쪽으로 쏠리면서 그에게 바짝 밀착되는 순간, 그녀의 간지러운 숨결이 하필이면 그의 목 언저리에 닿았다. 겨우 꽃신을 집어 들고 '후—' 숨을 내쉬었다. 현은 떨리는 호흡을 가다듬었다. 긴장된 마음 탓에 작은 동작만으로도 등줄기에 땀이 흘렀다.

"대군……."

아무것도 모르는 여자는 아빠를 찾는 아이처럼 계속 웅얼거리면서 현의 목덜미에 제 얼굴을 파묻었다. 그 바람에 잔기침이 터져 나오고 얼굴이 붉어졌다. 마침내 부드러운 입술이 맥이 뛰는 목덜미를 스치고 지나자 현은 눈앞이 아찔하여 이를 꽉 깨물었다. 꽃신을 움켜쥔 손에 바짝 힘을 준 채 겨우 한 발짝 다시 옮기던 그때였다.

"한때는 즐거웠습니다."

좀 전과 달리 낮아진 목소리로 건네진 말이었다. 뭔가 좋지 않은 기운이 느껴지는 것은 착각일 것이라 믿으며 조심스레 되묻는다.

"무엇이 말이냐?"

"이곳에서의 삶 말입니다. 수성궁⋯⋯."

목 언저리에서 부서지는 숨결과 함께 현이 또다시 멈춰 섰다.

"고운 한복도, 쪽을 찐 머리도, 꽃신도⋯⋯ 귀한 집안의 영애가 된 듯이 뿌듯하여 괜히 으쓱했던 적도 있습니다. 그래서 분명히 행복했던 것도 같은데⋯⋯ 그랬는데⋯⋯."

술에 취해서 꼬여 들어가는 목소리로도 쓸데없이 조곤조곤했고 막힘이 없었다. 그래서 현은 순간 여인이 취한 척 제 마음을 흘리는 것이 아닐까 싶었지만 금세 고개를 저었다. 등 뒤의 여인이 그 정도로 계산적이지 못함을 잘 알고 있기에. 차라리 그랬다면 현은 좀 더 편하게 여인을 대할 수 있었을 뻔했다.

"알아버렸습니다."

멈추지 않는 여인의 목소리를 듣고 있자니 불안감이 밀려온다. 통제할 수 없을 만큼 하릴없이.

"평범하지 않다는 것을⋯⋯."

나지막하게 읊조리는 여자의 입에서 평범이라는 말이 나오는 순간부터 현은 마음이 헝클어지기 시작했다. 결코, 평범하다 이를 수 없는 삶을 사는 여자의 목소리는 고요하다 못해 나직했다.

그래서 더욱 집중되는 귓속의 감각 때문에 현은 딴생각조차 할
수 없었다.

"무서워졌습니다. 시간이……."

흐려지는 말끝으로 전해지는 숨겨진 마음, 그 짧은 구절이 화
살이 되어 남자의 가슴을 뚫는다.

"너무 느려서."

역시나 좋지 않은 흐름, 이대로 입을 막아볼까 생각도 했는데
이미 늦었다.

"영원히 이곳에 갇혀 버릴까 봐."

꿀이 흐르던 달달한 속삭임은 언제 그랬냐는 듯 강편치가 되
어 뒤통수를 휘갈겼다. 방심한 사이에 제대로 당한 현은 깔깔한
입 안을 달래기 위해 마른침을 삼켰다. 취중진담이라고 하였거
늘, 오늘 운영은 그녀의 속내를 너무 많이 보였다. 차라리 몰랐으
면 좋았을 이야기들을 듣고 있는 현은 가슴이 먹먹해졌다. 여자
를 업은 손에 힘이 빠져서 다시 힘을 주었고, 황망히 흔들리는
눈동자의 떨림을 밤하늘로 올려 보냈다. 어느덧 조용히 새근거리
는 숨소리를 내는 여자는 모르리라. 그 천진한 숨결이 한 남자의
순정을 갈기갈기 조각내었음을 말이다.

"대군! 아직도 여기 계십니까."

제 할 일을 마친 뒤 다급하게 뛰어온 홍 내관의 부름에 현은
어색한 미소를 지었다.

"저를 기다리신 겁니까?"

현은 힘없이 고개를 끄덕였다. 홍 내관은 습관처럼 어딘지 모

르게 낯빛이 좋지 않은 현의 안색을 살폈지만, 현은 그를 외면한 채 고개를 돌렸다.

"신발."

"예?"

"버둥거려서 떨어졌어. 좀 신겨줘. 나 혼자서는 할 수 있는 게 없네."

홍 내관은 불만 섞인 표정으로 꽃신을 건네받았다. 개울가에서 연등을 띄우는 척하면서 최 상궁을 훔쳐보는 순간까지가 딱 좋았다. 오늘 하루가 거기서 끝이었으면 더할 나위 없었을 텐데 애석하게도 주정뱅이 사촌 동생은 여전히 눈앞에서 신경 사납게 흐느적거리고 있었다.

"뭐해? 빨리!"

"합니다. 해요!"

운영의 발에 꽃신을 신겨준 뒤 미끄러지는 그녀를 다시 끌어올렸다. 그러면서 슬쩍 눈치를 살핀 뒤 운영의 등을 아주 팡팡 세게 두드렸다. 이제 대군의 등에서 내려와 제 발로 걸으라는 압력이었지만 운영은 여전히 정신을 차리지 못한 채 아픈 것도 모르고 웃었다. 그 격한 동작에 반응한 현은 지금껏 쌓여온 짜증을 한꺼번에 담아서 홍 내관을 쏘아봤다.

"하지 마."

"하하, 애가 어릴 때부터 등을 때려줘야 잠을 잘 자서……."

"장난해?"

"아닙니다."

"내 앞에서 잘도 허튼짓이다. 겨우 잠들어서 이제 조용해졌는데!"

"흠흠. 아무튼! 그만 저 아이를 내려놓으시지요. 가까워져 오고 있습니다. 다른 궁녀들 보기에도 좋은 행색은 아닙니다. 특별히 귀함을 받는 자는 다른 이의 시기를 받는다는 것을 잘 아시지 않습니까. 개울가에 모였던 이들이 돌아올 시간이 얼마 남지 않았습니다."

일리가 있는 말이었기에 현은 더 이상 홍 내관의 뜻을 부정할 수 없었다. 홍 내관은 그녀를 등에서 내린 뒤 자신이 직접 부축하여 걸음을 옮겼다. 그 뒤를 따르면서 현은 밤하늘을 올려다봤다. 달이 담긴 눈에는 구름과 함께 수많은 생각이 스쳐 지나고 있었다.

"나으리!"

"쉿!"

마침내 더딘 걸음으로 서궁에 도착했을 때 보초를 서고 있는 호위병 몇몇이 보였다. 홍 내관에 이어서 대군을 발견한 그들이 소란하게 움직였지만 홍 내관은 그들에게 아무것도 보지 못한 것처럼 평상시대로 행동하라고 주의를 주었다. 때마침 개울가에서 연등을 띄우고 있는 궁녀들이 모두 자리를 비운 탓에 주변은 고요했다. 방으로 들어선 홍 내관은 잠이 든 그녀를 깨우지 않기 위해 조심스럽게 바닥에 내려놓았다. 그러곤 새우처럼 웅크린 여자를 똑바로 눕혀줄 마음이었는데 현이 그 동작을 저지했다.

"비켜."

"예?"

"내가 할게."

홍 내관이 뾰로통한 표정으로 물러나자 현이 운영의 어깨를 조심스레 감싸 안았다. 그대로 바로 눕히던 그때였다. 설핏 잠에서 깬 듯한 여자가 느닷없이 남자를 향해서 팔을 뻗었다. 저지할 틈도 없이 순식간에 여자의 작은 손이 현의 목덜미를 스치고 지났고 그대로 아이처럼 매달렸다. 그녀의 움직임에 딸려가다 보니 여차하면 운영의 몸 위로 엎어질 순간, 현은 바닥을 짚고 겨우 중심을 잡았다. 그 망측한 찰나의 순간 홍 내관은 표정을 구겼고 현은 또렷이 들었다. '아빠'. 그 두 음절의 애처로운 떨림을 말이다. 동공이 커지고 일순간 목덜미가 서늘해진다. 현은 목에 둘린 여자의 손을 천천히 풀어서 조심스럽게 잡아 줬다. 손이 너무 차가워서 그만큼 남자의 가슴도 불이 치솟는다. 그것은 단순한 열기가 아닌 어떤 답답함을 뜻했다. 치솟는 불길을 속으로 삭이는 남자의 눈빛이 공허했다.

"술김에 이러는 건, 반칙인지. 홍운영."

부르는 목소리에 답하듯 운영은 뭐라 웅얼거리면서 느릿한 숨소리를 냈다. 잠투정을 하는 모양이었다. 쓰고 떫은 말을 잔뜩 내뱉은 주제에 태평한 모습은 얄미울 지경이었다. 그런에도 분명히 보이는 눈물에 현은 속이 쓰린다.

"잘자, 항아님."

현은 유달리 선이 고와 단정한 눈꼬리 끝을 물끄러미 바라봤다. 달빛 아래에서 빛을 내며 반짝이는 그곳을 천천히 손으로 쓸어내렸다. 그 순간에, 젖은 눈을 벗어난 물방울이 전부 현의 손으로 스몄다. 그 아릿한 감각을 참아내면서 속삭였다. 부디 좋은 꿈을 꾸라고. 그래서 오늘 했던 모든 말을 전부 잊으라고. 나 역시도 들은 것이 없으니.

"대군, 내일 날이 밝는 대로 홍운영 저 아이에 대한 징계 조처를 할 터이니……."

"하지 마. 아무것도."

"그럴 순 없습니다. 저는 아이들을 통제하는 책임자로서……."

"내 말대로 해."

"대군…… 저 아이에게만 특혜를 줄 수는 없습니다."

"나 때문이라고. 저 아이가 이곳에 온 것은…… 그건 특혜가 아니라 책임이야."

몸을 일으키는 순간, 머리가 욱신거렸다. 그 이상의 말을 내뱉을 수 없기에 숨이 막히고 시선이 흐려진다. 홍 내관은 잠자코 입을 다물었다. 현은 여전히 떨림이 멈추지 않는 손을 바지 주머니에 찔러 넣은 채 서궁을 나섰다. 대군의 뒤를 따르던 홍 내관은 다시 걸음을 돌려서 운영에게 이불을 덮어 주었다. 참지 못한 짜증 때문에 신경질스럽게 이불을 홱 던졌지만 마음이 좋지 않았다. 찬 바닥에 웅크리고 누워 있는 모양새가 한없이 애처로웠기에 다시 제대로 이불을 덮어준 뒤 한 번 두 번 등을 토닥였다.

서둘러서 대군을 쫓아나가 보니 그는 벌써 저만치 앞서 걷고 있었다. 쓸쓸한 왕자님의 뒤를 따라서 별궁으로 향하는 동안 쉽사리 깰 수 없는 침묵이 이어졌다. 현은 아무 말도 하지 않았고 홍 내관은 아무것도 묻지 않았다. 흩뿌려지는 시선 너머로 어쩌다 눈빛이 교차해도 희미한 미소를 주고받을 뿐이었다. 말없이 옮겨지는 걸음이 향한 곳은 색색의 꽃들이 모여 있는 연못이었다. 물 위에 뜬 연등들이 저마다의 소원을 간직한 채 소담한 빛을 내고 있었다. 그 간절한 불빛 사이에 현의 마음도 빛을 내고 있었다. 그 속에는 운영의 마음도 함께 있을 터였다. 어쩌면, 저 작은 종이꽃에 깃든 마음이 미치도록 궁금한 밤으로 끝이 났을지도 모를 오늘이었다. 그리고 마음으로 빌었을 것이다. 그녀의 소원이 이루어지기를…… 그런데 이상하게도 일이 꼬였기에 운영의 연등을 바라보는 현의 시선이 곱지 않았다.

"주는 게…… 아니었어."

입에서 단내가 날 무렵에 깨진 침묵이었다. 홍 내관은 반가운 듯이 말꼬리를 붙잡는다.

"무엇을요?"

"시간."

더운 숨과 함께 뻗어 나온 말이었다. 그 순간의 답답함으로 인하여 현은 뻐근한 고개를 뒤로 젖혔다. 어둠이 깔린 밤의 별자리가 미치도록 아름답게 눈에 담겼다. 그래서 더욱 외로워지는 마음을 조용히 읊조린다.

'나의, 소녀에게.'

✳

"항아님들, 30분까지 환복하시고 별궁 앞으로 모이라고 하십니다."

"준비 다 됐지?"

"어! 이제 나가."

오늘은 일 년에 한 번 수성궁에서 열리는 〈예술인의 밤〉 행사가 예정되어 있었다. 비해당의 궁녀들이 안형대군을 비롯한 저명한 예술인들 앞에서 저마다의 장기를 펼쳐 보이는 날이었다. 그동안의 수련에 대한 검증의 시간인 셈이었다. 곧 비해당의 가치를 입증하기 위한 일종의 인증 시스템이었다. 이른바 놀고먹으면서 세금을 축내지 않는다는 쇼맨쉽을 위해서 유명한 예인들을 한자리에 모여 앉힌 것이 오늘 행사의 목적이었다. 물론 그 뜻을 제대로 관철시키는 것이 어려웠다. 때문에 마치 그 옛날 선비들이 기생들과 함께 풍류를 즐기는 모양새가 되었다고 해도 현은 비해당의 존속을 위해서 이 행사를 지속해야만 했다. 그 깊은 속내를 누구보다 잘 아는 여인이 바로 운영이었고 그녀는 이날을 위해 많은 노력을 기울여 왔다. 옅은 풀빛의 저고리에 은은한 병아리빛 치마를 차려입은 그녀의 모습은 그야말로 월궁항아와 다름이 없었다.

"운영아, 잠깐만…… 됐다!"

비취의 손길이 닿은 자리에는 나비 모양의 머리핀이 꽂혔다.

"세상에, 항아님. 길을 잃은 나비가 머리 위에 앉은 듯싶습니다."

"어우, 항아님. 제 손발 좀 펴주시겠어요? 소녀 오글거려서 토악질을 할 지경입니다."

"칭찬한 거야! 이 계집애야."

"알아. 쑥스러워서 그래."

사실 운영은 예쁘다는 칭찬보다도 좀 더 원초적인 본능에 힘겨웠다. 그것은 배고픔이었다.

"꾸르륵 소리 나."

"나도…… 춤추는데 몸 무거울까 봐 어제 저녁부터 굶었어."

연회를 위해 차려진 기름진 음식들을 애처롭게 흘겨보는 사이 소옥이 싱긋 웃으면서 다가왔다. 그녀들에게 앉으라고 손짓한 소옥은 주변을 살피더니 소맷단에서 뭔가를 꺼냈다. 그것은 여대생들에게 식사 대용으로 인기가 좋은 초코바였다.

"암행꾼한테서 받아온 거야."

"암행꾼?"

"응. 그 사람 저번에 차 안에서 졸다가 내가 몰래 립스틱 사는 거 놓쳤잖아. 내가 한 시간쯤 마음껏 돌아다닌 뒤에도 그대로 잠들어 있는 거야. 그래서 가만 두고 볼까 하다가, 딜을 하기로 했지."

"딜?"

"그쪽도 나도 서로 구린 데가 있으니까 눈감아 주자고. 일한 지 얼마 안 됐는지 순덩이가 말이 잘 통하대? 덕분에 난 이제 학교 좀 편히 다닐 것 같아. 초코바는 동맹 맺은 기념이야. 크크큭."

"대박! 쟤는 조선시대에 태어났어야 해. 저 권모술수에 여러 사람 잡았을 거야."

"아! 나 진짜…… 역모에 가담했었나? 그래서 죄를 많이 지어서…… 이번 생에 이 모양으로 태어난 거 아니야?"

소옥은 느닷없는 깨달음과 함께 눈을 부릅떴다. 그녀는 진심으로 자신의 지난 생애를 되돌아보고 있었다. 그 모습이 우스워서 비취와 운영은 마주친 시선 너머로 키득거렸다. 그렇게 작은 담소도 잠시 뿐, 약속이나 한 듯이 조잘거리던 모두의 입이 다물어졌다. 그 시점은 소리 소문 없이 다가온 최 상궁의 등장과 맞닿아 있었다. 그녀는 언제나 별다른 표정 변화도 없이 한결같은 시선으로 궁녀들을 하나하나 살폈다. 운영은 괜히 잘 맨 옷고름을 다시 한 번 더 꽉 잡아당겼다. 그러는 사이 궁녀들 앞으로 좌르륵 병풍이 쳐졌다. 그것은 곧 연회의 시작을 뜻했다. 비해당궁녀들은 행사가 진행되는 동안 내빈들에게 직접 얼굴을 내보이지 않는 것이 원칙이었기에 병풍 뒤에 자리해야 했다.

"꽃 속의 벌은 갈 길을 잃고
농 속의 새는 깃을 들지 못하였네.
황혼에 가는 비 내리니
창밖에 소슬한 소리 들리도다."

비취의 고운 해금 연주에 맞추어 소옥이 한시를 지어 올리는 것을 시작으로 〈예술인의 밤〉 행사가 시작되었다. 풍류를 아는 예인들이 모인 자리였기에 술잔을 기울이는 그들은 진짜 신선놀음이라도 하는 것처럼 여유롭고 느긋해 보였다. 제 차례를 기다리던 운영이 병풍의 벌어진 틈으로 언뜻언뜻 보이는 내빈들의 얼굴을 살폈다. 그때였다. 문틈 사이로 보이는 실루엣에 동공이 확장된 여자는 저도 모르게 제 입을 틀어막았다.

'그 사람이야.'

그녀의 흔들리는 시선이 닿은 그곳에 김유영 그가 있었다. 남자가 자신을 보지 못한다는 것을 알고 있음에도 운영은 몰래 닿은 시선이 들키기라도 한 것처럼 가슴이 울렁거렸다. 그렇게 훔쳐보는 시선을 감추지 못하던 그때 마침내 운영의 차례가 되었다. 최 상궁의 뒤를 따라 걷던 그녀는 속이 비어 있는 탓인지 현기증이 나서 몸이 휘청거렸다.

"몸이 안 좋은 것이냐?"

"아, 아무것도 아닙니다. 잠시 어지러워서……."

최 상궁은 연민과 애틋함이 담긴 시선으로 운영을 훑어내었다. 흘러내린 나비 핀을 다시 꽂아주는 손길이 다정했다.

"애써서 잘할 필요는 없다만 실수는 하지 말거라. 대군의 배려만큼 너희도 보답해야 하지 않겠느냐. 적어도 흠이 되진 않아야 한다."

가만히 고개를 끄덕였다. 그에게 어떤 폐도 끼치고 싶지 않은 것은 운영도 마찬가지였다.

"홍운영이라 하옵니다."

비취의 해금 연주에 맞추어 운영은 천천히 눈을 감았다 떴다. 연습한 대로 음률에 맞추어 향악무를 시작했다. 사뿐사뿐한 그 몸짓은 그야말로 한 마리 나비와 같았다.

'홍운영?'

멍하니 천장을 향했던 유영의 시선이 일순간 비단 장막 너머의 여인을 향했다. 어렴풋이 보이는 여자의 그림자가 움직이는 순간 술잔을 쥔 그의 손에도 잔뜩 힘이 들어갔다. 따분하고 지루한 시간이었다. 국문과 교수의 이름으로 초청된 자리였다. 현의 주도 하에 모인 인물들을 상대하는 일은 총리의 아들이자 대군의 벗으로서 행해야 하는 비즈니스였다. 그래서 버티고 참았다. 이해할 수 없는 낡은 농담과 시시껄렁한 이야기들 속에서 유영은 마시기 싫은 술은 마시면서 말을 줄이고 거짓 웃음으로 시간을 때우고 있었다. 그것은 상석에 앉아 있는 현도 마찬가지였기에 그와 시선이 마주칠 때마다 둘은 실없이 웃었던 참이었다. 그랬는데…… 시간이 빨라진다. 여자의 존재를 확인한 지금 이 순간 유영의 눈에서는 다시 빛이 돌았다.

'그녀다.'

이따금씩 바람이 불어올 때마다 흔들리는 장막 사이로 그녀의 아름다운 몸짓이 드러났다. 은은하게 비치는 그녀의 실루엣에 시끄럽게 떠들던 이들의 입이 자연히 다물어졌다. 모두의 시선이 모아진 자리에서 내빈들은 저마다 그녀의 아름다움을 찬탄했지만 유영은 아니었다.

'선녀의 산……'

월궁에서 쫓겨나 지상에 유배된 선녀. 잔인하게 꺾여 버린 날개가 갖은 힘을 다해서 뻗어 올려진다. 운영이 길게 손을 뻗어서 몸을 휘는 그 순간, 조각난 날개의 깃털이 눈앞에 뿌려지는 듯한 아찔한 환영이 섬광처럼 번쩍였다. 말이 필요 없는 순간, 그 구태의연한 표현이 절로 실감 나는 이 기분을 그야말로 설명할 도리가 없다.

유영은 무언가에 홀린 듯한 기분으로 멍하니 확장된 동공을 되돌리지 못하고 있었다. 조지훈 시인의 아름다운 음률의 말대로, 진정으로 고와서 서러운 그 모습을 보고 있자니 눈이 젖고 입술이 떨린다. 그는 운영에게서 놓쳐 버린 어머니의 모습을 발견하고 있었다. 그것은 이제 더는 운영의 꺾여 버린 날개를 외면할 수 없음을 뜻했다. 그녀를 향하여 품게 되는 모든 마음이 전부 세상의 미움을 받게 될지라도. 금단의 세계로 뛰어드는 유영의 눈에는 어떤 두려움도 없었다. 선녀의 산, 그 꼭대기로 단번에 뛰어올라서 보란 듯 달을 눈에 담고, 기도하리라. 망부석이 되었던 어느 여인의 마음으로.

달하 노피곰 도다샤
어긔야 머리곰 비취오시라

- 고려가요 〈정읍사〉 중에서

"여기서 보네요?"

익숙한 목소리였기에 더욱 믿을 수가 없어서 눈이 번쩍 떠졌다. 유영이다. 학교 안에서도 가장 인적이 드문 곳에 위치한 정자 그늘이었다. 찾는 이가 드물어서 혼자 생각을 정리하기에는 더할 나위 없는 공간이었다. 그런데 전부 망했다. 성큼성큼 아무렇지 않게 다가서는 것도 모자라서 털썩 옆자리에 앉는 남자의 모든 동작은 신기할 정도다. 운영은 그와 닿지 않기 위해 슬쩍 엉덩이를 옆으로 움직였고 덕분에 틈을 벌릴 수 있었다.

"땡땡이?"

"아뇨. 공강 시간."

"소옥 양은?"

"배탈이 나서."

"아, 그래서 아까 수업 시간에 안 보였구나?"

아주 오래 알아온 사이처럼 당연하다는 듯이 말을 붙인다.

"가만, 지난번에도 배탈 아니었나? 혹시 신경성 질환?"

"아무래도."

소옥의 체면을 생각해서 우아하게 표현했지만 사실 소옥의 장 트러블은 폭식증 때문이었다. 컬 밖에서 먹을 수 있는 음식 리스트를 뽑아서 학교에 오는 날마다 한꺼번에 먹어 치우는 소옥이었다. 제한된 시간 동안 작정을 하고 덤벼드는 통에 과식하기 일쑤였고 급체를 하는 경우가 허다했다.

"참, 점심은 먹었어요?"

서로의 목소리가 섞여 들지 않도록 고개만 끄덕였다.

"흐음, 잘 챙겨 먹네."

유영은 뭔가 아쉽다는 표정으로 눈을 찡긋거렸다.

"나는 아직인데."

하마터면 '왜요?'라고 또 받아칠 뻔했는데 겨우 입을 다물었다. 그가 이끄는 대로 말을 이어가는 자신을 발견했을 때 들었던 생각은 어이없음이었다. 그 다음은 허탈함이다. 마주치는 시선 하나 하나에 의미를 부여하고 하루 종일 남자를 의식했던 것은 전부 부질없는 감정 소비였던 모양이었다. 운영의 눈에 비친 남자는 놀라움도 들뜸도 없이 평온했다. 마치 옆자리 여자가 주는 떨림은 아무것도 없다는 듯이 단정한 남자의 얼굴을 마주하다 보면 괜히 손해 보는 기분까지 들었다. 그리고 이 남자의 곁에 오래 머물 수 없다는 것이 되새겨졌다.

"교수님. 제 주변에는 항상 암행꾼이 붙습니다. 언제 어디에서 도대체 무얼 보고 있는지조차 알 수 없는 그들입니다. 그러니……."

"조용히 꺼져달라고?"

거친 말을 하면서도 소년처럼 웃는 남자 때문에 한숨이 나온다.

"그런 것이 아니라……."

"걱정 마요. 그 친구, 지금 차에서 자고 있으니까."

긴장해서 잔뜩 솟아올랐던 어깨가 밑으로 툭 떨어졌다. 남자의 한마디에 안심해 버리는 스스로를 믿을 수 없었지만. 그냥…… 그렇게 되고 만다.

"좋네요."

부드러운 목소리의 끝, '좋다' 그 심란한 단어를 되새기면서 시간이 머무르고, 긴장감으로 몸이 떨린다. 운영은 흔들리는 눈동자의 초점을 억지로 다잡기 위해 돌부리에 시선을 고정했다.

"날씨."

그 평범한 단어가 너무 쉽게 튀어나오는 순간에 운영의 입에서 작은 숨이 새어 나왔다. 그것은 정의할 수 없는 어떤 안도감과 허탈감의 표현. 운영은 알 수 없이 자꾸만 뒤숭숭한 제 마음이 마땅치 않아서 꽉 다문 입술에 힘을 주었다. 옆자리 남자를 불만스럽게 힐긋거리니, 그는 하늘을 손가락질하면서 눈을 찌푸리고 있었다.

"이렇게 햇살이 좋은 날이면……."

남자의 손가락 너머로 쏟아지는 오월의 햇살은 눈부시다는 표현도 부족해서 찬란하게 느껴질 정도였다.

"샘이 나다 못해 화가 납니다."

사람들이 저마다 살아갈 이유를 하나씩 아로새길 만한 봄날이었다. 그렇게 좋은 계절에 맞지 않는 불퉁한 표정을 짓는 남자에게로 시선이 붙들린다.

"죽었거든요."

순간 확장된 동공에도 불구하고 가만히 뒤이어질 말을 기다렸다. 겨우 1분 남짓한 시간이었는데 길게 느껴지는 침묵이었다. 그리고 그 묵언의 시간 끝에 이어진 것은 예상치 못한 어떤 이의 슬픔.

"우리 엄마."

귀를 타고 전해지는 단어에 말문이 막혔다. 운영은 버석해진 입 안으로 겨우 침을 삼켰다.

"정말, 봄이 싫었던 모양입니다. 이 좋은 날에 자기 손으로 제 목숨을 거두는 수고로움을 감내한 것을…… 보면."

눈물이 왈칵 쏟아질 뻔한 아픈 얘기였는데 지독하리만큼 담담한 목소리였다. 도대체 어떤 표정으로 저런 이야기를 왜, 나에게 하는 걸까? 천천히 옆을 보았을 때 운영은 마침내 알게 되었다.

'그래서…….'

하늘을 향해 고개를 들어 올린 남자의 입꼬리가 힘없이 내려지는 순간이었다. 운영은 그에게서 공허한 결핍을 읽어냈다. 그것은 어쩔 수 없이 이끌리게 되는 어둠.

'보였구나.'

교집합으로 맞닿은 인연을 끊어내는 것은 생각보다 쉽다. 서로의 공통점을 찾지 못한 채 스쳐 지난다면, 그래서 아무것도 모른다면 금세 닿았던 끈이 얇아져 뚝 끊어지리라. 그런데 같은 기운을 내보인다는 것을 알아채 버리면 되돌릴 수 없다. 더욱이 상대가 먼저 인연의 끈을 묶었다면 이미 늦었다.

'당신과 나.'

알 수 없는 이끌림 너머에 숨겨져 있던 많은 것이 이제야 여실히 눈에 보인다. 비슷한 슬픔, 이해할 수 있는 아픔, 위로하고 싶은…… 그래서 위로 받고 싶은 외로움. 그 예상치 못한 연결고리를 발견한 운영은 반갑기는커녕 도리어 불안해졌다. 이 남자에게 제 안의 모든 슬픔을 전부 들켜 버릴지도 모른다. 아니, 그는 이미 모든 것을 알고 있다는 위험한 눈을 하고 있었다. 그 심란한 눈빛이 얼마나 위험한지도 모르면서 빈틈없이 올곧은 눈빛을 전하고 있었다. 그래서 겁이 난다. 너의 슬픔을 안다고…… 그렇게 다정한 말로 시선을 붙들고 팔을 잡아끌면 속수무책으로 그의 세계에 스며들 것이다. 분명히 그리되리라. 득죄한 선녀는 금기를 어긴 대가로 또다시 생의 저주를 받게 될 테지.

"삼청의 선녀는 유배되었다죠?"

절박한 시간의 경계에서 틈이 벌어지기 시작했다.

"고작, 글을 잘못 읽은 죄로. 억울하게. 딱히, 사람을 죽인 것도 아닌데……."

까딱하면 찰나의 순간에 휩쓸릴 바람이 불어오는 것이 느껴졌다.

"선녀의 산."

부디 저 입에서 다음 말이 나오지 않기를, 이대로 멈추고 자신을 보지 않기를 간곡히 원했다. 하지만 잘 안다. 하늘은 언제나 여린 소녀의 말을 들어주지 않는다. 그걸 너무 잘 알아서 원망하고픈 마음도 들지 않는 것은 제 자신을 지키는 유일한 방법. 그래서 분명한 것은 이 남자를 밀어내야 한다는 것. 그래서 미련 없이 몸을 일으켜 돌아서는데 너무 쉽게 붙들린다.

"수성궁."

적개심이 가득한 여자의 눈동자를 피하지 않고 바라보면서 들었던 것은 어떤 확신이었다. 자신이 이 여자를 제대로 봤다는 것.

"당신이 사는 지옥으로."

눈을 보면서 하는 말은 운영을 아프도록 할퀸다. 그 순간에 운영은 목구멍에 덩어리가 얹히는 것처럼 느껴졌다.

"손. 놓아주십시오."

"앉아요."

"놓아…… 달라 말씀드렸습니다."

침을 삼키는 동작조차 힘겨웠다. 그럼에도, 또박또박 제 말을 뱉어내고 원망이 서린 눈에 힘을 주었다.

"그렇게는 못 하겠는데?"

"교수님!"

"울면서 하는 얘기를 믿을 만큼 바보 천지는 아니거든, 내가."

'미친 짓이었어. 당신을 쫓아서…… 여기까지…….'

여자의 손목이 손 아래 가득 들어오는 순간 머릿속을 지배했던 생각이 분명해졌다. 홍운영은 쉽지 않은 여자다. 그 어려운 여자가 결코 자신의 세계로 스스로 걸어오지 않으리라는 것도 잘 안다. 그럼에도 이 여자를 붙든 손에서 힘을 풀 수 없다.

'홀린 것처럼…… 왔다고…….'

그녀의 눈 안에 가득 들어찬 눈물조차 전부 받아내서 삼켜 버리고 싶다는 미친 생각의 끝에서 그는 잡은 손에 힘을 주어 그녀를 끌어당겼다. 휘청거리면서 넘어지는 여자의 허리를 끌어안고 놀라서 벌어진 입술 사이를 파고들었던 순간의 짜릿함은 뒤이어진 차가운 마찰음을 이겨내기에 충분했다.

"어찌하여……."

고개가 돌아간 유영의 불 언저리에 작은 손이 스쳤던 자국이 붉게 번져났다. 여자의 손톱이 입술을 긁고 지난 탓에 연한 피비린내가 입 안으로 퍼져나갔다. 혀끝으로 그 쓴맛이 지나는 순간에 유영은 손끝이 저릿했다.

"제가 누구인지 몰라…… 이리도 저를 함부로 능멸하시는 겁니까."

파르르 몸을 떨면서 제 안의 놀란 마음을 주체하지 못하는 여자는 도리어 신선하고 아름답게 느껴졌다. 그녀의 날개를 부러뜨린 세상의 금기에 도전하고 싶은 욕구가 폭발한다.

"능멸한 적 없습니다. 당신이 비해당 궁녀인 것도 잘 압니다. 그 삶이 얼마나 버거운지도……."

"아니요. 교수님은 아무것도 모르십니다!"

금방 쓰러질 것처럼 여린 여자가 힘주어 팔을 뿌리쳤다. 그 순간의 아쉬움을 어떤 기대감으로 바꿀 수 있었던 것은 흔들림을 멈추지 못하는 그녀의 눈동자였다.

"그걸 아신다면 절대로 제게 이러실 수 없습니다. 제가 지난 세월을 어떻게 버텼는지, 어떤 마음으로 살고 있는지 아신다면…… 이렇게 함부로 제 세상에 돌을 던지시면 안 되는 거였습니다. 어느 날 갑자기 찾아와서, 내 모든 것을 다 안다는 듯이 오만하게 웃는 건 당신 몫이 아닌데. 그거 아니라고."

이기지 못한 눈물이 흩뿌려지는 모습을 바라보는 찰나의 시간이 무척이나 느렸다.

"왜, 나한테, 어떻게 이래. 이러면…… 안 되는 거였다고!"

악을 쓰는 외침이 귓속을 찢고 들어오는 순간 정신이 번쩍 들면서 기이한 청량감이 들었다. 스스로에게 변태가 아니냐고 묻고 싶을 정도로 속이 뚫리는 기분이었다. 그래서 느닷없이 터진 웃음이 여자에게 상처를 준 것은 예상치 못한 실수였다.

"살면서 오늘처럼 스스로가 멍청하게 느껴졌던 적이 없습니다."

표정을 잃은 여자가 하얗게 질렸을 때에는 이미 늦었다.

"교수님은 정말 최저입니다."

충격적인 단어 선정에 놀라서 입을 벌리면서도 정신은 조금 멍했다. 그 순간에 유영은 꽉 움켜쥔 채 부들거리는 여자의 주먹을 보고 있었다. 그것은 발가벗겨져서 상처 입은 여린 마음의 떨림.

"함부로, 제 세상을 지옥이라 폄하하지 마십시오. 감히, 제게 연민이라는 감정을 품는 것은 왕실에 대한 능멸이며 저에 대한 교만입니다."

운영은 마지막 말을 다부지게 뱉어낸 뒤 차갑게 돌아섰다. 유영이 멍한 눈을 깜빡여서 겨우 눈앞이 선명해졌을 때에는 이미 그의 시야에서 그녀가 사라진 뒤였다. 텅 빈 시야의 허전함 따위는 가볍게 몰아낼 수 있다. 그보다 더한 뜨거움이 모락모락 자리했으니까.

"마냥 청순한 줄 알았더니……."

앙칼진 모습을 떠올리면서 피식거리던 유영은 터진 입꼬리의 욱신거림으로 인해서 잠시 인상을 찌푸렸다. 제법 매운 손맛의 열기가 여전했다. 연민, 그 여자의 입을 통해서 뱉어진 직설적인 단어 하나를 떠올리고 있자니 표정이 굳는다. 그것은 연민. 딱히 마음에 들지 않는 그 단어를 조금 틀어 고치면…… '연모'. 입에 담기에 생경한 그 말이 어색하고 낯뜨거워서 실소가 지어졌다.

"아무렴 어때⋯⋯."

유영은 숙제 하나를 해결한 듯 홀가분하게 웃으면서 언덕길을 다시 내려간다. 여자를 찾아서 뛰어올랐던 그 언덕을 내려가는 게 조금 더 쉽고 편했다. 그는 손등에 묻어나는 옅은 핏자국을 전리품처럼 느끼면서 다시 한 번 더 터진 입꼬리를 혀로 훑어내렸다.

"이미 홀렸는데."

"갈 수 없겠지?"

"그렇겠지."

"정말 못 가겠지?"

"그렇대도."

거듭되는 물음에 슬슬 짜증이 올라서 운영은 살짝 미간을 찌푸렸다. 이에 소옥은 더는 입을 열지 못하고 한숨만 푸욱 내쉬었다. 다음 주는 국문과 졸업반을 대상으로 하는 문학 답사가 예정되어 있었다. 이제 곧 한 학기의 마무리가 다가오고 있다는 뜻이었다. 그것은 곧 김유영⋯⋯ 그 사람을 마주할 수 있는 날이 얼마 남지 않았다는 사실을 뜻했다. 그 남자를 떠올리는 순간의 잔상이 마땅치 않아서 목 안이 깔깔해졌다.

"참, 들었어?"

"응?"

"교수님도 오신대."

"교수님?"

"김유영 교수님."

'왜 또…….'

반응하지 않으려고 해도 어찌할 도리가 없다. 자연히 물 잔을 들었던 손에서 힘이 빠져나갔다. 왈칵 물이 쏟아지는 바람에 치맛단으로 물이 젖어드는 순간에도 정신이 바짝 나지 않았다.

"너, 치마!"

놀란 소옥이 그녀의 젖은 치마를 들추는 순간에야 정신이 든 운영은 제 치마를 꽉 움켜잡아서 끌어내렸다. 젖은 치마의 물기를 탈탈 털어 내면서도 벗을 생각을 하지 못하던 그때 마침 저 멀리서 최 상궁의 목소리가 들려왔다. 기다렸던 소옥은 얼른 뛰어나가서 최 상궁의 팔에 매달렸다. 그것은 배고픈 강아지의 꼬리가 흔들리는 것처럼 안절부절못하는 모양새였다.

"경망스럽게 어찌 이리 가벼운 몸짓이야!"

"에이, 마마님! 어찌 되었습니까? 대군께서 허락하셨습니까?"

운영은 젖은 치마를 꽉 붙잡은 채 하염없이 최 상궁을 올려다봤다. 소옥의 눈이 기대감으로 반짝였다. 그녀는 주문을 걸고 있었다. 부디 최 상궁의 입에서 '가도 좋다'라는 말이 나오기를 바라고 또 바라던 순간이었다.

"가도 좋다고 하시는구나."

"정말입니까! 들었어? 홍! 우리 가도 된대!"

비해당에 들어온 이후 처음으로 떠나는 여행이었다. 중, 고등학교 때도 그 흔한 수학여행, 졸업 여행조차 갈 수 없었다. 사가에 다녀오는 일이 아니라, 외부 행사를 위하여 궁을 떠나는 일은 지금껏 한 번도 없었기에 들뜨는 것은 당연했다. 제 흥을 참지 못한 소옥이 그녀를 등 뒤에서 껴안았지만, 운영은 입 밖으로 목소리가 나지 않았다.

"좋은 일인데 어찌 기쁜 기색도 없이 눈빛이 흐린 것이냐?"

"정말, 그리해도 되는 것입니까? 저는 딱히 가지 않아도……."

"소옥이가 눈 흘기는 것을 보면서도 그런 말이 나오느냐?"

"그게, 조금 걱정이 됩니다. 가지 말아야 할 것을 억지로 청하여 가는 것은 아닐지…… 혹여 대군을 부담스럽게……."

"운영아."

"예?"

"그쯤하거라."

"……."

"생각이 많으면 병이 된다 하지 않느냐. 그러니 잠시만 멈추어도 되지 않겠느냐. 시끄러운 속을 다스리기에 더할 나위 없이 좋은 시간이 될 것이다. 그것만 생각하거라."

다정한 말과 함께 돌아섰던 최 상궁은 문턱을 넘어 가다 말고 다시 운영을 돌아 봤다.

"조금은 웃지 그러느냐?"

"예?"

"나는 네가 다시 웃어주면 좋겠구나."

'대군께서도 그것을 바라시는구나.'

최 상궁이 보여준 은근한 미소의 여운이 꽤 길었기에 운영은 한참을 그 자리에 서 있었다.

"그리고 보니 네 치마…… 지금 엉망인데도 최 상궁이 아무 말도 안 했지?"

겨우 정신이 든 운영은 물기를 머금은 채 주름진 제 치마를 내려다보면서 눈을 질끈 감았다 떴다. 물을 쏟았던 심란한 연유가 다시 상기된다.

"이상해. 요즘 좀 물렁해진 것 같지 않아? 듣자하니 홍 내관이 요새 못생겼다고 안 한다며? 갑자기 웬일이래?…… 넌 뭐 아는 거 있어?"

"몰라. 나는…… 아무것도……."

야릇한 소옥의 시선을 피해서 농을 열어젖혔다. 열린 문을 방패 삼아서 그 뒤로 몸을 숨기는 순간 얼굴이 화악 붉어졌다. 장롱 속 거울에 비친 상기된 얼굴, 붉은 입술, 아릿한 혀끝…… 그 모든 것의 조합은 유영의 뺨을 내려쳤던 그날을 고스란히 되살린다. 낯선 남자에게, 그것도 하필이면 김유영에게 자신의 서러움을 들켰을 때 처음 들었던 생각은 수치심, 그리고 그 다음은 저 사람이라서 다행이라는 어떤 안도감이었다. 자신과 맞닿은 슬픔을 가진 남자에게 눈길이 머물고, 조금 더 가까이 알고 싶다는 생각이 멈추지 않고 터져 나오는 순간 미칠 것 같은 불안감이 밀려 왔다. 수년간 쌓아올려 단단하게 지켜온 성이 무너져 내릴지도 모른다는 아찔한 착각. 그 잔상을 견디기 힘들어서 원망의 화살을 쏘아 올렸다. 그녀가 지켜온 순결한 입술을 가져간 김유영은 분노를 던지기에 딱 좋은 상대였다. 이끌리는 모든 이유를 덮어씌우고 밀어냈다. 악을 쓰면서 소리쳤던 그 순간에 진정으로 하고 싶었던 말은 하나였다. 제발, 내 세상에 들어오지 말아 달

라고. 나는 지금 너무 약해졌다고. 당신이 멈추지 않으면 내가 모
든 것을 기대할지도 모른다고.

"그래도…… 때리진 말걸. 이제, 그 얼굴을 어떻게 봐."

두 손을 들어올려서 얼굴을 감싸 쥐었다. 붉게 달아오른 모든
것이 손 아래로 가려졌다.

기러기 떼 남쪽으로 날아가니
궁중에 가을빛이 깊었도다.
물은 차갑고 연꽃은 구슬에 꺾이니
서리가 쌓이고 국화는 금빛을 드리우도다.
비단 자리엔 붉은 얼굴빛의 여인
옥 같은 줄로 백설곡을 연주하네.
유하주 한 말 술에
먼저 취하니 의지하기 어렵도다.
- 고소설 〈운영전〉 중에서

제이장.

봄바람

"우후, 이게 웬일이야!"

"답사야!"

버스 안은 들뜬 학생들의 목소리로 시끌시끌했다. 운영과 소옥
도 잔뜩 상기된 얼굴이었다. 꽃놀이하기에 더할 나위 없이 좋은
계절이었고, 좋은 풍경에는 여행을 떠나는 이들의 설렘이 보기
좋게 어우러졌다. 누군가를 찾는 듯 슬쩍 주변을 두리번거리던
운영은 일순간 움직임을 멈추고 헛기침을 했다. 출발 직전 유영
이 차에 탔고 그와 정통으로 눈이 마주치는 순간이었다. 유영이
먼저 씨익 웃으면서 눈인사를 했지만 운영은 자연스레 받아치지
못한 채 고개를 끄덕이는 모양새로 얼른 시선을 바닥으로 내렸
다.

"너 멀미 안 해? 약 먹을래?"

"괜찮아."

"과자는?"

"됐어."

들뜬 소옥이 계속 뭐라고 조잘거리는 소리에 의미 없이 맞장구치면서 괜스레 떨리는 제 두 손을 맞잡았다.

"어라? 교수님 언제 오셨어?"

뒤늦게 유영의 존재를 알아챈 소옥의 손끝을 따라 시선을 옮긴 자리에는 그가 있었다. 하필이면 대각선 앞자리, 그것도 복도 쪽. 한마디로 몰래 훔쳐보기에 딱 좋은 위치에 그 남자가 있었다. 지은 죄도 있으면서 쓸데없이 편안해 보이는 실루엣이었다. 남자를 인지한 순간부터 계속 힐긋거리고 싶은 시선을 억지로 끌어당겨서 창밖을 바라봤다. 그럼에도 자꾸 고개가 돌아가서 차라리 두 눈을 꼬옥 감아버렸다. 믿지 못할 하늘이지만 또 믿을 구석은 그곳밖에 없어서 간절히 빌었다. 부디, 아무 일도 일어나지 않게 해달라고.

"흥! 일어나!"

"어?"

"도착했어. 얼른 일어나."

저도 모르게 잠이 들었던 운영은 소옥의 외침에 겨우 눈을 떴다. 전북 남원 춘향이 마을에 버스가 들어서고 있었다. 졸린 눈을 비비면서 하품을 쩌억 하는 순간 마침 자리에서 일어났던 유영과 눈이 마주쳤다. 흠칫 놀란 운영은 터져 나오는 하품을 억지로 삼키면서 재빨리 입을 가렸다. 당혹감을 감추지 못한 채 흔들리는 두 눈을 그대로 내보이는 것이 창피했다.

'에잇, 젠장!'

그가 먼저 버스에서 내린 뒤에도, 운영은 입을 가린 손을 떼지 못한 채 계속 눈만 깜박였다. 슬쩍 차창 너머로 유영이 다른 여학생들과 대화를 나누는 모습이 보였다. 마치 홀리기로 작정했다는 듯이 예쁘게 웃는 남자의 머리칼이 바람에 흩날렸다. 그마저도 신경 사납게 헝클어지는 게 아니라 보기 좋게 나풀거려서 그의 얼굴을 더욱 돋보이게 하고 있었다. 까르륵거리는 학생들의 목소리가 시끄럽다는 생각에 입술이 굳어진다. 아무래도 저 남자는 자신이 한 행동에 그 어떤 의미도 부여하지 않는 모양이었다. 인정하고 싶지 않지만 그런 태도가 유영이 자신을 대하는 방식이라면 차라리 다행이었다. 똑같이 무시하고 없었던 일로 웃어 버리면 끝이니까.

"안 가? 왜 그래?"

"아무것도 아냐."

"빨리 가방 챙겨. 아으…… 답사라니! 젠장 너무 좋아!"

소옥은 제 흥을 참지 못해서 잔뜩 몸을 흔들었다. 새빨간 립스틱을 덧바른 뒤 먼저 뛰어 나간 소옥의 뒤에 남겨진 운영은 가방을 주섬주섬 챙겨 들었다. 혼이 나간 표정으로 버스를 빠져나가는 그녀의 발끝에 뭔가가 걸렸다.

"이거, 소옥이 건데?"

바쁘게 뛰어나간 소옥이 흘리고 간 빨간 립스틱을 주워들은 운영은 멈칫했다. 잠시 잠깐 발라보고 싶은 유혹을 꾹 누른 채 주머니에 얼른 쑤셔 넣었다.

"홍! 빨리 와!"

"운영아, 이쪽이야!"

모두가 들떠서 폴짝거리는 자리에 자신도 속해 있다는 것을 실감하면서 운영은 상쾌한 바람을 두 팔로 맞았다. 모든 것이 신기하여 이곳저곳을 훑어보던 시선의 끝에서 유영을 발견하는 순간 입술은 조금 더 뜨거워졌다.

"너 입술이?"

"어? 어! 왜?"

"튼 것 같아. 조금 빨개."

운영은 얼른 손등으로 제 입을 가렸다. 붉어진 빛은 멈추지 않는 어떤 생각 때문에 열이 오른 탓이었다. 단 한 번도 다른 이에게 내어준 적 없는 붉은 공간으로 고스란히 전해진 점막의 스침, 입 안을 가득 채우는 숨 막힘을 떠올리면 소름이 돋고 이가 부딪쳤다. 저절로 침이 고인 입 안은 마치 무언가를 그리워하는 듯 허전함을 표했다. 그래서 저 혼자 혀끝이 옴짝거리는 본능적 반응을 어쩌지 못해서 혀를 깨물고 제 안으로 욕을 던졌다. 너는, 어찌 이리도 상스러운 혀를 가졌냐고. 어째서 그날의 천한 마음을 자꾸 들여다보느냐고. 그 조용한 힐난은 소옥의 조잘거리는 입술을 바라보는 현재도 마찬가지였다. 그래서 또 욕이 나온다. 그래, 내가 미친 게 아니라 전부 그 탓이다. 첫 키스. 그녀가 낯선 남자와 첫 키스를 했다는 사실을 소옥이 알면 그대로 기절할 일이었다. 미처 생각도 못 할 일이었기에 순진한 소옥은 그저 웃으면서 운영의 팔을 잡아끌었다.

"가자! 당나귀 타러."

소옥은 짧은 시간 안에 모든 것을 누리겠다는 듯 제일 열성적으로 몸을 움직였다. 몰아치는 친구 때문에 정신이 없었지만 시끄러운 생각은 해볼 틈이 없었다. 친구들과 함께 사진을 찍고, 길거리 음식을 먹고, 법도와 격식을 차릴 필요가 없는 웃음도 마음껏 터뜨렸다. 오랜만에 느껴보는 일상의 행복…… 한동안 이 자유를 느끼지 못할 것이라는 생각조차 하고 싶지 않을 정도로 충만함을 느끼게 하는 시간이었다.

"너무 짧지?"

"그래도 3박 4일이잖아."

"30박 40일이면 오죽이나 좋겠니."

오후 일정을 마친 뒤 숙소로 돌아온 운영과 소옥은 모두 함께 쓰는 커다란 방에 짐을 풀었다. 밖은 벌써 어둑어둑해져서 하루의 끝이 얼마 남지 않은 시간이었다.

"불꽃놀이한다고 모두 모이래!"

"흥! 우리도 가자!"

소옥의 손에 이끌려 나온 자리에는 이미 많은 학생들이 둥글게 모여 앉아 있었다. 물론 그곳에는 유영도 함께였다. 남자는 테이블에 팔을 받치고 턱을 괸 채 심드렁한 표정으로 모닥불을 바라보고 있었다. 운영은 커진 눈망울을 천천히 감았다 뜨면서 소옥의 옆에 자리했다. 고개를 약간만 틀면 그가 보인다는 사실에 마른침이 삼켜졌다. 의식하지 않으려고 해도 그가 제 눈에 띄는 순간 시선이 멈추고 몸에 힘이 들어간다. 보고 싶은 마음의 한편에는 피하고 싶다는 생각도 함께였다. 본능이 앞서서 살짝 고개를 틀던 그 순간이 유영에게는 기회가 되어 정통으로 눈이 마주쳤다. 몰래 본 것이 들켜서 당황한 운영과 달리 그는 나른하게 웃었다.

'왜 자꾸 보는 거야. 뭐가 묻었나?'

운영은 슬쩍 자신의 볼을 쓰다듬었다. 묻은 것은 없었고 손에 닿은 볼은 뜨거웠다. 유영은 긴 머리를 하나로 묶은 그녀의 청초함에 시선을 빼앗겼던 참이었다.

"흥!"

"어?"

"너 어디 아파?"

"괜찮은데…… 왜?"

"얼굴이 엄청 빨갛잖아."

"아, 더…… 더워서 그래. 모닥불이 너무 뜨겁네."

"그래? 그럼, 저쪽 교수님 옆으로 옮길까? 저쪽은 불이 없어."

"아니야!"

운영은 진심으로 질색하면서 손사래를 쳤다. 큰일 날 소리였다. 지금 얼굴이 화끈거리는 게 누구 때문인데. 소옥은 불필요하게 과한 거부에 야릇한 표정을 지었다.

"너, 좀 이상하다?"

"내가? 아니야. 이상할 게 뭐 있어. 나 멀쩡해."

"정말?"

한번 궁금증이 돋으면 반드시 끝을 보는 소옥의 성미를 알기에 운영은 그녀를 피해서 고개를 틀었지만 그것도 좋은 선택은 아니었다. 왼쪽은 소옥이, 오른쪽은 유영이…… 그야말로 눈 둘 곳이 없었기에 차라리 자리에서 벌떡 일어났다.

"이건 아니야."

"응?"

"바람 좀 쐬고 올게."

"이제 불꽃놀이 시작하잖아. 어라? 홍운영. 홍!"

소옥의 부름에도 운영은 뒤를 돌아보지 않은 채 앞으로만 걸었다. 숨이 차오를 정도로 빠르게. 그렇게 한참을 걷다 보니 숙소 뒤편에 있는 작은 정자가 눈에 들어 왔다. 먼지가 뽀얗게 앉은 자리를 털어 내자 제법 앉아서 쉴 만한 공간이 마련되었다. 신경 쓰이는 남자를 피해서 이곳까지 도망 온 스스로의 선택이 마땅치 않았지만 덕분에 좋은 풍경을 마주할 수 있었다.

"우와……."

밤하늘의 별이 두 눈으로 쏟아질 것만 같았다. 그 황홀경을 눈에 담으면서 멍하니 입을 벌리던 그때였다. 바스락. 어디선가 낙엽이 스치는 소리가 들려왔다. 점점 가까워오는 소리에 신경이 곤두섰다. 차마 소리가 나는 곳을 쳐다보지도 못한 채 주먹을 꽉 틀어쥐었다. 혹시 어둠 속에서 누군가 습격을 한다면 되는 대로 주먹을 휘갈기고 뛰어갈 생각이었다.

"왜 혼자 나와 있어요?"

목소리의 주인을 알아차렸을 때 운영은 저도 모르게 안도했다. 틀어쥐었던 주먹이 스르륵 풀렸던 것은 잠시뿐. 가까이 다가설수록 분명해지는 남자의 실루엣을 마주하면서 다시 주먹이 쥐어진다. 역시, 또…… 보고 있자니 마음이 뒤틀린다. 운영은 상대하기 싫다는 표정을 분명히 전하면서 미련 없이 몸을 일으켰다. 그 동작을 바라보는 유영은 아무 말도 하지 않았다. 타박타박 걸음이 옮겨지고 자연스럽게 그의 앞을 지나치면 끝…… 이었는데 발이 붙들렸다. 이번에는 팔을 붙잡혀서가 아니라 그의 입을 거친 어떤 말 때문에.

"미안합니다."

"……."

"그날은 제 실수였습니다."

걸음을 멈춘 운영은 천천히 고개를 들어올렸다. 맞닿은 시선 끝에는 '실수'를 논하며 그날의 모든 것을 정리하는 남자가 있었다. 실수, 실수라…… 미처 몰랐다. 그렇게 편한 말이 있었는데 왜 몰랐을까. 저 남자에게 입술이 닿았던 그날 이후로 현을 볼 때마다 죄책감이 밀려왔다. 마치 더러운 부정을 저지른 것처럼 속이 울렁거려서 입술을 닦고 또 닦아도 달라지는 게 없어서 주저앉아 울었다. 그보다 더 이해할 수 없었던 것은 엄마를 잃었다고 고백하던 남자의 슬픈 눈이 신경 쓰였다는 사실이다. 그래서 화가 치미는 것은 저 남자를 때렸던 자신의 손이 너무 아팠다는 것을 인정해야 한다는 것이었다. 그런데 지금 실수라고? 이 남자에게 가장 짜릿한 뒷모습을 보일 수 있는 방법은 하나, 그대로 건네진 말을 씹어 삼키고 등을 보이면 된다. 그런데 멍청한 입이 먼저 선수를 쳤다.

"역시 오만하십니다."

유영의 눈이 잔뜩 커졌다가 천천히 제자리로 돌아왔다. 순식간에 입 안이 버석해졌다. 저 여자가 능멸이라는 단어를 입에 담았을 때의 충격이 채 식기도 전에 그 이상의 얘기를 들었으니 말이다.

"실수라는 말은 교수님의 몫이 아닙니다. 그 말은, 의도치 않게 티가 묻은 제 자신을 위로할 수 있는 유일한 말입니다. 아시겠습니까. 부채감을 덜기 위해서 던지듯이 건넬 수 있는 말로는 적당치 못했습니다."

막힘없는 목소리, 조목조목 따지는 말의 마디를 멈출 수도 반박할 수도 없다. 유영은 그날의 치부를 발가벗기는 듯한 여자의 한 서린 눈을 마주보는 것이 어려워서 고개를 떨구었다. 할 수 있는 게 고작 그뿐이라서 초라했고 그런 스스로에게 짜증이 나던 차였다. 아래로 향한 시선이 운영의 하얀 운동화에 닿았다. 하늘이 돕는 것인지 여자의 운동화 끈이 타이밍도 절묘하게 풀려 있었다. 그 순간 떠오른 묘한 생각과 함께 저 혼자 웃던 유영은 그녀에게 한 걸음 더 다가섰다.

남자가 만들어내는 그림자 아래에 갇히는 순간 운영은 두려운 마음이 들어서 슬쩍 뒤로 물러섰다.

"가까이 오지 마십시오."

운동화 끈이 풀어진 줄도 모른 채 잔뜩 쏘아보는 여자의 모습이 무섭기는커녕 귀엽다는 생각이었다. 맥주 한 잔과 함께 조용히 쉬고 싶은 밤이었다. 그의 작은 바람과 달리 불꽃놀이를 하자는 학생들의 성화로 어쩔 수 없이 끌려 나왔다. 시끄럽고 어수선해서 뚱한 표정을 짓고 있던 차에 그의 흥미를 자극하는 유일한 여자가 눈에 띄었다. 그 순간 흐릿해진 눈에서 다시 빛이 돌았고 갑자기 몸을 일으키는 여자 때문에 덩달아서 반응했다. 그렇게 열 걸음씩 거리를 둔 채 여자의 뒤를 쫓았다. 단둘이 대화를 나눌 작정은 아니었다. 그저 어딜 가는지, 무엇을 하는지, 여자 혼자 걷는 길이 걱정되었을 뿐인데…… 그러니까 멀리서 지켜보기만 하자고 생각했는데 달빛 아래 앉은 여자의 맑은 얼굴을 보는 순간 입이 열렸다. 그건 월궁항아에게 홀려 버린 남자에겐 어쩔수 없는 일이었다. 그런 남자에게 문제는 오로지 하나, 월궁항아가 단단히 삐쳐 있다는 것.

"왜 이러십니까, 또!"

"끈이요."

"네?"

"끈!"

내뱉어진 외마디 말과 함께 운영은 흠칫 놀랐다. 갑자기 남자가 시야에서 사라진다 싶었는데 그녀의 발등에 무언가가 닿았다. 고개를 내려서 확인한 영상에 입이 벌어졌다. 그가 무릎을 꿇은 채 운동화 끈을 묶어주고 있었다.

"발길질은 하지 마요. 아무리 싫어도."

"제가 하겠습니다!"

그를 따라 주저앉은 운영은 벌레를 쫓듯이 유영의 손을 밀어냈다. 언제나처럼 여자의 거부는 그를 좀 더 자극해서 심술보를 터뜨린다.

"나는 운동화 끈도 묶어주면 안 됩니까?"

목소리가 나오지 않아서 운영은 고개만 위아래로 흔들었다.

"왜요? 싫은 사람이라서?"

받아치지 못했다. 그녀의 침묵은 딱히 이 사람을 정의하는 단어에 '싫다'라는 단어가 들어 있지 않았기 때문이다. 하지만 남자에게 그녀의 침묵은 무언의 동의가 되어버렸다.

"아아, 그러시군요. 그런데 어쩌나……. 나는 싫다고 하면 더 좋아하고 싶은데? 누가 나를 싫어하는 꼴은 자존심이 상해서 두고 볼 수가 없거든요."

운영은 여전히 고개를 가로저으면서 거부 의사를 전했다. 가까이 마주하고 있는 여자와의 신경전은 제법 재밌지만, 여유가 없었다. 내리깔린 어둠이 더욱 짙어졌다. 꽤 오랜 시간이 흘렀기에 이 이상 무리에서 떨어져 나와 있다가는 그녀가 곤란해질 것이 뻔했다. 유영은 운동화를 가리고 있는 운영의 손등을 찰싹 때렸다.

"손 치워요. 싫은 사람한테 손 잡히고 싶지 않으면."

"네?"

"그 손, 꽉 잡아버리기 전에…… 치우라는 얘깁니다. 정말로 잡히고 싶으면 못 이기는 척 그대로 있어도 상관없고."

말이 끝나자마자 얼른 여자의 손이 치워졌다. 피하는 몸짓이

유쾌한 것은 아니지만 그럼에도 웃음이 나온다. 그녀가 보여주는 행동 하나하나의 모든 이유를 모르지 않았다. 여자는 분명히 자신을 보고 있다. 매듭을 묶으면서 유영은 치밀어 오르는 감정을 삼켜냈다. 조금 더 천천히, 치밀하게 다가가기 위해서.

"홍운영으로 있어요."

"……."

"내 학생도, 비해당 궁녀도 아닌 홍운영으로…… 내 앞에서는."

그의 목소리를 따라서 고개를 내렸을 때에는 운동화 끈의 매듭이 예쁘게 매어져 있었다.

"그게 내가…… 그날, 당신 입술을 훔쳤던 이유고…… 후회하지 않는 확신입니다. 당신은 평범한 대학생, 홍운영으로 사는 게 훨씬 더 예쁘니까."

'예쁘다'라는 단어를 망설이지도 않고 뱉어낸 남자의 두 눈은 정말 예쁘게 휘어졌다. 첫날, 골목 모퉁이에서 몸이 부딪쳤던 그날처럼, 넋을 놓고 바라봤던 그 예쁜 보조개도 운영의 눈에 들어왔다. 이 남자가 아무래도 사과를 하는 것 같다. 지금 이렇게 마음이 풀어지면 그래서 저 남자를 또 상대하게 되면 그때는 어찌될지…… 생각하는 것조차 마음이 쓰린데…… 또 말을 붙인다. 잔망스럽게.

"성추행 교수라고 진정서라도 낼까 봐 겁이 나신 모양입니다."

여자의 뚱한 표정이 조금은 누그러진 마음을 보여주는 것 같아서 묘한 안도감이 들었다.

"겁이 나긴 했는데……."

"……."

"그건, 홍운영 양이 생각하는 그런 게 아니라, 조금 다른 이유입니다."

"다른 이유라면?"

"당신이 나를 정말로 싫어하게 돼서, 나하고 눈도 안 마주칠까봐…… 그건, 꽤 두려웠습니다. 지금 말을 섞고 있는 이 순간에도."

쑥스럽다는 듯이 웃으면서 머리를 헝클어뜨리는 유영의 모습에는 소년이 있었다. 타고난 배경 때문일까? 딱히 일부러 드러내는 것도 아니건만 숨기지 못하는 귀한 태가 난다. 아마도 저 남자는 애쓰지 않아도 많은 것을 가졌을 것이고, 아쉬움도, 두려움도 없는 생을 살았을 것이다. 지키려고 하지 않아도 빼앗긴 것이 없었을 인생이 그려진다.

서른셋 젊은 나이에 교수 자리에 오르고, 학계에서도 꽤 입지가 있다. 총리의 아들이라는 후광 아래에서 지금까지처럼 앞으로도 평탄한 인생을 쉬이 살아갈 테지. 아마도, 홍운영이라는 여자에 대해 보여주는 희한한 관심도 금세 시들해질 것이다. 그런데…… 저 부족한 것 없는 남자가 어미를 잃은 슬픔을 지워내질 못한다. 그래서 조금 딱하다는 마음이 드는 것은 어쩔 수가 없다. 그래서 조금 더 지켜보고자 하는 마음은 아주 편하게 연민이라 정했다.

그가 자신을 바라보는 그 시선 그대로.

딱 그만큼만.

소옥의 일행이 있는 곳으로 도착했을 때는 벌써 새벽 1시였다.
그와 함께 있으면서 그리 길다고 여기지 못했던 그 순간이 꽤 오
랜 시간이었다.

"홍! 이제 오느냐!"

"어? 어."

"어딜 갔다 오는 거야? 걱정 했잖…… 끄윽!"

풀린 눈으로 끅끅거리는 소옥은 어딘지 모르게 이상했다. 알
코올 냄새와 바닥에 나뒹구는 술병들로 보아 그녀의 상태를 짐작
하게 했다. 주변에는 이미 꽐라가 된 친구들이 서로 베고 누워서
키득거리고 있었다. 한쪽에서는 콜라와 맥주를 섞어 마시고 있었
고, 다른 쪽에서는 연신 토악질을 하고 있었다. 그게 꼴 보기 싫
어서 시선을 돌렸더니 냉장고 옆 으슥한 틈새에는 연인들의 밀회
가 이어지고 있었다. 그야말로 개판 난장이었다.

"아우, 냄새……."

"후우……."

일부러 바람을 후후 부는 소옥에게서 진한 술 냄새가 풍겨왔
다. 아예 작정하고 풀어지기로 마음먹은 그녀는 난생처음으로 소
주 한 병과 맥주 세 캔을 마신 상태였다. 현의 배려로 암행꾼이
붙지 않았기에 망정이지 이 모습을 들켰다가는…… 그 생각만으
로도 아찔해서 몸이 떨렸다. 운영은 정신을 못 차리고 또다시 맥
주 캔을 집어 드는 소옥의 손을 대신해서 맥주를 저 멀리 치웠다.

"줘!"

"그만 마셔. 지나치다고. 너 이러면 안 돼!"

"뭐가 안 돼! 내가 뭘 그렇게 잘못 했는데…… *끄윽*. 이까짓 거 좀 마신다고 세상이 망하기라도 한대! 어차피 궁에 돌아가면 다시 못 올…… 추억이라고."

소리치는 외침이 서글퍼서 그 말을 막을 수가 없었다. 끝내 맥주를 집어든 소옥은 옆자리 친구와 함께 캔을 쾅쾅 부딪쳤다. 이미 제정신이 아니었기에 손으로 흘러내리는 맥주에조차 웃음이 나오는 듯 깔깔대는 모양새에 운영은 한숨이 나왔다. 분명히 웃고 있음에도 소옥의 눈가가 젖어 있었으니 말이다.

동갑내기 다른 궁녀들을 통솔할 만큼 강단 있고 다부진 소옥은 사실 가장 마음이 여리다. 소옥의 어린 시절은 유복했다. 주식 상장을 할 만큼 건실하던 아버지의 사업이 망한 뒤로 그녀의 인생은 송두리째 뒤흔들렸다. 아버지는 빚쟁이를 피해서 거리를 전전하다가 다리에서 발을 헛디뎠고 그렇게 허무하게 세상을 등졌다. 심장병을 앓고 있던 어머니는 그 충격을 이기지 못했고 소옥과 남은 두 동생을 뒤로한 채 세상을 떴다.

그때가 열네 살, 아쉬움 없이 자라던 부잣집 딸은 세상에 던져졌고 소옥은 남은 두 동생을 지키기 위해 제 발로 비해당을 찾았다. 그 삶에 대해 엄청난 자부심을 가지고 있었지만, 그것은 제 스스로를 지키기 위한 방어기제에 불과했다. 저마다 하나씩 아픈 이유를 품은 비해당의 모든 궁녀가 그러했지만, 유달리 소옥은 평범한 이십대의 삶에 대한 갈망이 컸다.

"소옥아."

"너 그 눈빛 싫어. 그렇게 큰일 났다는 표정으로 보지 마. 술이 홀랑 깨서, 제정신이 돌아올 것 같으니까⋯⋯."

푸념처럼 쏟아내는 말끝에서 눈물이 흘렀다. 운영은 가만히 그녀의 눈물을 닦아냈다. 소옥의 등을 토닥이면서 그녀가 잠들 때까지 옆을 지키던 운영은 지친 몸을 벽에 기댔다. 바닥에 굴러 다니는 맥주 캔을 가만히 내려다보다가 집어 들었다. '칙!' 소리와 함께 쏟아지는 거품을 닦아내지 않은 채 그대로 입에 가져갔다. 그 언젠가 맛본 적 있던 복분자주의 달달함이 아니었다. 입 안에 톡 쏘는 씁쓰레함을 꿀떡 삼키는 순간 인상이 찌푸려졌다. 겨우 한 모금씩 삼키면서 주변을 돌아보는 시선이 한곳에 멈추어졌다. 산길을 내려온 흔적을 보여주는 흙 묻은 운동화였다. 순식간에 입술 위로 번져가는 열감의 이유를 분명히 알고 있음에도 자신을 속인다.

"술 때문이야."

괜히 뚱한 표정을 지으면서 입술을 문대던 운영은 어쩐지 변명을 하는 스스로가 우스워서 실없이 또 웃는다. 그리고 금세 쓸쓸한 낯빛으로 몸을 웅크렸다.

'진짜 겁이 나는 건⋯⋯.'

혼잣말로 읊조리는 생각이, 조금은 버거워서 잠시 멈춘다. 한 호흡 내쉬고 겨우 이어가는 마음의 소리. 그것은 유영에게 하고 싶은 말.

"뺏기는 것입니다."

가만히 눈을 감는다.

"마음을요."

차마 그의 눈을 보면서 할 수 없는 이야기가 조용히 뱉어지는 순간이었다. 눈꺼풀이 다시 움직이는 힘에 의지해서 고였던 눈물방울도 또르르 뺨을 타고 흘러내렸다. 손등에 떨어진 눈물을 닦아내기 위해서 뻗은 손가락 위로 또다시 눈물방울이 떨어져 내렸다. 손가락에 맺힌 그것은 김유영의 이름 석 자를 또렷이 기억하기 위해서 잠 못 들었던, 그날의 먹물 방울을 떠올리게 했다. 그래서 닦아내지도 못한 채 멍하니 이를 바라보는 여자의 눈시울은 더욱 붉어졌다.

"대군! 대군!"

날이 선 목소리의 주인공은 홍 내관이었다. 그답지 않은 허둥댐에 나인들이 고개를 갸웃거렸다. 신문을 들고 서재 안으로 뛰어 들어온 홍 내관의 표정은 잠시 펴질 사이도 없이 더욱 구겨졌다. 그의 다급함과 달리 현은 편안히 소파 위에 누워서 나른한 숨을 내쉬고 있었으니 말이다. 급한 마음대로 행동했다면 현의 얼굴을 덮고 있는 책을 당장에라도 집어치웠을 터였다.

"대군!"

"거, 참…… 엄청 시끄럽네."

한 번 더 날카로운 외침을 들은 뒤에야 현은 얼굴을 가린 책을 슬쩍 치웠다. 그마저도 눈만 빠끔히 내놓은 상태였지만 얼마 지나지 않아서 제 스스로 몸을 일으켰다. 홍 내관의 표정이 질려 있는 것으로 보아 심상치 않은 일이 분명했다. 분명 왕실과 관련한 일일 테지.

"뭔데? 전하와 관련한 일이야?"

홍 내관은 입을 꾹 다문 채 신문을 내밀었다. '아니다'라는 답이 나오기를 기대하면서 건넨 물음이었는데 역시나……. 현은 벌써 피로감이 몰려왔다. 운영이 타 주는 차 한 잔이 마시고 싶었지만, 그녀가 궐을 비웠고 그것이 묘하게 심심하고 아쉬웠다. 무료한 시간을 때우기 위해서 읽히지도 않는 책을 읽었다. 그런데 아무래도 집중할 수가 없어서 낮잠이나 청하려고 했던 차였다.

"이게……."

손에 들린 신문 때문에 기분이 싸해졌다. 오늘 하루가 쉽지 않을 것 같다는 예감이 부디 틀리기를 바라면서 자세를 바로 했다. 기사를 확인하는 눈동자가 점점 커지는가 싶더니 빠르게 흔들렸다. 그의 시선을 좇는 홍 내관의 눈빛도 초조했다.

"미친 거지! 이따위 것을 기사라고!"

그의 분노와 함께 신문들이 바닥으로 내팽개쳐졌다. 흩날리는 종잇장 한가운데에 서 있는 남자의 표정이 하얗게 질렸다. 오늘자 조간신문의 헤드라인에는 어젯밤 있었던 종친회에서 벌어진 일이 실려 있었다.

- 오줌싸개 국왕…… 세기의 망신

- 겁에 질린 국왕, 실례를 범하다

- 으아앙. 숙부님이 무서워요

차마 입에 담을 수 없을 만큼 모욕적인 기사들이었다. 선대왕인 한종이 서른여덟의 나이에 승하한 이후 왕세손이었던 이결이 그 왕위를 이어받았다. 적자 계승 원칙의 정통성을 따른 것이었지만 유일한 적자가 초등학생이라는 것이 큰 문제였다. 나이 어린 국왕의 즉위를 못마땅해하는 세력이 들끓었고 이에 대한 국민들의 여론도 좋지 않았다. 하지만 현은 현행 국무총리 김종대와 함께 선대왕인 한종의 유지를 받들었고 그들은 성삼혁의 부친인 법무장관과 함께 세손 이결을 왕위에 올렸다.

"상황이 심각하게 돌아가고 있습니다."

바닥에 떨어진 신문들 사이로 선명하게 보이는 헤드라인에 또다시 현기증이 이는 것처럼 아찔해졌다. 순간 휘청거리는 몸을 버티기 위해서 탁자를 짚은 손에 힘을 주었다. 손가락 마디 하나하나가 하얗게 핏기를 잃었다.

"전하는 알고 계신가?"

"아직 모르고 계십니다."

"알게 해선 안 돼."

"막을 수는 없습니다."

말 그대로 미성년자, 완전히 성숙하지 못한 여린 국왕이 받을 상처를 생각하면 목구멍이 타들어 가는 것처럼 갑갑하다. 머리도 마음도 전부 다 갑갑해서 넥타이부터 풀어헤쳤다.

"총리실의 움직임은?"

"총리께서는 아직 해외 순방 일정이 남아 있으셔서 내일모레나 도착하신답니다."

"내 편이 하나도 없어. 제길……."

현은 휘청거리는 걸음을 옮겨서 의자에 앉았다. 사건의 배후를 찾고, 이 상황을 모면하기 위한 해결책을 마련해야 했다. 그의 영민한 머리가 바쁘게 돌아갔다. 세상에서 가장 여유롭던 왕자가 실상은 가장 치열한 전투를 벌이고 있음을 아는 이는 홍 내관뿐이었다.

"포탈은?"

"인터넷 기사가 유포되지 않도록 관련 키워드를 차단하고 있지만 이미 퍼질 대로 퍼져서 쉽지 않은 상황입니다. 누군가 계획적으로 일을 벌인 것 같습니다."

"그럴 테지. 종친회 모임에서 발생한 일을 퍼뜨릴 자는…… 뻔하니까."

'형님이야.'

맞닿은 문제의 실체에 눈앞이 아득해지는 느낌이었다. 긴 한숨과 함께 피곤한 눈을 감았다. 왕가의 후손, 그것도 국왕의 막내아들이란 타이틀은 최고의 금수저였다. 머리 아픈 제왕학을 배우면서 방에 틀어박혀 있는 큰형을 약 올리는 재미도 쏠쏠했다. 사람들이 으레 왕이 되고 싶지 않더냐고 물었을 때 그는 도리어 '왜?'라고 되물었다. 왕위에 욕심내지 않는 왕자의 삶이 좋았고 그 한량과도 같은 생활은 꽤나 즐거웠다. 그런데 형님이 떠났다. 그것도 너무 일찍 세상을 뜨는 바람에 모든 것이 엉망진 창이 되었다. 현의 주군은 이제 고작 열두 살의 어린 아이였다. 그 역시 미숙한 조카의 즉위를 처음부터 찬성한 것은 아니었다. 하지만 눈을 감는 그 순간까지도 자신의 어린 아들만을 생각하 며 안위를 부탁하던 형님의 뜻을 거역할 수는 없었다. 마지막 날 고요하게 감긴 형의 눈에 맺힌 눈물이 떠오르는 순간 눈앞이 핑 글 돌고 이가 갈렸다.

지난밤.

종친회에서는 왕실의 친인척들이 모두 한자리에 모였었다. 물 론 그 자리에는 숙향대군도 함께였다. 가례를 치렀지만 아직 나 이 어린 임금 내외의 후사 문제가 거론되었다. 시기에 맞지 않는 얘기를 처음 시작한 것은 숙향이었다. 그는 국왕에게 중전의 치 마폭 한 번 들춰보지 못했냐면서 어린 조카를 수치스럽게 만드는 것을 시작으로 끊임없이 제 조카를 다그쳤다. 이결은 안 그래도 자신을 눈엣가시처럼 여기는 숙향을 무서워했는데 어제는 그 정 도가 좀 더 심각했다. 결국 겁에 질린 국왕은 앉은 자리에서 오 줌을 싸는 실례를 범하게 되었고 모두의 웃음거리가 되고 말았 다.

"어찌하실 생각입니까. 대군께서 전면에 나서는 것은 도리어 전하께 해가 될 수 있습니다."

"뒷방에 물러나 있는 것을 곱게 봐줄 위인도 아니지. 내 형님 께서는……."

머리가 지끈거렸다. 종친회에서 벌어진 모든 일을 발설하는 것은 금기였다. 그 사실이 유포되어 기사화되었다는 것은 왕권에 도전하는 세력의 움직임이 본격화되었다는 뜻이었다. 일종의 선전포고와 다름없었다.

"대군, 박평훈 기자님이십니다."

"어. 나야."

[상황이 좋지 않아.]

"알고 있어. 그래서 가능한 방법은?"

[지금 상황에서는 전하의 개인 신변을 위협하는 세력이 존재하고 있다는 쪽으로 시선을 끄는 게 방법인 것 같아. 저쪽에서 쏟아내는 만큼 같이 덮는 거지. 어쨌든 종친회의 기밀 누설 혐의는 저들에게도 아킬레스건이잖아.]

"또, 동정론…… 매번 그 방법뿐인가? 지긋지긋하네."

[내키는 방법은 아니야. 하지만 나이 어린 전하를 지키기 위한 마스터키니까.]

"그게 마음에 안 들어. 내 조카님은 언제쯤 어른이 되시려나."

[숙향대군께서 작정을 한 모양이야. 이번에는 던진 먹이가 꽤 세네.]

"그러게. 물지 않고는 지나칠 수 없을 정도로."

[물어도 되나?]

"이미 물었어. 그러니까, 부탁한다."

통화를 마친 뒤에도 현은 한참을 그대로 수화기를 들고 있었다. 멈추지 않는 손의 떨림은 그의 휘둘리는 마음을 보여주었다. 왕실의 혈통이 유지되고 있는 한 왕좌를 가지려는 게임은 끝나지 않는다. 보이지 않는 칼날이 서로를 겨누고 피가 튀기는 와중에 가까스로 지킨 왕관을 조카에게 주었다. 그것으로 끝이면 좋았을 텐데 어린 조카는 모르는 것이 많아 손이 많이 간다. 허수아비 국왕을 내세워서 권력욕을 채우겠다는 생각은 단 한 번도 없었다. 그저, 형님의 바람대로 어린 조카가 세상을 바로 볼 수 있을 때까지 조용히 지켜주는 것, 그림자처럼 뒤를 지키는 것이 현의 몫이었다. 그런데 숙향은 그조차도 못마땅해한다. 감히, 왕을 건드리는 이유는 분명하다. 한 발 뒤로 물러서서 나서지 않는 현을 수면 위로 끌어내기 위함이었다.

'이제…… 속이 후련하십니까…….'

비릿한 미소가 지어진 입술이 비틀렸다. 감정이 읽히지 않는 눈동자에 퍼진 찬 기운은 쓸쓸함이었다.

지금 이 순간, 제 동생을 몰아붙이는 숙향은 아주 느긋하게 이 상황을 즐기고 있었다.

"상황이 어찌 돌아가더냐?"

"예상외로 큰 반응이 모였습니다. 여기저기 시끄럽지 않은 곳이 없습니다."

"작은 불씨 하나에…… 불나방들처럼 모여드는 꼴이 가관이야. 그러니 불구경하는 맛이 쏠쏠하지."

유독 얼굴에 살이 없어서 선이 날카로운 숙향의 얼굴에 야비한 미소가 걸렸다. 하지만 그 만족스러운 웃음은 오래가지 못했다.

"안형대군이 움직이기 시작했습니다. 생각보다 반응이 빠릅니다."

"그럴 테지. 그 자식 뒤에 선 수많은 이들이…… 저절로 납작 엎드려 공을 바칠 테니까."

"박평훈 기자의 기사들이 올라오기 시작하면서부터 국왕에 대한 동정론이 퍼지고 있습니다. 도리어 종친회의 금기를 어긴 자의 배후에 대해서도 시선이 모이고 있습니다."

"내가 작정하고 벌인 일을 반나절도 안 되어 뒤집는다…… 하하. 하여튼 마음에 안 드는 녀석이야. 내 동생이란 놈은…… 제길."

숙향의 입매가 비틀렸다. 안형대군 이현의 형이자 선왕 한종의 동생인 그는 남해대왕의 둘째 아들이다. 다정다감하고 섬세한 성격의 이현이 문예에 출중한 능력을 보였다면 숙향은 무예에 두각을 나타냈다. 즉흥적인 데다가 다혈질이지만 의리가 있고 호탕한 성품인 탓에 그를 따르는 무인 세력이 많았다. 그가 종친회를 야합하여 불법적으로 거느리고 있는 사병의 수는 가히 짐작조차 할 수 없었다. 그 때문에 국무총리 김종대는 그를 눈엣가시로 여기고 있었고 끊임없이 왕족의 사병 철폐를 공론화시키고 있었다.

"이번 일은 여기서 멈추시는 것이 좋을 듯싶습니다."

"어차피 간만 보려고 했던 일이야. 그 자식 때문에 멈추는 게 아니라고!"

날이 선 시선의 불쾌함을 눈치챈 비서는 얼른 입을 닫았다. 숙향은 그야말로 짜증이 났다. 물론 그의 비뚤어짐에도 나름의 이유는 있었다. 절대 왕정의 중세시대, 곧 조선의 시대가 끝났다. 근대 이후 입헌군주제가 실시되면서 일각에서는 겨우 이씨 왕조의 명맥이 유지되었다고 안도했지만 숙향은 코웃음을 쳤다. 반토막이 난 왕권은 몹시도 불쾌하고 치욕적이었으니까. 한종의 승하 이후 종친회에서 후대 왕으로 추존한 섯은 사실상 숙향이었다. '어린이' 꼬리표가 붙은 왕이 즉위한다는 것은 곧 합리적인 공무 수행이 불가능하다는 것을 뜻했다. 입헌군주제인 나라에서 그것은 곧 총리에게 모든 권력이 집중되는 것을 의미했다. 그럼에도 이현을 필두로 한 김종대의 세력 및 집권 여당은 선대왕의 유지를 받든다는 허울 좋은 명분을 내세웠다. 왕위의 정통성을 공론화시키는 데 힘을 실은 것은 박평훈이었고 여론이 돌아섰다. 그 결과 숙향은 어린 조카의 왕좌를 탐내는 파렴치하고 극악무도한 삼촌이 되었다. 왕자의 신분으로도 앞장서서 국방의 의무를 다했던 숙향이었다. 호쾌한 기상으로 사랑받던 둘째 왕자는 한순간에 미운오리가 되어 국민들의 손가락질을 받게 되었다. 그렇게 숙향은 삐딱선호에 제 발로 몸을 실은 채 거친 풍랑 속으로 자신을 내던졌다.

"정양호는 내 선물을 마음에 들어 하던가?"

"충분한 답이 되었다고 전해왔습니다."

알 듯 말 듯한 미소를 짓던 숙향은 새장 안에서 작은 구관조를 꺼냈다. 어린 새를 쓰다듬는 부드러운 손길과 대조되는 섬뜩한 미소였다. 정양호는 소해궁 정씨의 아버지, 곧 안형대군의 장인이었다. 그는 야당의 대표로서 김종대에게 패하여 총리 당선에 미끄러진 이후 칼을 갈고 있었다. 정치적인 행보에서 뚜렷한 차이를 보이는 탓에 사위인 안형대군과의 사이가 좋지 않았다.

"정양호는 마음을 놓을 상대가 아닙니다."

"알아. 하지만 그만한 낚시감도 없지. 언제나 녀석이 덥석 물어오니까."

"안형대군의 심사를 긁기 위한 선택으로는 무모합니다. 대군께서 잃는 것이 더 많을 수 있습니다. 석궁 사건의 치욕을 잊으셨습니까. 그는 안개처럼 조용히 목을 틀어올 것입니다."

"잠시…… 함께 노를 저을 뿐이야. 배가 항구에 다다르면…… 그대로 밀어버리면 돼. 귀찮은 늙은이는 거기까지야."

사실상 정양호와 숙향의 관계는 양날의 검과 같았다. 정치적인 이해관계를 위해서 현이 소해궁과의 혼담을 받아들였을 때 이에 가장 불쾌함을 표했던 것은 숙향이었다. 조선 후기 세도가의 후손인 정양호는 왕족을 섬기지 않으려 했고 불손한 태도를 보여 왔으니 말이다. 그럼에도 숙향이 정양호에게 우호적인 태도를 보이는 척하는 이유는 간단하다. 그것은 현의 심사를 뒤틀리게 하여 그를 수면 위로 끌어올리는 것이었다. 숙향은 제 손 위에서 놀던 새를 창밖으로 날려 보냈다. 옆에 서 있던 비서진의 놀란 기색에도 아랑곳하지 않았다. 그 새는 숙향이 특별히 아끼고 정을 주던 존재였다. 어린 시절 현이 그에게 선물로 주었던 어미 새의 자식이었다. 새장 안에만 갇혀 있던 새는 갑자기 나온 세상에서 쉽게 살아갈 수 없을 것이다.

"대군, 그 새는……."

"아마, 죽을 테지. 그러니……"

숙향은 비릿한 미소와 함께 하늘을 바라봤다. 어린 날개의 퍼덕임과 갈 곳을 모르는 허둥댐을 바라보면서 숙향의 눈이 붉어졌다.

"나를 택했어야지. 현아…… "

죽은 어미 새도, 그의 어린 분신도 전부 날려 보내는 숙향의 눈빛이 처연하게 빛났다. 그 검은 눈의 심연에 담긴 상처는 지독한 상실감 그리고 그만큼의 외로움이었다.

"하암……"

소옥은 기지개를 켜면서 늘어지게 하품을 했다. 그녀의 옆에서 운영도 부은 눈을 연신 꾹꾹 찍어 눌렀다.

"홍. 너한테 하품 옮았잖아."

"나한테?"

"그래, 원래 하품은 전염성이 있다잖아. 네가 옆에서 종일 하품을 해대니…… 하암……. 이것 봐!"

소옥이 볼멘소리를 하는 와중에도 운영은 또 나른해졌다. 또다시 제 입에서 터져 나오는 하품이 민망해서 얼른 입을 틀어막았다.

"너 왜 그렇게 잠을 못 자?"

그러고 보니 답사가 시작된 이후 제대로 잠을 자본 기억이 없었다. 하루에도 몇 번씩 차를 타고 이동하는 빠듯한 답사 일정은 분명히 피로했다. 숙소에 도착하면 모두 떡실신이 된 와중에도 운영은 저 혼자 잠들지 못했다. 끊어내고 싶은 생각이 끊이지 않았으니까. 그녀의 마음은 답사 첫날밤, 정자 그늘 아래에 머물렀던 그 시간에 멈추어져 있었다.

"어제도 그래. 제일 먼저 잔다고 눕더니, 새벽에 혼자 깨어 있었지?"

"봤어?"

"응. 자다 깼는데 창문 앞에서 누가 허연 옷을 입고 서 있는 거야. 보지 말아야 할 걸 봤나 싶어서 얼마나 놀랐다고. 숨 막혔어. 그런데 너잖아."

소옥은 연신 과자를 씹어 삼키면서 조잘거렸다. 그녀의 손끝에서 투두둑 떨어져 내리는 과자 부스러기를 바라보면서 운영은 조금 심란해졌다. 발아래 놓여 있는 봉투를 보는 순간 더욱 미간이 좁혀졌다. 빈 과자 껍질이 담긴 봉지는 이미 꽉 차 있었다. 빵차서 축구를 해도 될 만큼 빵빵해진 쓰레기 봉지는 전부 소옥의 짓이었다. 그녀는 궐을 떠나 있는 3박 4일 동안 되는 대로 전부먹어치우겠다는 다짐에 지극히 충실했다. 뭐라고 말리고 싶었으나 그런다고 말을 들을 소옥도 아니었기에 운영은 잠자코 그녀의 작은 일탈을 지켜봐야 했다.

"말해 봐. 왜 잠을 못 자는 거야? 혼자 청승 떨고."

운영은 또 말없이 겨우 입꼬리만 움직였다.

"소풍 다니는 기분이라서 그런가? 나랑 다니니까 좋지?"

청포도 사탕 하나를 건네받은 운영은 입 안으로 작은 조각을 집어넣었다.

"응. 좋아……."

혀끝으로 번져 나가는 단맛의 여운에 옅은 미소가 지어졌다. 차창에 머리를 기댄 채 가만히 눈을 감았다. 그러곤 제 안에서 나오는 소리에 귀를 기울였다. 애쓰지 않아도 쉽게 들리는 그 소리는…… 두근두근.

'시끄럽네. 조용해져야 할 텐데…….'

들뜬 마음의 소리는 새떼처럼 떠들어대는 친구들의 목소리보다도 더욱 크게 들렸다. 그렇게 바라고 기다리던 답사였는데, 머릿속에 남는 풍경은 정작 몇 개 없다. 그도 그럴 것이 갖은 힘을 다해서 유영과 거리를 두고자 하는 데 온 신경이 집중되어 있었기에 주변을 돌아볼 여유가 없었다. 그녀의 노력을 보란 듯이 무시하는 남자가 일부러 자신의 테이블에 앉으면 입에 맞지 않는 음식을 입에 욱여넣으면서 시선을 피하고 말을 섞지 않았다. 시선이 닿으면 고개를 내렸고 어쩔 수 없이 마주칠 타이밍이면 돌아서서 뛰어갔다. 그렇게 꾸역꾸역 시간을 보내고 나니 어느새 답사 마지막 날이었다. 차창 너머의 봄 풍경을 눈에 담으면서 마음을 추스르는 사이 혼불 문학관에 차가 도착했다. 이 시간만 버티면 모든 것이 끝이라는 생각에 운영은 크게 숨을 들이쉬었다.

"아, 좀 빨리해!"

"기다려 봐."

소옥의 재촉에도 불구하고 운영은 더디게 움직였다. 잘 묶여 있는 운동화 끈을 풀어서 다시 묶고 또 묶었다.

"잘 묶여 있잖아!"

"풀릴까 봐 그래. 갑자기."

"그럼 그때 묶어!"

"그땐…… 이미 늦는단 말이야."

"나야말로 늦었거든. 네가 꾸물거리는 바람에!"

"미안 미안!"

그렇게 일부러 시간을 지체하면서 유영이 먼저 차에서 내린 것을 확인한 뒤에야 운영은 천천히 차를 빠져나왔다. 목 언저리에서 흩날리는 머리를 묶는 자연스러운 동작과 함께 눈으로는 유영을 찾았다. 여기저기 뿌려지던 시선이 한곳에 멈추는 순간 운영은 마른침을 삼키면서 머리끈을 잡아 당겼다. 편안한 셔츠와 면바지가 잘 어울리는 남자는 여유로운 미소와 함께 학생들과 담소를 주고받고 있었다. 운영은 유영이 서 있는 곳을 피해서 반대쪽으로 돌아섰다. 그것이 눈으로 그를 찾은 이유였다.

"홍! 전시관 저쪽이야! 왜 거기로 가!"

유달리 큰 소옥의 외침은 운영의 존재감을 여실히 드러냈다.

"나, 나는 이쪽부터 볼게."

"너 육필 원고 보고 싶어 했잖아. 거긴 꽃심관이라니까?"

"괜찮아."

"괜찮긴 뭐가 괜찮아? 너 또 얼굴 왜 그래?"

"속이 좀 울렁거려. 멀미했나 봐……. 나 조용히 앉아 있고 싶은데."

"그래도 오늘 마지막인데…… 같이 다니면 안 돼?"

섭섭해진 소옥은 입을 삐죽였다. 그 와중에도 운영은 유영이 더욱 신경 쓰였다. 조심스럽게 고개를 돌려서 힐끗거리던 눈이 커졌다. 그가 없었다. 방금 전까지 서 있던 남자가 어찌 된 일인지 흔적조차 없이 사라졌다. 다행이라고 생각해야 하는 데 뭔가 힘이 쭈욱 빠졌다.

"어서 다녀오세요, 항아님."

"여기서까지 항아님 소리 하지 마!"

"알았어. 알았으니까 얼른 가. 시간 없다며! 빨리!"

뻔한 거짓말이 들킬세라 운영은 연신 소옥에게 손을 흔들었다. 소옥이 시야에서 사라지고 난 뒤에야 운영은 바쁘게 걸음을 옮겼다. 문득 쫓아오는 이가 있을까 싶어서 뒤를 돌았지만 아무도 없었다. 왠지 모르게 그의 행방이 궁금하다는 생각에 실없는 웃음이 나왔다.

'뭘 기대하는 거니.'

모두가 향하는 걸음과 반대로 걸은 탓에 꽃심관으로 이어진 길에는 사람이 없었다. 오롯이 혼자라는 것을 깨달은 뒤 바쁜 걸음이 느려졌고 덕분에 주변의 풍경을 눈에 담을 수 있었다. 누마루에 앉은 운영은 손바닥으로 떨어지는 꽃잎을 받아 냈다. 꽃과 나무는 수성궁에서도 질리도록 보고 자랐지만, 오늘 마주한 풍경은 여느 때와 달랐다. 그것은 아마도 궁녀가 아닌 평범한 대학생으로서 느끼는 해방감 덕분일지도 몰랐다. 무심코 발아래로 떨어진 시선이 운동화에 닿는 순간 발등에도 심장이 달린 것처럼 두근거리는 느낌이었다. 그것이 몹시도 잔망스러워서 세차게 고개를 젓는 바람에 머리끈이 튕겨 나갔고 느슨하게 묶여 있던 머리가 풀어헤쳐졌다.

"잊어버리면 안 되는데……."

지난번 사가에 나갔을 때 여동생이 직접 만들어준 머리끈이었다. 잃어버리고 싶지 않은 소중한 물건이었다. 바닥에 떨어진 머리끈을 찾기 위해 여기저기 시선을 던졌다. 때문에 누군가가 가까이 다가서 있는 것도 눈치채지 못했다.

"어디 있는 거야……."

방향을 잡지 못하고 허둥대던 시선이 한곳에 멈추어졌고 조금씩 눈이 커졌다. 남자의 신발이 눈에 들어 왔다. 그것은 이 자리에 누군가 함께한다는 사실을 뜻했다. 운영은 어떤 예감에 고개를 들 수 없었다.

"이거 찾아요?"

'아, 역시…….'

그다. 김유영, 그의 목소리 때문에 운영은 눈을 질끈 감았다. 쭈그려 앉아 있는 모양새가 이상할 것이라고 생각하면서도 몸이 움직이지 않는다.

"아닌가?"

대답할 수가 없어서 눈만 굴리는 스스로가 싫었지만 딱히 할 수 있는 게 없었다. 저 남자만 만나면 시간이 정지된 느낌이다. 호흡도 엉킨 생각도 모든 것이 멈춘다.

"아, 홍운영 양이 찾는 게 이건 아닌 모양이네……. 그럼 버려야겠다."

그가 손에 쥔 물건을 담 너머로 집어 던지려는 동작을 취하는 순간이었다.

"제 것입니다!"

자리에서 벌떡 일어난 운영이 다급하게 소리쳤다.

유영은 그제야 제 시선 속에 여자를 가둘 수 있었다. 답사 첫날 이후 보란 듯이 꼭꼭 숨어서 피하는 여자가 야속했다. 붙잡아서 흔들고, 벽에 몰아붙이고, 팔 안에 가두어서 억지로 눈을 맞추고 싶다는 생각이 들 때마다 맥주 한 잔으로 쓰린 속을 달랬던 차였다. 그랬는데……. 그렇게 보고 싶었는데……. 유영은 손을 뻗은 채 거리를 유지하고 서 있는 여자의 경계 태세 때문에 쓴웃음이 나왔다. 그녀가 만들어내는 거리감이 마음에 들지 않아서 조금 더 가까이 다가서자 역시나 뒤로 물러선다. 그날 밤과 유사한 상황이었지만 유영에게는 불리했다. 여자가 작정하여 소리치고, 도망칠 공간이 너무 많았다. 물론 그녀가 그럴 수 있을지 미지수였지만. 유영은 그녀에게 다가서던 걸음을 돌려서 누마루에 앉았다.

"여기, 참 조용하네."

뻗은 손을 보란 듯이 무시하는 남자 때문에 운영은 이를 꽉 깨물었다. 운영은 되도록 이 상황을 길게 끌고 싶지 않았다. 때문에 쉽지 않은 선택을 했다. 아예 제 스스로 그의 옆에 앉았다. 그를 쳐다보는 눈에 힘을 꽉 주고, 다시 손을 뻗었다.

"이 저돌적인 손짓의 의미는 뭐지?"

"앉으면…… 줄게요. 그런 말은…… 하지 마십시오."

"와, 장족의 발전이네."

"주십시오."

"그런데 어쩌나? 난, 내 옆에 앉아도 딱히 줄 생각이 없었는데?"

유영은 검지에 끼운 머리끈을 신경 사납게 휘휘 돌렸다. 머리끈에 고정된 그녀의 시선이 그의 움직임에 따라 같이 흔들렸다. 저도 모르게 따라붙었던 시선이 민망했던지 운영은 얼른 눈을 깜박였다.

"교수님!"

"주십시오. 그렇게 사극 대사 읽듯이 말하지 말고, '주세요'라고 상냥하게 말하면 내 마음이 동할지도?"

그가 얄밉게 웃었다. 운영은 마음에 안 드는 마음을 잔뜩 담아서 볼에 바람을 넣었다. 차라리 말하지 말자고 다짐하면서 입을 꾹 다문 뒤 다시 손을 뻗었다. 그녀는 모른다. 여자의 뾰로통해진 얼굴이 보고 싶어서 놀리고 싶다는 것을, 한껏 펼쳐진 작은 손바닥이 미치도록 자극적이라는 것을 말이다.

"왜 그렇게 뚱해요? 삐쳤나?"

대꾸하고 싶었지만 또 참았다. 운영은 콧바람을 숭숭 내뿜으면서 다문 입에 꼬옥 힘을 주었다.

"아하! 알았다."

유영이 느닷없이 손가락을 튕기면서 웃는 통에 운영은 긴장감으로 몸이 뻣뻣해졌다.

"홍운영 양의 마음을."

"그게 무슨?"

결국 참지 못하고 입이 열렸다. 유영은 왠지 모르게 의기양양한 표정을 지으면서 어깨를 으쓱했다.

"뭐, 머리끈은 핑계고 사실은 내 옆에 앉고 싶었다든가? 내심 내가 이곳에 올지도 모른다고 기대했다든가? 지금도 내가 이 손을 잡을지도 모른다는 생각에 무척 부끄럽다든가? 뭐, 그런 마음?"

내밀어진 손을 내려다보는 유영이 싱글거리는 순간 운영은 얼른 제 손을 거두어 들였다.

"그러니까…… 같았던 건가?"

딱히 뒷말을 듣고 싶지 않았다. 무엇을 들어도 속이 헤집어질 테니까.

"나와?"

역시나, 모든 것을 알고 있다는 듯이, 그런데도 모른 척하겠다는 듯이 은근슬쩍 떠본다.

"아, 그 얼굴 싫은데. 그렇게 무서운 표정을 짓는 것 보니, 아닌가?"

잔뜩 뒤흔들어 놓고서 정작 저는 아무 일도 없었다는 것처럼 여유만만하다. 그렇게 한 번씩 속을 헤집으면 얼마나 마음이 뒤숭숭한지 아무것도 모르면서 예쁘게도 웃는다. 속상하게. 그래서 운영은 다짐했다. 저 남자에게 더는 아무것도 들키지 않겠다고 생각을 분명히 했다. 설령 지금까지 들킨 모든 것도 전부 아니라고 부정할 작정이었다.

"교수님."

"네, 홍운영 양."

"장난은 그만두시라…… 제가 그리 말씀드렸습니다."

머리끈을 휘휘 돌리던 유영의 손가락질이 멈추었다. 유영은 금세 표정이 굳은 여자의 얼굴을 마주 보면서 마른침을 삼켰다. 어느 틈에 여자는 수성궁에서나 어울릴 법한 단정한 얼굴로 자신을 바라보고 있었다. 마침 불어오는 바람에 흩날리는 긴 머리칼이 뒤로 넘어가면서 선이 고운 얼굴이 드러났다. 그 얼굴이 무척 예쁘다고 느끼기에는 노려보는 시선이 너무 차가워서 가슴이 쓰리다. 유영은 결국 여기서 멈춰야 함을 깨달았다. 저 단단한 여자를 이 이상 몰아붙였다가는 그녀는 분명히 아예 등을 돌린 채 철저하게 그를 무시할 터였다. 저도 흔들리는 주제에 그 마음을 전부 모른 척하고 싸그리 밟아서 삼켜 버리리라는 것을 잘 안다. 유영은 하는 수 없이 머리끈을 바닥에 내려놨다. 손가락으로 바닥을 툭툭 치면서 여자의 주의를 끄는 제 모양새가 한심했지만 다른 도리가 없었다.

"자요. 여기……."

제 물건을 낚아채듯이 가져가는 모습에 입이 떫어진다. 아무래도 운영은 그의 생각보다 훨씬 더…… 이 모든 상황에 겁이 나는 모양이었다. 아마도 그런 마음을 만들어낸 것은 제 자신의 조급한 행동이었을 거라 생각했다. 그래서 조금은 가벼운 행동으로 여자의 시름을 덜어주고 싶었다.

"너무 경계한다. 속상하게."

문득 고개를 돌려서 남자를 바라보는 순간 운영은 제 눈을 의심했다. 유영은 투덜거리면서 잔뜩 입을 내밀고 있었다. 처음 보는 그 뾰로통함이 재밌어서 순간 터질 뻔한 웃음을 겨우 참았다.

"아무리 싫어도 명색이 교수님인데 말이죠. 안 그렇습니까? 홍운영 양?"

"……."

"가만, 그러고 보니…… 나한테 잘 보여야 하지 않나? 학점 생각 안 해요? 도대체 무슨 생각으로 내 심술보를 자극할까?"

순간 바싹 긴장이 되었다. 혹시 정말 학점으로 복수라도 한다면? 절대 '을'인 그녀는 불리한 게 너무 많았다. 수성궁의 지원으로 학업을 지속하기 위해서는 학점 4.0/4.5를 유지해야 했다. 운영은 그제야 제 처지를 실감하고 애가 탔다.

"D라도 주실 생각입니까."

"아니지."

"그럼?"

"D는 재수강이 안 되잖아."

근심이 가득한 눈빛의 여자와 달리 유영은 편안하게 웃었다.

"그럼 내가…… 다시 볼 수가 없잖아."

"……."

"보고 싶어도."

뭐가 이렇게 직설적인지. 부드러운 미소를 가르고 나온 목소리가 봄바람에 실려서 잔잔히 퍼져갔다. 운영은 화끈거리는 목 언저리를 손으로 쓸어내렸다. 봄볕의 따사로움 때문인지 손바닥 아래로 땀이 배어났다. 그게 너무 창피해서 얼른 바지에 축축한 손바닥을 닦아냈다.

"좋네요."

지난번에도 같은 패턴으로 당한 터였다. 운영은 심드렁하게 웃으면서 발을 까닥였다.

"날씨 말씀이십니까."

"아니요."

까닥이던 움직임이 멈추고 옆자리의 남자를 물끄러미 올려다봤다. 그 순간의 타이밍에 기가 막히게 들어선 남자가 생글거렸다.

"옆에 있는 여자."

하마터면 그를 따라서 웃을 뻔한 순간이었다. 이 남자는 이렇게 방심하고 잠깐 틈을 보이면 망설이지 않고 파고든다. 기다렸다는 듯이. 그래서, 어지러운 속마음을 끝내 내뱉게 한다. 다행히도 절묘하게 입술이 굳었다.

"저는 그런 여인이 아닙니다."

가라앉은 목소리의 기운이 심상치 않았다. 유영은 느슨하게 풀어졌던 몸을 바로 했다.

"잠시 잠깐의 호기심으로 불러 세우고, 안부를 물으면서 눈을 맞추고, 다가올 미래를 기대하게 하는 말들로 가볍게 마음을 훔칠 수 있는…… 그런 상대가 아닙니다."

"……"

"봄날의 사랑 놀음 상대를 찾고자 하셨는데 그 시선 끝에서 저를 발견하셨다면…… 그것이 진짜 교수님의 실수입니다."

"왜? 당신이 비해당 궁녀라서?"

"아뇨."

운영은 어둔 마음속에서 반짝이는 빛을 찾아 들어간다. 그리고 그 끝에서 마주한 꽃이 여전함을 기억하며 눈앞의 남자에게 모든 것을 드러낼 준비를 끝냈다.

"제 안에 꽃이 피어 있습니다."

뜬구름 같은 소리라고 하기에는 말을 잇는 여자의 표정이 너무도 아련했다.

"꽃과 같은 그분이 제 사랑입니다."

시처럼 아름다운 말, 그 말을 뱉어내는 여자의 슬픈 눈, 떨리는 입술의 잔경련이 낯설다. 처음 보여주는 그 모습은 연모를 마음에 둔 아름다운 소녀의 모습이었다.

"제 첫 연심이었는데…… 이루어지지 못한다기에 접었고, 접히지 않아서 힘들고, 애써 잊고 있습니다."

역시나 예측 불가, 언제나 상상 이상을 보여주는 여자가 처음으로 자기 이야기를 한다. 그리고 그 얘기는 생각보다 나쁘고 조금 불쾌하다.

"그래서?"

그리고 그 남자 김유영은 대단한 여자를 상대하기 위해 조금 더 위대한 힘을 이끌어낸다.

"골키퍼 있으니까 골 넣지 말라고?"

조금 화가 난 듯한 소리가 목울대를 긁고 나왔다.

"교수님."

저렇게 눈을 내리깔고 차분하게 불러올 때면 얼른 입을 막고 싶다.

"말했을 텐데요. 나는 싫다고 하면 더 좋아하고, 하지 말라고 하면 끝내…… 하고 만다고."

"교수님이 저를 보시는 눈은 쉽게 접힐 것입니다. 저를 보시는 이유도 분명히 알고 있습니다. 아마도 교수님이 가지고 있는 슬픔, 그 잔상이 저에게도 비쳤겠지요. 그건 사랑이 아닙니다. 동정이고, 연민이고…… 가여운 생을 사는 어느 여인에 대한 측은지심, 거기까지입니다."

"그럼, 더 막을 이유가 없는 게 아닙니까?"

너무 예리하게 속을 파고들어서 짜증이 날 지경이다. 무엇보다 열이 오르는 대목은 쉽게 접힐 것이라는 그 가녀린 목소리. 그 말처럼 쉬울 것이라면 여차하는 순간에 지옥행이 분명한 롤러코스터에 몸을 싣지도 않았다.

"내가, 억지로 사랑을 하자고 하는 것도 아니고 그 남자를 지우라고 강요하는 것도 아닌데…… 내가, 그쪽한테 눈이 쏠리는 건…… 내 마음이고. 그걸 막을 이유는 당신한테 없는 것 같은데."

운영은 말이 통하지 않는 남자 때문에 숨이 답답했다. 차라리 소옥을 따라서 육필 원고를 보는 게 더 나을 뻔했다. 지금이라도 소옥을 핑계로 이 자리를 벗어나겠다는 생각에 몸을 일으키던 그때였다.

"할 수 있으면 해봐요."

힘이 실린 목소리, 가라앉은 눈빛에 또 발이 묶인다. 그가 틈을 놓치지 않고 몸을 일으켰다.

"나를 밀어내는 거."

언제나 군더더기 없이 제 마음을 전하는 남자 때문에 제대로 숨을 쉬어본 적이 언제인지 기억도 나지 않는다. 그가 천천히 고개를 내렸다. 같은 눈높이를 갖게 되는 순간 손끝이 저려서 꽉 주먹을 쥔 채 남자의 움직임을 좇았다. 마주친 시선 너머로 전해질 말을 기다리는 동안 입술은 또 뜨거워진다.

"하지만 어려울 겁니다."

그의 시선이 자신의 입술에 닿아 있는 것은 눈치챘을 때는 목구멍이 따끔거릴 만큼 무언가가 치밀어 올랐다.

"난 여자한테 쉽게 시선을 빼앗기는 남자가 아니니까."

오만한 듯 자신감이 가득한 눈빛에 사로잡히는 것은 순간이었다. 모든 것을 내려놓고 저 남자의 품에 파고들고 싶다는 생각이 들 만큼. 그것은 그녀가 가장 두려워하는 일.

"그런 내가, 한 여자를 눈에 들이면⋯⋯ 그땐, 모든 걸 다 걸었다는 뜻입니다. 당신이, 내 말에 떨리기 시작했다면, 이미⋯⋯ 반은 넘어왔다는 뜻이고."

몽롱하게 흐려진 정신을 일깨우는 것은 세속의 소리였다. 담 너머에서 시끄러운 무리가 소란하게 떠드는 소리가 들려왔다. 운영의 눈에 스치는 불안한 흔들림을 눈치챈 유영이 먼저 자리에서 일어났다. 의지가 서린 말을 매듭짓는 눈빛은 맑고 진실했다.

"다행이네요. 못 잊는 게 아니라, 잊는 중이라서. 정말로 싫으면 틈 보이지 마요. 그게 내 눈에 띄면 그땐, 날 못 막을 겁니다."

심란한 말을 잔뜩 하는 주제에 어쩜 저리도 천진하게 웃을까. 눈빛이 멍한 여자의 초점을 되돌린 것은 그의 손이었다. 남자의 손인데 참 마디마디 곱고, 희다. 저 손을 붙잡는다면…… 생각만으로도 마주친 시선이 뿌옇게 흐려지는 순간, 눈앞으로 우산이 내밀어졌다.

"비 온대서."

그 별거 없는 한마디에 가슴이 확 조여들었다. 운영은 한참을 그 자리에 머물러 있었다. 그야 말로 속을 들었다 났다 했던 한 남자가 우산 하나를 덜렁 남겨둔 채 사라졌다. 고백을 받은 건지 아닌 건지 그래서 좋은 건지 싫은 건지…… 생각하고 싶지 않았다. 순식간에 어두워진 하늘에서는 투두둑 비를 내려 보내기 시작했다. 담장 너머로 비를 피하지 못한 무리가 소란하게 까르륵거리는 소리가 들려왔다. 정말로 비가 온다. 그리고 우산에 시선이 닿았을 때 이곳에 남자가 함께였음이, 그에게서 들었던 모든 말들이 분명해진다. 그가 두고 간 우산을 집어 들면서 턱이 아릿할 정도로 이를 꽉 깨물었다.

"뭐가, 다행이야."

눈에 힘을 주고 안간힘을 썼는데 야속하게도 눈물을 이기지 못한 눈꺼풀이 파르르 떨린다.

"무서워 죽겠는데……."

손등에 붙어 있던 분홍색 꽃잎 위로 투두둑 눈물방울이 튀어 올랐다. 그것은 설렘과 두근거림, 그리고 그만큼의 두려움이 만들어내는 모든 마음이었다.

"이게…… 다…… 뭐야."

답사를 끝내고 이제 막 수성궁에 도착한 소옥과 운영은 눈앞에 벌어진 광경에 입을 다물 수 없었다. 잔뜩 쏟아져 나온 물건들과 나뒹굴고 있는 옷가지들이 발끝에 채이는 순간 예상할 수 있는 어떤 예감에 소름이 돋았다. 마침내 일이 터지고야 말았다. 몰래 남자 친구를 사귀던 비취와 금련이 그녀들을 주시하던 암행꾼에 의해 발각된 것이었다. 그녀들을 쫓는 암행꾼은 소옥과 초코바 거래를 했던 그 말랑한 사내였다. 소옥의 말대로 성정이 모질지 못한 그는 제 나름대로 가여운 여인들을 눈감아 주고 있었는데, 사실상 그 배후에는 최 상궁이 있었다. 어렵고 힘든 시기를 보내는 비해당 궁녀들을 위해서 최 상궁은 제 선에서 여러 가지 일들을 처리하고 있었다. 그녀가 보이지 않게 힘을 실어 주고 있었지만 이번 일은 덮으려야 덮을 수가 없는 일이었다. 금련이 남자 친구와 모텔에서 나오는 현장이 발각되었으니까. 하나를 잡으면 또 하나가 금세 잡히는 법. 비취가 함께 엮이는 것은 일도 아니었다.

"최 상궁 마마. 제발, 한 번만. 한 번만 기회를 주십시오."

"이렇게 나갈 수는 없습니다. 대군을 만나게 해주십시오! 제발!"

"목소리를 낮추어라."

"마마님!"

올먹이면서 소리치는 목소리가 갈라져 나온 곳에서 모두 눈을 맞추지 못한 채 고개를 숙였다. 서궁 안으로 들어서던 소옥은 다시 걸음을 돌려서 털썩 툇마루에 주저앉았다. 그녀의 다리가 후들후들 떨리는 모습을 바라보면서 운영도 힘이 빠진 몸을 기둥에 기댔다.

"제발…… 도와주십시오."

규율을 위반한 대가로 수성궁에서의 퇴출 명령을 받은 비취와 금련의 흐느낌이 멈추지 않았다.

"참으라 하지 않았더냐."

"마마님……."

"이 세계에 제 발로 들어온 이상 얻고자 하는 것이 있으면…… 지키라 하는 것을 지키고, 넘지 말라는 선에 발을 딛지 말라…… 그리도 당부했거늘…… 제 마음 하나 붙잡지 못하여 일을 그르치는구나. 어찌하여 이리도 미련해."

최 상궁은 여기저기 흩어져서 흐느끼는 다른 궁녀들을 향해서도 뾰족하게 세운 가시를 집어 던졌다. 안 그래도 이제 성인이 된 탓에 봄바람에 물든 궁녀들에게 슬슬 이상 신호가 감지되고 있던 차였다. 때문에 잔뜩 신경이 곤두서 있던 터였는데 마침내 일이 터졌다. 최 상궁으로서는 이 이상의 일이 발생하지 않도록 모든 일을 막아내야 했다.

"너희도 명심하거라. 비해당은 너희의 선택이고 의지다. 마치 공녀로 바쳐진 양 억지로 붙잡혀 세월을 축내고 있다…… 그리 착각하는 이가 있다면 이참에 제 발로 걸어 나가거라. 붙잡지 않겠다. 누리던 모든 것을 포기하고 나간다는 서약서 하나면 충분한 일이지 않겠느냐. 지금처럼 시끄럽게 일을 벌일 까닭도 없을 테지."

수성궁에서 나간다는 것은 왕실 재정으로 학업을 지속할 수 없다는 것을 뜻했으며 가족들에게 지급되는 생활비와 연금이 모두 중단된다는 것을 의미했다. 그것은 이곳에서 지난 시간을 바쳤던 모든 세월의 의미가 산산조각이 되어 공중분해됨을 뜻했다.

"잘못했습니다. 저희가 어리석었으니 부디……."

"이제는 그 잘못을 구할 상대가 없느니라. 뭣들하고 있느냐. 끌어내!"

발아래서 용서를 빌며 애원하는 금련의 어깨가 들썩였다. 이를 애달프게 지켜보는 최 상궁도 눈시울이 잔뜩 붉어졌지만, 그녀는 눈물 한 방울 내보이지 않았다.

"마마님!"

날이 선 목소리가, 울부짖는 눈망울이 하필이면 입구에 서 있던 운영을 스쳐 지났다. 차마 그 모습을 지켜볼 수 없어서 운영은 눈을 질끈 감았다.

"하아……."

자지러지는 울음소리가 더는 들리지 않게 되었을 무렵 다리에 힘이 풀려서 그대로 주저앉았다. 소옥은 여전히 덜덜 떨리는 다리를 감추지 못한 채 허옇게 질려 있었다. 나머지 궁녀들의 사정도 마찬가지였다. 그녀들은 엉망진창이 된 방에 모여 앉아서 서로에게 의지했다. 오늘은 비취와 금련이었지만 다음은 누가 될지 아무도 모를 일이었다. 운영은 힘없는 고개를 들어서 멍하니 주변의 풍경을 눈에 담았다. 떨어지는 봄 꽃잎이 여기저기서 회오리를 치고, 달큼한 냄새가 불어오는 바람 속에서 진동을 한다. 그야말로 장관⋯⋯ 오늘따라 수성궁의 풍경은 야속하리만큼 눈부신 절경이었다.

'아름다워. 그래서⋯⋯ 미칠 것⋯⋯ 같아.'

그날 밤 저녁을 먹는 내내 서로에게 말을 붙이는 이가 한 명도 없었다. 답사 후일담을 신나게 풀어낼 틈이 없는 것은 물론이었다. 밥을 먹는 둥 마는 둥 억지로 위장을 채운 뒤에야 조금 기운을 차린 운영은 늦은 밤 대군의 서재를 찾았다. 현이 운영이 내린 차를 마시고 싶어 한다는 전갈을 들은 터였다.

"궁 안팎의 소란을 모르지 않을 것이다."

운영은 표정 없이 하얀 얼굴로 고개를 끄덕였다. 벌써 10분째 훈계를 하고 있는 홍 내관은 그런 운영이 미덥지 않은 듯 다시 한번 굳은 표정으로 그녀를 주시했다. 박평훈의 도움으로 나이 어린 왕에 대한 동정론이 자리 잡았고 〈오줌사건〉은 진정이 되었다. 이를 지켜보는 내내 긴장했던 현은 말수가 줄어들었고 웃지 않았다. 그런데 오늘 또 일이 터져서 궁녀들이 퇴궁하는 사건까지 겹쳐서 일어났으니 왕자님은 이래저래 심기가 불편했다.

"괜찮으시냐 묻지도, 뭔가를 아는 척을 해서도 안 된다. 대군께서 뭐라 말을 전해도 그 얘기를 결코 문밖으로 가지고 나오지 말아야 함을 잊지 말거라."

운영은 건성으로 고개를 끄덕인 뒤 조심스레 현의 서재로 들어섰다. 그녀의 인기척이 느껴졌음에도 현은 돌아보지 않았다. 멍하니 창가에 서 있는 그의 모습이 무척이나 쓸쓸해 보였다. 때문에 평소와 다른 찬 기운을 내보이는 그에게 말을 걸기가 쉽지 않았다. 차를 두고 나갈까 잠시 망설이던 그녀는 결국 현에게 조심스럽게 다가섰다.

"대군."

부르는 목소리에도 남자의 주의를 끌 수가 없었다. 결국 운영은 다소곳한 움직임으로 차부터 내렸다. 찻물이 떨어지는 소리를 따라서 그가 돌아섰을 때 내심 긴장했다. 그가 엄청나게 무서운 표정을 짓고 있지는 않을까 걱정했으나 우려와 달리 현의 얼굴에는 희미한 미소가 걸려 있었다.

"국화차?"

"쌍계 명인께서 보내오셨습니다. 생각이 많은 밤에는 국화차가 좋다고 합니다. 잠드시기에 수월하실 거라 생각되어 고른 차인데 내키지 않으십니까?"

현은 가만히 고개를 가로저었다. 동그랗게 말린 국화 꽃잎이 물에 젖어서 제 모양을 찾아가는 찰나의 순간, 그 짧은 시간의 틈 속에서 현은 모든 것을 위로받은 느낌이었다. 세상을 떠들썩하게 했던 지나간 소란을 모를 리가 없을 터인데도 그녀는 그 어떤 것도 묻지 않았다. 보고 싶던 작은 여인은 지극히 궁녀의 모습에 충실하다. 눈을 감고 귀를 닫고 입을 열지 않는다. 그럼에도 제 딴에는 대군이 염려되어 은근슬쩍 차를 바꾸고 미소 너머의 표정을 살핀다. 그것이 한 남자의 마음을 얼마나 아프게 흔드는 지도 모르고.

"답사는?"

"좋은 것을 많이 보고 돌아온 길입니다."

"추억이…… 많이 쌓였겠네."

운영은 잠시 멈칫했다. 추억이라 할 수 있을까? 수성궁을 떠나 있는 동안 벌어졌던 그 수많은 감정의 동요를 말이다. 헝클어진 마음을 들키지 않기 위해 여느 때와 다름없는 단정함을 유지하려고 애썼다.

"향이 좋습니다."

다행히 찻잔을 받친 손이 떨리지 않았고 현이 그것을 제대로 받아 드는 순간 저도 모르게 안도의 한숨이 나왔다. 현의 시선이 또다시 창밖 너머의 저 먼 곳으로 빠져나갔다.

"운영아."

"예, 대군."

"이곳이 조금은 그리웠던가? 떠나 있는 그 시간 동안."

현은 운영을 돌아보지 않은 채 차 한 모금을 느릿하게 삼켰다. 운영은 쉽게 답할 수 없었다. 떠나 있는 시간, 그녀의 머릿속을 가장 많이 차지했던 남자는 현이 아니었다. 그것을 인정하고 받아들이면서 속이 멍울졌다. 그랬는데…… 그게 진실인데, 아름다운 입술은 거짓을 고한다. 오직 저 쓸쓸한 남자를 위로하겠다는 간절함으로.

"그립지 않을…… 이유가 있겠습니까. 매 순간 생각했습니다."

속이 비어 있는 듯한 목소리에 현은 눈을 질끈 감았다 떴다. 잔을 쥔 손의 떨림을 감추기 위해 잔뜩 힘을 주었고 입꼬리를 힘주어 끌어올린 뒤에야 겨우 돌아설 수 있었다. 여자를 돌아보는 게 참 어려웠다. 그렇게 억지로 만든 미소가 운영에게 향했을 때 눈앞의 여자가 너무도 간절해졌다. 그래서 확인하고 싶었다.

"다른 이도 함께 있으려나?"

"무엇에 말입니까?"

"네 생각에."

본의 아니게 정곡을 찔린 운영은 뜨끔한 표정으로 입만 벌렸다.

"무언의 긍정?"

그가 입꼬리를 늘어뜨렸다. 사실 가벼운 웃음을 지을 수 없는 상황이었지만 웃어야 했다. 운영의 입에서 튀어나올 말들에 대한 긴장감을 상쇄시킬 별다른 도리가 없었으니까. 한편 그녀는 놀란 마음을 추스르면서 미소 지었다. 입술 끝이 떨렸지만 제법 괜찮은 얼굴이리라 믿으면서 현을 올려다봤다.

"그럴 리가 있습니까."

단아한 미소 뒤에 숨겨진 것은 아픈 진실. 그래서 불안한 마음을 숨기고 평온함을 잃지 않기 위해 운영은 한껏 웃었다.

근래에 본 적 없는 환한 얼굴은 도리어 불안하다. 좋지 않은 느낌. 현은 일부러 고개를 내려서 그녀의 얼굴 가까이에 다가갔다. 운영은 작게 웃으면서 슬쩍 뒤로 물러섰다. 때문에 현과의 적정 거리를 유지할 수 있었다. 틈을 벌리는 그녀의 움직임이 못마땅했지만 더욱 마음에 들지 않는 것은 따로 있었다. 그녀가 눈을 보여주려고 하지 않는다는 것.

"다른 이는 없습니다."

'네 눈은 이미⋯⋯.'

겨우, 자신을 올려다보는 작은 여자와 마주친 시선의 끝에서 현은 쓴웃음을 지었다. 그가 어린 여인에게 반했던 것은 속이 보일 만큼 투명하고 맑은 눈이었는데 지금은 그것이 몹시도 야속하다. 거짓을 담지 못하는 맑은 눈빛이 닿을 때마다 속이 쓰라린다.

"밤이 늦었으니 그만 침소에 드시지요."

운영은 현의 기세가 심상치 않음에 얼른 몸을 틀었다. 자칫하면 그에게 휘둘려서 빠져나가지 못할 상황이 될 수도 있었다. 이대로 몇 걸음 더 옮기면 끝이었기에 안도하던 찰나였다. 문고리를 잡아당기는 그녀의 몸이 다시 뒤로 당겨졌다. 때문에 열린 문 틈 사이로 보였던 나인들의 얼굴이 금세 문 뒤로 가려졌다.

"대군?"

등 뒤에서 자신을 껴안은 현 때문에 운영은 숨을 멈추었다. 그가 이런 식으로 다가온 적은 처음이었기에 운영은 두려워졌다. 현의 행동에 표정이 굳은 홍 내관은 말없이 그대로 서재의 문을 닫고 나갔다. 때문에 그와 단둘이 남게 된 운영은 극도의 긴장감으로 몸이 떨렸다. 이대로 그가 자신을 안아버리면…… 그땐……
생각을 맺지 못할 정도로 숨이 가빠졌다.

그건 현도 마찬가지였다. 품 안에 갇힌 부드러운 여체의 살결
이 손 아래에 닿을 때마다 참을 수 없다…… 그 이상의 말은 없었
다. 그럼에도 참아내는 것은 운영의 입에서 흐느낌처럼 퍼져 나
온 '제발' 그 한마디. 정작 혼이 빠져나간 여자는 자신이 무슨 말
을 했는지도 모른다.

"옆에 있어……."

맺지 못하고 흩어지는 목소리의 떨림은 불안감을 담고 있었다.
그의 떨림이 전해지는 순간 운영의 호흡은 서서히 제자리를 찾아
갔다.

"잠시만……."

엄마를 찾는 어린아이처럼 매달리는 남자의 애처로움이 고스
란히 전해진다. 뒤를 돌지 않아도, 마주 보지 않아도 분명히 보
인다. 선한 눈동자에 서려 있는 외로움이. 그리고 자신을 놓지
못하는 그의 간절한 몸짓의 의미를 알아차렸을 때 운영은 문고리
를 붙잡고 있던 손에서 힘을 풀었다. 그 대신 그의 팔을 다독인
다. 유영을 떠올려서 그에게 이끌려 갈 때마다 그녀를 붙잡는 목
소리가 있다. 그것은 등 뒤에서 애처로운 떨림을 보이는 남자다.
언제나 따스하게, 부드러운 목소리로 운영을 부르는 그가 불쑥
튀어나올 때마다 낯선 뜨거움이 식었다. 그 대신 죄책감, 불안,
연민으로 점철된 미묘한 감정의 덩어리가 솟구쳤다.

"왜, 불안해하시는 겁니까."

"모르겠네. 나도……."

흐려지는 말끝 너머로 안도한 것은 운영, 두려운 것은 현이었다. 그녀는 모른다. 혹여, 듣게 될까 봐 두려워했던 그 말 '너를 원한다'. 그것은 남자가 입술 끝에 피를 맺히면서 참아냈던 말이었음을……. 은은하게 피어오르는 꽃향기와 산새 소리가 어우러진 이곳 수성궁은 그야말로 무릉도원이었으나…… 그곳에서 행복한 이는 아무도 없다는 것이 서글프다. 그 외로운 시간의 흐름이 멈추지 않아서 더욱 야속한 늦봄의 밤이었다.

그날, 비해당의 불은 평소보다 일찍 꺼졌다. 방 한쪽 구석에 쪼그려 앉은 운영은 언젠가 비취가 꽂아주었던 나비 핀을 만지작거렸다. 불 꺼진 서궁 안으로 달빛이 가득 들어왔다. 이따금 어디선가 흐느끼는 소리가 들려왔다. 그 애달픈 목소리가 듣기 싫어서 운영은 두 귀를 틀어막았지만 소용없었다. 도리어 제 자신의 시끄러운 속만 더욱 생생히 느껴졌기에. 봄에 피어난 꽃들의 냄새가 진하게 풍겨오는 짙은 어둠 속에 차가운 서러움이 묻히고 있었다.

"봄인 줄 알았어……."

옅은 불빛에 기대어 밤 풍경을 눈에 담던 여인의 입에 실없는 웃음이 걸렸다. 아프게 휘어진 눈가로 물이 고여 들었다.

"이상한 남자 때문에…… 바보가 되는 거 같아."

감긴 두 눈꺼풀 아래로 투두둑 눈물이 떨어져 내렸다.

누가 곤륜산 옥을 잘라

직녀의 빗을 만들어 주었던고

직녀는 견우와 이별한 후

시름하며 허공에 던져두었네

- 황진이 〈영반월〉

"대군. 드릴 말씀이 있습니다."

현에게 다가서는 소해궁의 목소리는 평상시보다도 훨씬 더 사근사근했다. 현은 순간 좋지 않은 예감에 뒷목이 뻣뻣해졌다. 은근한 미소를 띠면서 다가온 그녀의 몸짓이 예사롭지 않음은 누구보다도 현이 잘 알았다. 이제 막 샤워를 마친 그녀에게서는 향이 진한 비누 냄새가 풍겨 왔다.

"비해당 말입니다."

'또 수를 쓰는군. 베갯머리송사라…… 가당치도 않지.'

달큰한 향내가 무엇을 뜻하는지 알 만도 하다. 아마도 사내를 유혹하는 미약이 포함되어 있으리라. 하지만 소용없는 일이었다. 그 아무리 강한 미약이라도 상대가 소해궁이라면 현은 마음이 동하지 않았으니까.

"소란을 일으켰던 비해당 궁녀 두 명이 정식으로 퇴출당하였다 합니다."

'아무튼 어리석은 여자야……. 사내를 유혹하겠다면서, 잘도 듣기 싫은 소리를 하지.'

현의 입가에 걸린 비릿한 미소에도 소해궁은 크게 상처 받지 않았다. 어차피 익숙한 일이었기에.

"여론이 좋지 않습니다."

작정을 한 소해궁은 과감하게 현의 어깨에 손을 가져다 댔다. 그녀가 귓가에 속삭이는 순간 등줄기에서부터 피어오르는 불쾌한 감각에 미간이 좁혀졌다. 여자가 가까이에서 움직일 때마다 향내가 짙어져서 관자놀이가 지끈거렸기에 책에 둔 시선을 겨우 유지했다. 이대로 의자를 박차고 일어나고 싶었지만 참아야 했다.

'버텨…… 버텨라. 이현.'

알 만한 사람은 다 알지만 대놓고 조강지처를 박대할 수는 없었기에 적당한 쇼가 필요했다. 그렇다고 여자가 원하는 대로 함께 여느 부부처럼 침대 위를 뒹구는 것은 도저히 할 수가 없었다. 눈 딱 감고 처음 한 번을 해결해야 하나 생각했을 때 뜻밖에도 여자는 아무렇지 않다는 듯이 웃으면서 제 요구를 전했다. 모든 것을 주지 않아도 상관없으니 그저 제 품위를 지켜 달라는 것. 그것은 자존심이 강하고 자기애가 유별난 여자가 상처 받은 마음을 치유할 유일한 선택이었을 터였다. 때문에 현은 지금처럼 저돌적으로 뭔가를 요구하면서 들이닥친 여자를 밀어내지 않았다. 그저 가만히 제 침대 위에 올라오는 여자를 건조하게 바라보면서, 옆자리를 지키면 됐다. 그러다가 부인이 잠들면 그때서야 조용히 침대를 벗어났다. 그렇게 오늘 밤도 소해궁께서 대군의 침소에서 잠드셨다는 허울 좋은 소문만을 만들어내면 되는 일이었는데 어리석은 여자는 쓸데없는 말로 그를 자극하고 있었다.

"이참에 아예 없애는 것이 어떨지요. 그리하면 아버지께서도 왕실의 실효성 논란에 대해 더는 하실 말씀이 없을⋯⋯."

"언제부터 왕실이 장인의 눈치를 살폈답니까."

더는 참지 못한 현이 탁 소리가 나게 책을 덮었다. 삽시간에 찬 기운이 가득 고인 두 눈이 여자를 향했다. 자연히 그의 어깨에 놓였던 소해궁의 손도 천천히 거두어졌다. 소해궁은 움츠러든 마음을 숨기기 위해 은근한 미소를 지었고 제 할 말을 멈추지 않았다.

"분명히 대군의 행보에 좋지 않은 영향을 끼칠 것입니다. 틈을 보이지 않으시는 것이 좋지 않겠습니까."

듣고만 있어도 목 언저리가 무언가에 휘감긴 것처럼 갑갑해졌다. 저 여자는 모른다. 단지 정략결혼, 애정이 없는 만남이기에 자신이 여자로 보이지 않는다고 생각한다. 정작 그가 다가서지 못하는 이유는 따로 있는데도 말이다. 그녀의 입에서 질리지도 않고 튀어나오는 정치적인 훈수는 고맙기는커녕 도리어 신경을 사납게 건드린다. 타고난 출신 때문일까? 거침없이 당당한 언변으로 제 주변의 모든 이를 좌지우지하려고 했다. 처음부터 그게 싫었다. 조선시대도 아닌데 암탉이니까 울지 말고 조용히 있으라는 생각은 아니었다. 그런 전근대적 발상을 뛰어넘는 진짜 이유는⋯⋯ 그녀의 잘난 배경, 야당 대표인 정양호의 그림자가 저 여자에게 드리워져 있기 때문이었다. 때문에 저 여자가 맑은 진심을 내보여도 그의 눈에는 모든 것이 흐릿하게 보일 뿐이다.

"다른 뜻은 없습니다."

"부인……."

"저는 진정, 대군이 염려되어……."

"서재에서 자겠습니다."

단호하게 말을 끊었다. 그가 망설임 없이 자리에서 일어나자 다급해진 소해궁은 재빨리 몸을 움직여 그의 팔을 붙잡았다. 혹시나 뿌리치지 않을까 그를 올려다보는 그녀의 눈빛이 애처로웠다.

"그냥 가십니까."

남편의 사랑을 갈구하는 여인네의 모습이 한없이 처량했으나 현은 그녀에게 남은 감정의 여지를 주지 않았다. 알고 있었다. 소해궁이 자신을 어떻게 바라보는지. 무엇을 원하는지. 그럼에도 그녀에게 아무것도 줄 수 없었다. 애정도, 신의도, 그 어느 것도 나누어줄 것이 없어서 더욱 모질었다. 어찌 보면 이타심이라고는 찾아볼 수 없고 제멋대로인 조강지처는 딱 좋은 상대였다. 그녀에게 곁을 주지 않는 이유를 보기 좋게 합리화할 수 있었으니까.

"밤이 늦었습니다."

팔을 뿌리치는 손길이 그다지 거칠지 않았지만 몹시도 아팠다. 상처 입은 것은 마음이었다.

"참으로 무정하십니다."

울먹이는 목소리가 가늘게 떨렸다.

"대군께서 혼담을 받아주신 것만으로도 가슴이 설렜습니다. 그러니 지난 세월 동안, 저를 여인으로 품지 않으셔도 버틸 수 있었습니다. 천천히 오셔도 상관없다 하였거늘…… 걸음조차 옮기시지 않습니다. 왜…… 저를 보려 하지 않으십니까."

부질없는 물음이었다. 애써 몰랐으면 좋았을 진실, 그것에 대해서는 이미 알고 있음에도 소해궁은 또다시 확인하고 싶었다. 부디 아니라는 말과 함께 다정하게 웃어주길 바랐건만…… 애석하게도 눈앞의 남자는 원하는 답을 주지 않는다. 잠깐의 동요조차 없는 듯했다. 표정 없는 얼굴에서 전해지는 무심함이 그의 마음이었다. 그렇게 말없이 그녀를 스쳐 지나던 순간이었다.

"제 아비가…… 그리도 미우십니까."

걸음이 멈췄고, 일순간 그의 눈이 매섭게 빛났다.

"석궁 사건의 배후라는 게…… 그리도 무거운 넝마입니까. 저는 잘 모르겠습니다."

거칠게 뻗어진 손이 여자의 목덜미를 스친 뒤 양어깨에 닿았다. 그러곤 속을 아릿하게 할 정도로 힘이 실렸다. 그를 제대로 자극하는 한마디를 내뱉는 것은 천하의 소해궁이라도 쉽지 않았다. 어차피 더 밑으로 추락할 끝은 없었다. 눈앞에 있는 남자의 체온을 훔칠 수만 있다면 이까짓 두려움쯤은 견뎌낼 수 있었다. 오롯하게 자신을 바라보는 한 남자의 시선, 그 속에 담긴 눈부처…… 그것은 제 스스로를 갈기갈기 조각내는 대가를 치르고 얻은 전리품이었다.

"알고 있었습니까?"

열이 올라서 충혈된 그의 눈에는 분노가 서릴 뿐이었다. 여자의 설렘과 애달픔 따위가 담길 여유가 없었다.

"그 더러운 사건의 배후가…… 장인이라는 사실……."

잇새로 내뱉는 말 한마디에 분노가 가득했다. 지금도 지난날의 사건에 대한 악몽을 꾸고 있었건만 그날의 기억을 제대로 끄집어냈다.

"그걸 어찌 몰랐겠습니까. 언론을 먼저 터뜨리라 지시한 것은 아버지가 아닙니다. 바로 저입니다."

"지금…… 뭐라 하였습니까?"

뜻밖의 진실에 일순간 현기증이 일었다. 하얗게 질린 손톱, 손가락 마디마디가 가늘게 떨리기 시작했다.

"대군을 위해서였습니다."

잔인한 입술의 움직임에 현은 그야말로 피가 거꾸로 솟구치는 느낌이었다. 충격으로 흐려졌던 정신이 돌아오면서 전신에 독기가 퍼져 나갔다.

"나를 위해서라? 사람의 목숨을 거두고도 나를 위해서라…… 그리 말할 작정입니까?"

"못 할 일도 아닙니다."

"하……."

현의 입에서 탄식과도 같은 신음이 터져 나왔다. 정말이지 진저리가 난다는 듯 질린 표정을 바라보기 힘들었지만 소해궁은 그래도 눈에 힘을 주었다. 제 진심을 전하기 위해 남자의 가혹한 시선 앞에 서는 마음에는 망설임이 없었다.

"아주버님께서 억울히 누명을 쓰신다 하여도…… 어쩔 수 없는 일이었습니다."

"그 일 때문에 형님은! 왕자의 신분으로도 감찰 조사를 받았습니다. 국민들이 의심하여 손가락질하는 와중에도 동생인 나는! 그를 막아내기는커녕…… 혹시라도 형님일지 모른다는 생각에 같이 의심을 품었고……."

치밀어 오르는 오만 가지의 불쾌한 감정과 잊고 싶은 기억이 한꺼번에 밀려 왔다.

"비겁하게도 손이 묶여서 돕지 못했습니다. 그때 당신이 지금과 같이 쉽게도 입을 열었더라면…… 내가 모두 해결할 수 있는 일이었습니다. 전부 다 내가 막을 수 있었단 말입니다!"

"아니요! 대군께서 하실 수 있는 일은 없으셨습니다. 어차피 아주버님은 무혐의로 풀려나셨으니 딱히 손해 보는 일도 없지 않습니까. 저는 제 아비도, 대군도 전부 지키고 싶었을 뿐입니다."

"어째서 그 모든 것이 쉬운 겁니까."

갈라지는 목소리와 함께 그녀의 어깨에 닿았던 손에서도 힘이 풀렸다. 뭐라 말로 표현할 수도 없는 무력감이 온몸을 휘감았다.

"대군께서는 모두 잃으셨을 것입니다. 그날 행사의 총괄책임은 대군이셨지요. 아버지가 배후로 지목되셨다면 그의 사위인 대군에게 쏠리는 시선은 무엇이 되겠습니까? 어린 조카를 위하는 척하면서 뒤에서는 제 장인과 손을 잡고 왕위를 노린다…… 그리들 수군거리면서 대군을 멀리하고 불신했을 것입니다. 그런데 제가 못 할 일이 무엇이란 말입니까."

쓸데없이 올곧은 여자의 눈동자에 머리가 지끈거렸다. 내 생각만이 옳기에 내 것만을 지키면 된다, 그러니 다른 것은 부서져도 좋다…… 그 간악한 고집스러움은 소해궁이 정양호의 딸임을 일깨우게 하는 모습이다. 때문에 일순간 미약하게 피어올랐던 미안함과 연민의 마음도 전부 사그라진다. 다스릴 수 없는 분노를 마주하면서 현은 실없는 웃음을 터뜨렸다.

"내가 참으로 대단한 부인을 뒀습니다."

가슴이 뻐근해질 정도로 멈추지 않는 웃음과 함께 두 눈에 핏발이 곤두섰다. 그는 주먹을 틀어쥔 채 거친 숨을 토했다. 소해궁은 적대심이 가득한 그의 시선을 받아내기가 점점 힘들어지고 있었다. 저 남자의 눈에 드리워진 경계심에 마음이 할퀴어진다. 방법이 틀렸더라도 그를 지키고자 하는 마음은 진심이었건만, 그래서 현의 편이 되고자 했는데 그는 아니란다. 지금 이 순간에도 한결같은 차가움은 남자의 세계에 여자가 들어갈 틈이 없음을 확인시킨다. 그 진실의 명제가 아주 아프게도 속을 후벼판다.

"그러니……."

동요하지 않았던 소해궁의 눈에서도 눈물이 고였다. 그것이 현에게는 더욱 이중적이고 교활해 보인다는 것도 모른 채 그녀의 눈에서 투두둑 눈물이 흘러내렸다. 그 처연함을 닦아주길 바라지 않는다. 가녀림으로 동정표를 얻는다는 것은 애당초 불가능했기에 기대도 하지 않았다.

"저를 곁에 두시란 말입니다."

"끝이 없습니다. 당신이란 여자는…… 알아서 멈추는 법을 모르는 모양입니다. 기어이 곤두박질하여 떨어져 내려야 그 오만함을 거두시겠습니까."

"곡해하여 표현하셔도 그것이 제 마음입니다."

현을 향한 그녀의 마음은 진심이었다. 간절했다. 연모하는 부군을 닮은 아이를 낳아서 그의 후사를 잇고 싶었고, 그의 곁에서 천년만년 행복해지고 싶었다. 아버지를 졸라서 정략결혼만 하면, 그가 법적으로 제 남지만 되면 모든 일이 제 뜻대로 쉽게 살아지리라 생각했다. 소해궁의 인생은 그렇게 쉬웠는데, 갖고자 하는 것을 갖지 못한 적이 없었는데 저 남자는 도무지 가질 수가 없었다. 그를 갖기 위해서 아버지에게 등을 돌리는 것은 분명 쉽지 않은 일이다. 그럼에도 소해궁은 현을 택했다. 오늘 그 다짐을 전하고자 했는데 마음이 닿지 않았다. 서늘한 눈매로 비릿하게 웃는 남자는 너무 쉽게 등을 보였으니 말이다.

"어찌 이리도 미련하십니까!"

돌아선 남자의 등 뒤로 여인의 처절한 절규가 울려 퍼졌다.

"아버지와 대적하기 위해서는 제가 필요하다는 사실을 왜 모른 척하십니까. 그들의 모든 것을 대군에게 전해드릴 수 있습니다. 그러니…… 제발……."

그가 돌아서 주기를, 다시 한 번 더 눈을 마주 볼 수 있기를 기대했지만 역시나 남자는 그녀의 뜻대로 움직여 주지 않았다. 현은 치밀어 오르는 욕설 때문에 이를 꽉 깨문 채 그대로 걸음을 옮겼다. 이 이상 저 여자를 마주하고 있다가는 정말이지 여인의 목을 움켜쥔 채 숨을 끊어버릴 것만 같았다. 그가 문고리를 잡아 돌리려던 순간 소해궁은 마침내 쌓여 온 모든 것이 폭발했다.

"제 아비는 허울 좋은 핑계지요."

사는 동안 죽는 날까지 외면하려고 했던 그 사실을 결국 제 입 밖으로 소리쳤다.

"결국 숨기는 속내가 따로 있으신 겁니다."

"……."

"그 아이…… 홍운영."

문고리를 돌리던 손이 거두어졌다. 현은 주먹을 꽉 쥔 채 그녀를 돌아봤다. 역시나, 그를 움직이는 그 한마디에 소해궁은 실없는 웃음이 터져 나왔다. 운영의 이름이 거론되는 순간부터 현은 지금까지와는 다른 표정을 짓고 있었다. 단 한 번도 본 적 없는 그 눈빛을 마주 보는 소해궁의 가슴이 욱신거렸다. 무언가를 지키겠다는 단호한 기운이 짙게 서린 눈빛이었다. 그래서 더 들쑤시고 파헤치고 싶게 만든다.

"역시 그 계집 때문입니까?"

"무슨 답을 듣고자 하십니까?"

지난 시간동안 수도 없이 묻고자 했으나 자존심이 상하고 두려워 물을 수 없었다. 그렇게 묵혀둔 상처를 들춰내면서 겨우 건넨 물음이었는데 현은 우습다는 듯이 가볍게 웃었다. 그 알 수 없는 웃음을 짓고 있는 남자의 눈은 한기를 품고 있었다.

"그렇다 하여도, 그렇지 않다고 하여도……."

"……."

"부인은 상처받을 터인데…… 애써 몰라도 되는 진실을 굳이 알 필요가 있습니까? 그러니 괜한 투기심이라면 넣어 두시지요."

"대군!"

"그대로 모른 척하시는 게 나을 뻔했습니다. 뭘 알고자 하십니까. 혹여 그 아이를 건드린다면 웃는 낯으로 부인을 대하는 것이 마지막이 될 것입니다."

"지금 제게 경고를 하시는 겁니까."

"내가!"

날카로운 외침 끝에는 어떤 의지가 서려 있었다.

"연모하는 여인입니다. 이제 듣고자 하는 답이 되었습니까."

묵직하고 흔들림 없는 목소리였다. 다시 붙잡을 찰나의 순간도 허락지 않고 '쾅!' 문이 닫혔다. 텅 빈 방 안에 울리는 파열음 속에서 혼자 남겨진 여인은 상실감을 감당 못 하여 가슴을 치면서 오열했다. 현이 제 마음을 스스로 인정하고 드러낸 것은 처음이었다. 자신이 들쑤신다 해도 감추리라 생각했고 그 떳떳하지 못한 마음을 자극하여 달라지는 것이 없음을 확인하고, 안도할 요량이었는데……. 그의 입술을 가르고 나온 모든 말들이 또렷이 되새겨져서 숨이 막혔다.

"연모라 하셨습니까. 대군…… 내 앞에서, 그런 눈으로……."

눈에 핏발이 서고 입술이 힘없이 허물어졌다. 실없는 웃음과 함께 눈물이 투두둑 떨어져 내렸다.

"그 하찮은 계집을…… 연모한다 하셨습니까!"

손에 잡히는 대로 물건을 집어 던졌다. 잔뜩 독이 난 그녀에게 다가설 수 있는 이는 아무도 없었다. 부부싸움만 했다 하면 주변을 초토화시키는 마님의 손버릇 때문에 나인들은 서로 눈치를 보면서 눈만 굴렸다. 텅 빈 마음에 남아 있는 것은 오직 하나, 투기심이었다. 물기를 머금은 그녀의 눈에 독기가 어렸다. 그녀의 불꽃같은 질투심이 향할 곳은 단 한 군데, 운영이었다.

✳

"빨리 와! 빨리!"

"뭣들 해! 왜 이리 굼떠!"

평소와 다름없는 하루의 시작이었지만 오늘따라 궁녀들이 더욱 허둥대고 있었다. 늦잠을 잔 은섬은 소옥의 외침에 바쁘게 뛰어오다가 문턱에 다리가 걸려 넘어졌다. 그녀가 아픔을 토로할 사이도 없이 소옥은 얼른 은섬을 일으켜서 별당 앞으로 내달렸다. 비취와 금련이 퇴궁한 이후 어수선한 궁녀들을 다독인 것은 소옥이었다. 이십대 청춘의 낭만 대신 현실감각을 되찾은 소옥은 근래에 들어서 크게 웃지도 않았다. 그녀는 자신은 물론 다른 궁녀들이 책잡힐 구실을 만들지 않기 위해서 안간힘을 쓰고 있었다.

"아후, 가슴 뻐근해."

겨우 시간 내에 도착한 은섬은 거칠게 숨을 고르면서 운영의 옆자리에 섰다. 시끄러운 등장에도 별다른 말이 없는 운영을 이상하게 여긴 은섬은 가만히 그녀의 낯빛을 살폈다. 어쩐지 멍해 보이면서도 하얗게 질려 있는 듯했다. 놀란 은섬이 운영의 팔을 잡아 흔들자 그녀는 그제야 은섬의 존재를 알아차렸다.

"어디 아프니?"

"응?"

"얼굴이 좋지 않아. 창백한데?"

"괜찮아. 감기 기운이 좀 있는 모양이야."

운영은 얼버무리면서 제 이마를 짚었다. 역시나 체온은 멀쩡했다. 그럼에도 알 수 없는 병증이 지속되는 것이 벌써 며칠째였다. 자꾸만 목 언저리가 화끈거리면서 입술이 달아오르는 것이 이상했다. 자주 체하고, 소화도 잘 안 되어서 먹는 밥의 양도 줄었다. 운영은 가슴 언저리가 꽉 막힌 듯이 답답해서 계속 잔기침을 했다.

"화병이야."

일전부터 그녀의 상태를 예의주시하고 있던 소옥은 심각한 표정으로 운영의 이마를 짚었다.

"이거 봐. 열은 없는데 자꾸만 열이 확확 오른다……. 그게 뭐겠어, 화병이지."

"화병?"

"그래. 요즘 우리 중에 화 안 쌓이고 버틸 이가 누가 있겠어. 아무도 없지."

소옥은 제 가슴을 두드리면서 한숨을 내쉬었다.

"최 상궁 마마님 오십니다."

소란했던 궁녀들이 삽시간에 조용해졌다. 비해당의 궁녀는 여전히 여덟이었다. 비취와 금련이 나간 자리는 충원되지 않았다. 현재 비해당에 대한 국민적인 여론이 좋지 않았기 때문에 또 다른 궁녀를 들이는 것은 정치적인 문제로 번질 수 있다는 뜻에 따른 결론이었다.

"오늘은 대군께서 벗들과 함께 족구를 하신다고 한다. 내관들은 뒤뜰을 정비하고, 나인들은 나를 따라오너라."

"저희는 어찌합니까?"

"비해당의 궁녀들은 서궁과 남궁에서 대기하고 있거라."

'벗들이라면?'

운영의 눈빛은 꽃잎이 떨어진 물결처럼 흔들렸다. 그가, 김유영 그 사람이 오늘 이곳 수성궁에 온다는 사실에 갑자기 웃음이 나올 것만 같았다. 그 가벼운 입술의 움직임 너머의 속마음을 참아내기 위해서 입을 꾹 다물었다. 그럼에도 열기를 숨기지 못하는 뜨거운 입술을 손등으로 슥슥 문질렀다. 곧 죽을 것같이 어두웠던 운영의 얼굴이 금세 피가 도는 듯 붉어지는 모습을 소옥은 놓치지 않았고, 이내 심란해졌다. 좋지 않은 예감에……

그 시각 현의 서재에서는 심각한 대화가 이어지고 있었다. 족구 대회는 핑계였다. 그 허울 좋은 명분은 사실상 호시탐탐 수성궁을 감시하는 세력들을 피하기 위해서였다.

"역시 정양호였군. 짐작은 하고 있었지만…… 소해궁이 직접 확인을 해주었다는 것이 놀랍네."

그들은 작년에 있었던 석궁 사건에 관해 이야기하고 있었다.

석궁 사건. 국왕의 탄일 잔치가 있던 날이었다. 종묘를 지나서 서울 시내를 한 바퀴 돌아 나오는 행사가 진행 중이던 그때 어디선가 석궁으로 쏜 화살이 국왕에게 날아들었다. 경호팀이 재빠르게 대응한 탓에 국왕은 무사했지만, 경호원 중의 한 명이 다리에 상처를 입었다. 당시 행사의 총괄책임이었던 현과 경호 팀장이었던 숙향 모두가 사건의 책임에서 자유로울 수 없었지만 유독 국무총리 김종대는 숙향을 집중 겨냥했다. 당시의 경호팀이 숙향의 사병들로 구성되어 있다는 것이 그 이유였다.

현은 김종대가 숙향을 겨누는 것이 마땅치 않았지만 그 역시도 뭔가 의심스러웠다. 모든 상황이 너무도 딱 맞게 숙향을 배후로 지목하고 있었다. 애당초 보위에 오른 조카를 눈엣가시로 여기는 숙향이 정말로 그 목숨을 노린 일이라면 쉽게 넘어갈 일이 아니었기에 현은 좀 더 신중하게 이 일에 접근하고자 했다. 그러는 사이 마치 숙향의 범행이 기정사실로 된 것인 양 잘못된 정보를 뿌린 것이 성조신문이었다. 결국 감찰 조사를 피할 수 없게 된 숙향은 가까스로 무혐의를 입증했지만, 고귀한 왕자의 체면은 깎이고 할퀴어졌다. 그렇게 벌어진 틈에는 계속 먼지가 끼기 시작했고 숙향의 세력은 점차 위축되어 갔다. 사건은 미제로 종결되었고 정작 모든 일을 꾸민 정양호는 보기 좋게 빠져나갔다.

"어쩌면 숙향대군께서 정양호한테 접근하는 건 그 때문이지 않을까? 자신한테 죄를 덮어씌우려고 했다는 생각에 공공의 적을 삼는 거지. 감시하기 좋게 말이야."

"하긴, 그 둘은 한 배를 탈 수 없는 사이잖아. 정양호가 총리가 하시는 모든 일에 반기를 들어도, 숙향대군의 사병 철폐만큼은 뜻을 동조하고 있으니까."

"다 모를 일이야."

침묵을 지키던 유영의 입에서 나온 것이 정답이었다.

"숙향대군의 속내를 알 수만 있다면 현의 고질병도 사라질 텐데…… 그래서 어쩔 생각이야? 어찌 됐든 장인이잖아. 아무래도 소해궁을 이용하는 게……."

소해궁이 거론되는 순간부터 현의 미간이 잔뜩 좁혀졌다. 불편함을 드러내는 몸짓에 말을 꺼낸 성삼혁도 조심스러웠지만 상황을 해결하기 위한 객관적인 분석이었다.

"그녀가 제 스스로 모든 일을 밝혔다는 건 너한테로 돌아서겠다는 뜻이잖아. 분명히 힘이 될 거야."

"그런 힘 따위 필요 없어. 더럽고 치졸해. 형님을 의심하고 그 손을 놓으려고 했던…… 나를 생각하면 이가 갈려. 그러는 동안 그 여자가 내 형한테 칼을 꽂았다고. 빌어먹을…… 나를 위한다면서……."

"현아……."

"나는…… 미움 받아도 싸. 죽을 때까지 형한테 용서를 구하지 않을 작정이야. 그 일에 대해서…… 나를 증오하는 힘으로 형이 살고자 한다면 그걸로 족해."

현은 속이 꽉 막히는 기분에 물 한 잔을 마셨다. 컵을 내려놓는 순간 얼마 전 운영에게 찻물을 쏟았던 소해궁의 만행이 새삼 재생되었다. 그는 컵을 꽉 움켜쥐었다. 다시 생각해도 마음에 안 드는 그 여자를 떠올리기 싫어서 고개를 가로저었다.

"정양호의 목을 틀어쥐기란 쉽지 않아. 알다시피 세도가의 후손이야. 여기저기 걸쳐진 다리와 그 세만 따진다면 총리보다 한 수 위라고."

평훈이 유영을 슬쩍 돌아보면서 말을 이었다.

"하긴, 지금껏 총리께서 집권하시는 이유는 입헌군주제를 옹호한다는 사상적 명분 때문이지. 국민들이 그것을 원하니까…… 아직까지는…… 왕실이 이 나라의 자부심으로 통하고 있다는 뜻이야."

"그 뜻은 곧 뒤집힐 수도 있다는 게 문제지. 이미 여론이 갈라졌어. 그런데도 우리의 어린 전하는 아직 마성의 매력을 보이지 못하고 계신다고."

"한 마디로……."

"상황이 좋지 않아. 또다시 국민투표가 시작될 수도 있어. 승률은 반반……."

"정양호가 제대로 틈을 노리면 그쪽이 원하는 것을 얻을 수도 있다는 뜻이야."

재작년 3월 OECD국가 가운데 4번째로 높은 세금을 떠안고 사는 국민들은 비난의 목소리를 높였고 그 책임은 왕실의 재정적 지원 문제로 불통이 튀었다. 입헌군주제의 나라, 먹고 살기 힘든 세상에 왕족이라는 사람들은 국민의 세금으로 떵떵거리면서 살아간다는 사실에 국민들은 왕실의 실효성에 대해 다시 생각하기 시작했다. 그에 대한 불만은 현행 입헌군주제를 옹호하는 세력에게 돌아갔고 그 책임론에서 벗어날 수 없었던 총리 김종대는 정치적인 행보에 많은 제약을 받고 있었다. 비난의 중심에는 물론 수성궁의 비해당도 속해 있었다. 일각에서는 비해당이 현대판 아방궁이라는 비아냥거림이 또다시 쏟아져 나왔다. 비해당을 위한 현의 모든 노력이 전부 허물어질지도 모를 위기의 순간이었다.

"지금으로써는 〈정음〉의 비밀문서를 확보하는 것밖에 방법이 없어. 정양호를 단번에 보내기 위해서는 그게 필요해. 물론 그것도 왕실에 대한 애정이 남아 있을 때 마스터키가 될 수 있을 거야."

"그런데 그게 행방이 묘연하다고……. 이제는 그 실체 자체도 의심스러워."

성삼혁은 머리가 아픈 듯 관자놀이를 찍어 눌렀다.

"지금까지 나온 가설에 따르면 홍만식이 체포되기 직전에 누군가를 만났다는 거야. 그 과정에서 사라졌을 가능성이 커. 그런데 좀처럼 그가 입을 열지 않아."

"아무튼 그자는 우리에게 있어서 반드시 지켜야 하는 마지막 보루야."

잠자코 듣고 있던 현은 긴 한숨과 함께 자리에서 일어났다. 팔짱을 낀 채 창밖을 내다보는 자태가 멋스러웠지만 그 속을 안다면 섣불리 감탄할 수 없을 터였다. 밖의 풍경 따위는 눈에 들어오지 않았다. 현은 지금의 이 상황이 몹시도 갑갑하고 초조했다. 그의 눈빛이 초점을 잡지 못하고 흔들리는 이유는 여러 입을 통해서 언급된 그 사람 때문이었다.

'홍만식…….'

그 이름만 떠올려도 목구멍에 모래가 낀 것처럼 기분이 깔깔해졌다. 홍만식은 입헌군주제의 폐지를 주장하는 〈정음〉의 비밀 전령사였다. 그리고…….

'홍운영의 아비…….'

순간 눈앞이 아득해졌다. 홍만식과 홍운영의 관계를 알고 있는 것은 오직 현과 홍 내관뿐이었다. 그것은 절친한 벗들에게도 알릴 수 없는 그만의 비밀이었다. 그것이 발각되는 날에는 운영이 정음의 비밀문서를 찾기 위한 미끼가 될 것이 뻔했고, 그것은 결코 현이 바라는 결과가 아니었다. 여인의 맑은 웃음과 슬픔이 서린 눈이 떠올라서 현은 머리가 지끈거렸다.

'지켜야 해. 그 아이에게서 더는 아무것도 빼앗지 않을 거야.'

소리 없는 다짐과 함께 주먹을 꽉 틀어쥐었다. 굳은 입술을 비틀어서 겨우 미소를 만들어냈다.

"자자, 머리 아픈 생각은 그만합시다!"

헝클어진 생각을 숨긴 채 가볍게 웃었다. 그 누구도 그의 속을 읽을 수 없도록, 현은 오롯하게 혼자 감당하고자 애썼다.

"이제 족구나 하러 가자. 그 사람도 뭐 하나 건져 가야지."

"사진 찍히는 거 아니야? 숙향 쪽 사람이 파파라치 출신이라는 얘기가 있던데?"

"그래? 잘 나오면 하나 달라고 해야겠다."

삼혁이 장난스럽게 웃으면서 제 머리를 쓸어 넘겼다. 우스갯소리 속 긴장감은 분명히 그들을 주시하는 세력의 움직임이 존재한다는 사실 때문이었다.

이들의 비밀 회동을 쫓고 있던 숙향대군의 멍청한 수하는 그에게 '안형대군께서 벗들과 족구 잔치를 벌이셨다'는 기가 막힌 정보를 제공했다. 그것이 숙향의 가장 큰 문제였다. 남자의 의리 하나로 뭉쳤을 뿐 정작 내실 있는 뒷받침을 제공할, 이른바 브레인이 없다는 것.

"우와……."

나오는 건 감탄사뿐이었다. 뒷마당에서 열린 족구 대회를 평계로 간만에 수성궁이 소란했다. 비취와 금련이 떠나고 난 뒤 한동안 말을 잃었던 비해당 궁녀들의 얼굴에도 홍조가 피었다. 대군의 일행이 오늘 밤을 수성궁에서 보내고 내일 아침 떠난다는 얘기에 궁녀들은 괜히 옷고름을 풀었다 맸다 하는 의미 없는 동작을 반복했다.

"난 성삼혁 검사님이 제일 멋진 것 같아. 허스키한 목소리 들었어? 밤에 들으면 더 꿀이겠지?"

"뭐래! 기럭지로 치면 박평훈 기자님이지. 우리 대군보다 조금 더 크다고 하시던데?"

"에이, 그래도 역시 얼굴은 대군이지. 교수님 미모도 나쁘진 않은데 뭐랄까 저 눈웃음은 여우 같은 구석이 있어. 한 번 홀리면 빠져나올 수 없을 것 같아서 겁나."

땀을 흘리면서 뛰어다니는 남정네들을 몰래 훔쳐보는 시선들이 반짝였다. 최 상궁은 이를 멀찍이서 지켜보면서 희미하게 웃었다. 종아리 10대는 맞을 일이었지만 잠자코 지켜보았다. 오랜만에 터져서 조잘거리는 입들이 귀여웠다. 무거운 분위기가 깨진 틈을 다시 막고 싶지 않아서 최 상궁은 조용히 그 자리를 물러났다. 비취와 금련의 퇴궁을 명한 뒤 가장 마음고생이 심했던 것은 사실상 최 상궁이었다. 그녀가 그날 밤 얼마나 서럽게 울었는지 아는 이는 없을 터였다. 언제나 저승사자에 빙의된 것처럼 무섭고도 엄격하지만, 비해당 궁녀를 가장 많이 챙기는 것은 최 상궁이었다.

"소옥아, 그런데 운영이는?"

"머리 아프다고 약 받아온다고 했어."

모두가 소란한 자리에는 단 한 명이 없었는데 바로 운영이었다. 그녀는 의무실에서 두통약을 받아서 나왔지만 먹지 않고 그대로 손에 쥐었다. 손바닥을 펼쳐서 약을 내려다보던 순간 힘없는 웃음이 새어나왔다. 전부 핑계였다. 운영은 차마 족구 대회를 지켜볼 수가 없어서 일부러 그 자리를 피한 참이었다. 밖은 여전히 까르륵거리는 웃음소리로 소란했지만, 운영은 다시 일행이 모여 있는 곳으로 향하는 것이 내키지 않았다.

"아, 가기 싫어."

느릿느릿한 걸음으로 침방을 지나치던 운영은 그 안에서 비치는 그림자에 잠시 멈칫했다. 슬쩍 미닫이문을 열어젖히자 바쁘게 움직이던 그림자의 주인을 알 수 있었다. 다행히도 편히 볼 수 있는 상대인 초아였다.

"항아님?"

"초아야, 혼자서 뭐해?"

"다들 일은 던져두고 족구 대회 보러 갔잖아요. 덕분에 짬밥 수 딸리는 쭈그리는 일거리에 파묻혀 있네요. 오늘따라 우리 항아님들은 왜 이리 옷을 많이 벗어놓으셨대요!"

초아는 제 치마를 들썩이면서 입을 뾰족이 내밀었다. 언뜻 보아도 바닥에는 정리할 옷가지가 가득했다. 바느질을 잘하는 초아의 소속은 침방이었지만 사실상 그녀의 주된 임무는 비해당 궁녀들의 잔심부름꾼이었다. 그것은 일종의 겸인과도 같은 역할이었다. 본래 초아는 비해당 궁녀가 되고 싶었지만 나이대의 운이 따르지 않았다. 2기 궁녀 모집이 있었던 당시에 그녀는 초등학생이었고 3기 궁녀 모집이 있을 7년 뒤에는 열다섯의 나이를 훌쩍 넘긴 이십대가 되어 있을 터였다. 아쉬운 대로 재주를 살려 다른 방법으로 궁에 취직했지만 침방 일에는 큰 흥미를 느끼지 못했다. 그 대신 자투리 시간이면 언제나 비해당 근처를 배회하면서 궁녀들을 관찰하는 것을 즐겼다. 그 동경 어린 시선의 이유를 알게 된 현에 의해서 초아는 비해당 궁녀 전담 침방 나인으로 배속되었고 서궁과 남궁을 자유롭게 오갈 수 있게 되었다. 유독 살갑고 귀여운 성미를 지닌 탓에 초아는 운영은 물론 다른 궁녀들과도 각별한 언니 동생 사이로 지내고 있었다.

"그러는 항아님은요?"

"응?"

"왜 족구 대회 안 보고 여기 오셨어요? 필요하신 거라도?"

"아, 아냐. 내가 좀 도와줄까?"

초아는 운영의 손을 맞잡으면서 눈을 반짝였다.

"그럼, 다림질만 좀 도와주실래요? 저는 화장실 좀 금방 다녀올게요. 침방을 비울 수도 없고, 지키는 이가 없어서 계속 참았다니까요."

"그래. 다녀와."

"그리고…… 저기, 운영 언니."

초아가 항아님이 아니라 그녀를 친근하게 언니라고 부르는 이유는 하나였다. 뭔가 부탁할 거리가 있다는 것이었다. 빤히 보이는 속내에 운영은 작게 웃었다.

"족구 대회도 보고 와."

"아, 언니. 더 럽!"

초아가 손가락으로 하트를 만들어내더니 한껏 웃으면서 뛰쳐나갔다. 침방에 혼자 남겨진 운영은 긴 숨을 내쉬었다. 어마어마한 옷가지가 심란했지만, 한편으론 다행이었다. 할 일이 생긴 덕분에 소란한 무리 속에 섞이는 시간을 늦출 수 있었으니 말이다. 소맷단을 둥둥 접어 올리고는 기지개를 크게 켰다. 구겨진 옷감이 펴지는 것에 집중하면서 잡생각을 가라앉혔다. 하지만 그마저도 쉽지는 않았다. 간헐적으로 문밖에서 환호성이 들려올 때마다 일순간씩 다리미를 잡은 손에 꽉 힘이 들어갔다. 머릿속에서는 자꾸만 유영의 모습이 떠올랐지만, 고개를 세차게 가로저었다. 그런다고 떠오르지 않을 생각도 아니건만…… 조금이나마 죄책감을 덜어내기 위한 미약한 몸짓이었다. 몸은 침방에 있었지만, 마음은 족구 대회에 가 있는 동안 어느새 다림질이 끝났다. 정리된 옷을 얌전히 개고 있을 때 드르륵 문이 열렸다.

"초아니? 잘 다녀 왔……."

운영의 목소리가 잦아들고 눈이 커졌다. 멍하니 벌어진 입술을 다물지 못한 채 말을 이을 수가 없었다. 열렸던 문이 다시 달히고 누군가 그녀의 앞에 다가섰지만, 운영은 계속 멍한 눈을 깜박였다.

"이곳에 계셨습니까?"

음률을 읊는 것처럼 부드러운 목소리는 분명히 그 사람이다. 천천히 고개를 들어서 앞에 선 이의 눈을 마주 보는 순간 운영은 잠시 숨을 멈추었다. 보고 싶었지만 보지 않으려고 피했는데, 어찌하여 이리도 쉽게 마주치는 것일까. 그녀의 모든 노력이 무색해지는 순간이었는데 자꾸만 맥이 빨라진다. 아주 급하게 뛰는 그 소리가 몹시도 경망스럽게 들려서 신경이 사나웠다. 그와 단둘이, 그것도 이곳 수성궁에 함께 있는 순간에 온몸이 간질거렸다.

"다림질하던 중? 다른 궁녀들은 다 놀던데…… 왜 혼자 구석 방에서 이러고 있어요?"

그가 아주 반가운 듯이 물어왔다. 익숙하게 말을 붙이고, 가까이 다가서는 그의 존재감이 버거웠다. 저 사람은 뭐가 저렇게 쉬울까? 여유로운 남자와 달리 초조해진 운영은 의지할 곳이 없음에 옷가지를 집어 들었던 손에 꽉 힘을 주었다.

"홍운영 양. 옷이 구겨지는데?"

"하, 항아님이라고 부르셔야 합니다. 이곳에서는……."

"그야 내 마음이죠. 이곳이든, 저곳이든……."

유영은 아예 털썩 자리를 잡고 앉았다. 상냥하게 웃으면서 눈을 맞추는 남자의 시선을 피하기 위해서 운영은 얼른 고개를 돌렸다. 뭐라고 말을 해야 하나? 이대로 일어설까, 그냥 앉아 있을까…… 이런 저런 생각과 함께 괜한 갈증이 돋는 찰나였는데 그가 셔츠 단추를 풀기 시작했다. 남자의 느닷없는 행동에 운영은 옷가지를 가슴에 안은 채 눈을 치떴다.

"왜 또 이러십니까!"

"왜…… 또?"

"오, 옷을 왜…… 벗으시는 겁니까!"

유영은 그제야 경계심이 가득한 그녀의 눈빛을 이해할 수 있었다. 놀라서 허둥대는 눈빛이 뭘 생각하는지 짐작이 갔다. 별거 아닌 일에서 유영은 여자를 놀릴 수 있는 틈을 찾아냈다. 그리고 놓치지 않았다.

"안 벗고 그냥 할 수 있습니까?"

운영은 눈가의 떨림을 그대로 들키면서 입을 벙긋거렸다. 그모습이 미치도록 자극적이라서 뒷목이 뻣뻣해졌지만 내색하지 않았다. 저 모습을 오래 보고 싶었으니까.

"왜 대답을 못 해? 역시 벗어야겠죠? 나는 아무래도 상관없습니다."

"뜻을 거두어 주십시오. 저는 못 합니다."

그 단단한 한마디에 상처입기는커녕 웃음이 터져 나올 뻔했다. 상황을 제대로 오해하고 있는 여자의 잔망스러운 생각을 풀어 주기에는 지금의 상황이 몹시도 즐거웠다.

"왜 그렇게 거부를 하십니까?"

"몰라 물으십니까."

"혹시 처음이에요?"

운영은 이렇다 할 답변 대신 꾹 다문 입에 더욱 힘을 주었다. 다스리지 못하여 전신에 퍼지는 떨림이 입술까지 번져 올라갔다. 그가 건네는 은근한 농담 한마디 한마디가 색정적으로 들렸으니까. 입가에 미소가 가시지 않는 남자는 그녀에게 좀 더 가까이 다가앉았다. 소리친 뒤 벌떡 일어서고 싶은데 몸뚱어리가 도무지 말을 듣지 않았다.

"아, 역시 처음이었네. 그래서 서툴구나?"

제발 알아서 멈춰주면 좋으련만 유영은 지치지도 않고 그녀를 몰아붙였다. 셔츠 단추가 세 개 쯤 풀려 있었기에 남자의 탄탄한 살결에 시선이 닿는 순간 크게 입이 벌어졌다. 운영은 차라리 눈을 질끈 감았다. 가까이 다가선 남자의 숨결이 볼 언저리로 퍼지는 순간 손끝이 저릿했다.

"역시 자신 없어요? 그럼 다른 항아님한테 부탁해야 하나?"

"그게 좋을 듯싶습니다!"

결국 참다못한 운영이 벌떡 일어났다. 아무 말도 없이 뚱한 표정으로 그 자리를 벗어나는 여자를 낚아채듯이 붙잡았다.

"나는 홍운영 양이 해줬으면 싶은데……."

"그러니까 제가 못 한다고!"

"바느질 말입니다."

"네?"

"바느질이요. 평훈이가 잡아당겨서 내 소맷단 단추가 뜯어졌거든요. 떨어질 듯 말 듯 신경 사납게 달려 있는 모양새가 마음에 안 들었는데, 침방에 가면 꿰매준다기에 온 참입니다."

"아……."

붙잡힌 팔에서 스르륵 힘이 빠져 나갔고, 유영이 제 소맷단을 가리켰다. 운영은 서서히 제자리를 찾아가는 호흡과 함께 얼굴이 붉어졌다. 지금의 이 상황이 창피해서 미칠 것 같았다. 제 혼자 미친 망상을 펼친 스스로가 몹시도 싫어지는 순간이었다. 이 남자 앞에서는 이렇게 엉망이 되고 만다. 마음이.

"혹시 다른 걸 생각했습니까? 뭔가 야한 거라도? 지금 내가 실망시킨 건가?"

"아닙니다!"

운영은 붉어진 얼굴을 감싸 쥐면서 자리에 앉았다. 유영은 뾰로통하게 튀어나온 양 볼에 제 입술을 닿게 하고 싶다는 충동이 치밀어 올랐다. 제 스스로 다시 앉은 뒤에도 운영은 그의 시선을 피하면서 잔기침을 했다.

일부러 저러는 것을 안다. 마주하는 상황이 아마 힘들 것이다. 단둘이 한 공간에 있다는 긴장감은 유영조차도 다스리기 버거웠다. 하필이면 햇살이 비치는 창가에 앉아 있는 여자가 무척이나 예뻤다. 단아하게 틀어 올린 머리를 손가락을 집어넣어서 풀어헤치고 싶다. 잘 묶인 저고리의 매듭을 잡아당기면 하얀 살결이 드러날 테지? 그는 아찔한 생각과 함께 한껏 웃었다. 이를 꽉 깨문 채로 말이다.

"할 줄 알아요?"

이번에는 제대로 알아들었다. 운영은 고개를 옆으로 튼 상태로 겨우 끄덕였다. 지금 이 순간 잔뜩 붉어진 마음이 한꺼번에 터뜨려지는 모든 이유는 보조개가 예쁜 저 남자 때문이다.

"그래서 어떡할까요?"

"……."

"입어요? 벗어요?"

"네?"

"셔츠 말입니다! 셔츠!"

"이, 이…… 입고 계십시오."

운영은 말을 맺자마자 시선이 마주칠세라 얼른 손에 잡히는 반짇고리 뚜껑을 열었다. 떨리는 손으로 바늘에 실을 꿰는 동안 유영은 아무 말도 하지 않았다. 그의 소맷단에 그녀의 작은 손이 닿았을 때, 그 손이 전하는 떨림이 천 조각 너머로 전해졌다. 여유만만하게 웃었던 남자의 미간이 좁혀지고 숨이 드문드문 끊어진다.

"잠시만 이대로 팔을 뻗어 주십시오."

바느질을 하기 위해 고개를 내린 여인의 숨결이 팔목 언저리에 닿았다. 그 순간 그들은 같은 생각을 하고 있었다.

'차라리 벗을걸.'

그녀의 손이 감질나게 자신을 스칠 때마다 유영은 다스리기 힘든 감각을 참아내기 위해 더욱 이를 꽉 깨물었다.

"다, 됐습니다."

던지듯이 급하게 내뱉은 한마디와 함께 운영은 반짇고리를 소리 나게 닫았다. 이미 잘 닫혀 있음에도 한 번 더 꾹 힘주어 닫았다. 그 힘에 의지해서 운영은 겨우 자리에서 일어났다.

"고마워요, 홍운영 양."

운영은 가벼운 묵례와 함께 겨우 한 걸음을 뗐다. 끝끝내 항아님이라는 말을 입에 담지 않는 남자한테 자칫하면 휩쓸릴 뻔한 순간이었다.

"그럼 살펴 가십시오."

그 딱딱한 한마디조차도 겨우 내뱉은 터였다. 이제 끝이라는 생각으로 문에 손을 뻗던 그때였다. 손이 겹쳐진다. 유영의 것이 운영에게로. 그 생경한 감촉과 실루엣에 사고의 흐름이 정지되었다. 오도 가도 못 하고 잠시 멍하니 있던 그때 남자의 손이 거두어졌고 참았던 숨을 내쉬었다. 하지만 그것도 잠시뿐…… 그대로 등 뒤에서 껴안는 남자의 체온이 자신에게 스미는 순간 운영은 제 몸이 허물어지는 기분이었다.

"줄곧 당신을 찾았습니다. 난 받을 게 있으니까."

"우, 우산은 곧 돌려드리려고 했습니다."

"그게 아니라……"

목 언저리에서 부서지는 숨결에 운영은 치맛단을 꽉 붙잡았다. 그의 들뜬 호흡이 귓가를 간지럽혀서 그대로 주저앉을 뻔했다. 유영은 그녀를 안은 팔에 좀 더 꽉 힘을 주었다.

"당신의 대답."

답사 이후 유영은 그녀와 단둘이 마주할 시간을 가질 수 없었다. 수업이 끝났다 하면 기다렸다는 듯이 등을 보이고 뛰어나가는 여자를 붙잡을 명분이 없어서 애가 탔다. 충분히 흔들리고 있는 여자의 마음을 확인했는데 그녀는 기특할 만큼 자신을 피하고 마음을 숨기고 있었다. 그래서 화를 내고 다그치고 싶은데 문제의 대상을 볼 기회가 짜증이 날 만큼 없었다. 그런데 오늘 아주 합법적인 이유로 수성궁에 들어올 수 있었고 유영은 내심 기대했다. 현과 심각한 대화를 나누는 와중에도, 다른 이들과 오찬을 하는 그 시간에도 여유로운 척 웃었지만 전부 지어낸 웃음이었다. 그의 머릿속은 딴생각이 멈추지 않았으니까. 그것은 마음껏 볼 수 없어서 감질나고 더욱 바라게 되는 애끓는 마음. 걸음을 옮길 때마다 보이는 것이 비해당 궁녀였다. 하다못해 소옥과도 오가는 복도에서 서너 번을 마주쳤는데 정작 운영이 없었다. 분명히 이곳 어딘가에 있을 터인데 보이지 않아서 슬슬 뿔이 났던 참이었다.

"일부러 피했습니까?"

"교수님, 이 손 좀 놓아주십시오. 제발……."

"제발…… 그 말은 내가 백 번도 넘게 내뱉은 것 같습니다. 당신을 보게 해달라는 잔망스러운 마음을 담아서. 그 속된 기도를 아주 간절히 빌었더니 당신이 이곳에……."

맺지 못한 말끝의 울림이 빗물처럼 몸을 타고 흘러와 전신을 휘감는다. 벗어나지 않는 여체의 떨림이 손 아래에서 부서지는 순간 유영은 어떤 공허감을 밀어내고 완전해지는 기분이 들었다.

"내가, 운이 좋았습니다."

남자는 하늘이 제 편임을 확인하며 기도하듯 눈을 감는다. 제대로 숨도 쉬지 못한 채 입술을 깨무는 것은 온전히 운영의 몫이었다. 마침내 유영이 부서지는 숨결과 함께 그녀의 어깨에 제 얼굴을 파묻었을 때 운영은 그 뜨거움에 몸을 떨었다. 그리고 그만큼의 찬 기운이 지지 않고 퍼져나간다. 그것은 금기에 대한 두려움. 그 무거운 사슬이 발목에 채워지는 순간의 상상만으로도 온몸이 굳어진다. 그걸 아는데도 어째서 자꾸만 이 남자가 눈에 밟히는 걸까. 왜 조금씩 마음이 차오르는 걸까. 어째서 그릇된 소망의 실현을 기대하는 걸까. 그녀의 어지러움을 이해한다는 듯 유영이 묻는다. 당신도 나와 같지 않으냐고. 그 물음이 너무도 적나라해서 차마 답할 수 없는 여자는 조용히 깨문 입술에 힘을 줄 뿐이다. 뿌듯하게 커지는 감정의 실체가 뻐근하게 가슴을 짓누른다. 그 통증과도 같은 감각을 느끼면서 운영은 눈을 감았다. 그리고 생각했다. 차라리, 미치는 게 낫겠다고.

그날 밤. 잠들지 못하고 툇마루에 나와 앉아 있는 운영의 곁으로 소옥이 다가섰다.

"또 잠이 안 와?"

"그냥 좀……."

"왜? 무슨 걱정 있어? 표정이 시무룩하네."

운영은 가만히 고개를 내저었다. 유영과 나머지 일행이 수성궁에서 머문다는 그 하루의 시간이 못내 무겁게 다가왔다. 그건 소옥에게도 말 못 할 시끄러운 속사정이었다. 운영은 하고픈 말을 삼키면서 손끝으로 하늘에 뜬 달을 가리켰다.

"달 보고 있었어."

"달?"

"보름이 지난 것도 몰랐는데 벌써 기울어져 있더라. 절반이나 줄었는데도 눈치채지 못했어."

"세상에. 그게 그렇게 속상한 표정으로 말할 거리야?"

"그냥, 점점 줄어들잖아. 저러다가 전부 사라질 수도 있겠구나. 그렇게 생각하니 조금 슬퍼 보이네."

"달이?"

"응."

"뭐래? 너 피곤한가 봐. 좀 자라, 자!"

소옥은 심드렁하게 웃었다. 졸린 눈을 부비면서 하품을 하던 그녀는 다시 몸을 일으켜서 방 안으로 들어가 버렸다. 혼자 남겨진 운영은 또다시 고개를 들어 밤하늘에 시선을 두었다.

"괜찮니?"

한쪽이 이지러진 달을 향해서 나지막하게 제 마음을 들려준다.

"나는 좀 아프거든."

다음 날 아침.

대군의 서재 앞 풍경은 여느 때와 다름이 없었지만 어딘지 모르게 다른 하나가 있었다. 그것은 언제나 홍 내관의 엄한 눈빛 속에서 잔뜩 주눅이 들어 있었던 나인들이 얼굴을 붉힌 채 소곤거리고 있다는 것이었다.

"어라? 항아님이 오셨네요? 홍 내관께서 최 상궁 마마가 직접 오실 거라 하셨는데?"

"아, 마마님께서 속이 안 좋으시다고…… 그런데 홍 내관은?"

"대군의 일행들과 함께 서재 안에 계십니다."

똑똑.

"들어와."

익숙한 현의 목소리와 함께 단힌 문이 열리고 한 걸음 내디뎠을 때 하필이면 유영이 너무 쉽게 보였다. 확장된 동공은 현에게 눈을 맞춤으로써 가라앉고 흔들리는 눈동자는 고개를 숙여서 감추었다.

"최 상궁은 어쩌고?"

"마마님이 몸이 좋지 않으셔서 제가 대신 왔습니다."

"아파? 어디가?"

"지난밤에 먹은 떡이 얹히신 듯합니다. 새벽녘 내내 소화를 시키지 못하시고 식은땀을 흘리시는 통에 대군의 부름에 응하실 수 없었습니다."

"아…… 떡."

순간 현이 무의식적으로 홍 내관을 바라봤다. 그는 왜 나를 보느냐는 듯한 눈빛으로 어깨를 으쓱하더니 그의 시선을 외면했다. 하지만 현의 눈에는 똑똑히 보였다. 최 상궁이 아프다는 얘기를 전해 듣는 그 시점부터 홍 내관의 눈빛에 스쳐 지난 떨림을 말이다. 아마도 묻고 싶어서 입이 근질거릴 얘기를 제 입으로 묻지 못할 것임을 알기에 현은 선심 쓰듯 나섰다.

"그래서 상태가 많이 안 좋은가?"

"체기가 가라앉는 약을 드셨으니 곧 괜찮아지실 겁니다. 그리고 이것은 대군께서 준비하라 하셨던 물건입니다."

받쳐 들고 있었던 쟁반을 탁자 위에 올려놓은 뒤 천천히 뒤로 물러섰다. 흠 잡을 데 없는 단정한 몸짓 속에는 조급함이 감추어져 있었다. 현과 유영이 함께 자리하는 이 공간의 불안감이 견디기 힘들었다. 얼른 이 자리를 벗어나고 싶어서 맞은편의 홍 내관에게 시선을 던졌고 다행히 눈이 마주치는 순간 입 모양으로 물을 수 있었다.

'나가도 돼?'

간절한 물음이었는데도, 홍 내관은 뚱한 얼굴로 고개를 가로저었다. 운영은 한숨을 내쉬고 싶었지만 자리가 자리인지라 조용히 입을 꾹 닫았다. 하필이면 둥근 테이블이었다. 현의 맞은편 자리에는 유영이 앉아 있었기 때문에 운영은 그의 시선을 고스란히 받아내야 했다. 유영은 노골적이다 싶을 정도로 운영을 바라보고 있었다. 그것이 얼마나 위험한 일인지 알고나 있을까? 운영은 그가 홍 내관에게 또 한소리 들을지도 모른다는 노파심에 슬쩍 걸음을 옮겼다. 일부러 유영의 뒷자리에 선 덕분에 남자의 시선을 피할 수는 있었지만 가깝게 좁혀진 거리만큼 호흡은 빨라졌다. 괜히 찔리는 구석이 많았기에 운영은 조심스레 홍 내관의 눈치를 살폈다. 다행히도 그는 심각한 표정으로 핸드폰을 확인하고 또 확인할 뿐 운영을 의식하지 않고 있었다.

"부채?"

평훈의 손 아래에서 부채가 펄럭이면서 바람을 일으켰다. 단정한 수묵 담채화가 그려진 그것은 이번에 비해당 궁녀들이 재능

기부 차원에서 제작한 부채였다. 판매 수익은 유기 동물 사료 지원에 쓰일 예정이었다. 동물을 좋아하는 현이 직접 기획한 비해당의 프로젝트였다. 왕족의 사냥 문제로 인해 불거진 동물 보호 단체의 비난 여론을 잠재우기 위함이었지만 숙향은 코웃음을 쳤다. 현이 애초에 의도한 바와 달리 세속에서는 역시 '이현은 옳고 이석은 그르다', '형만 한 아우가 있다'라는 식의 가십을 떠들어 대고 있었으니 말이다.

"홍보가 필요해."

"아, 지금 올해의 기자에게 PPL을 의뢰하는 건가?"

현은 장난스럽게 웃으면서 잘 봐달라는 듯 팔을 툭 쳤다. 오고 가는 이야기들을 귀에 흘려 담으면서 운영은 제 발끝만 바라봤다. 이따금 유영의 목소리가 섞일 때마다 발작처럼 몸이 움찔거렸기에 눈에 힘을 준 채 이를 꽉 깨물었다.

"운영아."

"예, 대군."

예상치 못한 타이밍이었기에 운영은 놀란 기색을 감추지 못한 채 고개를 발딱 들었다.

"뭘 그리 놀라?"

"아, 잠시…… 최, 최 상궁의 상태가 걱정되어…… 대군, 이제 차를 올릴까요?"

"아, 항아님. 나는 커피를 부탁하고 싶은데."

"그리 준비해 드리겠습니다."

"아니야. 그냥 하나로 통일해서 내오면 돼."

"왜? 나는 커피!"

"귀찮게 하지 마. 주는 대로 마셔. 잊었어? 원래 수성궁은 접객 시 커피를 내놓지 않는다는 거? 네가 한두 번씩 규율을 어길 때마다 이곳의 정체성이 흔들린다고."

"커피 하나에 정체성까지나……."

"검사님, 오늘 따라 꽤 시끄럽네."

더 이상 토를 달 수 없게 만드는 진한 눈빛 앞에서 삼혁은 입을 삐죽이 내밀었다. 시대가 변했어도 왕자님은 왕자님이다. 뿔이 난 삼혁은 현의 얼굴에 대고 세게 부채질을 했다. 그 바람에 머리칼이 신경 사납게 흩날렸음에도 현은 딱히 화를 내지 않았고 친구의 장난을 익숙하게 받아줬다. 어린 시절부터 알아온 가까운 친구들과 함께하는 현은 좀 더 편안하게 자신을 내려놓는 느낌이었다.

친구들이 자연스레 서로의 이야기를 나누는 와중에도 유독 말이 없는 사람은 유영이었다. 그의 머릿속 관심사는 오직 하나 홍운영이었다. 유영은 서재 옆 탕비실에서 분주히 왔다 갔다 하는 여인의 모습을 남몰래 눈에 담았다. 훔쳐보는 시선은 숨길 수 있었는데 참지 못해 고인 미소는 대번에 들켰다.

"왜 웃어?"

"좋아서."

"실없긴. 참, 너 단추는? 어? 고쳤네. 다행이다. 어젠 미안, 내가 공만 잡으면 이성을 잃잖아."

"괜찮아. 오히려 고맙다고 생각해."

"어?"

"네 덕분이야."

뜬금없는 답변과 함께 유영은 싱긋 웃으면서 턱을 괴었다. 평훈은 뭔가 이상하다 싶은 촉이 왔지만 딱히 이렇다 할 감이 오지 않아서 고개만 갸웃거렸다.

그 시각. 운영은 새삼 차를 내리는 순서가 가물가물해서 당황스러웠다.

"안 버리느냐?"

"예?"

"첫 잔은 세차를 해서 버려야 한다 했거늘…… 어찌 그대로 차를 우리는 것이야?"

"아, 제가 그랬습니까. 죄송, 아니…… 잘못했습니다."

"너. 정말 이……."

이제는 한계였다. 잔뜩 뿔이 난 홍 내관은 내뱉은 말을 맺기 전에 주변을 돌아봤다. 탕비실에는 운영과 단둘뿐이었다. 아까부터 마음에 안 드는 사촌동생을 다그치기에 딱 좋은 타이밍이란 뜻이었다.

"이따위로 할래!"

홍 내관은 운영의 이마를 세게 한 대 쥐어박았다. 운영은 이마를 슥슥 문지르면서 눈을 길게 찢었다.

"어쭈! 이게 뭘 잘했다고 째려봐!"

"말 놓지 마십시오."

"시끄러워. 너! 아까부터 멍 때리고 정신 놓고 있지? 내가 안

보는 것 같아도 다 본다. 말이 나와서 말인데 요새 촉이 안 좋아. 뭔가 있다고."

"있기는 뭐가……."

운영은 순간 뜨끔했지만 놀란 기색 없이 차를 내리는 데 집중하는 척했다. 자칫 또 실수를 하면 홍 내관이 물고 늘어질 것이 뻔했기에 심혈을 기울였다. 긴장감으로 이마에 맺힌 땀 한 방울이 손등에 툭 떨어지는 순간 마지막 한 방울까지 흘리지 않고 찻주전자에 옮겨 담을 수 있었다.

"차를 내갈 터이니 비켜주십시오."

"잠깐 있어. 말해. 나중에 사람 뒷목 잡게 하지 말고 숨기는 게 있으면 지금 말하라고."

멈추지 않는 홍 내관의 추궁 때문에 운영의 등줄기에 땀이 흘렀다. 그의 집요함을 벗어나기 위해 떠오른 묘수는 간단했다.

"좋아하신다지요. 최 상궁 마마를?"

"뭐? 누가 그래? 어디서 들었어?"

"알아온 세월이 있는데 그 정도 눈치도 없을 줄 아셨습니까. 좋아하는 여자한테 못생겼다고 속내를 돌려 말하는 버릇은…… 나이를 먹어도 여전하십니다. 최 상궁한테 못생겼다고 말할 때마다 저는 속으로 혼자 웃었던 참입니다. 유치해서."

속을 빤히 들켜서 할 말이 없었다. 홍 내관은 헛기침과 함께 운영의 야릇한 시선을 피했다.

"아, 맞다! 최 상궁 마마는 누가 몰래 가져다 준 떡을 먹다가 체하신 듯합니다. 원래 콩떡은 안 드시는 분인데 준 사람 성의를 생각해야 한다면서 부득부득 다 드시더니…… 그리 되셨지요. 맨날 못생겼다고 놀리는 그 콩떡남이 그리 싫지는 않으신 모양입니다."

"최 상궁이 그래? 싫지는…… 않다고?"

"예! 싫지 않은데…… 자꾸 못생겼다 하여 속이 상하신다 합니다."

순간 홍 내관의 동공이 확장되더니 이윽고 귀가 잔뜩 붉어졌다. 열꽃이 핀 것처럼 붉어진 얼굴을 무방비로 노출하는 사촌 오라비의 모습 앞에서 운영은 터져 나오려는 웃음을 삼켰다. 잔뜩 독이 난 얼굴로 제 수하들을 물고 늘어질 때는 잔인하리만큼 차가운 남자가 부끄러워한다. 여자 하나 때문에. 사실 그 붉은 낯빛은 좀 전에도 보고 온 길이었다. 콩떡남이 사실은 홍 내관이지 않느냐는 운영의 물음에 대한 최 상궁의 붉어진 볼이 지금의 홍 내관과 똑 닮아 있었다. 운영은 멍한 표정으로 멀뚱히 서 있는 그의 눈앞에 손가락을 튕겼다.

"이것 보세요, 콩떡남!"

"어?"

"한 번만 더! 날 구석에 몰아넣고 윽박지르면 터진 주둥이로 여기저기 떠들고 다닐 거야. 홍현민이 최 상궁의 콩떡남이라고! 선 보러 가지 말라고 무릎 꿇고 빌었다는 얘기도 다 할 거야!"

"이 계집애가 미쳤나! 진짜 큰일 날 소리를……."

뿔이 나서 소리치던 홍 내관의 목소리가 잦아들었다. 소란함을 이상스레 여긴 지밀나인이 열린 문틈으로 고개를 내밀었기 때

문이었다. 홍 내관은 헛기침 한 번으로 위엄 있는 목소리를 되찾
았다.

"어서, 대군께 차를 올리거라."

"그리하겠습니다."

운영에게 휘말려서 이야기의 본질이 흐려졌지만 홍 내관은 여
전히 기분이 깔깔했다. 못내 운영이 불안했기에 그녀를 지나치면
서 다시 한 번 주의를 주었다.

"뭔지 모르겠지만 흐릿한 정신은 억지로라도 붙잡아. 잔 실수
가 쌓이면 습관이 되는 법이니까."

"예, 콩떡 나으리."

"이게 진짜!"

홍 내관이 이를 드러내면서 으르렁대는 바람에 운영은 얼른 앞
서 걸었다. 딱히 사랑에 빠진 남자를 놀리고 싶지는 않았는데 운
영은 어찔할 도리가 없었다. 맞닿은 긴장감을 상쇄시키기 위해서
는 시시껄렁한 농담이라도 필요한 상황이었다.

'왜 이리 긴장이 되는 거야.'

맨날 하는 일을 새삼 처음 하는 일처럼 낯설게 만드는 그 남
자, 유영의 존재가 너무 크게 느껴졌다. 인정하기 싫은데도.

"연잎 차입니다."

몸에 익은 습관 덕분에 걱정과 달리 다소곳한 몸짓으로 차를
내릴 수 있었다. 이윽고 은은한 차향이 여인의 손 아래에서 피어
났다. 자신의 옆에서 차를 내리는 여자를 바라보는 현의 시선은
한없이 따뜻했다.

그리고 현과 운영을 동시에 바라보는 또 하나의 시선, 유영의 눈빛은 조금 가라앉았다. 그녀가 유영의 앞에 조심스레 찻잔을 내려놓던 그때였다. 그의 손가락이 찻잔을 짚는가 싶었는데 아니었다. 아주 야릇하게 운영의 손가락을 스치듯 건드리면서 지나쳤다. 때문에 운영은 하마터면 찻잔을 뒤집어엎을 뻔했지만 유영은 아무 일도 없었다는 듯 여유로운 미소를 지을 뿐이었다. 유달리 보조개가 푹 파인 웃음이 장난스럽다 못해 얄미웠다. 다행히 현은 홍 내관과 대화 중이었기에 이 망측한 장면을 들키지 않았다. 이에 잠깐 안도할 사이도 없이 유영은 그녀를 작정한 듯이 몰아붙일 준비를 하고 있었다.

"현아."

유영이 현을 부르는 목소리에 도리어 뜨끔한 것은 운영이었다. 어째서 시선을 집중시키는 걸까? 도대체 무슨 생각으로 이러는 건지 알 수가 없어서 운영은 마음이 초조해졌다.

"부탁이 하나 있는데."

"말해."

"빌리고 싶어."

핸드폰을 바라보던 시선을 거둔 현은 잠자코 이어질 말을 기다렸다. 유영은 싱긋 웃으면서 턱을 괴었다. 그리고 아무렇지 않게 폭탄을 내던졌다.

"홍운영 양을."

일순간 고요가 찾아오는 것은 당연했다. 미소 지었던 현의 입매가 굳어졌고, 자세를 고쳐 앉았다. 그는 자신이 제대로 들은 것인가 싶어서 다시 한 번 더 되물었다.

"뭘 빌려 달라고?"

유영의 시선이 망설이지 않고 운영을 향했다. 유영이 자신을 올려다보는 순간 운영은 하마터면 손에 들었던 쟁반을 떨어뜨릴 뻔했다. 그것이 되묻는 물음에 대한 답변이었고 그 순간 현은 헛웃음이 나왔다. 뜻밖의 남자가 던진 기습의 의미를 생각하면서 머릿속이 아득해졌지만 유영은 현에게 시간을 주지 않았다.

"태종대학교 국문과 4학년 홍운영. 내 수업 듣는 학생이야. 지금까지는 비해당 궁녀라는 신분을 생각해서 애써 모른 척한 참이었지만."

"애써 모른 척이라? 그래서…… 계속 모른 척하지 않고 이제 와서 나서는 이유가 뭔데?"

"말 그대로…… 빌릴까 해. 그녀를."

유영은 턱을 괴던 손을 거두면서 나른하게 웃었다. 그 시선의 끝은 어김없이 운영이었다. 상황이 심상치 않음을 깨달은 현은 형언할 수 없는 불쾌감을 씹어 삼켰다. 현의 불편한 심사를 모를 리 없는 홍 내관도 덩달아 초조해졌다. 아무래도 이 모임이 끝나고 난 뒤 곧바로 최 상궁을 보러 가겠다던 깜찍한 계획은 아예 없었던 일로 생각해야 할 것 같았다. 그만큼 상황이 좋지 않았다.

'김유영과 홍운영이라…….'

순식간에 갈증이 인다. 차 한 잔으로 메마른 입 안을 적시고자 했으나 찻잔을 집어 드는 손의 떨림 때문에 그 쉬운 동작도 버거웠다. 그를 뒤흔드는 단 하나의 시선은 운영을 향한 유영의 곧은 눈빛이었다. 도무지 무시할 수 없는 그 신경 사나운 눈의 기운에 현은 관자놀이가 지끈거렸다. 겨우 집어 들었던 찻잔을 그대로 집어던질 뻔했던 위태로운 순간 겁에 질린 듯 표정을 잃은 여인이 눈에 들어왔다. 잔을 움켜쥐었던 손에서도 힘이 풀렸다.

"홍 내관."

힘겹게 내뱉는 목소리가 잠겨들었다. 모든 것이 함축된 현의 한마디에 홍 내관은 충실히 반응했다. 현의 앞에 놓여 있던 찻잔을 치운 뒤 운영을 주시했다. 홍 내관의 엄한 표정에 그녀는 가슴이 쪼그라드는 것 같았다.

'나가.'

고갯짓의 의미를 알아들은 그녀는 대군과 그 일행에게 예를 갖추어 인사할 겨를도 없이 쫓기듯 서재를 빠져나왔다. 문이 닫히는 순간 여전히 걷히지 않은 고요함 속에서 현은 유영을 똑바로 주시했다. 분명히 맑은 눈빛인데 속이 읽히지 않았다. 그래서 낯설고 두렵다.

"빌린다? 난 모르겠는데, 우리 교수님께서 뭘 은유하시는지 말이야."

지금껏 단 한 번도 보여준 적 없는 눈빛이 유영에게 향했다. 적을 대하는 듯 경계심이 가득한 서늘한 기운이 점점 깊어졌다. 그 앞에서 유영은 긴장되는 마음을 숨긴 채 특유의 포커페이스를 유지하면서 현의 신경을 자극했다. 감정 조절이 안 되어 제정신이 아닌 것은 사실 유영도 마찬가지였다. 맞닿은 불안감과 두려움을 상쇄시키기 위해서 할 수 있는 것이라고는 깊게 숨을 들이쉬는 것뿐이었고 이미 벌어진 판 앞에서 돌아갈 길은 애당초 만들지 않았다. 유영은 여유로운 손짓으로 찻잔을 집어 들면서 조곤조곤 말을 이었다.

"글 쓰는 솜씨가 나쁘지 않아. 조용하고 단정해. 성정이 곧아서 믿음직한 구석도 있고."

"그래서?"

"반나절이면 충분해. 출판 원고 교열 작업을 맡기고 싶어. 우리 조교가 이번에 손가락을 좀 다쳤거든. 컴퓨터 작업은 아예 불가능해서 곤란한 상황이야."

유영은 차 한 모금과 함께 쓴웃음을 삼켰다. 순간적으로 지어낸 말이었다. 살면서 단 한 순간도 거짓을 입에 담지 않았던 신실한 입에서 아무렇지 않게 그 험한 소리가 튀어나온 것은 전부 신경 쓰이는 그 여자, 홍운영 때문이다.

"반드시 홍운영이어야 하는 이유도 없을 텐데?"

"그녀가 필요한 이유에 대해서는 충분히 설명한 것 같은데?"

마치 운영에 대해 많은 것을 알고 있다는 듯한 자신에 찬 목소리에 현은 입술이 비틀렸다. 홍운영과 김유영 사이의 미묘함을 떠올리자 목구멍에 무언가 걸린 듯한 느낌이 삽시간에 퍼져 나갔다. 지금의 감정을 담백하게 정의할 수 있는 말을 감히 누가 만들어 낼 수 있을까? 현은 제 의지와 반하는 떨림을 감추기 위해서 테이블 아래로 손을 내렸다. 그리고 아무렇지 않다는 듯 여유로운 웃음을 겨우 지어냈다.

"내가 거절하면?"

"쉽게 응할 거로 생각하면서 꺼낸 얘기는 아니야. 그런데……
거절할 이유가 있나?"

"비해당의 궁녀는……."

"평범한 사람이고…… 여인이야."

운영을 염두에 둔 한마디는 여인이었다. 가볍게 스치듯이 넘어
갈 단어가 아니었기에 순간적으로 현의 눈빛이 번쩍 빛났다. 이
윽고 꽉 틀어쥔 주먹에서는 뼈마디가 도드라졌다. 이 숨 막히는
대화에서 소외된 두 사람 성삼혁과 박평훈은 좌불안석이었다.
긴장된 표정으로 현과 유영을 번갈아 쳐다볼 뿐 나서지도 못한
채 눈만 굴려야 했다.

"그런데도 거절한다? 반나절의 자유, 그것도 교수의 일을 돕는
지극히 건전한 일탈일 뿐인데 그조차도 통제받는 삶이라는 건
가? 어쩌지. 나는 그 합리성이 조금은 의심스러운데."

조목조목 따지고 드는 말 앞에서 현은 입술을 힘없이 터뜨렸
다. 애석하게도 되받아칠 말이 없었다. 지고 들어가는 기분의 불
쾌함, 그 어수선한 마음을 내보이지 않으려고 했지만, 그는 한계
에 직면하고 있었다. 그도 그럴 것이 자신을 몰아붙이는 남자가
그의 가장 친한 친구였다. 침묵 속에 자리한 현의 처연한 눈빛
앞에서 유영은 속이 욱신거렸다. 친구를 상처 입히고 공격하는
것이 즐거울 리는 없었다. 생으로 모래를 씹어 삼키는 것처럼 불
쾌하고 유영 스스로에게도 생채기를 내는 아픔을 동반한다. 그
들은 어린 시절부터 둘도 없는 친구였고 정치적인 입장을 같이하

는 파트너였다. 하지만 서로의 생각이 충돌하는 부분에서는 그 누구도 지지 않았다. 게다가 여자를 사이에 두고 벌이는 기 싸움이었다. 그것은 반드시 이겨야 하는 게임, 때문에 유영은 현의 흔들림을 파고들면서 다시 한 번 던진 패를 확인했다.

"말이 나와서 말인데. 웬만하면 학교에 암행 붙이는 것도 그만하지그래?"

"왜 그래야 하지?"

"몰라서 묻는 건가?"

"알고 싶지 않아. 그래도 묻는 거야. 예의상."

"학생들 보기에도 안 좋아. 인권 유린이라는 말도 나오고 있으니까. 비해당에 대한 여론이 좋지 않은 건 사실이잖아. 앞으로 더 나빠질 거고."

특유의 지성과 군더더기 없는 말솜씨가 빛을 발하고 있었다.

"유영아! 그만해라."

"됐어. 무슨 이유로 말을 막아. 잘나고 잘나신 총리의 아드님이신데."

현은 긴 다리를 꼬아 올리면서 나른한 미소를 지었다. 이 시대의 진정한 성골 이현의 숨겨둔 발톱이 날을 세우는 순간이었다. 여차하면 그 발톱으로 살갗을 파고들어서 그대로 찢어내릴 것처럼 현은 서늘한 기운을 내보내고 있었다. 그의 비릿한 웃음과 오만한 시선 앞에서 삼혁은 얼굴이 허옇게 질렸다. 옆 자리에 있는 평훈의 팔을 툭툭 쳤지만 그는 아무 말도 없었다. 평훈의 시선은 한 군데 꽂혀서 거두어지지 않고 있었다. 그것은 현의 손…… 테이블 아래로 내려간 현의 손은 계속 주먹을 쥐었다가 폈다가 의미 없는 동작을 반복하고 있었다. 이를 지켜보는 평훈은 긴 한숨을 내쉬었다. 현의 심리적 동요가 여실히 드러나는 움직임이었으니까. 여차하면 치고받을 상황이었다.

'이해가 안 가…… 도대체 왜…….'

평훈은 답답했다. 유영이 작정하고 현을 건드리는 일은 처음이었다. 이유가 무엇이건 부디 유영이 알아서 입을 닫아주기를 간절히 바랐지만 애석하게도 유영은 끝내 선을 넘었다.

"왕가의 전통을 계승한다는 명분? 그건 도대체 누굴 위함인데? 꽃다운 아가씨들의 청춘을 저당 잡고 있는 거 소모적이야. 이를 유지하는 세금은 전부 국민들의 몫이지. 그 때문에 입헌군주제에 대한 재조명이 필요하다는 얘기도 나오고 있다는 거 모르는 사람 없을 테고."

삼혁은 유영에게서 나온 말들을 믿을 수가 없어서 고개를 내저었다. 정말이지 미쳤느냐고 묻고 싶었는데 말이 나오지 않아서 입만 벙긋거렸다. 유영은 현에게 있어서 아킬레스건과 다름없는 비해당을 대놓고 들쑤시고 있었다. 그것은 왕족의 마지막 남은 자부심의 상징이었는데도 말이다.

"김유영…… 교수님 눈에는 그게 몹시도 아니꼬우시다?"

"아니라고는 못 하겠네."

"그래서…… 지금, 나를 겨누겠다는 얘기?"

"듣기에 따라서는."

"번복할 생각은?"

"없어."

단호한 의지가 느껴졌다. 현은 알고 있다. 김유영이 허투루 흰소리를 내뱉는 자가 아니라는 것을 말이다. 지금 현의 앞에서 당당하고도 오만하게 제 할 말을 다하는 것은 그조차도 꽤나 큰 결심이 동반되었어야 하는 일이었다. 그래서 더욱 이해할 수 없다.

'기가 막히네. 방심했다고…… 이현이, 김유영한테.'

유영과 현 사이에 놓인 어떤 끈이 끊어지기 직전이었다. 그것은 오랜 세월 함께 쌓아온 신의와 믿음이었다. 현은 충혈된 눈으로 멀거니 유영을 바라봤다. 그 순간에 현은 망설이는 자신을 발견했다. '진짜 그뿐이야?'라고 물으면 유영은 분명히 어떤 답을 내놓을 것이다. 그런데도 막상 파헤치지 못하고 머뭇거리는 이유는…… 두려움 때문이었다. 소중한 것을 잃게 될지도 모른다는 불안함이 술렁이면서 현을 아프도록 다그쳤다. 이제 그만 여기서 멈추라고.

"현아. 이 자식이 원래 비평가잖아. 시도 때도 없이 모두까기 하는 게 일이야…… 지금도 직업병에 시달리고 있는 거라니까? 아, 김유영 불쌍하네."

참다못한 삼혁이 이들의 사이를 중재하려고 나섰다.

"그렇지? 박평훈…… 뭐라고 말 좀!"

삼혁의 채근에도 묵언 수행 중이던 평훈의 동공이 확장되었다. 현의 입가에 설핏 웃음 비슷한 것이 걸렸기 때문이었다. 평훈은 자신이 제대로 본 것인가 싶어서 눈을 깜박였다. 그 속을 알 수 없는 웃음에 유영을 포함한 모두의 눈빛이 흔들렸다.

"좋아. 빌려 가."

고귀한 신분의 단정한 입매로 시선이 집중되던 그 순간, 유영은 더 이상 여유로운 척 웃지 않았다. 자신을 바라보는 현의 잔뜩 구겨졌던 인상이 신기하리만큼 펴졌지만, 여전히 그 눈매는 매서웠다.

"대신…… 조건이 있어."

"조건?"

"손끝 하나 건드리지 말고. 아주 예쁘게 제자리에 돌려놔. 내 옆으로."

소유욕 짙은 표현을 내뱉으면서 현은 거리낌이 없었다. 그 표정은 도도하기 짝이 없었으며 원래 내 것이라는 선전 포고와도 다름이 없었다. 압도하는 강한 기가 흐려질 틈도 없이 현은 유영에게 다시 한 번 더 제 뜻을 확인시켰다.

"그리고……."

"……."

"반하지 마."

"현아. 상대는 항아님이야. 그런데 반하다니. 그게 무슨 가당치도 않은 농담이야. 하하하."

삼혁은 일부러 크게 웃으면서 호들갑을 떨었다. 숨 막히는 긴장감을 이겨내기 위함이었지만 부질없는 행동이었다.

"아니지. 이건 경고야."

그 순간 유영은 피식 웃으면서 현을 마주 봤다.

'어쭈? 웃어?'

어찌할 수 없는 감정의 동요가 그대로 내비쳐졌다. 현의 얼굴 근육이 꿈틀거렸다.

"조건에 이어서 이번에는 경고라? 꽤나 번거롭네. 좋아. 어떤 의미의 경고로 생각하면 되는 거지?"

부딪친 시선이 버겁기는 서로 마찬가지였지만 두 남자는 결코 먼저 시선을 피하지 않겠다는 듯 눈에 힘을 주었다.

"간단해. 조건을 지키지 않으면…… 산산이 조각내어 부수어 버리겠다는……."

긴장된 기류의 충돌 속에서 평훈의 시선은 여전히 테이블 아래를 향하고 있었다. 지금껏 계속 꽉 틀어쥐고 있었던 현의 주먹이 마침내 펴지는 순간 평훈의 입이 멍하니 벌어졌다.

"그 상대가 김유영 너일지라도……."

"……."

"내가 그리하겠다는…… 뭐, 그런 의미?"

현은 험악한 말을 내뱉으면서도 사람 좋은 웃음을 지었다. 세속의 사람들이 안형대군 이현을 생각하면 가장 먼저 떠오른다는 그 다정한 미소였다. 현은 그야말로 겉으로 보이는 우아함을 유지하기 위해 백조처럼 안간힘을 쓰고 있었다. 하나 쉽지 않았기에 자연히 입꼬리에 경련이 일었다. 결국 아까부터 박차고 일어나고 싶었던 이 자리를 끝내기 위해 망설임 없이 자리에서 일어났다.

"그럼, 조심히들 돌아가. 배웅은 못 하겠네."

"현아."

"속이 언짢아서 말이야. 좀 자야겠어."

분명히 유영을 겨냥한 말이었다. 현은 나른한 미소와 함께 기지개를 켰다. 그의 웃음 앞에서 삼혁은 안도했지만 평훈은 속이 쓰렸다. 그는 분명히 보았다. 현의 상태가 괜찮지 않음을 말이다. 도대체 얼마나 꽉 힘을 주고 있었던 것인지, 얼마나 갖은 힘을 다해서 애를 쓴 것인지…… 현의 손바닥에 피가 맺혀 있었다. 아마도 짧은 남자의 손톱조차 살갗에 파고들어서 생채기를 낼 만큼 휘둘렸으리라. 현의 아픔이, 유영의 알 수 없는 도전의 의미가 몹시도 갑갑하고 두려워서 평훈은 몸이 떨렸다.

"대군, 대군!"

"또 뭐?"

현은 감은 눈을 뜨지 않은 채 대꾸했다. 그의 표정에서 귀찮음과 짜증을 읽어 낼 수 있었다. 유영과의 신경전이 있었던 그날 이후 현은 줄곧 이 상태였다. 현이 꽤나 심적으로 동요하고 있고 정상이 아님을 알고 있었지만 홍 내관은 그를 얌전히 쉬게 해줄 수가 없었다.

"궐에서 전화가 왔습니다. 전하십니다."

그 한마디에 반응하지 않을 수가 없다. 현은 망설임 없이 즉각 몸을 일으켰다.

"직접 대군과 통화하고 싶다고 하십니다."

몸은 일으켰지만 수화기로 뻗는 손의 움직임이 빠릿빠릿하지 못했다. 마음을 다잡아 정신을 바짝 차리기 위해 길게 숨을 토했다. 부디 수화기 너머로 전해 듣는 이야기들이 별거 없이 시시껄렁하기를 바라면서 현은 목소리를 가다듬었다.

"예, 전하. 안형입니다."

[현이 삼촌.]

아이의 밝은 목소리가 들려왔다. 그제야 안도한 현의 얼굴이 풀어졌다. 수화가 너머로 이어지는 천진한 목소리의 조잘거림에 현은 작은 미소를 지었다. 세속에서 이름 붙인 〈오줌 사건〉 이후로 한동안 의기소침한 모습으로 말을 잃었던 어린 국왕이었다. 그럼에도 숙부께 누를 끼치고 싶지 않다면서 목소리를 내리깔았던 귀여운 꼬마 '결'은 현의 사랑스러운 조카였다.

[삼촌. 오늘은 제가 수학을 100점 맞았습니다.]

"잘하셨습니다. 그것 보십시오. 하면 될 것이니 끝까지 포기하지 마시라 말씀드렸습니다."

[그런데 말입니다. 과연, 왕의 자리도 그럴까요?]

"어찌 그런 생각을 하십니까."

[저는, 조금 무섭습니다.]

"무엇이 말입니까?"

[사람들이 수군거리는 소리가 들립니다. 듣지 않으려고 해도 들립니다. 숙부님.]

자신을 삼촌이 아닌 숙부라고 부르는 그 목소리에 현은 눈을 질끈 감았다가 떴다. 천진한 아이의 목소리가 또다시 위엄 있는 왕의 목소리를 흉내 내고 있었다. 그것이 어설프기 짝이 없어서 더욱 애달프다.

[궐 안의 사람들이 말입니다. 얼마나 버틸 수 있을지 자기들끼리 내기를 합니다. 정말, 끝까지 포기하지 않으면 그 사람들이 저를 인정해 줄까요?]

"물론입니다, 전하."

[제 곁에는 숙부님이 계실 거지요. 저를 지켜주신다 약조하셨습니다. 그러니, 제가 어른이 되어 진정한 왕이 되는 날, 그 자리에서 저를 내치지 말아 주십시오, 숙부님…….]

통화가 끝나고 난 뒤에도 현은 한참을 멍하니 수화기를 집어들고 있었다.

"내치지…… 말아달라……."

이제 고작 초등학생인 꼬마의 말 앞에서 현은 가슴이 먹먹해졌다. 영민한 아이는 자기가 왜 왕이 되었는지, 무엇이 자신을 왕으로 만들었는지 잘 알고 있다. 그것은 제 편에 대한 분명한 인식을 뜻했다. 차라리 아무것도 모르는 진정한 허수아비였다면 조금 더 다루기 쉬웠을지도 모른다. 그런데 그의 어린 조카는 쓸데없이 많은 것을 알고 있었다. 때문에 현은 곤룡포가 바닥에 끌리는 작은 국왕을 떠올릴 때마다 어김없이 마음이 흐려졌다.

"전하께서 다시 웃음을 찾으신 것이 다행입니다."

"찾은 게 아니라 찾은 척하는 것뿐이지. 나를 안심시키기 위해서."

"타고난 성정이 착하고 온유하신 분입니다."

"그러니 그게 문제지. 나의 어린 조카에게…… 내가, 하지 말아야 할 짓을 했어."

스스로에 대한 조소가 담긴 실없는 웃음이 터졌다. 현은 크게 바라는 것이 없었다. 그가 전하라고 부르는 어린 조카에게 형님의 부탁대로 세상을 주고자 하였다. 타고난 왕의 팔자를 지킬 수 있도록 말이다. 애석하게도 제 손으로는 지키지 못할 만큼 유약하니, 그저 도움을 주고자 했을 뿐인데 되는 일이 하나도 없어서 속이 시끄러웠다. 어린 주군은 제가 짊어진 감투에 짓눌리고 있었고 그 감투는 현이 씌어준 꼴이었다.

어른들의 세력 싸움 속에서 아이답게 어리광 한번 부리지 못한 어린 국왕에게는 아버지를 잃은 슬픔도 허락되지 않았다. 울보라고 소문났던 꼬마가 정작 제 아비의 장례식장에서는 단 한번도 우는 모습을 보이지 않아서 뜻밖이었다. 어린아이의 몸으로 남은 장례를 마저 치르는 모습은 대견했다. 사람들 눈을 피해서 소맷단으로 몰래 눈물을 닦아내던 꼬마는 제법 의연하게 자신의 상황을 인정하고 받아들였다. 그럼에도 분명한 것은 제대로 영글지 못하여 심약한 마음이었다. 휘청거리는 걸음을 채 옮기지 못하는 것이 안타까워 현이 업어주고자 하였을 때 어린 조카는 끝내 제 발로 걷다가 넘어졌다. 그러곤 엉엉 울었던 것이 창피했던지 벌게진 눈에 제법 힘을 꽉 준 채 군왕의 도리에 관해 물었다. 그 물기 어린 눈빛이 꽤나 영롱해서 지금도 잊히질 않는다. 형님을 쏙 빼닮은 어린 조카의 바지에 묻은 흙을 털어내면서 현은 다짐했다. 나의 주군은 오직 당신뿐이라고 말이다.

"형님께 연통을 넣어."

"결심을 하신 겁니까."

"어차피 벼랑 끝이야. 살고자 하면 먼저 뛰어내려서 물에 몸을 싣는 게 빠를 테지."

책상 위에 놓인 목각인형을 매만지는 현의 눈빛이 검게 가라앉았다. 그는 본능적으로 깨닫고 있었다. 그의 주군을 지키기 위한 결단의 순간이 도래했음을 말이다. 그것이 설령 형제간의 우애에 금이 가는 일이라고 해도, 그것이 꽤나 아프다고 해도 버텨야 하는 일이었다.

제삼장
말 못 할 마음

"후우……."

　운영은 제 차림을 위아래로 훑은 뒤에도 한참을 머뭇거렸다. 수업이 없는 주말이었는데도 운영의 행선지는 유영의 연구실 앞이었다. 명목상 그의 출판 원고 교열을 돕는 일이라 하였지만, 그것에 왜 하필 자신이 동원되어야 하는지 알 수 없었다. 그저 홍 내관은 부릅뜬 눈으로 몸가짐을 단정히 하라는 말을 하고 또 했을 뿐이었다. 손목에 찬 시계를 보니 약속 시간에서 10분이 지나 있었다. 문 앞에서 계속 망설인 탓이었다. 더는 늦을 수 없음에 그녀는 큰 호흡과 함께 마음을 조인 뒤 문을 두드렸다.

　똑똑.

　"네."

그의 단정한 목소리가 들려오는 순간 목을 가다듬었다. 갈라지고 떨리는 목소리가 나가지 않기를 바라면서 제 존재를 알리고자 했던 그때였다.

"홍……."

갑자기 문이 벌컥 열리면서 맺지 못한 말이 허공으로 흩어졌다.

"늦었네요."

유영이 언제나처럼 여유롭게 웃으면서 그녀를 맞이했다.

"아, 그게…… 잠시 화장실, 아니…… 아, 뭐지. 맞다! 소옥이가 잠시 보자고 해서."

"그래서 교수와의 약속에 늦었다고?"

그녀는 얕은 거짓말이 부디 통하기를, 그래서 얼렁뚱땅 이 어색한 상황을 벗어나기를 바랐다.

"네. 죄송합니다."

시선을 발아래로 떨구면서 얼버무렸다. 그는 고개를 푹 숙인 채 제 가방을 인형인 양 안고 있는 여자를 바라보면서 마침내 그녀가 제 앞에 있음을 실감했다. 그는 운영이 서관 안으로 들어오는 시점부터 창밖 너머의 여인을 눈에 담고 있었다. 누군가 타박타박 계단을 오르는 소리에 신경을 집중했고 복도를 울리는 발걸음이 연구실 앞에서 멈추는 순간 배실배실 바보 같은 웃음이 터져 나왔다. 이제 곧 보고 싶던 여자가 저 문을 두드리고 예쁜 얼굴을 보여줄 테지 생각하면서 목소리를 가다듬는 것도 잊지 않았다. 그런데 어찌 된 일인지 들리는 소리라고는 시계 초침이

째깍대는 소리일 뿐 그녀가 좀처럼 제 존재를 알리지 않았다. 분명히 부스럭거리는 기척이 남에도 도무지 들어올 생각을 하지 않았다. 도대체 왜 저러는 걸까? 몹시도 궁금했고 혹시 그대로 돌아갈까 봐 애타는 마음에도, 묵묵히 기다리기를 10여 분. 그가 더 이상 참지 못하고 문을 열어젖히려던 순간이었는데 마침 그녀가 똑똑 문을 두드렸다. 그리고 열린 문틈으로 눈이 마주치는 순간 여자의 얼굴이 붉어졌다. 그 붉은빛 앞에서 유영은 기이한 고양감이 느껴졌다. 왜 망설였는지 알 것도 같았다. 아마 그녀는 제 발로 남자 혼자 있는 공간에 들어서는 게 부끄러웠으리라.

"뭐해요?"

"네?"

문을 활짝 열어젖힌 유영은 가볍게 손짓했다. 그럼에도 그녀는 선뜻 내키지 않는다는 듯 주변을 살피면서 계속 머뭇거렸다. 발을 뗐다가 다시 붙였다가 미적거리는 움직임이 못마땅해서 유영은 그녀를 확 잡아당겼다. 끌어당기는 손길에 의해서 연구실 안으로 떠밀리듯이 들어온 여자는 문이 닫히는 순간 얼른 그의 손부터 확 뿌리쳤다. 그녀의 거부가 마음에 드는 것은 아니었으나 유영은 이해한다는 듯 고개를 끄덕였다. 애써 아무렇지 않은 듯 고상하게 웃었다. 속은 콕콕 쑤시고 있으면서도 티내지 않는 것은 사랑에 빠진 수컷의 허세였다. 유영은 제 방 안으로 들어온 여자의 실루엣에 조바심이 나면서도 느긋하게 행동했다. 연구실의 문을 슬쩍 잠그는 것도 잊지 않았다.

"어찌…… 문을 잠그십니까?"

"도망갈까 봐."

운영은 남자의 천진한 웃음과 닫힌 문을 번갈아 바라보면서 조금씩 정신이 맑아졌다. 어깨가 떨림과 동시에 제 처지가 실감이 났다. 이 작은 공간에 오직 그와 단둘뿐이라는 사실. 잊을 수 없는 기억 너머에는 저 남자가 했던 모든 말이 빼곡히 자리하고 있었다. 틈이 보이면 달려들 것이라던 그 저돌적인 눈빛도 아주 생생하게, 그래서…… 숨이 급해지도록.

어찌할 수 없는 긴장감을 상쇄시키기 위해서 운영은 뭐라도 해야 했다. 시선을 바닥에 흩뿌리면서 남자의 눈웃음 공격을 피했고 그가 또 농담을 붙여올까 봐 입에서 나오는 대로 먼저 말을 붙였다.

"추, 출판 준비를 하신다 들었습니다. 제가 무엇을 도우면 될지? 계획하신 것을 말씀해 주시면 뜻하는 대로 도울 것입니다."

"앉아요."

겨우 내뱉은 말도 단번에 편한 대로 정리해 버리는 남자였다. 운영은 부릅뜬 눈에 힘을 준 채 그를 바라봤다. 경계심, 그 눈빛의 의미를 읽어낸 유영은 괜히 어깨를 털면서 장난스럽게 웃었다. 속은 갑갑해서 미칠 것 같은데도.

"아, 나 뭔가 트라우마가 생길 것 같은 기분인데? 내가 뭐라고 말만 하면 토끼 눈을 뜨는 사람이 있어서."

'안 돼. 휩쓸리면 끝이야.'

더욱 굳게 다물어지는 입매, 느닷없이 꽉 쥐어지는 여자의 주먹을 바라보면서 유영은 쓴웃음을 지었다. 진짜 갈 길이 멀다는 생각이었다.

"도와준다면서요. 그럼 내 말을 들을 준비가 되어 있어야죠. 서 있으면 불안해요. 그러니까 앉아요."

그의 거듭된 요구와 살짝 비틀어지는 눈썹 때문에 운영은 하는 수 없이 그의 책상 앞에 놓인 작은 협탁의 의자를 끌어당겼다. 최대한 그에게서 멀찍이 떨어져 앉을 요량이었다.

'하필 의자를 골라도…….'

유영의 마음에는 들지 않았지만 그녀에게는 딱 좋은 거리감을 주는 위치였다. 남자의 불퉁한 시선을 눈치채지 못한 채 겨우 한숨을 돌린 여자는 그의 연구실을 찬찬히 돌아봤다. 깔끔하게 정돈된 책장에는 그녀가 즐겨 읽었던 책들도 한가득이었다. 어떨 때 보면 바보 같은 웃음을 실실대는 주제에 그의 커리어가 꽤 전문적이라는 것을 이 공간의 의미가 상기시킨다.

한편, 그녀의 경계심이 조금 누그러졌다는 사실에 들뜬 유영은 분주히 움직였다. 포트에 물을 끓이는 순간에 지었던 미소는 그녀가 떠올렸던 '바보' 딱 그 모습이었다.

"어? 컵이 하나도 없네."

잠시 머뭇거리던 남자는 셔츠 소매를 둥둥 걷어 올린 뒤 얼룩이 진 컵을 집어 들었다. 설거지 한번 해보지 않았을 것 같은 고운 손을 가진 남자가 익숙한 손길로 찻잔을 닦아냈다. 운영은 이를 신기하다는 듯이 바라봤다. 아마도 저 남자는 결혼을 해서 가정을 꾸려도 꽤나 자연스레 주방을 드나들 것 같았다. 그의 미래를 멋대로 그려내는 자신이 우스워서 운영은 저 혼자 웃었다. 유영이 갑자기 돌아서는 바람에 운영은 얼른 고개를 옆으로 틀었다. 뜨끈해진 목덜미를 감추려고 괜히 머리를 쓸어내렸다.

"국화차, 연잎차, 쌍화차…… 뭐 그런 건 연구실에 없는데 어쩐다?"

"그냥 커피 주십시오."

"어? 커피도 마실 줄 알아요?"

"지치지도 않고 농을 건네십니다."

"아니, 난 진지하게 물은 건데? 지난번에 수성궁에서 들으니까 전통차만 마신다던데. 거기서 살았으니 입맛도 고전적인가 싶어서."

"편견이십니다. 커피 주십시오! 저도 마실 줄 압니다."

운영은 볼에 바람을 불어넣으면서 입을 삐죽였다.

"아, 내가 실수했네."

유쾌하게 웃는 남자의 손 아래에서 향이 좋은 커피가 내려졌다. 운영은 허공에 붕 떠오른 발을 까닥이며 생각했다. 이 공간에서 머무르는 시간 동안 어떤 기억을 갖게 될까. 부디, 그 끝이 나쁘지는 않았으면 좋겠다는 소박한 바람을 하늘이 들어주길…….

"이쪽으로 와요."

유영은 양손에 머그잔을 쥔 채로 가볍게 고갯짓을 했다.

"여기서 마시겠습니다."

"아까도 말했다시피 좀 더 협조적인 태도로 나와주면 고마울 텐데요. 그렇게 멀리 떨어져서 뭘 하겠다고?"

좁은 연구실이었다. 그 안에서 멀다고 해봤자 어느 곳에 앉아도 이목구비가 제대로 보일 정도였다. 정작 유영의 마음에 들지 않는 것은 작정한 듯이 거리를 두는 여자의 마음이었다. 틈을 보이지 말고 할 수 있으면 해보랬다고, 진짜로 하는 여자다. 속 갑갑하게.

"계속 그리고 있을 겁니까?"

"여기서도 교수님의 말소리가 다 들립니다."

"아, 그래요? 나는 가는귀먹어서."

"제가 크게 또박또박 말씀드리겠습니다."

유영은 순간 터져 나올 뻔한 욕을 삼켰다. 슬슬 열이 올랐다. 목숨을 담보로…… 까지는 아니더라도 절친한 왕자님의 신경을 박박 긁으면서까지, 양심을 버리는 거짓말을 하면서 억지로 만들어낸 시간이었다. 그런데 저 여자가 너무 함부로 이 귀한 시간을 소진하려고 했다. 붉은빛의 홍조가 사라진 자리에서 운영은 지금까지와는 다른 눈빛으로 차분하게 남자를 바라봤다. 저 여자가 또 밀어낼 준비를 하는 것이 빤히 보인다.

꽃다운 남자, 그자가 도대체 어느 정도이기에 저리도 악을 쓰면서 지켜내는 것일까. 누군지 몰라도 분명히 엄청날 터였다. 불쾌해도 그것은 인정해야 했다. 사랑을 할 수 없는 공간에서 사는 여자가 몰래 사랑했단다. 그래서…… 애가 끓고, 눈시울이 젖고, 마음이 끊어져서 힘들어했던 모든 시간이 그려진다. 그것은 세상의 모든 시름을 다 가진 것과도 비슷했을 테지. 그래서 질투도 나는데, 샘이 나서 화가 나는데도…… 딱하다. 그래서 분명한 생각은 저 가여운 여자를 제 세상으로 데려와 다독이고 싶다는 것.

"정말로 거기 있을 겁니까?"

"여기가 편합니다."

운영은 다시 한 번 더 다부지게 거부의 의사를 표했다. 키다란 창문이 의지하고 있는 창턱은 성인 두 사람 정도가 앉을 수 있는 공간이 있었지만, 그조차도 운영에게는 무척이나 좁아 보였다. 여차하면 가지고 있는 생각 전부를 들키기에 딱 좋은 위험한 거리였다.

역시나, 오늘도 쉽지 않음을 인정하면서 유영은 방법을 바꾸었다. 제 커피는 책상 위에 내려놓은 뒤 그녀 몫의 커피만을 손에 쥐고 흔들었다.

"좋습니다. 그럼 이리 와서 가져가요."

웃는 낯의 남자가 보여주는 고집스러움 때문에 결국, 운영은 하는 수 없이 몸을 일으켜서 그의 앞에 섰다. 커피 잔을 향해서 다부지게 뻗은 여자의 하얀 손은 그대로 잡아 쥐고 싶을 만큼 곱다. 그런 손을 가진 여자가 보여주는 한결같은 무심함을 바라보면서 유영은 조금 외로워졌다. 운영이 잔을 잡아 쥐려던 그때 그는 괜한 심술이 동해서 잔을 뒤로 잡아 뺐다. 줄 듯 말 듯 약 올리는 몸짓에 운영은 한숨을 내쉬었다. 끈질기게 이어지는 흐름을 끊어내는 유일한 열쇠는 운영이 쥐고 있었다. 그것은 마음을 숨기고 표정을 굳혀서 돌아서는 것.

"전 됐습니다. 교수님 다 드십시오."

미련 없이 돌아서서 등을 보이는 여자의 단단함 때문에 유영은 눈빛이 가라앉았다. 익숙한 뒷모습인데 꺼림칙하다. 지금 돌아선 여자는 지금까지와는 전혀 다른 기운을 내보낸다. 이 여자 진심이구나. 어설픈 게 아니라 작정한 듯한 틈을 벌리고 있었다. 그 것은 영원히 돌아서지 않겠다는 선전포고일지도 몰랐다. 못 이기는 척 넘어와도 되는데 역시…… 너무 어렵다. 커피 한 모금 마시지 않았건만 유영의 얼굴은 쓰디쓴 것을 삼킨 듯이 구겨졌다. 여자의 생각이 그렇다면 이쪽의 방법은 하나. 은밀하게 파고들어서 노골적으로 발가벗기는 것.

"언제까지 기다려야 합니까?"

"……."

"내 고백에 대한 대답."

작정하고 던진 남자의 직구 앞에서 여자는 도망갈 길을 잃어버렸고 미칠 것 같은 긴장감 때문에 목이 탔다.

"나는 이미 당신의 답을 봤는데도, 답할 시간을 줘야 하는 겁니까?"

"이만 돌아가겠습니다."

운영이 가방을 집어 드는 순간이 기폭제가 되어 유영은 벌떡 몸을 일으켰다. 단 몇 걸음 만에 그녀를 붙잡아서 돌려세웠다. 힘이 실린 그 거친 동작 때문에 운영은 들고 있던 가방을 맥없이 놓쳐 버렸다. 여자의 손에서 벗어난 가방이 바닥으로 떨어지면서 그 속에 있던 책이 투두둑 떨어졌다. 그 날카로운 소리가 적막을 깨고 시끄럽게 흩어졌을 때 흔들리는 네 개의 눈동자가 허공에서 교차했다. 갈망이 서린 남자의 시선이 날카롭게 파고드는 순간이 아프다. 그런데도 운영은 피하지 않았고 갖은 힘을 다해서 유영을 올려다봤다. 벼랑 끝에서 불어오는 바람, 그 위태로운 경계에서 그녀는 다시 한 번 더 제 마음을 주워 담는다. 지금 이 순간만 잘 넘기면 모든 게 끝이리라.

"교열 작업은 죄송하게 됐습니다. 제가 아닌 다른 이에게 부탁하시는 것이 좋을 듯싶습니다."

"출판 원고. 그 허울 좋은 핑계를 진짜 믿은 겁니까? 해도 그만 안 해도 그만인 일이었습니다."

"다행입니다. 제가 큰일을 망치는 것이 아니라서."

전하는 말뜻을 분명히 알면서도 시치미를 뗐다. 운영은 날이 선 눈빛을 피해 발아래 떨어진 책을 하나씩 집어 들었다. 그 단정한 움직임을 말없이 지켜보면서 유영은 속이 휑해졌다. 손이 덜덜 떨리는 주제에 꼼꼼하게도 제 물건들을 전부 주워 담는다. 그것은 마치 그녀가 흘러넘친 제 마음을 조용히 정리하는 듯한 착각을 불러일으켜서 눈앞이 핑글 돈다. 기어이 제 할 일을 마친 여자의 시선이 남자를 향한다. 눈을 맞추는 것이 힘들었지만 피하지 않고 입을 열었다. 그리고 마지막을 전하는 혀끝이 아릿하게 아파왔다.

"그럼, 이만."

무언의 힐난과도 같은 가혹한 시선에도 굴하지 않고 운영은 옅은 미소를 지었다. 그 눈에 서린 기운이 몹시도 쓸쓸했지만 제법 단정하고 고혹적인 미소였다. 욕심일지라도 그에게는 되도록 좋은 인상으로 마지막을 남기고 싶었다. 하지만 남자는 일방적인 결말을 용서치 않았다. 시작한 것도 없건만 뭐가 끝이란 말인가?

저 여자, 다 들킨 주제에 무엇을 감추고 도망친단 말인가? 결국 감정의 한계에 도달한 유영은 돌아선 여자의 팔을 힘주어 붙잡았다. 폭발하는 듯한 거친 숨결이 여자에게로 쏟아진다.

"당신 이렇게 비겁한 여자였어? 제 말만 다 하고 돌아서면 전부 끝나?"

이번에는 반드시 벗어나겠다는 듯 거세게 버둥거리는 운영에게 더욱 강한 힘을 전하며 아예 벽으로 몰아세웠다.

"실수하시는 겁니다."

"왜? 비해당의 궁녀에게 손을 대었다, 그렇게 소리라도 칠 작정입니까?"

"제가 소리치지 않으리라 어찌 자신하십니까?"

붙들려서 벽에 몰아 서 있는 상황에서도 울먹이기는커녕 눈을 부릅뜨고 또박또박 제 말을 전한다. 그 호기로운 모습이 무척이나 애처로워서 여자를 억지로 붙잡고 있는 손에 통증이 온다. 손가락 마디마디조차 베인 듯이 아프다면…… 이 간절한 마음을 저 야속한 여자가 알아주기나 할까?

"답지 않으십니다."

"상투적인 표현이라 대꾸하고 싶지도 않지만, 이게 원래 나입니다."

어깨를 찍어 누르는 남자의 강한 힘과 불이 옮겨 붙은 눈동자를 마주하면서 소름이 돋았다.

"이렇게 조급하고 애가 타서 치졸해진 나를 끌어낸 건 전부 당신이고."

가벼운 농담 속에서도 흐려지지 않았던 신사적인 몸짓은 온데 간데없었다. 언제나 다정한 눈매를 보여주던 남자가 보여주는 거친 호흡 앞에서 여자는 그가 이 순간에 얼마만큼 절실하게 깊은 감정을 소진하고 있는지 알 수 있었다. 그래서 멈추게 해야 했다. 미래를 함께할 수 없는 여인에게 보여주는 그 진심은 아주 곱고 귀해서…… 미치도록 눈부시다. 그래서 갖고 싶고…… 탐이 나는 예쁜 열매가 그의 마음. 그 달콤한 향에 취하여, 저도 모르게 한 입 베어 물었던 그것은 독이 밴 선악과. 그대로 목구멍으로 밀어 넣으면, 그 독이 체액을 타고 흐르는 순간에 반드시 미쳐 버리게 되리라. 그 두려움을 이겨내지 못하는 여자는, 눈을 감고 갖은 힘을 다하여 독이 서린 과실을 뱉어낸다.

"교수님께서는 가진 것이 많으신 분입니다. 그만큼 잃으실 것도 많을 테지요."

"얕은수는 그만 두지? 내가 반은 미쳐 있는 상태라, 어떤 말도 제대로 안 들리는데?"

"그러니 들으셔야 합니다. 제 말 한마디로 교수님의 모든 것을 빼앗을 수는 없을 테지만 분명히 소중히 여기는 하나쯤은 잃어버리실 겁니다. 그것이 흠이 되고 흉이 되어 사람들의 입방아에 오르내리도록 만들 수 있습니다."

"그러니까…… 지금, 나더러 겁먹으라는 얘기를 하는 겁니까?"

"제 말 한마디의 무게가 이제 실감이 나십니까. 제법 잔인하게 당신을 바닥으로 끌어내릴 겁니다."

똑바로 눈을 맞추면서 조목조목 앙칼진 말을 하는 여자의 입술이 몹시도 얄미웠다. 그 얄미운 움직임을 단번에 제 입술로 가리고 붉은 혀를 집어 삼켜서 말을 잃게 만들고 싶은 충동을 겨우 억눌렀다. 유영은 그 대신 비릿한 웃음을 지으면서 여자를 가둔 팔에 힘을 주었다.

"당신 뜻이 그렇다면……."

"……."

"좋을 대로."

건조한 말 한마디와 함께 운영의 동공이 확장되었다. 어깨를 으스러뜨릴 것처럼 잡아 쥐었던 그의 손도 거두어졌다.

"지금이라도 당장 소리치고 이 방을 뛰쳐나가도 막지 않겠습니다. 겁탈이라도 당했다 주장하면 그것도 부정하지 않겠습니다. 아예 블라우스 단추라도 조금 푸는 것이 어떨지 싶은데. 뭐하면 직접 풀어줄 수도 있고."

유영은 거친 숨결을 따라서 오르내리는 그녀의 가슴 언저리에 시선을 고정한 채 입술을 비틀었다. 어디 한 번 더 떠들어보라는 듯 가혹한 웃음이 여자의 마음을 아프도록 헤집었다. 그의 날이 선 시선을 만들어낸 것이 자신임을 알기에.

"흠? 그깟 게 뭐라고. 제법 깊어도 상관없어. 조금도 무섭지 않다고. 말했잖아…… 내가, 제일 무서운 건…… 당신이…… 나를 보지 않는 거라고. 그 생각만으로도 꼴사납게 손이 떨려. 지금 내가! 이렇게 반푼이처럼 홍운영, 너를! 홀린 것처럼, 그래서 미쳤다는 생각으로…… 너만 보고 있다고."

"알고 있습니다."

단정한 눈빛, 흔들리지 않는 목소리가 여자에게서 쉽게 나왔다. 그래서 더욱 불안하고 긴장된 것은 유영의 몫. 그의 흔들리는 손끝이 하얗게 질려갔다. 시계 초침이 가슴에 박힌 것처럼 쿵쾅거리는 그 순간에 그녀는 무슨 마음을 먹은 것인지 희미한 미소를 짓는다.

"그래서 조금은…… 어수선했고, 잔망스럽게도 시선이 머물렀습니다."

처음으로 내뱉는 진실한 속내. 운영은 잠시 말을 멈춘 뒤 숨을 들이쉬었다. 겨우 넘치는 호흡을 가다듬었을 때 여자는 단아한 미소와 함께 유영을 마주 봤다. 여자의 눈에 담긴 자신의 눈부처를 바라보면서 남자는 하늘을 향해 소망한다. 젖어드는 눈시울조차 아름다운 여자와의 해피엔딩을 간곡히 청했다.

"하나, 그뿐입니다."

속된 소망을 부수는 잔인한 결말이었다.

"달라지는 것은 없습니다."

유영의 불퉁한 눈빛에도 불구하고 여자는 여전히 옅은 미소를 짓는다. 분명히 예쁜 미소였다. 그런에도 유영은 고운 입술을 가르고 나올 말들이 두려웠다. 순간 그녀의 입을 틀어막고 싶을 정도였으니까.

"제 안에는 여전히 그분이 있고 교수님은…… 그저, 행인과도 같은 분이십니다."

그녀가 말을 맺기도 전에 헛웃음이 터진다. 지어서 웃는 웃음, 오직 그 가벼운 행동만이 제 이름 앞에 붙은 마땅치 않은 타이틀을 무시할 수 있었기에. 그럼에도 분명한 그 신경 사나운 단어가 바로, 행인. 곱씹을수록 짜증이 나는 말. 잔뜩 찢어진 두 눈으로 노려보면서 으르렁거리는 남자의 입술이 까칠하게 부르텄다. 저 여자의 단아한 이목구비에 어떻게 하면 감정을 서리게 할 수 있을까 생각하면서 비릿하게 웃었다.

"행인이라? 그럼, 이제 나룻배 양께서 친히 나를 안고 강물을 건너실 차례인가?"

유영은 안아보라는 듯 두 팔을 벌리면서 얄밉도록 입술을 휘었다. 여자가 전한 못된 말을 받아칠 수 있는 한용운의 시적 발상에 감사했다. 빈정거림의 원천은 공교롭게도 교수의 문학적 지식이었다.

"왜? 정곡을 찔려서 입이 붙으셨나? 잔망스럽게도 안아달라는 말을 돌려 했는데, 행인이 알아들어서?"

꽤 참신하게 받아쳤다고 생각하면서 의기양양하기에는 저 여자가 목석이다. 박수를 치고 놀라는 것은 바라지도 않건만 뭐가 저리도 인색하게 뚱하단 말인가. 입술 끝조차 움직이지 않고 손가락 하나 떨지 않는다. 결국, 항복을 선언하는 건 유영이다. 두 팔을 크게 벌렸던 탓에 더욱 허무한 가슴이었다.

"지금, 나 쉬운 여자 아니라고 시위하는 겁니까?"

유영은 더운 숨을 토하면서 머리를 헝클어뜨렸다. 순간의 미묘한 긴장이 사라진 자리에서 여전한 것은 그녀의 단호함. 그리고 그 여자가 제 말을 매듭짓기 위해서 흐려졌던 눈에 다시 빛을 내보인다. 그는 모른다. 잠시 잠깐, 그가 팔을 벌리면서 웃었던 그 순간에 여자는 그 품 안으로 뛰어들고 싶었음을.

"교수님과 저 사이에 벌어졌던 모든 사소한 일의 시작은 오직 동정이고 연민입니다."

"동정, 그놈의 동정 타령…… 진짜 지겹다고."

씹어 뱉듯이 내뱉어진 말끝에서 유영은 허탈한 표정이었다. 운영은 천천히 눈을 내리깔았다. 한계였다. 아무렇지 않은 척 마음을 덮고 사소하게 포장하는 손이 너무 아프다.

"왜! 아예 교수님은 거렁뱅이라고 소리치지. 행인? 그따위 것보다는 훨씬 낫겠네. 그럼 내가 무릎이라도 꿇고 구걸이라도 할 테니까. 부디 적선하듯이 당신 마음을 나한테 던지라고!"

"그리하지 않을 것입니다."

"어째서? 당신 마음에 아직도 그자가 있어서 나눠줄 게 없어? 티끌 하나 나한테 못 던지나?"

"교수님께서 제게, 줄 수 없기 때문입니다."

또 하나의 숨겨진 카드였다.

"세상을요."

그 히든카드가 던져진 순간에 무방비로 찔린 남자는 속이 욱신거린다.

"지금의 제가 사는 세상과는 전혀 다른 그곳, 그 세상을 교수님은 결코 제게 주실 수 없습니다. 그것은 오로지 제가 참고, 버티고, 눈을 감고 살면서 흘러가는 시간에 몸을 맡겨야 겨우 손에 쥘 수 있는…… 전리품이니까요."

제 입으로 뱉어지는 모든 말이 사슬이 되어 목을 조인다. 숨이 막히는 고통도 잠시뿐이리라. 운영은 그렇게 마지막을 받아들인다. 보이지 않는 담들이 여자의 작은 손으로 차곡차곡 쌓아지는 기분에 유영은 머리가 지끈거렸다. 잔뜩 비틀린 입꼬리가, 그 끝에 번지는 경련이 남자의 불편한 심리를 여실히 보여준다.

"그러니 행인의 마음으로, 그 마음이 깊지 않을 때 놓아서 주십시오. 저 역시도 교수님께 그 어떤 티끌조차 흘리지 않고 돌아설 것입니다."

"진짜…… 가지가지하네."

"……."

"뭐가 그렇게 쉬운데. 당신이 물어봤어? 제대로 듣지도 않았잖아! 행인이 어떤 마음으로 당신을 눈에 담았는지, 알긴 해? 그걸 알면서도 이따위로, 내 마음을 가볍게 부술 수 있다고 생각해?"

"억지를 부리시는 겁니다."

"억지는 당신이 부리고 있잖아!"

악을 쓰는 외침은 분노가 아니라 절박함이었다. 운영의 양 어깨가 그의 힘을 따라서 이리저리 흔들렸다.

"똑바로 봐."

검은 눈동자가 시선을 옭아매고 묻는다. 정말로, 네 마음에 내가 없느냐고. 대답을 주지 않겠다는 듯 맞닿은 시선을 피하는 여자 때문에 유영은 그녀의 턱을 붙잡아 돌려서 힘을 실었다.

"도망칠 거면 같잖은 말로 신경 긁지 말고 꼭꼭 숨었어야지. 당신 그렇게 했어? 아니었잖아. 마주치는 눈은 왜 피하고, 스치기만 해도 떨고, 사진은 왜 몰래 찍고 도망쳐. 내 자리에 음료수는 왜 가져다 놓고, 몰래 쳐다보다가 고개는 왜 숙여. 그리고…… 지금, 왜 우는데. 그래서 너……."

여인의 물기가 서린 속눈썹의 떨림이 멈추지 않았다. 벽을 짚은 힘에 의지해서 겨우 그를 올려다보는 시선도 자꾸만 허공에 흩어졌다. 그때마다 유영은 조금 더 거칠게 여자를 흔든다.

"전부 들켰잖아."

붉은 입술 위를 스치는 차가운 손가락의 촉감에 정신을 빼앗겼던 찰나의 순간 유영의 입술이 스치듯 맞닿았다. 그 낯선 감각에 그를 뿌리치려 했으나 몸에 힘이 들어가지 않았다.

"줄 수 없을 거라고? 그게 아니지. 그건 당신이, 내 시선의 처음을 보지 못했으니까 할 수 있는 같잖은 소리지. 어설프게 툭 치고 흔들 거였으면, 그래서 입 맞추고 몸을 가질 거였으면 벽창호 같은 여자 따위, 눈에 두지도 않았어. 이름조차 기억하지 못할 거리의 여인에게 손을 뻗었을 거라고. 그런데 내가 이 모양으로 버티고 있잖아. 가벼운 동정이든 무거운 연모든…… 네가 내 눈에 있다고 했잖아. 그래서 이미 모든 걸 다 걸었다고…… 내가 그랬잖아."

모든 것을 기대하고 믿어 버리고 싶은 진실한 목소리. 그 음률이 맞닿은 입술 사이로 퍼져가는 순간이 너무 뜨거워서 미열이 오르는 기분이었다.

"사랑한다는 밀어 따위는 하지 않아도 좋아. 어차피 나는…… 첫사랑의 고민을 잊게 해주었다던 로미오의 그녀만큼 예쁘지 않으니까."

순결한 심장을 가진 남자의 다정한 미소가 싱그러운 바람을 타고 날아든다. 그리고 손짓한다. 어서, 죽어가는 너의 세상에서 벗어나라고. 어서, 그 경계를 넘으라고.

"그대신 미치도록 질생겼지. 김히, 반하지 않을 수 없을 만큼. 그래서 적선하듯 마음을 주어도 절대 아깝지 않을 만큼."

터질 것 같은 심장을 부여잡고 여유로운 척 웃는다.

"해줄게."

거칠게 뻗어나오는 호흡 사이로 열망이 가득한 남자가 애절하게 속삭였다.

"꽃을 잊을 이유."

첫사랑에 실패한 로미오는 줄리엣의 아름다운 미색에 반하여 새로운 사랑을 했더랬다. 그 위대한 고전을 빌려서 건넨 말은 그녀 안에 깃든 꽃에 대한 도전.

"그래서, 사랑할 수⋯⋯."

"⋯⋯."

"있을 것 같은⋯⋯ 사람."

'사랑'의 단어를 옮기는 순간에, 유영의 두 눈에서 두려움이 사라졌다. 그 안에 대신 들어찬 것은 충만하고 순결한 용기.

"나로 해."

세상이 흔들리는 몽롱함 속에서 붉어진 입 안으로 미처 뱉지 못한 선악과의 열매가 다시 밀려든다. 작은 입맞춤이 농밀한 혀의 움직임으로 바뀌는 순간에도 그를 밀어내지 못했고 번져나가는 눈물 사이로 마음이 타고 흐른다. 숨이 벅차오를 만큼 혀끝을 감아쥐는 생경한 감각 속에서 그대로 목구멍을 타고 넘어간 금단의 열매, 그 아름다운 독기가 핏줄기를 타고 흐르는 순간, 몸에서는 지금껏 겪어본 적 없는 전율이 인다. 떨림을 이기지 못하는 여자가 유영의 셔츠 자락을 붙잡고 매달렸다. 그 여린 주먹 위로 겹쳐진 것은 꿈속의 남자를 닮은 듯한 하얗고 따스한 손. 절박한 생의 경계에서 가녀린 여자는 내밀어진 하얀 손에 기대어 높다란 금단의 벽을 타고 오른다.

"안형대군이 도착하셨습니다."

"들라 해."

문을 에워싸고 있던 수하들이 물러나자 열린 문틈 너머로 현과 숙향의 시선이 교차했다. 눈이 마주치는 순간 현은 적개심을 드러내지 않기 위해 거짓된 웃음을 한껏 지어 보였다. 그것은 숙향도 마찬가지였다.

"현아!"

"잘 지내셨습니까, 형님."

아주 반가운 듯이 얼싸안았지만 보이는 게 전부가 아님을 그들은 잘 알고 있었다. 서로를 떠보고 숨겨진 의중을 찾기 위해서 바쁘게 굴러가는 머릿속의 울림이 시끄러웠다. 숙향은 석궁 사건의 앙금이 풀리지 않은 상태였고, 현은 여전히 형이 불안했다.

불신으로 점철된 틈이 벌어졌고 그 사이에 잡벌레가 꼬이기 시작했다. 현은 곪아서 되돌릴 수 없다면 차라리 도려내는 것이 맞다고 생각했다. 그것이 제 형과 주군을 지키기 위한 그의 다짐이었다. 마시지도 않을 차 한 잔을 앞에 둔 채 긴장된 분위기가 이어졌다. 서늘한 기운이 내리깔린 침묵의 시간을 먼저 깬 것은 숙향이었다.

"알 것도 같구나."

숙향은 오늘의 이 만남을 주도하기 위해 단단히 벼르고 있던 참이었다.

"네 눈 말이다. 할 말이 있다…… 따져 묻고 싶지만 잠시 시간을 준다……."

"……."

"그런 눈으로 나를 보고 있구나."

숙향은 수건으로 난초 잎을 닦아 내면서 느릿하게 말을 이었다. 뭔가를 비꼬거나 배알이 뒤틀릴 때 말이 느려지는 것을 잘 알고 있는 현은 올곧은 시선으로 숙향을 마주 봤다. 보지 않아도 느껴지는 그 시선의 끝에서 숙향의 눈썹이 꿈틀거렸다. 그럼에도 난을 닦아내는 손길은 한없이 고고했다. 겉으로 보이는 모습은 그저 한가로운 선비와도 같았지만 숙향은 갖은 힘을 다해 튀어나오는 욕지거리를 참아내는 중이었다.

"사냥…… 계속하실 작정입니까?"

"답이 있는 물음을 건네는구나."

"멈추십시오."

"그 재미난 것을 왜? 어째서?"

"형님, 제발."

"욕을 먹고 손가락질 받아서 미움 받을 터이니…… 하지 마라? 이해할 수가 없구나. 사랑받는 왕자는 네 몫이지 내 차지가 아닌 것을 알지 않느냐? 나 하나쯤 욕받이로 산다 하여도 너한테 돌아가는 해가 없을 터인데…… 도리어 너를 돋보이게 하는 일이거늘…… 뭘 그리 애써서 나를 감추려고 하느냐."

보란 듯이 씨익 웃었다. 그러면서도 숨길 수 없는 뒤틀린 마음을 보여주는 것은 움켜쥔 주먹 너머의 수건이 잔뜩 구겨져 있다는 것. 현은 여전한 눈빛과 흐트러짐 없는 자세를 유지하고 있었다. 숙향은 무언의 힐난과도 같은 그 반듯한 시선을 몹시도 싫어했었다.

'저 눈 때문인가? 세상이 모두 저 자식의 편인 것이……'

언제나 현은 옳고 석은 그르다. 세상 사람들의 시선이 숙향을 옭아맸다. 다정하고 따뜻한 현이 궐에 들어온 고양이에게 밥을 주면 사람들은 그의 인품을 찬탄했다. 왕재가 될 그릇이 시대를 잘못 타고 태어나 막내아들이 되었다고 말이다. 그에 반해 사냥에서 돌아온 숙향이 아버지께 잡아온 토끼를 자랑스레 건네면 사람들은 뒤에서 수군거렸다. 포악한 성미가 피 냄새를 즐겨서 왕재가 될 그릇은 아니라고…… 그러니 다행이라고 말이다. 그뿐인가? 현은 가만히 앉아서 시만 읊어도 주위에 사람이 모여들었다. 당대의 저명한 문학인과 예인들이 그의 예술혼을 찬양했다. 그 모든 차이에서 비롯되는 관심의 결핍은 열등감으로 굳어졌다.

그 더러운 덩어리는 성인이 되어 정치적인 입지를 구축하는 과정에서 마침내 폭발했다. 김종대가 총리로 당선되기 전, 그를 믿고 따랐던 숙향은 절대왕정으로의 복귀에 대한 조심스러운 속내를 내비쳤었다. 김종대는 그런 그의 생각을 단번에 뭉개 버렸다. 그러곤 보란 듯이 입헌군주제를 옹호하는 정치적 명분론을 구축할 수 있는 배경으로 현을 택했다. 유일한 스승이나 다름없었던 김종대마저도 현에게로 돌아섰을 때 숙향은 모든 것을 빼앗겼다는 결핍의 극단에 서 있었다.

"형님이셨습니까."

"네가 나를 의심하는 일들이 한두 가지더냐?"

숙향은 테이블 위에 발을 올린 채 몸을 뒤로 젖혔다. 늘어져라 크게 하품을 하는 그의 움직임이 경망스럽고 가벼웠다. 하루가 멀다고 세상을 시끄럽게 만드는 주제에 저 혼자 초연하여 홀로 고상한 몸짓이었다. 현은 치밀어 오르는 화를 다스리면서 숨을 골랐다. 하지만 숙향은 현의 평정심조차도 마음에 들지 않았기에 작정하고 그를 자극하기 시작했다.

"아하! 그러고 보니 궁금하구나. 우리 오줌싸개는 어찌 지내는지?"

"형님!"

현의 날이 선 외침 앞에서 숙향은 알 수 없는 미소를 지었다. 마침내 잔잔한 호수에 던져진 돌이 파문을 일으키기 시작했다. 고고함이 깨진 자리에 마주한 흔들림은 숙향이 바라던 모습이었다. 그런데도 속이 개운하지 않았다. 무엇인가 마음에 걸리는 데가 있었는데 그게 무엇인지 알 수 없어서 숙향은 입술을 비틀었다.

"전하를 욕보이지 마십시오."

"전하라니? 세상에 오줌싸개가 어디 한둘이더냐? 한 집 건너하나는 있을 터인데?"

"되지 않는 농담은 거두시지요."

"농이라? 하하하. 그러고 보니 너도 별수 없구나."

숙향은 별로 즐겁지도 않으면서 크게 웃었다.

"대번에 궐에 있는 그 꼬맹이를 떠올린 것은 우리 아우님이 아니신가? 나의 주군…… 어쩌니 저쩌니 하여도 꼬맹이 뒤치다꺼리가 꽤 버거운 모양이지? 그러니 대번에 오줌싸개라는 말에 발끈하여 대드는 것이겠지. 형님인 나한테…… 아우인 네가. 감히 답지 않게……."

숙향의 맹수와 같은 시선이 번뜩였다. 현의 깍지를 낀 손에 잔뜩 힘이 들어갔다. 꽉 깨문 턱관절에서 전해지는 통증에 미간이 좁혀지는 와중에도 대단한 왕자는 이곳에 온 목적을 잃지 않았다.

"전하께서 종친회에서의 일을 덮고 가겠다 하셨습니다."

"아이고, 전하! 하하하."

찢어지는 듯한 날카로운 웃음소리에 관자놀이가 욱신거렸다. 현은 순간 숙향의 싱글거리는 얼굴을 한 대 치고 싶은 충동을 겨우 억눌렀다.

"불충한 신이 그 은혜에 몹시도 감복하여 코웃음이 나온다……

그리 전해주겠느냐? 너의 주군에게 말이다."

너의 주군이라 선을 긋는 이유는 분명하다. 세상이 쪼개져도 어린 조카를 한 나라의 임금으로 인정하지 않는다는 것, 그 단단한 경계심이 현을 몹시도 불안하게 만든다. 숙향은 감정이 가득 담긴 날이 선 한마디와 함께 자리에서 일어났다. 그러곤 느닷없이 엽총을 집어 들었다. 작은 수건으로 그것을 닦아내는 눈빛과 몸짓은 모든 것을 해치겠다는 듯이 살벌했다. 그의 움직임을 따라서 좇던 현은 불현듯 이 모든 것이 허무해서 입 안이 공허해졌다. 지난 사건과 관련하여 총리는 해외 순방에서 돌아온 이후 국왕을 다그쳤다. 그는 종친회 사건의 배후로 숙향을 염두에 둔 채 판을 크게 벌이고자 했으나 이를 막아선 것은 현이었다. 왕을 조롱거리로 만든 종친회 사건의 배후가 숙향임이 공공연해지면 안 그래도 이를 갈고 있는 총리로부터 숙향을 보호하는 것이 아예 불가능해질 테니 말이다. 그런데 그의 형은 아무것도 모른다. 현이 얼마나 기를 쓰고 자신의 형을 지켜 내고 있는지 숙향은 짐작조차 할 수 없을 터였다. 그 모든 것들을 알고 있다면 저리도 무심할 수는 없으리라. 그런데도 포기가 안 되는 미운 형이다.

"제 장인과의 만남이 잦다고 들었습니다."

"뒷조사까지 하는 것이냐."

"형님이 제게 붙인 사람들에 비하겠습니까? 그 잔챙이들이 너무 쉽게 들켜서 재미가 없던 참입니다."

엽총을 닦아내던 손길이 거두어졌다. 대신 호랑이를 닮은 눈이 빛을 내면서 번쩍였다.

"그래? 네가 내게 붙인 자들은 그림자처럼 조용하더구나. 그래서 더 신경이 사나워. 하루 날을 잡아 호되게 혼쭐을 내고 싶다고 생각하던 참이야. 잡아서 죽일까…… 하는 생각은 덤이고."

숙향은 무언가에 자극을 받은 듯 갑자기 총의 방향을 바꾸었다. 총부리의 끝에 선 것은 공교롭게도 현이었고 그걸 알면서도 숙향은 총을 거두지 않았다. 도리어 장난처럼 현을 겨누는 시늉을 했다. 그 미친 실루엣 때문에 숙향의 수하들은 사색이 되어 질렸고 홍 내관은 차분한 손짓으로 경호원들의 대열을 달리했다.

"물러서."

현의 경호원들이 그를 에워싸려 했지만 그는 그들의 접근을 허락지 않았다. 여전히 방아쇠에 걸쳐져 있는 숙향의 검지가 신경 사납게 까닥거리는 통에 홍 내관은 애가 바짝바짝 탔다. 숨 막히는 긴장감이었다. 여차하면 쏜다 하여도 어쩔 수 없으리라. 위협적인 움직임에도 초연한 단 한 사람은 현이었다. 그는 숙향의 수에 말려들지 않았고 속눈썹 하나 흔들리지 않는 단단함으로 제 할 말을 다했다.

"제 장인에게 틈을 보이지 마십시오. 그자는 형님과 한 배에 탈 수 없습니다. 그러니 선을 두셔야 합니다."

"선을 넘겠다 하면?"

"형님께 해가 될 것입니다."

"어찌 단정할 수 있느냐?"

"제가 그리할 것입니다."

곧은 눈을 들여다보면서 숙향은 마침내 언짢았던 마음의 실체에 가까이 닿았다.

'네가 나를 미워하는 것이냐?'

도전과 적개심, 원망이 가득한 눈동자는 이전에 본 적 없는 눈빛이었다. 형의 이름을 부르면서 소맷단을 붙잡고 놀아달라고 칭얼거리던 귀여운 동생은 어디에도 없다. 별로 놀라울 것도 없는 변화인데 그 사실을 인지하고 나니 꽤나 마음이 시렸다. 세속의 사람들은 숙향이 현을 시기하고 경멸한다 하였지만 속 모르는 소리였다. 자신이 갖지 못한 것을 갖고 있는 동생에 대한 열등감, 그 저열한 감정의 너머에 보다 깊은 숙향의 마음이 있었다. 그것은 깊은 애정. 한때는 그 마음이 그의 세계를 가득 채우던 시절도 있었다. 그는 하나뿐인 동생을 그 누구보다 사랑했고 귀하게 여겼다. 그런 동생이 자신에게 먼저 등을 보이고 어린 조카 놈을 택했을 때의 분노와 상실감을 아는 이는 아무도 없을 것이다. 잠시 흐려졌던 정신이 돌아오는 순간 숙향은 손에 들린 엽총을 바라보면서 실없이 웃었다. 이제야 손끝이 떨린다.

'내가, 너를 죽인단 말이냐⋯⋯ 내가⋯⋯.'

그는 방금 하나뿐인 제 동생을 죽여 버린 것과 다름이 없음을 인정해야 했다. 참을 수 없는 상실감이 목구멍을 타고 흘러서 말을 막는다. 숙향이 현을 겨누었던 총을 거두어들이는 순간 모두가 소리 없이 안도했지만 홍 내관은 긴장을 풀지 않고 상황을 주시했다.

"그것은 너의 뜻이냐? 너의 주군⋯⋯ 꼬맹이의 뜻이냐?"

마지막을 앞둔 시점. 숙향은 쓰라린 속내를 전부 무시한 채 지금 이 상황에 지극히 충실하고자 했다. 현이 '적'임을 인정하는 것은 예나 지금이나 쉽지 않은 일이다. 그럼에도 그는 동생을 이겨야만 자신이 뜻하는 바를 이룰 수가 있었다. 그리고 부디 제 동생이 제 편이 되어 주길 내심 바랐다. 그래서 마지막으로 현의 뜻을 확인하는 숙향의 눈빛이 한없이 가라앉았다. 그것은 차오르는 불안감 때문에 침잠하는 그의 마음을 닮아 있었다.

"답이 느려."

"……."

"누구의 뜻이냐?"

"제…… 뜻입니다."

"그 말을 번복할 기회를 주고자 한다면?"

"받지 않을 것입니다."

"무엇을 위해?"

"제 주군을 위해서입니다."

망설이지 않고 흘러나온 진심 앞에서 숙향의 세계는 무너져 내렸다. 믿었던 것에 대한 배신감이 온몸을 아프게 스치고 지났다. 돌이킬 수 없는 마음을 확인하는 순간 허한 속을 달래는 것은 허탈한 웃음뿐이었다. 웃음이 걷힌 자리에서 마주한 것은 적이 된 동생이었기에 숙향은 벌겋게 충혈된 눈으로 현을 노려봤다.

"내가, 네 잘난 주군의 목을 틀어쥐겠다 하면 어찌하겠느냐?"

살기를 띠고 번뜩이는 눈앞에서 현은 부서지는 숙향의 위태로움을 볼 수 있었다. 그는 숙향의 눈에 고인 아픔을 보이지 않게 제 안으로 거두어들였다. 그것은 생살이 도려내지는 느낌이었다.

형을 아프게 한 만큼 그보다 더한 상처를 끌어안고 살리라.

"칼을 겨눌 것입니다. 국왕을 상대로 하여 자리싸움을 벌이라 하는 모든 이들을 제거할 것입니다. 그들을 전부 처단한 자리에 남는 한 명이 형님이라면…… 제 칼을 피하시지 못할 겁니다."

숙향은 잠시 정신이 멍해서 눈을 감았다. 감았다 뜬 눈이 제 앞에 있는 동생에게 향했을 때 현은 제 말을 번복할 의사가 없다는 듯 냉담한 표정이었다. 숙향은 그런 제 동생을 아주 쌀쌀하게 비웃고 싶었으나 입술이 움직여지지 않았다.

"아무리 저를 치고 건드려도, 끝내 형님의 뜻대로 움직이지 않을 것입니다. 그러니 제가 전하를 버리는 일은 없습니다. 그것이 제가 형님의 뜻대로 수면에 올라온 이유입니다. 그러니 저를 끌어낸 것은 형님의 실수이십니다."

"실수? 실수라?"

치밀어 오르는 분노를 다스리지 못해서 숙향은 미친 사람처럼 웃었다. 마치 광인과도 같은 거친 호흡을 내뱉으면서 끅끅거리는 숙향의 몸짓에 현은 명치끝이 욱신거렸다. 그의 아픔을 닦아주고 싶은데, 손을 뻗을 수가 없었다. 벌어진 거리만큼 돌이킬 수 없는 마음의 간격이었다. 그것이 자신의 선택임을 인정하는 남자는 주먹을 꽉 쥐면서 몸을 일으켰다.

"어린 조카의 왕위를 뺏으려고 했다는 불명예도 부족하여 무엇을 더 추가하려 하십니까. 신하된 자로서 정도를 지키십시오."

'저는 형님을 지키고 싶습니다.'

자신이 향하는 곳이 분명히 바른 길이라는 듯 올곧은 눈빛 앞에서 숙향은 부들거렸다. 그것은 결코 그 뜻에 동조해서가 아니라 동생을 잃기 직전에 마주하는 떨림 때문이었다.

"제 뜻을 분명히 전했으니 흘려듣지 않으셔야 할 겁니다."

자신의 동생이 처음으로 등을 보이는 순간, 멀어지는 그 뒷모습에 무의식적으로 손이 뻗어지고 동공이 확장되었다. 이윽고 잡지 못함을 깨달으면서 붉어진 눈가에는 눈물이 가득 고였다. 떨어지지 못한 채 맺혀 있는 눈물이 더욱 처연했다.

"으아아악!"

거친 분노와 함께 테이블 위의 잔이 와장창 바닥으로 떨어졌다. 숙향은 그래도 분이 풀리지 않는 듯 연신 고함을 쳤다.

"내가 이 나라의 왕이 되었어야 하느니라. 내가! 그따위 풋내기가 아니라, 내가!"

상처 입은 마음을 투정부리듯 내뱉는 거친 외침이 복도를 울리면서 퍼져 나갔다. 그것은 분명히 현에게도 전달되었고 애석하게도 현은 제 다짐을 더욱 단단히 했다. 의좋은 형제 사이에 벌어진 틈 사이로 단단한 담이 쌓아 올려졌다. 그것은 조용한 절망의 시작이었다.

"웬 꽃이야? 저거 작약이던가?"

"아까 퀵 서비스 아저씨가 두고 가더라. 어떤 사람이 주문했대."

"도대체 누가?"

"모르지."

심드렁하게 답하면서도 운영의 시선은 교탁 위의 꽃을 향하고 있었다. 유영의 수업을 앞둔 시점이었다. 원래 인기가 많은 젊은 교수의 교탁 위에는 자양강장제, 커피, 과자 등 주전부리가 언제나 가득했지만 지금처럼 노골적인 꽃은 처음이었다. 운영은 주위를 두리번거려서 꽃을 올려놓을 만한 기척이 보이는 사람을 찾고자 했지만 딱히 수줍은 볼을 간직한 여학생은 없는 듯이 보였다.

"혹시 강 교수 아닐까?"

"강수현 교수님?"

"응. 김유영 교수님하고 꽤 자주 붙어다니시던데. 잘 어울리지 않아?"

"그런가?"

운영은 고개를 갸웃거리면서 관심 없다는 표정을 지었다. 유영의 여자관계를 논하는 시점은 뭔가 껄끄럽다. 유영의 진심과 의지에 기대어 운영은 조심스레 그에 대한 마음을 키워가고 있었다. 그 시간 동안 두 남녀 사이의 야릇한 '썸'에 대해서는 아무것도 눈치채지 못한 소옥이었다. 때문에 그녀는 쓸데없이 자세하게 유영에 관한 가십거리를 전하기 시작했다.

"들었어? 그 얘기?"

"무슨 얘기?"

듣고 반응하기 싫어도 귀가 쫑긋거려지는 것은 어찌할 수 없는 일. 운영은 최대한 내색하지 않으면서 가볍게 응수했다. 그리고 생각했다. '질투'라는 그 열정적인 감정이 과연 내 몫이 될 수 있는 건가?

"영국에서 유학할 때부터 알고 지냈다고 하던데? 뭔가 그 둘이 함께 있으면 에로틱한 성인 남녀의 아우라가 느껴진다니까."

"에로틱?"

"사실 학교에 소문이 자자해. 강 교수가 김 김교수님한테 눈웃음 살살치면서 은근히 스킨십하는 거 모르는 사람 없다고. 그 둘이 영국에 있을 때 썸씽 있었다는 게 진짜인 것 같아. 혹시 둘은 어른의 사랑을 하는 파트너가 아니었을까?"

소옥이 발을 굴리면서 까르륵거리는 통에 운영의 미간이 좁혀졌다. 괜히 목이 마르고 기분이 언짢아서 가방에 손을 뻗었다. 제대로 가방 속을 보지도 않고 휘적거리면서 생수병을 꺼내던 손이 멈칫했다.

"교수님 오십니다."

지각을 면하기 위해서 강의실로 헐레벌떡 뛰어 들어온 1학년 남학생이 거칠게 소리쳤다. 아마도 유영은 계단을 뛰어오르는 남학생을 위해서 시간을 벌어주었을 것이다. 일부러 느릿하게 걸음을 옮겼을 그를 떠올리면서 운영은 작게 웃었다. 그 이후로도 두 명의 학생이 강의실로 뛰어들어온 뒤에야 흰 셔츠가 잘 어울리는 남자가 모습을 드러냈다.

"내가 3분 지각한 덕분에 세 명의 학생이 지각을 면했네?"

가벼운 농담과 함께 유영이 천천히 교탁 앞으로 다가서자 문제의 지각생들은 멋쩍게 웃으면서 고개를 숙였다. 한편 운영은 괜히 눈에 힘이 들어갔다. 꽃을 확인한 유영은 별다른 표정 변화가 없었다. 궁금증이 돈은 학생들은 목소리를 높여서 질문을 쏟아냈다.

"교수님. 그 꽃 뭐예요?"

"글쎄. 누가 나한테 반했나?"

"교수님! 꽃 받으신 기념으로 야외 수업 하시죠!"

"어떻게 얘기가 그렇게 되는데?"

"에이, 교수님. 날씨도 좋은데! 시 쓰기 딱 좋은데!"

"날씨도 딱 좋은데 기말고사 당겨 볼까요?"

웃으면서 내뱉는 협박에 일순간 침묵이 찾아 왔다. 꽃 소동은 조용히 묻혔고 여느 때와 다름없이 수업이 시작되었다. 학생들과 토론식 수업을 즐겨하는 유영의 자리는 교탁 앞이 아니었다. 전혀 관심 없다는 듯 꽃을 그대로 지나친 남자는 언제나처럼 창가 쪽 긴 책상 위에 걸터앉았다. 학생들과 대화를 주고받으면서 자연스레 운영과 눈을 마주칠 수 있는 위치였다. 유영은 말을 이어가면서 드문드문 운영을 바라봤다. 어쩐 일인지 평소와 달리 수업에 집중하지 못하는 여자가 아까부터 뚫어져라 한 곳만 바라보고 있었다. 그것은 교탁 위의 꽃. 시선의 종착역을 알아차린 유영은 피식 웃으면서 몸을 일으켰다. 그는 여전히 멍한 표정의 여자 곁으로 걸음을 옮기면서 말을 이었다.

"자, 지금까지 상고시대 문학부터 현대시까지 서정갈래의 계보에 대해서 이야기해 봤는데, 이쯤에서 생각해 봅시다. 세계의 자아화. 도대체 뭘 뜻하는 걸까?"

똑똑.

그가 운영의 책상 위를 두드리는 순간이었다. 운영은 먹은 것도 없이 사레가 들렸고 슬쩍 졸고 있던 소옥이 벌떡 몸을 일으켰다.

"뭐, 뭐야?"

"최소옥 양."

"네? 네, 교수님."

"너무 기분 좋게 웃어서, 단잠을 깨우는 게 미안한데…… 이제 그만 의식세계로 돌아오는 게 어떨까?"

여심을 훔치는 미소 앞에서 소옥은 얼른 입가의 침을 닦아냈다. 그가 돌아서는 순간 그제야 운영은 놀란 숨을 크게 내쉬었다. 그의 손이 책상 위로 뻗어졌을 때 하마터면 손이 닿는 줄 알았다. 떨리는 손을 모아쥔 채 수업에 집중하고자 했지만 운영은 그 뒤로도 아무것도 귀에 담을 수 없었다. 유영은 아예 신경 쓰이는 꽃을 운영의 책상 위에 올려놓은 뒤 그녀의 앞에서 수업을 진행했다. 가까이 들려오는 목소리, 남자의 그림자가 주는 존재감이 상당했다. 뭐라도 해야지 이 긴장감을 이길 수 있을 것 같아서 입 안으로 물을 쏟아 넣었다.

"자, 이 꽃을 '세계'라고 합시다. 분명히 동일한 빛깔과 형체를 가지고 있지만 이에 대해 느끼는 감상은 저마다 다를 겁니다. 부러움, 설렘, 이별 그리고 질투."

그의 입에서 질투라는 직설적인 단어가 튀어나오는 순간 물을 홀짝이던 운영은 진짜 사레가 들렸다. 책상 위로 쏟아진 물을 닦아내면서 소옥은 눈살을 찌푸렸다. 운영은 입가의 물을 소매로 슥슥 닦아냈다. 휘둘리는 마음을 들키는 것만 같은 볼썽사나운 모양새가 싫어서 입술을 꽉 깨물었다. 귀도, 볼도, 입술도 전부 붉어졌다. 유영은 작약 한 송이를 빼어서 손에 들었다. 그야말로 꽃을 든 남자의 자태에 여학생들은 손을 마주 쥐면서 까르륵거렸다.

"세계는 동일해도 '나'의 이야기는 전부 다르죠. 정답도 없습니다. 대상, 곧 세계에 대한 감상을 자신의 내부로 끌어들여서 그에 대한 하고픈 말들을 적어내는 것이 바로 세계의 자아화입니다. 그런 의미에서 다음 시간에는 '꽃'에 대한 여러분들의 다양한 이야기가 듣고 싶은데?"

자연스럽게 숙제를 공지하는 교수의 말에 여기저기서 탄식이 쏟아졌다. 유영은 은근하게 웃으면서 교탁 앞에 섰다. 여전히 문제의 꽃다발은 운영의 앞에 보란 듯이 올려둔 채로.

"다음 주가 기말고사 아닌가?"

"네."

"페이퍼 하나로 기말고사를 대체한다는 건 꽤 달콤한 제안이라고 생각하는데. 뭐, 싫으면 시험 보고. 알고 있죠? 나 시험 문제 더럽게 내기로 유명한 거."

"아, 교수님……."

학생들을 들었다 놨다 하는 유영의 눈웃음에 모두가 졌다. 정해진 시간에 딱 맞추어 수업이 끝났고 모두가 소란하게 짐을 싸기 시작했다. 우루루 몰려 나가는 학생들 사이로 남겨진 운영에게는 특별한 과제가 내려졌다. 꽃다발을 연구실까지 가져다 놓을 것. 유영은 부탁한다는 말과 함께 싱글거리면서 먼저 강의실을 빠져나갔다.

"교수님도 참. 직접 가져가셔도 될 텐데. 제법 무거워 보인다고."

"그러게. 너 먼저 도서관에 가 있어. 이거 연구실에 전해드리고 갈게."

마지못해 꽃다발을 집어 든 채 걸음을 옮기는 운영의 표정이 조금 떨떠름했다. 순간 강 교수의 섹시하고 고혹적인 얼굴이 번쩍 눈앞을 스쳐 지났다. 평소에도 야한 옷차림으로 유명한 그녀와 김유영의 조합은 역시 뭔가 내키지 않는다. 문을 두드리려던 운영은 잠시 머뭇거렸다. 가방 속에 손을 넣어서 휘적거리자 작은 막대가 만져졌다. 그것은 색깔이 마음에 들지 않는다면서 소옥이 건네준 분홍빛 립스틱이었다. 받기는 했어도 딱히 쓸 일은 없었는데 운영은 오늘 처음으로 제 입술에 색을 칠했다. 괜히 입꼬리를 올리는 연습을 끝으로 똑똑. 문을 두드리자 문 너머에서 그의 인기척이 느껴졌다.

"들어와요."

그 한마디에 이끌려서 문을 여는 순간 또 긴장이 되었다. 그의 연구실은 처음 그에게 마음이 닿았던 그날의 감각을 고스란히 되새기게 한다. 그가 반가운 듯이 웃었지만 운영은 살가운 인사 대신 뚱한 표정으로 꽃다발부터 내밀었다. 그런데 이 남자, 꽃을 가져갈 생각이 없다. 멀뚱히 서서 자신을 바라보는 남자 때문에 운영은 좀 더 힘주어 자신의 방문 목적을 전했다.

"꽃다발. 여기 있습니다."

운영은 테이블 위에 꽃다발을 올려놓으면서 다짐했다. 최대한 담백한 모습으로 돌아서자고 말이다.

"그럼, 전 이만."

"작약은……."

낮아서 더욱 귀에 담기 좋은 목소리의 울림이 발길을 붙잡는다.

"신부에게 바치는 꽃이라죠."

의도한 대로 아주 쉽게 여자를 돌려세웠다. 유영은 손끝으로 꽃송이를 튕기면서 입술을 휘었다. 한편, 운영은 언제나처럼 소년 같은 싱그러운 그의 얼굴이 오늘따라 조금은 얄미웠다. 그가 남의 속도 모르고 저 심란한 꽃을 화두에 올렸기에. 게다가 아주 소중하다는 듯이 그 꽃을 눈에 담는 눈동자가 몹시도 다정했기에.

"알고 있었습니까?"

그 짧은 순간, 여자의 떫은 표정을 선물처럼 여기면서 뿌듯해하는 유영이었다. 운영은 저도 모르게 흘겨졌던 눈을 제자리로 돌리면서 무심하게 답했다.

"네."

불퉁한 표정을 감추기 위해서 천장으로 눈을 들어 올리던 그때였다.

"알면, 가져가야죠."

뜬금없는 말에 이끌려서 시선을 되돌렸을 때 마주한 것은 느닷없이 진한 빛을 내는 남자의 눈동자였다. 그 연유를 찾을 틈도 없이 여자의 입술이 멍하니 벌어진 이유는…… 군더더기 없는 깔끔한 문장으로 여자를 뒤흔드는 유영 때문이었다.

"신부님."

오늘도 여지없이 그 잔망스러운 언변에 휘둘리는 여자의 눈동자가 크게 흔들린다. 작약 뭉치의 소담한 모양새는 단순한 꽃다발이 아니었다. 그것은 신부에게 전하는 부케. '신부' 그 생경한 단어가 주는 떨림을 감당할 수 없어서 자꾸 숨이 토해졌다. 유영은 빙긋이 웃으면서 의자에 앉았던 몸을 일으켰다. 동그랗게 뜬 눈에서 확장된 동공은 마치 예쁜 고양이를 보는 듯했다. 미치도록 사랑스럽다. 그러니 멀리서 지켜보는 것으로는 성이 차지 않았다. 이 여자를 어떻게 얻었는데…….

"정말, 제 꽃이라는 말씀이세요?"

"그럼, 저렇게 노골적인 모양새의 꽃을…… 누구 거라고 생각했는데요?"

"다들 강 교수님이 교수님께 드리는 거라고…….."

"하하. 강 교수? 강수현 교수 말하는 건가? 나랑 사귄다고 소문난 그 여자?"

유영은 대수롭지 않다는 듯 어깨를 으쓱했다. 직설적인 답변에 도리어 얼굴이 화끈거린 것은 운영이었다. 순간 자신이 내뱉은 말이 너무 속되게 느껴졌다. 그가 가볍고 유치한 여자로 볼까 봐 내심 창피해졌다.

"지금 날 의심하는 겁니까?"

"아뇨! 그게 아니라!"

"그랬네. 그래서 그게 못마땅하셔서 수업도 듣는 둥 마는 둥 정신을 놓고 있었구나. 유학 때 사귄 건 맞는데 그게 뭐? 지금은 아닌데."

"사귀셨던 건 맞네요."

"나는 과거형이고 그쪽은 진행형인데…… 지금, 손해보고 있는 장사는 누가 하고 있는 거더라?"

곤란함을 감추지 못하고 흔들리는 눈동자, 수줍은 듯이 깨무는 입술, 흘러내린 머리를 쓸어 넘기는 작은 몸짓 하나하나에 여성미가 묻어났다. 그 별거 아닌 동작에도 눈을 떼지 못하는 걸 보면 제대로 홀리긴 홀린 모양이었다. 이 모습을 보기 위해서 난생처음으로 꽃을 배달시키고 갖은 시나리오를 다 짜내어 쇼를 하지 않았던가. 오글거림을 무릅쓰고 꽃을 시킨 보람은 충분히 얻었다. 뜻밖에도 유학 시절 잠시 사귀었던 강 교수를 거론하면서 불퉁한 표정을 짓는 여자의 모습은 생각지도 못한 덤이었다.

"왜? 아무래도, 역시 신경 쓰입니까?"

슬쩍 떠보는 물음인 것을 아는 데도 놀리기 좋은 답변을 할 것만 같다. 운영은 차라리 입을 꾹 닫은 채 고개를 흔들었다. 새초롬해진 눈가가 귀여워서 유영은 조금 더 짓궂게 그녀를 몰아붙였다. 그는 운영의 어깨를 붙잡아 세운 뒤 그대로 고개를 내렸다. 서서히 가까워지는 얼굴, 좁혀지는 거리만큼 긴장감이 깊어진다. 운영은 얼른 고개를 옆으로 틀었지만 유영은 너무 쉽게 그녀의 턱을 붙잡아 돌렸다.

"입술."

허스키한 목소리였다. 일부러 그녀의 귓가에 숨결을 불어넣으면서 속삭였다.

"색깔이……."

그 간지러움에 흠칫 놀라서 몸을 비틀었지만 유영은 꽉 잡고 놓지 않았다.

"조금 붉은 게 평소 같지 않은데? 아까 강의실에서도 그랬나?"

느닷없는 지적과 함께 유영이 입술 언저리로 손을 가져다 대려 할 때였다. 마디가 고운 손가락이 닿기 직전, 운영은 가까스로 입을 틀어막았다. 최대한 연하게 바른다고 했는데도 남자는 입술 색의 변화를 너무 빨리도 알아챘다. 입술 색뿐인가? 그녀의 여린 마음도 너무 쉽게 들켜 버린다. 사실은 강 교수보다 좀 더 예뻐 보이고 싶었다.

"역시 신경 쓰여서 안 하던 짓까지 했구나?"

잔망스러운 마음을 전부 다 눈치챈 남자는 소년처럼 웃었다. 하지만 그 웃음은 오래가지 못했다. 멀리서 얼핏 보았을 때는 몰랐는데 가까이에서 눈에 담으니 상상 이상이었다. 부끄러움 때문인지 조금 더 열이 오른 여자의 입술은 마치 피가 고인 것처럼 진한 붉은빛이었다. 속이 빤히 보이는 순수한 몸짓인데도 눈앞에 있는 여체는 묘하게 섹시하게 느껴졌다. 그건 손 아래 닿는 여자가 이제는 자신의 여자라는 확신에서 비롯되는 소유욕, 그 강한 열망이 빚어내는 마음이었다. 하필이면 흰색 원피스, 분홍빛의 작약, 나의 신부. 그 모든 낱말이 유영을 돌이킬 수 없는 세계로 이끈다.

"홍운영 양."

답할 틈도 없었다. 뜨끈해진 목덜미로 남자의 차가운 손이 파고드는 순간 찌릿한 감각에 눈이 감겼다. 감긴 눈 너머로 입술을 가린 손이 떼어내지는 게 느껴진다. 그 위로 뿌려지는 것은 뜨거운 숨결.

"이런 거 바르지 마요."

진한 눈동자가 여자의 붉은 입술에 고정되었다.

"애라서……."

그의 손이 입술 위를 문지르고 지나치는 순간 운영은 번쩍 눈을 떴다.

"봐주고 있는데……."

여전히 놀라서 커진 눈동자가 데구르르 흔들리는 순간 그의 손이 떨리는 눈꺼풀을 쓸어내렸다. 마침내 맞닿은 입술이 벌어졌을 때 입 안으로 가득 밀려드는 뜨거움은 여전히 익숙지 않았다. 그럼에도 분명히 느껴지는 감각에 발끝조차 찌릿했다. 혀를 얽어 내려가는 야릇한 동작에 정신이 아찔해지고 숨이 차올랐다. 살이 스치는 적나라함을 어쩌지 못해서 운영은 유영의 옷자락을 꽉 붙잡았다. 서로에 대한 갈망으로 취해가는 두 연인이 시공의 흐름을 잊었던 그때 연구실 문이 조용히 열렸다가 다시 닫혔다. 열린 문 틈 사이로 잠시 반짝였던 눈동자의 주인은 자란이었다.

✳

"이것이…… 무엇이옵니까?"

"호랑이다. 황호……."

의심 어린 시선 앞에서 현은 말끝을 흐리면서 멋쩍게 웃었다. 그는 자선 바자회 행사에 참여하기 위해 운영에게 수예를 배우던 중이었다. 비단 천을 물끄러미 바라보던 운영은 터져 나오는 웃음을 겨우 참았다. 대군의 바느질 솜씨는 형편이 없었다. 그가 놓은 수는 늠름한 호랑이가 아니라 고양이였다. 노란 털옷을 입은 고양이와 같은 모양은 제법 귀여웠다. 그것을 호랑이라고 우기지만 않는다면 그럭저럭 봐줄 만했다.

"정녕? 호랑이입니까?"

"왜? 딱 봐도 호랑인데! 왜들 웃어? 그리 못 봐줄 지경이야?"

"그것은 아니오나……."

"그것이 아니면 뭐!"

현은 심드렁한 표정을 짓더니 운영의 손에 들린 비단 천을 뺏어 갔다. 그의 눈에는 영락없이 황호였는데 뭐가 문제인지 알 수가 없었다. 무려 세 시간을 공들인 결과였다. 손가락을 콕콕 찔려서 피를 내 가면서 만들어낸 보람도 없이 모두가 비웃고 있었다.

"아무래도 뜨개질로 바꾸시는 것이 좋을 듯싶습니다."

"싫어."

떼를 쓰는 아이처럼 칭얼대는 목소리였다. 그는 자수와의 전쟁을 선포했다. 이제는 괜한 오기가 발생했다.

"대군. 고집 피우지 마시고……."

"도대체 뭐가 문제기에!"

"후우, 이것은 호랑이가 아니라 짬타이거……."

제 입에서 튀어나온 말에 아차 싶은 운영은 얼른 입을 틀어막았다. 짬타이거는 길고양이를 귀엽게 여겨서 부르는 말이었다. 이를 모르는 현은 멀뚱한 표정으로 눈을 깜박였다.

"짬 타이거라니?"

"아…… 그것은 고양이…… 짬밥 먹는 거리의 호랑이라고…… 사람들이 그리 부르는데……."

"그럼 내 황호가 짬밥……."

현은 믿을 수 없다는 듯한 표정으로 고개를 저었다. 제법 심각한 표정 앞에서 운영은 더 이상 그의 자수를 타박할 수 없었다. 제가 수놓은 황호를 바라보면서 고개를 갸웃거리는 남자의 표정은 서른이 넘은 어른도 순진무구할 수 있음을 보여주고 있었다. 볼에 바람이 들어가는 것으로 보아 단단히 심통이 난 것 같았다. 그의 뚱한 표정과 귀여운 자수를 번갈아 바라보면서 운영은 터져 나오는 웃음을 참기 위해 이를 꽉 깨물었다. 그럼에도 버티지 못하고 억눌린 신음과도 같은 웃음이 새어나왔다. 그녀의 옆에 서 있던 홍 내관은 잠자코 지켜볼 수 없어서 슬쩍 운영의 팔을 꼬집었다. 팔 언저리의 아픔에 운영이 힐긋 눈을 흘기자 홍 내관은 뚱한 표정으로 눈을 부라렸다.

"대군, 이렇게 된 거 차라리 고양이 수를 놓았다고 하시죠. 그 편이 우스운 놀림거리가 되지 않을…… 텐……."

신나서 떠들어대던 목소리가 저절로 삼켜졌다. 현이 잡아 죽일 듯이 노려보고 있었기에. 한마디만 더 했다가는 그의 손에 들려 있는 바늘이 흉기가 될지도 몰랐다. 큭큭거리다가 겨우 제 호흡을 찾은 운영은 다시 몸가짐을 단정히 한 뒤 자세를 바로 했다.

"대군, 제가 실언을 했습니다. 이것은 분명히 짬 타…… 아니 황호입니다."

"됐어. 입에 발린 소리는 귀에 안 들어와."

"대군께서 어려운 이를 돕겠다는 그 마음이 중요한 것 아니겠습니까. 직접 마음을 내어 바늘을 잡고 실을 꿰었던 그 순간의 의미면 충분하다…… 저는 그리 생각합니다."

사탕발림과 아부로 전하는 말이 아니었다. 진정으로 충분했다. 왕실의 모든 혜택을 국민들과 함께 나누고 어려운 이를 돕고자 하는 그 고운 마음만이 운영에게는 분명히 보였으니까.

"그러니 삐치지 마십시오."

"누가 삐쳤다고?"

"제가 분명히 봤습니다. 볼에 바람 집어 넣으시는 것."

"그런 적 없는데. 아마도 내 안의 다른 이가 나왔던 모양이지?"

"그런 농담도 하십니까?"

하얀 이가 보일 듯 말 듯 작은 미소를 짓는 여자의 머리를 순간 쓰다듬을 뻔했다. 뚱한 표정의 홍 내관이 없었다면 분명히 제 충동을 이기지 못한 채 그리했으리라. 고양이든 호랑이든 상관없는 것은 사실 현이었다. 그는 옅은 풀빛의 저고리가 잘 어울리는 여인과 마주 앉아 있는 이 순간의 따스함에 기대어 응어리진 모든 것을 녹여냈다. 수가 엉망으로 놓여서 짜증이 난 마음도, 숙향과의 담판으로 인해 산산이 조각난 마음을 부여잡는 것도 홍운영 저 아이면 충분했다. 물론 쉽지 않은 단 하나가 있었으니 그것은 유영이 느닷없이 던지고 간 화살에 찔린 자상이었다. 그것은 지금까지도 꽤 오래 남아 있었다. 운영과 유영의 관계를 설명할 수 있는 등식을 떠올릴 때마다 속이 갑갑했고 그녀에게 수도 없이 묻고자 했었다. 그럼에도 지난 시간 동안 겨우 물은 것은…….

"잘 지내고 있느냐. 이곳에서."

그것이 전부였다. 그 실없는 질문을 주워 담기도 전에 운영은 막힘없이 답했다.

"예. 대군."

원하던 흐름의 답변은 아니었지만 현은 그 이상 아무것도 묻지 않았다. 어쩌면 모르는 게 더 낫다는 생각이었다. 안다고 해도 무엇이 달라질까? 저 아이의 입에서 나올 말들은 도리어 두렵지 않은가? 그래서 현은 오늘도 눈앞에 있는 여자의 존재감을 확인하면서 겨우 안도한다. 알 수 없는 불안감은 그 이유조차 찾지 않은 채 그대로 씹어 삼킬 뿐이다.

"수를 계속하실 작정이십니까?"

"당연하지. 그것보다 너도 남 말할 처지는 아니었어."

"예?"

현은 운영이 수놓던 비단 천을 집어 들었다. 그는 자세를 편하게 고쳐 앉더니 운영이 놓은 수의 문제점을 하나하나 짚어 갔다.

"봐. 새의 눈과 날개가 하나씩뿐인데? 괴물을 수놓아 놓고서 잘도 내 황후를 짬타이거라 했겠다?"

"아…… 이것은……."

현의 표정이 한 건 했다는 듯 제법 의기양양했지만 맞는 지적이 하나도 없었다. 전설의 새를 괴물이라 칭하는 현 때문에 자연히 입에는 웃음이 고였지만 가까스로 참아냈다. 이제 겨우 시끄러운 속을 다스리고 있는 남자의 기분을 망치고 싶지 않았기 때문이었다.

"이 괴물도 이름이 있나?"

"비익조라 합니다. 암컷과 수컷이 눈과 날개가 하나씩이라서 짝을 짓지 않으면 날지 못한다 합니다. 마치 연리지와도 같은 것입니다."

비단 천을 응시하던 현의 두 눈이 흥미롭다는 듯 빛을 냈다.

"뜻도 모르면서 잘도 무식한 소리를 했네. 하하."

가벼운 목소리의 울림에도 운영은 따라 웃지 못했다. 그의 웃음이 오래가지 못하리라는 것을 잘 안다. 역시나, 금방 멈추는 희미한 웃음……. 그 쓸쓸함을 바라보고 있자면 속이 쑤신다. 숙향과의 담판이 있었다는 것에 대해서 모르는 이가 없다. 그럼에도 감히 그 얘기를 입 밖으로 내뱉는 자가 없었다. 그것이 이곳의 평화를 지키는 방법이었고 운영은 그에 지극히 충실했다. 대놓고 그를 위로할 수 없었다. 서재에서 몰래 흐느끼는 남자를 뒤로한 채 문을 닫고 나올 때면 몸에 힘이 빠져서 주저앉았다. 그리고 그가 아무렇지 않다는 듯 '언제 왔느냐?' 하고 문을 열어줄 때까지 한참을 기다렸다. 그렇게 속을 멍울지게 하는 남자다.

이현은…… 그녀의 첫사랑은…….

"대군, 시간이 늦었습니다."

"알아."

"밤을 새우실 작정이십니까? 합리적인 분께서 괜한 고집을 피우십니다. 그냥 고양이라고 인정을 하십시오!"

"콩떡은 좀 조용히 하지?"

"콩떡…… 이요?"

뜨끔한 홍 내관은 괜히 운영을 노려봤다.

"애먼 애 잡지 마. 요즘에도 떡 셔틀 해?"

"대군!"

"왜? 계속 해보지. 가만 보면 홍현민이 의외로 순수해. 맑고 고와서 좋겠다."

"저는 그런 적이 없습니다!"

"퍽이나."

쓸데없는 실랑이를 하는 현과 홍 내관을 뒤로한 채 운영은 조용히 바늘을 집어 들었다. 하지만 흐려진 정신으로 집중하지 못한 탓에 몇 번의 바느질도 못 했건만 손가락이 바늘에 찔렸다. 손끝에서 떨어져 내린 핏방울이 흰색 천 조각 위로 번져갔다. 멈추지 않는 붉은 피가 애써 수놓은 비익조의 날개에 스며드는 순간에도 운영은 아무것도 하지 않은 채 표정을 잃었다.

'비익조…… 하필이면 이걸 골랐구나…….'

진정한 짝을 얻지 못하고서는 살 수 없다던 전설의 새가 자신의 서러운 처지를 닮아 있었다. 운영은 물끄러미 현을 응시했다. 홍 내관과 실랑이를 하면서 장난스럽게 웃는 남자를 눈에 담고 있자니 가슴이 아린다.

'어째서…… 아직도…….'

상처 입은 보랏빛 꽃이 바람에 실려 날아간다. 꽃을 꺾은 영악한 소녀의 손은 피로 물들어 있었다. 생의 감각을 잃은 꽃을 떠나보내며 안심하고 돌아섰더니, 보란 듯이 또 피어난 꽃송이가 발밑에서 고개를 든다. 차마 짓밟지 못하도록 아주 예쁘게, 그래서 이를 바라보는 눈은 더욱 시리게 말이다. 눈을 타고 흐르는 물방울을 외면하면서 바닥에 피어난 꽃줄기를 지르밟는다. 부디, 이 지독한 시간의 흐름이 끝나기를 간절히 염원하는 마음으로…….

그날 밤. 현의 서재에서는 홍 내관의 우려대로 늦은 시각까지 불이 꺼지지 않았다. 반드시 짬타이거를 황호로 탈바꿈시키겠다는 현의 의지 때문이었다. 결국, 12시가 넘은 시간이 되어서야 현은 바늘을 내려놓고 나른한 하품과 함께 기지개를 켰다. 그의 집념 때문이었을까? 귀여운 고양이는 제법 호랑이다운 수염과 줄무늬를 뽐내고 있었다. 현의 입가에 지어진 만족스러운 웃음이 한껏 더욱 예쁜 미소로 바뀐 것은 잠들어 있는 운영에게로 시선이 닿았을 때였다.

"깨울까요?"

"그냥 둬. 최 상궁 때문에 잠이 부족한 아이야."

"그것이 왜 최 상궁 때문입니까? 이곳 규율이 그런 것을……."

홍 내관은 입을 삐죽이며 툴툴거렸다. 감정을 숨기지 못하는 그의 반응에 현은 야릇한 미소를 지었다.

"콩떡아."

"아니라고 말씀드렸습니다."

"라면. 그거 반입 금지 품목이지 않아?"

"그렇습니다."

"그런데 왜 그랬어?"

"무엇을 말입니까?"

"지난번에 말이야. 연등회 있던 날 밤이던가? 둘이 후원에서 몰래 라면 먹었잖아."

"그런 적 없습니다."

"내가 봤어."

홍 내관은 눈을 데굴데굴 굴리면서 머리도 굴렸지만, 생각이 막혀서 어찌할 도리가 없었다. 제대로 꼬리를 잡은 현은 보란 듯이 휘휘 돌리면서 홍 내관을 약 올렸다.

"사귀는 거야?"

"아닙니다."

"그럼 결혼할 사이?"

진짜 궁금하다는 현의 눈빛에 홍 내관은 헛기침을 콜록거렸다.

"참 좋은 세상이야. 궁녀가 결혼도 하고. 그렇지?"

현의 음흉한 웃음 앞에서 불퉁한 표정을 짓던 홍 내관은 될 대로 되라는 심산으로 팽하니 돌아섰다.

"어디 가?"

"전화 받으러 나갑니다."

"무슨 전화? 아무 소리도 안 들리는데."

"최 상궁이 12시 반에 전화합니다. 그러니 대군께서도 조용히 침소에 드십시오. 콩떡남의 찬란한 러브 스토리는 지금부터 시작이니까 오밤중에 저를 찾지 마십시오!"

홍 내관은 감히 답지 않은 대찬 명령을 하더니 바쁜 걸음으로 서재를 빠져나갔다. 얼빠진 표정의 현을 뒤로한 채 무심하게 닫혔던 문은 얼마 못 가서 다시 슬쩍 열렸다. 문틈 사이로 빠끔히 얼굴을 내민 남자가 눈짓을 했다.

"왜? 찾지 말라며?"

"급한 일이시면 찾으셔도 됩니다."

"아아, 급한 일 있지. 지금."

"지금이요?"

"네가 계속 서재에서 알짱거리는 거. 그래서 내 귀한 시간을 축내는 거. 표정 보니까 감을 잡은 것 같은데 알아들었으면 문 닫고 좀 나가지?"

서재의 문은 그 이후로 한 번도 열리지 않았다. 겨우 운영과 단둘이 있게 된 현의 얼굴에는 만족스러운 웃음이 지어졌다. 커다란 방 안에 듣기 좋게 울리는 나른한 숨소리가 자장가처럼 감미로웠다. 그 소리에 가만히 귀 기울이다 보니 모든 흐림이 전부 사라지는 듯 기분이 맑아졌다. 말 그대로 바라만 보고 있어도 좋은 상대가 현에게는 운영이었다. 실내의 불을 모두 끈 그는 달빛에 기대어 걸음을 옮겼다. 소파 위에서 불편하게 잠든 여자를 깨워볼까 했지만, 그 생각 대신 몸이 먼저 움직였다. 무릎을 굽혀 앉은 뒤 천천히 뻗어지는 손의 종착역은 그의 사랑. 달이 지배하는 시간 속 어둠에 기대어 탐하는 마음을 숨기지 않는다. 현은 고개를 내려서 그녀의 입술에 서린 미약한 체온을 훔쳐갔다. 입술이 맞닿는 순간 척추를 타고 흐르는 찌릿함에 미간이 좁혀졌다. 그는 소파를 짚고 있는 한쪽 팔에 꽉 힘을 준 채 제 안의 남자를 다스렸다.

"참다가…… 죽지."

결국 더는 그녀와 가까이 맞닿아 있을 수 없었던 현은 조심스럽게 몸을 일으켰다. 여린 몸 위에 담요를 덮어주는 손의 떨림에 허탈한 웃음이 새어 나왔다. 아이를 재우듯이 그녀의 등을 토닥이면서 현은 뜨거운 마음을 삼켜냈다. 갖고자 하면 가질 수 있는데 억지로 취하고 싶지 않다. 그만큼 소중하고 애달픈 여자다. 때문에 이따금 발작처럼 터지는 마음을 누르는 힘겨움을 아마도 눈앞의 여자는 모르리라. 부디 알아주면 좋으련만……. 현의 애틋한 눈빛을 받아내는 여자는, 감은 눈을 뜨지 못한 채 잠투정을 하듯 고개를 옆으로 틀었다. 아무것도 모르는 듯 무심한 몸짓 너머로 다스릴 수 없는 거친 호흡이 억지로 삼켜졌다. 전신에 퍼지는 떨림을 참아내기 위해 잔뜩 몸을 웅크렸지만 계속 이가 부딪쳤다. 맞닿았던 점막의 부드러움이 지독하게 생생했다. 꿈결 속에 찾아온 왕자님. 그가 주는 입맞춤의 황홀함을 마주했을 때 운영은 잠자는 숲 속의 공주가 되었다. 동화 속 세상이었다면, 공주는 척추에 번개가 꽂힌 듯한 아찔함을 이기지 못하여 번쩍 눈을 떴을 테지. 그래서 마주한 것은 저주에서의 구원, 잘생긴 왕자님과의 행복한 사랑. 그래서……

'오래오래 행복했답니다.'

그 흔한 결말에 깊이 감동했던 유년의 시절, 운영은 왕자님과의 행복한 결말을 소망했었다. 천진했던 그날의 고운 마음에 기대어 눈꺼풀이 올라가려던 순간, 저 먼 곳의 달이 우습다는 듯 키득거린다. 그리고 잔인하도록 또박또박 속삭인다. 너는 저주를 풀어낼 입술의 자격을 잃었다고 말이다. 그 순간에 차갑게 식은 여자의 입술은 어떤 이와의 기억을 떠올린다.

'구원의 첫 키스.'

그건, 현의 몫이 아니었다. 순결한 입술의 자격을 잃은 운영은 자신의 현실을 되뇐다. 수성궁의 세계에서 왕자님의 눈을 마주보는 동화의 결말은, 그 행복함은 절대 오지 않는다는 것을 말이다. 결국, 삼청의 선녀는 감은 눈을 뜨지 않은 채 입 안에 고여드는 울음을 삼켜낸다. 입술을 깨무는 파괴적인 힘 때문에 상처입은 여린 살결은 금세 고통을 호소했다. 그 아픔에도 불구하고 요동치는 맥박이 다스려지지 않아서 더욱 꽉 힘주어 깨물었다. 사랑이 흘렀던 입술에 피가 고이는 그 순간에 허물어지는 것은 가녀린 연심. 그래서 파멸하는 것은 왕자님의 세상.

현은, 그때 알았어야 했다. 자신의 소녀가 그의 세계에서 빠져나가고 있음을…… 그것을 알아채지 못한 것이 왕자님의 유일한 실수. 연심에 취한 그가 세상을 바로 보지 못하는 사이에도, 지독한 파국을 이끌 어둠의 기운은 자비심도 없이 검게 피어오른다.

7월 7일 장생전에서
깊은 밤 사람들 모르게 한 약속
하늘에서는 비익조가 되기를 원하고
땅에서는 연리지가 되기를 원하네
높은 하늘 넓은 땅 다할 때가 있건만
이 한은 끝없이 계속되네
- 백거이 〈장한가〉

"너 오늘 어머니 병원 간다며? 원래 다음 주 아니었나?"
"어? 어. 그렇게 됐어."
"좋겠다. 너 병원 가는 날은 암행도 안 붙잡아. 실컷 놀다 와."
"놀기는 무슨……."
설렘을 빚어내는 오늘은 운영이 어머니의 병원을 핑계로 유영과의 데이트를 약속한 날이었다. 암행이 붙지 않는다 하여도 언제 어느 때에 수성궁 식구와 부딪칠지는 모를 일이었다. 때문에 유영은 그녀를 자신의 집으로 초대했다. 그래서 평소보다 심장이 조금 더 빠르게 뛰는 것은 의식하지도 못할 당연한 변화였다. 운영은 소옥의 야릇한 시선을 피해서 계속 과자를 씹어 삼켰다. 평소 군것질을 잘 안 하던 그녀가 뭔가 숨기려는 듯 입 안을 과자로 채우는 모습은 뭔가 이상해도 한참 이상했다. 뭔가 있지 싶은데 그게 뭔지 제대로 된 감이 오지 않아서 소옥은 자신의 늙음을 탓했다. 요즘 들어 두뇌가 빠릿하지 않은 느낌이었다.

복도 끝 계단에서부터 유영의 발소리가 들려오는 것을 눈치챈 운영은 얼른 입 안에 남아 있던 과자를 전부 씹어 삼켰다. 입가에 묻은 부스러기를 털어내는 동작도 재빨랐다. 거울이라도 한 번 보고 싶었는데 소옥이 또 뭐라고 놀릴 것 같아서 운영은 거울에 손을 뻗고 싶은 마음을 꾹 참았다. 얼마 지나지 않아서 모습을 드러낸 유영의 손에는 학생들의 과제가 담긴 커다란 쇼핑백이 두 개 들려 있었다. 종이 뭉치가 교탁 위로 정체를 드러내는 순간 운영을 포함한 모두가 긴장된 표정으로 유영의 입모양을 주시했다.

"자, 지금부터 기말고사 대체 과제에 대한 피드백을 시작하겠습니다. 호명하는 순서대로 한 사람씩 앞으로 나옵니다. 각각에 대한 코멘트를 첨가했으니까 지금 확인한 후에 다시 한 번 더 수정안을 제출하도록 합니다. 최종 점수는 오늘 이 시간 안에 제출한 수정안을 가지고 매기게 됩니다."

"교수님. 시간 안에 수정 못 하면 어떻게 됩니까?"

"완성도 면에서 점수가 깎일 테니까 자신이 없으면 아예 안 건드리는 게 좋지 않을까?"

"에이, 교수님! 너무해요. 90분 안에 자필 수정이라니요!"

"너무하다니? 제출한 과제를 수정할 기회를 주는 교수가 있나? 나는 점수 더 주기 위해서 굉장히 애를 써서 떠올린 방법인데? 뭐, 그렇게 싫으면 지금이라도 기말고사를 보든지?"

그가 던진 말에 답하는 이는 아무도 없었다. 모두 입을 꾹 닫은 채 뚱한 표정을 짓자 유영은 빙글거리면서 웃었다.

"무언의 긍정으로 알고 과제를 나누어주도록 하겠습니다. 자, 최소옥."

"네!"

한 사람씩 호명하는 순서대로 학생들이 나갔고, 그 순간이 거듭될수록 운영의 심박 수도 조금씩 빨라졌다.

"홍운영."

마침내 자신의 차례가 돌아오자 대답 대신 몸이 먼저 반응했다. 맨날 듣는 이름인데도 이 남자의 입에서 나오는 제 이름은 날개가 달린 것처럼 붕 뜨게 만든다. 떨리는 발걸음을 옮겨서 겨우 그의 앞에 섰을 때 남자는 기다렸다는 듯이 입꼬리를 올렸다. 페이퍼를 건네받으면서 운영은 혹시라도 그와 손이 닿을까 봐 일부러 종이의 끝을 잡아서 싸악 낚아채 갔다. 유영의 눈에는 그조차도 귀여워 보였다.

"수고 많았어요."

다른 학생들에게도 건넨 같은 인사말이었지만 운영은 모두와 같은 반응을 보일 수가 없었다. 감사합니다, 수고 많으셨어요, 안녕히 계세요…… 그 수많은 선택지 가운데 마음에 드는 것이 하나도 없었다. 그것들은 전부 끝 그리고 이별의 의미를 내포하고 있었으니 말이다. 때문에 가볍게 고개를 숙이는 묵례는 그 모든 형식적인 인사를 대신했다. 이에 유영은 마치 그 모든 마음을 알고 있다는 듯 어깨를 토닥였다. 확인한 페이퍼에는 노란색 포스트잇이 붙어 있었다. 또박또박 선이 고운 글씨는 남자의 단정한 성미를 보여주는 듯했다. 조심스레 적힌 글귀를 읽어나가는 두 눈이 반짝거렸다.

― 홍운영 양에게……

백석 시인의 시 세계를 본받아서 산문시를 쓰고자 했던 의도는 훌륭하지만 조금 더 운율감이 드러나는 시어를 사용하는 것이 작품의 유려한 흐름에 도움이 될 것 같습니다. 김영랑 시인의 유미주의 시풍을 권합니다.

"뭐야, 이게……."

거르지 못한 속마음이 튀어나왔다. 혹시 다정한 연인이 건네는 밀담이 담겨 있지는 않을까 내심 기대했는데 지극히 건전한 코멘트가 전부였다. 혹시나 하는 마음에 포스트잇의 뒷장을 훑어봤지만 아무것도 없었다. 단정하고 곱다고 느꼈던 고운 필체도 이제는 새삼 무심하게 느껴졌다. 운영은 저도 모르게 입을 삐죽이면서 뾰로통해졌다. 그 모습을 유영에게 전부 들키고 있다는 생각조차 못 한 채 신경질스럽게 페이퍼를 펄럭이던 순간 두 번째 장 뒤 페이지에 눈길이 닿았다. 그대로 사로잡힌 이유는 하트 무늬의 스티커였다.

♥

금세 표정이 풀리고 조금 흥얼거리고 싶은 기분이 들었다. 종이를 붙잡고 있는 손끝에 떨림이 깃든다. 아무도 모르게 남자가 보여주는 작은 마음을 조심스럽게 옮겨서 제 공책에 붙였다. 분명히 고개를 들면 그가 있으리라, 이번에는 제대로 눈을 마주 보겠다고 생각하면서 크게 숨을 들이쉬었다. 천천히 고개를 들었을 때 운영의 눈이 좀 더 크게 떠졌다. 당연히 교단 앞에 서 있으리라 생각했던 남자가 없었다. 저도 모르게 그의 실루엣을 찾아 바쁘게 시선을 옮기던 그때였다. 익숙한 체향이 옅은 바람을 타고 풍겨 왔다. 그것은 분명히 등 뒤에서 느껴졌다.

'혹시?'

굳이 돌아보지 않아도 느껴지는 그의 존재감 때문에 몸에 바짝 힘이 들어갔다. 왜 하필이면 하고 많은 자리 중에 자신의 뒷자리에 앉는단 말인가. 계단식 강의실의 의자였기에 뒷자리의 남자는 여자를 조용히 훔쳐볼 수 있는 명당을 차지해서 만족하고 있던 터였다. 하지만 운영은 그가 반갑기는커녕 버거웠다. 혹시 얇은 티셔츠 너머로 브래지어의 끈 자국이라도 보이면 어찌해야 하나? 그보다 등에 땀자국이 남지는 않았을까? 오만 가지 쓸데없는 생각과 함께 정작 중요한 것은 전부 잊었다. 시간 안에 과제를 수정해야 했지만, 펜도 집지 못한 채 멀뚱히 있었다. 소옥을 비롯한 다른 이들은 책상에 코를 박을 기세로 벌써 바쁘게 끼적이고 있었는데도 말이다.

"홍운영 양."

"예, 교수님."

운영은 뒤를 돌아보지 못한 채 간신히 답했다. 등 뒤에서 느껴지는 목소리가 너무 또렷해서 어깨가 움츠러들었다. 때문에 겨우 잡아 쥔 펜이 좌우로 볼썽사납게 흔들렸다.

"왜 그러고 있습니까?"

"예?"

"시간 안에 못 하면 D예요."

"아…… 네."

"내 수업…… 일부러 다시 듣고 싶은 게 아니라면 좀 더 빠릿빠릿해야 할 것 같은데?"

말끝에 웃음이 걸렸다.

'또…… 들켰어.'

창피함, 두근거림, 설렘…… 이 모든 것이 물들어서 붉어진 볼을 감싸쥐다가 결국 펜을 놓쳤다. 다시 주울 생각도 못 한 채 손에 감도는 열감에 집중하고 있던 그때였다. 등 뒤에서 드르륵 의자가 끌리는 소리와 함께 유영의 움직임이 느껴졌다.

'아, 맞다. 펜!'

그제야 정신을 차린 그녀가 떨어진 펜을 줍기 위해 몸을 숙였고 따라서 움직인 유영의 손이 여자의 손등에 닿았다. 놀란 여자가 이렇다 할 움직임을 보이지 않자 유영은 좀 더 노골적으로 제 마음을 표현했다. 손등을 스치듯이 훑어내린 뒤 그녀의 손가락 사이에 제 손을 끼웠다. 그러곤 마치 깍지를 끼는 것처럼 야릇하게 손가락 사이를 스쳐 지났다. 그 야릇한 움직임에 예상한 반응이 온다. 예쁜 두 눈이 커지는가 싶더니 소리도 내지 못한 채 연거푸 깜박인다. 말하지 않아도 들리는 듯한 여자의 목소리는 아마도 '어찌 이리도 경망스러우십니까'일 테지. 유영은 저 혼자만의 생각으로 피식 웃으면서 그녀의 손에 펜을 쥐어주고는 아무 일도 없었다는 것처럼 몸을 일으켰다.

"후우……."

그가 교탁 앞에 제대로 자리한 뒤에야 운영은 참았던 숨을 토해냈다. 마주했던 남자 때문에 놀란 마음이 진정되지 않아서 떨리는 손으로 펜을 꽉 움켜잡았다. 언제나 느끼는 거지만 저 남자는 감당할 수 없을 만큼 대범하다. 그녀가 맨 뒷자리에 앉아 있었기에 망정이지 지금의 모습을 누군가에게 들켰다면…… 생각만으로도 아찔해서 부르르 몸을 떨었다. 그 때문에 소옥과 함께 앉아 있는 책상이 잔뜩 흔들렸다.

"아휴, 깜짝이야."

"미, 미안."

"갑자기 왜 그래? 너 혹시 졸았어?"

한번 집중하면 귀가 닫히는 소옥은 다행히 유영과 있었던 작은 소란도 눈치채지 못했다.

"어, 어…… 아냐. 아무것도."

운영은 세차게 도리질을 치면서 전투적으로 글씨를 써내려 갔다. 온 신경을 과제에 집중하려고 애를 썼지만, 또 생각이 흐려진

다. 이 시간이 끝나면 저 남자를 따라서, 그곳에 들어서리라. 금
단의 구역. 그 지독한 매혹의 세상으로.

"뭐해요? 들어와요."
"그럼. 잠시, 실례하겠습니다."
운영은 쭈뼛거리면서 현관 안으로 슬쩍 발을 옮겼다. 남자의
집에 들어선 것은 처음이라서 긴장되는 마음을 숨길 수가 없었
다. 그의 신발 옆에 나란히 놓인 자신의 운동화도 새삼스레 부끄
럽다. 깔끔하게 정돈된 집 안에서 여자는 조심스러웠고 남자는
조급했다. 그가 움직이는 걸음을 따라서 가방, 재킷, 시계가 제
자리에 정갈히 놓이는 모습이 신기했다. 언제나 털털한 듯이 재
미나게 웃는 남자가 생각보다 꼼꼼하고 계획적인 것은 새롭게 알
아낸 모습이다. 잠시 방심하던 순간에 남자의 긴 손가락이 셔츠
단추를 풀기 시작했다. 뒤늦게 그 낯선 풍경을 마주한 운영은 헉!
숨을 들이쉬면서 눈을 가렸다.
"왜, 왜 또!"
"왜? 또?"
"셔, 셔츠 말입니다."
"집이니까. 아무래도 갑갑해서."
그는 별거 아니라는 듯 심드렁하게 웃으면서 소매 단추까지 풀
어냈다. 그의 벗은 상체를 보지 않기 위해 고개를 옆으로 튼 운
영의 얼굴은 붉게 물들어 있었다. 사르륵 옷이 벗겨지는 소리는
조금 더 크게 들린 참이었다. 그 이후로도 한참을 눈을 꼭 감은

채 파르르 떨고 있는 여자를 귀엽다는 듯이 바라보던 유영은 컵으로 그녀의 볼을 꾹 찍어 눌렀다.

"옷 입었으니까 눈 떠요."

볼에 닿은 따스한 무언가는 따뜻하게 데워진 우유였다. 당연히다는 듯이 옆자리에 앉는 유영 때문에 운영은 액체가 목에 걸렸다. 콜록거리는 여자의 등을 토닥이듯 두드리면서 남자는 터지는 웃음을 참았다. 긴장하고 있다는 것이 빤히 눈에 보인다. 한참을 캑캑거리던 여자는 유영의 손에 들린 컵을 곁눈질했다. 은근한 커피 향이 피어나고 있었다.

"왜 저는 커피가 아니고 우유?"

"애니까."

"애, 애라니요?"

유영은 싱긋 웃으면서 그녀의 어깨에 팔을 둘렀다. 그 위에서 여유롭게 움직이는 손가락이 색정적으로 느껴지는 것은 이 공기의 흐름이 이상한 탓이라고 생각해 버렸다.

"내가 사랑에 취해서 미처 몰랐는데 말입니다."

"파, 팔 좀……."

귓속을 헤집는 숨소리가 간지러워서 몸이 비틀어졌지만 그는 더욱 꽉, 아예 품 안으로 끌어 당겼다. 거친 동작 때문에 잔에서 넘친 하얀 우유가 그녀의 가슴 언저리로 왈칵 떨어져 내렸다. 놀란 여자의 손을 잡아쥐는 남자의 눈은 싱글거리는 것 같으면서도 조금 어두웠다.

"우리 홍운영 양은 내가 열한 살 때 태어나셨더라고. 나는 그

때 막 이성에 눈을 뜨던 성스러운 시점이었거든. 여자 친구도 있었지, 아마?"

"과거가 무궁무진하시네요."

"난 뭐, 다 지난 일이니까."

"흠흠."

"아무튼 그때 태어난 어린 양을 잡아먹기에는 늙은 사자인 내가 뭔가 죄책감이 들어서. 우유 한 잔이라도 대접해야 뭔가 떳떳해지는 기분이랄까?"

운영은 홀짝이던 우유잔을 다시 테이블 위에 내려놓았다.

"아, 집이 참 깨끗하네요."

맥락이 이어지지 않는 말과 함께 옷에 묻은 얼룩을 대충 손으로 닦아냈다. 그러곤 슬쩍 옆으로 엉덩이를 밀어냈다. 그 쉬운 동작을 하는 순간에도 운영은 이미 정신이 흐려지고 있었다. 흘러내린 머리를 귀 뒤로 쓸어 넘기는 손이 덜덜 떨렸지만 눈치채지 못할 정도였다. 감정이 고스란히 느껴지는 여자의 움직임 하나하나를 남몰래 눈에 담는 시선은 유영이었다. 그는 여인의 때 묻지 않은 날것의 순수함이 좋았다. 그리고 여자의 모든 연애감정을 끌어내는 것은 지금 이 순간의 자신뿐임을 알기에 조금은 오만해지고 싶은 마음이었다. 꽃과 같은 남자가 갖지 못한 그녀의 처음, 그 모든 것을 자신의 것으로 하고 싶다는 소유욕이 피어난다. 그래서 수줍은 듯이 붉어진 볼을 전리품처럼 소중히 감싸 쥐고 마음껏 밀어를 속삭이리라. 홍운영은 그렇게 미련할 정도로 순수하게 탐이 나는 여자다.

"젖어서 벗어야 할 것 같은데."

그의 손이 젖은 옷으로 향하자 운영은 벌떡 몸을 일으켰다.

"어후, 덥네."

귀가 붉어진 여자는 아예 그의 시야에서 벗어나려는 듯 집 안 곳곳을 돌아다니기 시작했다. 이것저것 기웃거리면서 눈을 반짝이는 모습은 집에 처음 온 고양이 같았다. 자신의 집에서 존재감을 발휘하는 여자의 실루엣은 꽤나 만족스러웠다. 마치 신혼부부가 된 것처럼 들뜨는 기분이었다. 그 정당한 관계를 빌려서 이런 짓 저런 짓을 다 하고 싶다는 욕망. 그것을 인지하고 나니, 전신으로 간지러움이 번져갔다. 그의 엉큼함을 모르는 어린 양은 유영의 침대 옆 탁자에 놓아둔 작은 액자를 집어 들었다. 순간, 유영의 눈빛이 다른 기운으로 변했다. 사진 속 여자를 바라보면서 한참을 그 자리에 서 있는 운영 때문에. 그녀의 손에 들린 것은 무용복을 입은 채 환하게 웃고 있는 어머니의 사진이었다.

"어머니가, 무용수로 사셨다 하셨지요?"

"한때는……."

그녀가 있는 곳으로 걸음을 옮긴 남자는 운영의 손에 들린 액자를 받아 들었다. 생의 끝을 고하기에는 너무 아름다운 여자가 사진 속에 있었다.

"참, 예쁘세요."

"그렇게 예쁜 얼굴로…… 나를 버렸지. 시간을 자기 손으로 멈추고……."

사진 속 여인을 눈에 담는 남자의 눈시울에서 어떤 외로움과 텅 빈 공허함을 읽어낼 수 있었다.

"바보 같아."

한숨처럼 터지는 힘없는 목소리였다. 그 순간에 대신 눈물을
흘리는 것은 운영이었다. 그에, 유영은 괜찮다는 듯 희미한 미소
로 답했다.

"우리 연하늘 씨는 자기를 너무 몰랐던 거지. 분명…… 할머니
가 됐어도 예뻤을 텐데……."

서른여덟의 짧은 목숨을 하늘이 거두어 갔다. 어미를 잃었던
한 아이가 그 야속한 시간의 언덕을 뛰어오른다.

'엄마.'

간절한 부름에 답하듯 마침내 열린 시공의 문, 소년이 그 안으
로 뛰어들어가는 순간에 잔인한 연극의 막이 오른다. 그것은 평
범한 탯줄을 끊어내고 금의를 두르려는 한 남자의 완벽한 시나리
오에서 비롯되고 있었다. 야망이 그득한 남자가 주연이 된 연극
에 동원된 아름다운 히로인, 그녀는 한때 세상에서 가장 높이 날
아오르던 여자였다. 유영의 어머니는 촉망받는 한국무용수였다.
결혼 이후 무용을 그만두었던 그녀는 유영을 낳은 뒤 다시 무용
수의 삶을 살고자 했다. 그러나 젊은 국회의원이었던 김종대는
자신의 정치적 행보에 걸림돌이 될 것을 우려하여 철저하게 정치
인의 아내로 살아가는 것을 강요했다. 선이 고운 여자의 아름다
운 외모와 우아한 말씨는 흥행 보증 수표가 되었고 김종대의 연
극은 언제나 만석이었다. 세상 사람들이 그 잔인한 연극을 부르
는 아주 편한 말이 있었으니 그것은 바로, 선거운동. 그 무렵, 고

작 열네 살의 나이에 쓸쓸함을 눈에 담고 있던 아이는 분명히 알고 있었다. 지독한 연극에 가려진 침묵, 그 잔인한 진실을 말이다. 그래서 아이는 제 이름 앞에 붙는 '금수저'라는 말조차 욕처럼 들었다.

초인종이 울리고 커다란 대문이 열리는 순간에 내려지는 장막, 연극이 끝나는 시간. 그때마다 아이는 소리 없이 방문을 닫고 들어가 고요히 눈을 감았다. 닫힌 문 너머로 시작된 진실의 시간 속에서 엄마는 애처롭게 울부짖었고 아버지는 그보다 거친 목소리로 소리쳤다. 도대체 언제부터였는지 그치지 않고 이어지는 평행선의 싸움. 그 속에서 방치된 아이는 조용히 오늘 하루의 끝을 염원하며 잠들었고 내일의 기적을 바라지 않았다. 해가 떠오르는 시간, 아버지가 넥타이를 당겨 매고 그의 사람들이 초인종을 누르는 순간에 또다시 어김없이 지독한 연극이 시작될 테니 말이다.

"전부 알고 있었어."

"……."

"아버지가 엄마에게서 무엇을 빼앗았는지…… 그래서 엄마가 왜 우는지도……."

엄마는 그때 이미, 우울증을 앓고 있었다. 제대로 된 치료조차 받지 못한 채 방치된 이유는 하나였다. 선거운동의 막바지가 다가오고 있다는 것, 그래서 상대에게 발목이 잡힐 정신과 진료 이력은 불필요하다는 것. 그 잔인한 시간 속에서 혼자가 된 아이는 끝내 진실에 대해 함구했다. 그것은 저 혼자서 오롯하게 일어날 수 없는 미성숙한 삶을 지켜내기 위한 소년의 선택. 파괴되고 어긋난 가정의 풍경이라도 좋으니 힘없는 아이는 그 울타리가 필요했다. 애정과 신의를 잃어버린 부모라도 상관없으니 부디 가족의 이름을 버리지 말아 달라고 간절히 청했다. 아이의 절박한 눈동자를 바라보면서 엄마는 차가운 손을 내밀었고 말없이 끌어안으며 흐느꼈다. 그 순간에 떨어지는 눈물의 의미를 묻지 않은 채 그저 곁에 있는 엄마의 존재에 안도했다. 그리고 유영은 침묵의 평화를 이어가는 대가로 엄마의 조용한 일탈을 묵인했다. 그것은…… 무용복을 입은 엄마의 모습.

"아이 같았지. 세상을 다 가진 듯이 웃었어. 그게 뭐라고…… 그렇게 간절했어."

아버지가 탄 차가 출발하고 나면, 다락방으로 향하는 엄마의 발걸음이 빨라졌다. 그곳은 무용수 시절에 입었던 무용복을 정리해둔 공간이었다. 먼지가 가득 쌓인 그곳에서, 무용복을 꺼내 입은 엄마는 날개옷을 걸쳐 입은 듯 우아했고 아름다웠다. 봄날의 햇살 아래, 쏟아지는 꽃비, 그 속에서 이어지는 아름다운 여인의 몸짓, 그 유려함이 꽃을 탐하는 나비보다 아름다워서 눈이 시릴 지경이었다. 그래서 샘이 난 나비의 질투 때문이었을까? 야속하게도 그 황홀경의 시간은 오래가지 못했다.

"그날……"

엄마가 자신의 날개를 되찾고자 박스 속 물건들을 끄집어냈던 그날, 침묵의 평화가 박살 났다.

"이혼을 원했어."

"……."

"나를 데려가겠다고 했지."

"……."

"사는 게…… 지옥이라는 말과 함께."

그 절박한 순간에 아이는 무용복을 찢어발기서 불에 태우는 아버지의 붉은 눈동자를 막아서지 못했다. 악을 쓰면서 무너져 내리는 엄마의 절규와 부서지는 마음을 위로하지 못했다. 두려웠으니까. 파괴된 가족, 조각조각 끊어지는 관계의 매듭…… 흔들리는 눈동자에 담기는 모든 풍경이 소름 끼쳤던 그 순간에 머릿속을 지배한 생각은 하나. 이 미친 공간이 바로 나의 지옥이라는 것. 그래서 내 세상을 조각내는 당신들에게 모든 상처를 주고 싶다는 것. 그래서, 겨우 붙잡고 있던 엄마의 손, 뼈가 도드라진 그 앙상한 손을 뿌리치는 순간에 소리쳤다. 나를 원하지 말라고. 사는 게 지옥이면 차라리 죽는 게 낫지 않겠느냐고. 나는 살고 싶다고. 그러면 모두…….

"행복하지 않겠냐고……."

아이의 상처로 만든 독화살이 망설임 없이 쏘아졌던 그 시간의 장면을 끝으로 막이 내렸다.그렇게 지독한 비극의 결말이 완성되었다. 그 결말을 제 손으로 지었다는 것도 모른 채 아이는 집을 뛰쳐나갔다. 다시는 돌아보지 않겠다는 듯 뛰고 또 뛰었던 그 순간에 아름다운 여자는 생의 끝을 준비하고 있었다.

"그래서……."

"……."

"떠났어."

흐려지는 말끝을 대신하여 고이는 실없는 미소. 그것은 지난 날의 유약한 소년에 대한 조소였다.

"나의 하늘이."

엄마를 뿌리쳤던 손을 가진 아이는 그 죗값으로 혼자가 되었다. 엄마가 없는 세상을 받아들이는 방법은 오직 하나. 망각이었다. 자신의 허물을 덮고 철저하게 피해자가 되어 떠난 이를 원망했다. 그 힘으로 겨우 세상을 살아가는 아이는 눈물조차 잊었다. 어서 빨리 어른이 되고 싶은 마음으로 꾸역꾸역 자란 손은 그때의 모습과 달라졌지만 여전히 그날의 기억이 핏줄기를 타면서 돌고 있었다. 영원히 벗어날 수 없다는 듯이. 그날을 닮은 떨림이 멈추지 않는 저주받은 손을 바라보면서 유영은 지독하게 이어지는 삶을 힐난한다. 그리고 간절히 빈다. 다시 오지 않는 날들의 시간 속으로 돌아가고 싶다고. 그것은 유영이 엄마의 손을 놓았던 날이었고 운영이 아비의 전화를 받지 못한 날이었다. 그 시간에 하지 못했던 모든 일을 마치 예언이라도 받은 듯이 해냈다면 분명히 무언가 달라졌으리라…… 그렇게 믿고 싶은 것은 죄책감을 덜고 싶은 헛된 소망. 그것이 불가능함을 깨달은 뒤에는 또다시 지겨운 생의 감각이 이어진다. 감사의 표현조차 할 수 없는 숨막히는 호흡, 그것은 평생의 고통이 되어 남은 이를 아프게 했다. 그 고통을 죗값으로 여기며 억지로 연명하는 삶, 그 위태로움 속에서 유영은 한 여자를 만났다. 엄마와 똑 닮은 부러진 날개를 가진 여자. 홍운영. 아름다운 나타샤. 그래서 망설이지 않고 뻗은 손은 의식이 시키는 일이 아니었다. 그것은 본능적인 이끌림. 서로의 눈이 가는 길을 따라서 마음이 흘렀고 그 속에서 슬픔을 본 것은 두 사람 다 마찬가지였다.

"그거 알아?"

"……."

"항아님은……."

"……."

"내 세상에 들일 수 없는 반입 금지 품목이라는 거……."

마주친 시선 속에서 한동안 오가는 말이 없었다. 세상이 그녀를 갖지 말라고 한다. 온갖 두려움과 긴장을 동반하는 말들로 그를 겁주면서 위협한다. 그렇다면 결론은 간단하다.

"그래서, 다 걸었어."

'갖지 않으면 되는데…….'

그건 어려운 일이 아니었다. 가졌던 것을 일찍 빼앗긴 상실감은 집착이 없는 유한 성미를 만들어냈다. 때문에 어려운 일에 대한 도전 정신이 있는 것도 아니었고 억지로 무언가를 탐한 적도 없다. 그런데 자신의 품에 파고드는 이 여자가 걸쳐져 있는 모든 문제라면 얘기가 달라진다. 괜한 오기와 함께 조급함이 앞서는 것은 예정된 신호탄. 자신뿐만 아니라 모두가 위험에 처할 것을 알면서도 그녀를 구원하겠다는 강렬한 욕망이 이따금씩 치밀어 오른다. 구원, 그것은 저 여자를 갖고 싶다는 소유욕의 다른 말이기도 했다. 그리고 그 마음이 채 삼키지 못할 정도로 잔뜩 부풀었을 때 유영은 전쟁을 선포한다.

"딱 한 판의 게임이야. 지면 끝이지."

탐하는 마음이 가득한 수컷의 눈이 '끝'을 논한다. 순간, 호르몬이 요동치는 것처럼 살갗이 예민해지고 전율이 일었다. 그의 다짐, 제물로 바쳐질 순결한 양을 왕자님에게서 훔치고 말리라. 그리하여 멀리 도망치게 한 뒤 꼭꼭 숨기리라. 그 죗값으로 맞이할 결말이 죽음이라 해도 이번에는 잡은 손을 절대 놓지 않으리.

"그러니, 이 미친 도박에서 내가 이기길 바란다면……."

"……."

"나한테 줘."

그의 목소리가 잦아드는 순간 운영은 어쩌지 못할 떨림 때문에 그의 셔츠 깃을 꼭 붙들었다. 그 작은 몸짓에 화답하는 남자의 눈이 열망으로 일렁였다.

"당신을……."

"……."

"내가, 살 수 있게……."

천천히 내려지는 고개, 틈이 좁혀지고 가까워지는 거리만큼 빨라지는 호흡. 더는 여유가 없다고 다급해지던 순간에 수줍은 입술이 그에게 먼저 닿았다. 그것은 말을 보탤 필요도 없이 충분한 대답. 발꿈치를 들어 올려서 그의 목을 붙들고 절박하리만큼 간절하게 체온을 흘리는 소녀의 눈물이 쓰고 뜨거웠다. 그 눈물이 신호탄이 되어 두 육체는 말을 잃었고 서로를 향한 열망을 멈추지 않았다. 열락의 시간 속에서 아픔이 번져 나갔고 그때마다 달래는 듯한 다정한 숨결이 입술 위로 부서졌다. 호흡이 멈추어지는 낯선 감각 속에서 초점이 흐려지고 입술이 벌어졌을 때 소녀는 마침내 여자가 되었다. 그리하여 마주하는 또 하나의 세상, 기대감으로 크게 떠진 두 눈에 가득 담긴 남자는 백마 탄 왕자가 아니었다. 눈앞에 있는 상대는 외롭고 쓸쓸한 회색빛의 소년. 왕자님도 버리고 왔더니 겨우 이거란 말인가? 잠시 실망하여 저도 모르게 백마를 찾던 그 속된 눈길이 고상하지 못했다.

"잠 와?"

"아니요."

"그럼 왜 눈을 감아?"

"그냥……."

차라리 원래의 세상으로 돌아가리라 생각하면서 돌아섰던 여자를 붙잡은 것은 소년의 하얀 손. 몹시 아프게 할퀴어졌던 듯 상처가 가득한 손을 한 주제에 감히 말한다. 나와 함께 있자고. 내키지 않아서 한 번 뿌리쳤더니 또 붙잡는다. 그 이후로도 여러 번, 지치지도 않고 내밀어지는 손을 못 이기는 척 붙잡았던 그 순간에 터지는 소년의 미소. 그 싱그러움을 마주하는 순간에 닫혔던 문이 열리고 바람이 분다. 밀려든 바람을 제 숨결처럼 생각하여 겨우 호흡을 이어가는 여자는 꿈결 속을 헤맨다. 그 속에서 마주할 돌담 위의 그자, 얼굴 없는 기사에게 하고픈 말이 있어서……

목 없는 그대여. 죽음을 몰고 온다는 당신이여. 그것이 진정으로 당신의 모습이라 하여도…… 내게, 손을 내밀어 주오. 그리하여 내 그대를 마주한 죄로 피 한 바가지가 뿌려진다 해도 좋으니, 감히 소원합니다. 검은 말 위에서 내려와 원한을 풀어내기를, 그리하여 다시 찾게 될 당신의 얼굴이, 부디 소년의 얼굴을 닮아 천진하기를…….

"교수님."

"응?"

"손."

"손?"

말뜻을 모르고 멀뚱히 되묻는 남자를 대신해서 운영은 먼저 손을 뻗었다. 그러곤 자신에게 닿아 있는 남자의 손을 꼭 붙잡았다. 세상이 쪼개지는 듯한 섬광 속에서 경계를 넘는 여자의 눈 안으로 아픔이 가득 스민다. 유영은 다정한 손길로 그 젖은 눈을 닦아냈다. 응결된 눈물이 손에 스미는 순간, 어떤 영화의 초능력, 그 기적처럼 모든 상처가 아문다. 회색빛의 소년은 날개 잃은 소녀의 손을 붙잡은 채 금단의 벽을 뛰어오른다. 그 끝에서 노기를 띤 백마의 왕자님이 번개를 던진다 하여도 기꺼이 받으리.

〈1권 끝〉